ANDREA GIOVENE

Die Autobiographie des
Giuliano di Sansevero

der Fürst gedankenverloren ein kleines festlich herausgeputztes Hündchen streichelt. Die seufzend erwartete Ankunft des Lammfrikassees lenkte uns ab. Checchina beratschlagte sich mit mir durch Blicke. Zwischen ihr und mir bestand ein Gerechtigkeitspakt hinsichtlich der übriggebliebenen Speisen, und sie respektierte ihn mit tausend anmutigen Schmeicheleien, obwohl sie eine richtige Naschkatze war. Von unseren Eltern waren wir durch mindestens fünf oder sechs Personen auf beiden Seiten getrennt, und so führten wir uns dahinten wie zwei kleine Gesetzlose auf, die keiner beachtete.

Die Etikette des wöchentlichen Gastmahls, das immer donnerstags bei uns stattfand, war minutiös festgelegt. An dem einen Ende des Tischs saß Gian Luigi, der zu seiner Rechten meine Mutter Annina hatte. Am anderen Ende ich, ihr gegenüber, und zu meiner Rechten Checchina. Hin und wieder bekamen wir von ihnen, auf diese Entfernung, einen Blick zugeworfen. Rechts von Annina der erste hochgeachtete Gast. Der zweite dann zur Linken von Gian Luigi. Und diese Quadrille aus rechts und links beherrschte die gesamte folgende Ordnung. Nach den Gästen rechts von meiner Mutter folgte die Erstgeborene, unsere Schwester Cristina, feingliedrig, mit fragenden, umschatteten Augen. Ihr gegenüber der Erstgeborene, Ferrante, vage und unkonzentriert.

1912, zur Zeit dieser ersten Begebenheiten, lebten die beiden, von denen die eine sechzehn und der andere fünfzehn Jahre alt war, schon getrennt von uns und in gänzlich anderen Verhältnissen. Neben Cristina saß ihre französische Gouvernante, und zu Ferrantes Linker sein Hauslehrer, nach außen hin ein weltlicher Mann, doch eigentlich ein franziskanischer Tertiarier. Am Ende der eine oder andere junge Verwandte oder ein ebenfalls geladener Geschäftsmann. Und dann wir beide, als Letzte.

»Wenn *ich* an der Baumspitze ankomme«, sagte ich, um

würde. Doch die Erwähnung der Gräber weckte ganz unbeabsichtigt alte Familienbefürchtungen von der Art, die mir besonders langweilig vorkamen.

»Wie steht es eigentlich um die schändlichen Zustände im unterirdischen Gewölbe von Santo Spirito?«, nahm mein Vater die Unterhaltung wieder auf. »Es wäre nicht hinnehmbar, wenn diese Dinge sich wiederholen würden.«

Versteckt zog ich Checchina gegenüber eine Grimasse, und unter dem Tischrand zeigte ich ihr das neapolitanische Zeichen für die Abwehr von Unheil: den ausgestreckten Zeige- und kleinen Finger, die anderen Finger eingebogen, um auf diese Weise Teufelshörner anzudeuten. Diese Geste ist noch wirksamer, wenn man die Hand entschlossen nach vorne stößt, was in diesem Fall an Checchinas Knie endete, die sich bog und wand und die Backen aufblähte, um nicht lachen zu müssen. Unsere Vorfahren schliefen einen unruhigen Schlaf in den Katakomben von Santo Spirito. Dieses Kloster war von der Familie vor Jahrhunderten erbaut worden, um sich der Gunst der Kirche und guter Begräbnisstätten zu versichern. Doch seit seiner Umwandlung 1870 in ein öffentliches Internat bestand eine der traditionellen Mutproben für die Neulinge darin, sie bei Nacht in die Katakomben zu schicken, um in den Grabnischen herumzukramen und als Beweis für die Älteren einen Knochen unserer Vorfahren von dort mitzubringen.

»Die Institutsleitung«, versicherte Don Bernardo, »hat neurlich alle Grabnischen und Gänge der Heiligen Erde wieder zumauern lassen. Wir hoffen, dass diese Halunken von Schülern nicht auch noch den Beton zerstören werden.«

Mein Vater schüttelte missfällig sein beeindruckend bärtiges Haupt. Wegen seiner hohen Statur und seines nachdenklichen, ernsten Blicks ähnelte er sehr Federico Gonzaga in dem Porträt von Tizian, das sich im Prado befindet, auf dem

Zur Spitze hin hatten Feuchtigkeitsflecken ganze Generationen überwältigt, sie glichen ganzen Schwärmen mit einem Schrotschuss durchsiebter Spatzen. Der Baum kräuselte sich, er trübte sich ein und schlug Wellen. Die jüngsten Generationen waren am unleserlichsten. Und ich? Wie sollte ich mich da auf seiner Spitze einnisten, die nur in die Zimmerdecke hinein höher wachsen konnte, im Leeren? Ich kam herunter und stellte Tisch und Sessel wieder an ihren Platz. Ich dachte intensiv nach und betrachtete dabei das muffige Totem. Diese auf den Kopf gestellte, tausend Jahre währende Zeit strömte eine undeutliche Beklommenheit aus, vermischt mit Ehrfurcht.

»Der Unterschied zwischen den Menschen besteht nicht im Alter der eigenen Sippe«, sagte mein Vater Gian Luigi mit einem Anflug von Ironie in der Stimme, »denn es ist ja offensichtlich, dass alle von Adam abstammen, sondern er besteht darin, dass man eine beträchtliche Anzahl der eigenen Vorfahren kennt, ohne einem von ihnen persönlich begegnet zu sein.«

»Gian Battista Vico zeigt«, antwortete ihm Don Benedetto Caposele, ein ziemlich entfernter Verwandter und häufiger Tischgast, »dass das erste Zeugnis für Eigentum durch die Gräber der Ahnen gegeben wurde, fest gefügt mit der Absicht, die bis in fernste Zeiten reichende Zugehörigkeit zu dieser Familie nachzuweisen.«

Vom Ende des langen Tischs, wohin Checchina und ich verbannt waren, verfolgten wir hin und wieder diese oft geistreichen, manchmal schlagfertigen Gespräche, während wir uns kleine Zeichen von Übereinstimmung zukommen ließen und gleichzeitig die Servierplatten im Auge behielten, die sich, eine auf dieser, die andere auf der anderen Seite, langsam näherten und schwankende Hoffnungen darüber aufkommen ließen, wie viel am Ende bei uns ankommen das uns in diesem Aquarienlicht wie vom Grund eines gesunkenen Schiffs den biblischen Namen des Ahnherrn vorsetzte: »Gedeone«, Gideon, gemeinsam mit einem ebenso märchenhaften Datum »1002«. Alles weiter oben galt es erst noch zu entdecken, in dem außergewöhnlichen Tanz der wie chinesische Lampions herunterhängenden gelblichen Rundscheiben, die sich in der Ferne und im Halbschatten verloren und das Geheimnis so vieler Leben verbargen, die doch einer näheren Erforschung unterzogen werden wollten.

Hartnäckig und mit Mühe zogen wir einen schweren Tisch vor den Baum und hievten einen handgeschnitzten Sessel auf diesen Tisch, und von dort kletterte ich auf die Äste der Zeit, um sie zu prüfen: »Bernardino, Waffengetreuer der Königin Giovanna, 1352«; »Gian Michele, Kastellan Heinrichs IV. von Navarra, 1590«; »Bernardino, Ordensgeneral der Fratres Minimi, 1602«; »Gian Michele, Verwandter des Conte von Lemos, 1604«. Ich stellte mich auf die Zehenspitzen, zuerst auf den Armlehnen des Sessels, dann wagte ich es in unsicherem Gleichgewicht auf der Rückenlehne, mit offenen Händen gegen die Leinwand gestützt, beinahe so, als wollte ich mich an den nicht greifbaren Zweigen und Ästen festhalten, das Gesicht gegen die nicht wirklich vorhandenen Blätter gedrückt, und las aus allernächster Nähe auf den gelben Rundscheiben: »Cristina, Nonne, 1697«; »Bernardo, Präsident des Gerichtshofs der Sommaria, 1702«. Ich entdeckte einen vorher nie gesehenen aschgrauen Vogel, der verstohlen und böse aus dem dichten Laub hervorguckte. Von den Seiten schräg unten verflüchtigten sich gelbe Trauben in der Perspektive. »Gian Giacomo, Cavaliere, 1688«; »Bernardino, Barone, 1723«; »Michele, Brigadeführer Seiner Katholischen Majestät«; »Teresa, Nonne«.

»Giuliano«, flehte meine kleine Schwester, »komm runter, komm runter! Du wirst noch stürzen und dir weh tun!«

kers aus dem achtzehnten Jahrhundert, der sich für diese Gelegenheit mit einem Ateliermaler zusammengetan hatte, stellte, ähnlich den Stammbäumen auf den Fußböden bestimmter Kathedralen im Salento, einen Baumstamm unbekannter Art, Verästelung und Blüte dar. Der übertrieben große Stamm wand sich vom ausgehöhlten Wurzelgeflecht aus einem düster-schaurigen Erdreich empor, so wie dem, aus dem sich die Auferstehenden des *Jüngsten Gerichts* in der Sixtinischen Kapelle befreien. Dann verzweigte er sich, stieg auf und öffnete sich mit den eigenwilligsten Verrenkungen, mit den unlogischsten Verbindungen, Schnörkeln und Verschlingungen, um, der Ordnung der Zeiten entsprechend, die launenhaften Familienzweige hineinzuzwängen, die manchmal steril, manchmal aber auch übermäßig fruchtbar waren, weshalb sich die Generationen überschlugen: die Enkel starben vor den Großeltern, der eine oder andere Onkel wurde nach den Neffen geboren und weit entfernte Cousins und Cousinen heirateten untereinander und zwangen damit die Äste und Zweige des Baums, sich zu verlängern und wieder zusammenzukommen und sie wie Schlangen zwischen dem einen und dem anderen Teil des dunklen Laubs zu verbinden.

Der Ausflug in den dritten Salon, zu dem ich gelegentlich meine kleine Schwester Checchina verleitete, die kaum sechs Jahre alt war, wohingegen ich noch nicht ganz neun war, gehörte zu den großen Mysterien unserer Kindheit. Zwischen uns herrschte die *Omertà*, jene absolute Verschwiegenheit, welche immer mit dem Geist der Rebellion einhergeht. Und im Ritus des nicht nur körperlichen Erkletterns des Baums offenbarte sich auch eine freche, unverschämte Geisteshaltung. Aufgrund unserer kleinen Körpermaße konnten wir gerade einmal die ersten beiden oder die dritten Fangarme dieses finsteren und weitschweifigen Monuments klar erkennen,

1. Der Stammbaum

Bei bestimmten alten Familien werden Salons wenig genutzt. Die bejahrten Möbel in der vertrauten Umgebung stellen eher eine sich immer wieder aufdrängende Verpflichtung dar als einen repräsentativen Prunk, der bereits aus den Gedanken verschwindet, noch bevor er aus der Tradition verloren geht. Sie verkörpern gewissermaßen die Fortdauer der aus dem realen Leben schon verbannten Ideen und verweilen hartnäckig nur in gewissen Befindlichkeiten des Gemüts, das sich nicht von ihnen zu lösen vermag. Doch die viel zu großen Sofas, die angedunkelten Spiegel, die theatralischen und ewig vollgestaubten Vorhänge, die Generation auf Generation haben vorbeiziehen gesehen, bleiben in Wirklichkeit die einzigen Zeugnisse eines Ortes, der keiner Menschen mehr bedarf, um seinen ermatteten, aber doch auch würdevollen Zauber zu bewahren: vollkommen, ja sogar mehr noch als vollkommen in der Stille und Einsamkeit, wie man sie in leeren Kirchen antrifft.

In dem Haus, in dem ich geboren wurde, gab es drei Salons. Sie lagen aufgereiht hintereinander in einem vernachlässigten Gebäudeteil, dessen hohe Fenster sich zu einem halbdunklen Hof hin öffneten, und im letzten von ihnen erhob sich, soweit die Wandfläche es einigermaßen zuließ, aus dem rauen Gewebe einer von Feuchtigkeit ziemlich mitgenommenen Leinwand, unwirklich hervortretend und mit allen Merkmalen eines pflanzlichen Totems versehen, der Stammbaum.

Diese ungewöhnliche Malerei, das Werk eines Heraldi-

ANDREA GIOVENE

Die Autobiographie des
Giuliano di Sansevero

Ein junger Herr aus Neapel

Roman

Aus dem Italienischen von
Moshe Kahn

Mit einem Nachwort von
Ulrike Voswinkel

Galiani Berlin

Checchina für die Entdeckung der unbewohnten Salons zu gewinnen, doch auch mit einem Hintergedanken, der meinem Alter vielleicht nicht ganz entsprach, »werden wir einen Tisch mit acht Dienern haben, ganz allein für uns beide.«

Zufrieden nach der symbolischen Ersteigung kauerten wir uns auf den riesigen und äußerst unbequemen Sofas zusammen, auf die Checchina sich nur ausgestreckt hinlegen konnte. In dem Alter damals war sie das anmutigste Mädchen, das man sich vorstellen konnte: leichtfüßig, obwohl etwas pummelig, mit klaren Augen und der goldfarbenen Haut der blonden Mädchen des italienischen Südens. Obwohl es so aussah, als würde sie dem keine Aufmerksamkeit schenken, erschien sie nie zerzaust oder mit unordentlichen Kleidern. Ihre Zähne waren wunderschön. Sie blühte vor Gesundheit. Und ihr Wesen war frei von aller Kompliziertheit, es war fröhlich und heiter.

Im Schatten des Salons mit dem Stammbaum befanden sich auch die Porträts von Verwandten, vier in voller Lebensgröße und ein fünftes, ovales, verhältnismäßig kleines: die Baronin von Egloffstein. Diese Persönlichkeiten, die einzigen Überlebenden von wer weiß welcher Gemäldegalerie, mussten meine tendenziösen biographischen Kommentare ertragen, die darauf abzielten, sie zu diskreditieren.

»Der Herr Großgeneral da, mit der Rüstung und dem Kommandostöckchen«, sagte ich, während ich mutig dem herrischen Blick des Porträts standhielt, »der, Checchina, ist der andere Gian Luigi, die Nummer eins von damals. Tausend Urkunden loben ihn einmütig mit allem Nachdruck für das, was er in Lepanto, in Griechenland und bei der Belagerung von Paris unter ich weiß nicht wie vielen Konnetabeln und Königen gemacht hat. Aber sie verschweigen, dass er sich einen Haufen Geld verschafft hat, indem er die Flandrischen über die Klinge springen ließ, schlimmer als der Schwarze Korsar. Siehst du? Er zerteilte die Leute in Stücke, und zwar so!«

Und ich schlug mit der flachen Hand gegen Chechinas Rippen, die stöhnte und schrie mit einem Getue und Geziere wie eine Katze.

»Der andere da mit dem schwarzen Überwurfmantel und der Perücke war ein bedeutender Kurial zur Zeit der Vizekönige. Doch er verstolperte sich in einen Prozess, weil er, als er Goldmünzen für die Königliche Münzprägeanstalt prägen ließ, gleichzeitig auch, ich weiß nicht, wie viele für sich selbst schlug. Sieh dir nur den scheinheiligen Gesichtsausdruck an.«

Diese Misshandlung der Vorfahren in ihrer eigenen Gegenwart war der Kern unseres Unternehmens und erzeugte zugleich größte Lust. Die Porträts, die den Steinschleudern der Kinder als Schießscheiben dienten und denen die Augen ausgekratzt oder respektlose Zusatzkommentare angehängt wurden, sind zahllos: denn der innere Drang des Menschen, das hohe Ansehen eines anderen Menschen anzugreifen und zu verletzen oder es an den Pranger zu stellen, sitzt tief. Jeder Bengel verpasst mit einem Stück Kohle dem Bild einer berühmten Persönlichkeit einen Oberlippenbart. Doch in jenem sardischen Klagelied, das ich mir damals selbstvergessen vorsang, hin- und hergerissen zwischen Kühnheit und Frevel, gärten viel gefährlichere Keime.

»Ja, und der da, mit der Kukulle, ist Bernardino, der Mönch und Gründer des Klosters vom Heiligen Geist, wo sich all die anderen tot und begraben befinden oder vielmehr befanden, denn im Augenblick liegen sie ja mit jeweils einem Schienbein in den Schubladen der Schüler, wie du bereits gehört hast. Dieser Bernardino verbrauchte mit dieser fabelhaften Idee mehr als die Hälfte aller Dublonen, Dukaten und Zechinen, welche die anderen zusammenzuraffen verstanden hatten, indem er den Pfaffen ein paar Provinzen zu Lebzeiten schenkte. Als Gegenleistung dafür erhielt er vier Spannen Land unter der Erde bei seinem Tod. Er hätte sie auch mir vermachen können, und ich hätte dir bei jedem Mal, wenn du für mich lügst, um mir zu helfen, eine Goldmünze gegeben, dann wärst du reich.«

»Ich will aber zwei!«, rief Checchina und zog mich bei den Ohren.

»Ich werde dir vier geben, wenn ich sie habe. Aber schau dir am Ende nur den schönen Geck mit dem Gewand aus Spitze an, der Einzige, der hier sympathisch ist. Das ist der Herzog Nicolino, der seiner Frau vor dem gesamten Hof in der Kutsche ins Gesicht schlug. Aber was stellen diese vier jetzt noch dar? Siehst du da im Baum die Schar von weiteren Bernardinos, Gian Micheles, Gian Luigis, Gedeones und Giacominos? Um Mitternacht müssen wir zurückkommen, eingehüllt in weiße Laken, damit sie denken, wir wären Geister. Und wenn sie dann vom Baum herunterklettern, werden sie sich vorstellen und Rechenschaft über ihre Taten ablegen.«

»Giugiù, Giugiù, ich hab Angst«, schrie Checchina, die es lustig fand, Angst zu haben. »Lass uns von hier weggehen, sofort!«

Ich tanzte Checchina etwas vor, um sie zu unterhalten und mich selbst zu beruhigen, nachdem ich so herausfordernd so viel Unsinn geredet hatte. Die letzten Pfeile behielt ich für die Baronin von Egloffstein, Gemahlin des Herzogs Nicolino, ebendie, welche die Ohrfeigen bekommen hatte. Dieses Porträt, das Angelika Kauffmann von ihr gemalt hatte, wurde in unserer Familie so behandelt, als wäre es eine lebendige Person. Auf dem Bild erkannte man eine schmächtige Frau mit verschatteten Augen, wie bei meiner Schwester Cristina, viel zu groß für das noble Oval des Gesichts, was auf übersteigerte Sensibilität und schlechte Gesundheit hindeutete. Diese Dame war wegen einer kurzen Begegnung mit Goethe, der dieser Begebenheit einige Seiten gewidmet hatte, Gegenstand immer neuer Monographien, geschrieben von Pedanten, denen es gelingt, sich von unbedeutenden Kleinigkeiten so zu nähren wie Bücherwürmer von Staub. Der Herzog Nicolino, der zweifellos schrecklich eifersüchtig war, sah sich nach jener bewussten Episode gezwungen, sich von seiner Gemahlin zu trennen, und verwilderte bis zu seinem Tod in einem heruntergekommenen Kastell im salernitanischen Calvanico. Dort brachte er eine ländliche Nachkommenschaft unehelicher Cousins hervor, die jedoch weiterhin in unserem Namen, wie es hieß, dieses halb zerfallene Kastell hielten, das niemand aus der Familie je gesehen hatte. Das alles machte ich der Baronin von Egloffstein zum Vorwurf und verpasste ihr wenig respektvolle Titel, an denen Checchina unbändigen Spaß hatte. Hin und wieder warf ich dabei einen flüchtigen Blick auf den Herzog Nicolino in der Hoffnung, dass er mir zustimmte. Doch er blieb rätselhaft verschlossen.

Schließlich kehrten wir wieder in unser normales Spielzimmer zurück und atmeten unbeschwerter in dieser häuslich unschuldigen Atmosphäre. Ich nahm mir vor, ein Buch von Andersen zu lesen oder eines von Salgari oder Defoe, oder ich vertiefte mich in endlose Spiele mit Zinnsoldaten oder solchen aus Pappmaché. Checchina machte nichts, außer dass sie mir Gesellschaft leistete und einen Haufen unzusammenhängendes Zeug redete, was mich wieder aufheiterte.

Mein Vater erzählte, dass in dem Augenblick, in dem unser Großvater, der Herzog Gian Carlo, seinen letzten Atemzug tat, ein Schwalbenschwarm vom Balkon hereinflog und über der trauernden Familie kreischte. In dieser feierlichen

Stunde erblickte er darin ein glückverheißendes Omen, und das brauchte es auch, denn die Überlebenden befanden sich in schwieriger Lage und waren wenig darauf vorbereitet, sich der Zukunft zu stellen.

Der Feuchtigkeitsfleck, der sich im Stammbaum ausgebreitet hatte und die Generationen verschwimmen ließ oder sogar die auslöschte, die zum Ende des achtzehnten Jahrhunderts auf den eifersüchtigen Herzog Nicola folgten, fand sein reales Gegenstück in einer dunklen Wolke, nämlich in den Denkweisen und Ereignissen, in deren Schatten sich im Lauf von zwei Jahrhunderten ein Vermögen aufgelöst hatte, das in den sieben voraufgegangenen Jahrhunderten angehäuft worden war.

Es schien, als hätte sich zwei Jahrhunderte lang keiner dieser Sanseveros jemals um die zahllosen Güter in Kalabrien, in der Basilikata, auf Sizilien oder in Apulien gekümmert. Das entsprach dem Brauch der Zeiten, denn wenn König Karl III. dem Glanz und der Pracht der Könige von Frankreich nacheiferte, dann bestätigte er sich damit vor allem als Erbe des farnesischen Bluts, während sein Minister Tanucci, der unter den Adeligen einen Wettlauf um schönen Schein und Verschwendung förderte und zugleich mit dem Schwinden ihres Reichtums auch deren Macht einschränkte, wesentlich tiefer zielte.

»Da ist er ja, unser kleingewaltiger Colbert«, sagte Gian Luigi und drehte und wendete in seinen Händen die Karikatur des Ministers aus feinstem Porzellan der *Prima Epoca*. »Glänzende Idee, den meridionalen Adel, der der Zentralmacht gegenüber positiv eingestellt war, zu kastrieren, so dass, als diese in Neapel verschwunden war, der Mezzogiorno ohne seine natürlichen Anführer dastand!«

Damals war ich nicht in der Lage, diese historische Sicht zu bewerten. Doch da den Herren des Mezzogiorno der

Scharfsinn keineswegs abhandengekommen war, muss man annehmen, dass Tanuccis Politik (die er im Übrigen vom spanischen Vizekönigreich geerbt hatte) beim Adel auf nicht nachvollziehbare Zustimmung traf. Gab es etwa, zumindest bei dem einen oder anderen dieser benommenen Genussmenschen, ein »cupio dissolvi«, das eines asiatischen Philosophen würdig wäre, den Wunsch, sich selbst aufzulösen, sich im Bewusstsein der Schicksalhaftigkeit der Geschichte aufzuheben?

Unsere Ahnen schwiegen also, während die Verwalter die Renditen über Jahrzehnte hinweg nicht überwiesen und sich so, durch einfache Verordnung, zu Eigentümern der Ländereien machten. Sie, die Ahnen, unterschrieben mit geschlossenen Augen jedwede Verpflichtung, Abtretung oder Überlassung, und waren gelegentlich sogar in der Lage, einen in Familienbesitz befindlichen Palazzo zu verlieren, und das als Folge einer ganzen Reihe von Absurditäten. So hatten sie sich beispielsweise verpflichtet, einen feststehenden jährlichen Betrag als Wohltätigkeit für eine fromme Einrichtung zu überweisen, und diese Zahlung großspurig mit dem eigenen Haus garantiert. Vergaßen sie, den Jahresbetrag zu zahlen, wurden sie von der frommen Einrichtung enteignet, worüber sie aber erst in Kenntnis gesetzt wurden, als es zu spät war.

Durch diese Machenschaften waren eine nicht näher bestimmbare Zahl von Besitztümern und Lehen – darunter einige von gewaltiger Größe – bereits zu Beginn des neunzehnten Jahrhunderts auf eine geringe Zahl geschrumpft, und dann wirkten noch sozusagen schicksalhafte Umstände mit, wie der frühzeitige Tod, nicht geschäftsfähige Minderjährige, entmündigte Alte oder Hitzköpfe, die in den napoleonischen Wirren zu Schaden gekommen waren, den Auflösungsprozess zu vervollständigen. So kam es, dass von so viel Reichtum gerade einmal eine bescheidene Reserve bis zu meinen Großeltern gelangt war, ohne dass dies jedoch zu einem Wechsel in der Denkweise geführt hätte.

Waren die Vorfahren wie Nüsse am Stammbaum harte, reaktionäre und bigotte Menschen gewesen, so endeten die heruntergekommenen Erben in einem abstrakten Gleichmut, wenn nicht gar in einem würdelosen Fatalismus. Bei meinem Großvater Gian Carlo, der selbst bereits in äußerst eingeschränkten Verhältnissen lebte, wurde einmal einer seiner Landpächter vorstellig, um ihm die Pacht für eine bestimmte Mühle im Sorrentinischen zu entrichten, von der noch niemand jemals etwas gehört hatte. Der Großvater erhielt die Pacht und den Handkuss dieses gütigen Mannes und beschäftigte sich nie wieder mit der Mühle, die dann so plötzlich wieder verschwand, wie sie unvermutet aufgetaucht war.

Der jüngste der Brüder, Giovannandrea Sansevero, später Kardinal der Heiligen Römischen Kirche, war der letzte Spross am alten Baum. Der Erstgeborene dagegen wollte sich aufgrund seines unbeugsamen Stolzes aus einer Welt zurückziehen, in der er nicht der Erste sein konnte, und so vermischte er nach mehr als dreißig Generationen seine vierundsechzig Adelsteile mit dem Blut einer Bürgerlichen, einer Ippolita Flavio von unklarer Herkunft. Danach blieb dem Geschlecht nichts anderes übrig, als entweder unterzugehen oder sich zu erneuern. Mein Vater Gian Luigi sollte über diese Lektion in seiner Jugend nachdenken und sich vornehmen, der *homo novus* zu sein, der neue Mensch.

Über diese Vergangenheit sprach Gian Luigi tatsächlich nie. Doch meine Mutter Annina liebte es, ein paar der unvernünftigsten Verschwendungsgeschichten zu erzählen, die in der Familienüberlieferung erhalten geblieben waren, und das mit einem Lächeln, das dieses Verhalten nicht nur einzugestehen, sondern sogar gutzuheißen schien. Ursprünglich stammte Annina aus dem niederen französischen Adel, war aber nicht immun gegen jene Haltung, die man mit einem besonderen Wort einer bestimmten sozialen Schicht bei uns *ofanità* nennt, was »Hoffart«, gelegentlich auch »Eitelkeit« bedeutet.

»Bernardo, der Vater von Bernardino«, sagte sie einmal, »hinterließ seinem Kutscher im Testament zweiunddreißig Pfund Silber, das war die Zuwendung für den Reitstall, gedacht für die Hufbeschläge seiner Pferde!« Gian Luigi machte deutlich, dass er nicht zuhörte. Und ich, so klein ich auch war, hörte ohne Überzeugung zu.

Umgekehrt bewahrte der jüngste meiner Onkel, dem zu Ehren des Begründers unseres Geschlechts der archaische Name Gedeone aufgebürdet worden war, bei diesen abgestandenen Geschichten eine durchaus sympathische Haltung. Von ihm erhielt ich die wenig orthodoxe Nachricht über einen Prozess gegen den Kuriale wegen vor der Königlichen Münzprägeanstalt unterschlagener Goldstücke, und auch die andere über die vom General Gian Luigi unter spanischer Flagge in Flandern durchgeführten Brandschatzungen. Onkel Gedeone kam zu dem Urteil, dass, historisch gesehen, unsere Vorfahren, die immer im Dienst der Herrschenden gestanden hatten (einer war bei der Unterdrückung gegen Masaniello grausam ermordet worden), für die Leibeigenen in Neapel mitverantwortlich waren, die viele Jahrhunderte lang unter das Joch der Fremden gezwungen worden waren. Doch die Gespräche zwischen meinem Onkel und mir blieben eine private Angelegenheit.

Von unserem Haus (zur damaligen Zeit in der Nähe der Solitaria) bis zum Haus der Onkel war es nicht weit. Sie lebten zurückgezogen in einer Art zölibatären Konvents auf der fünften Etage, im Vico di Palazzo. Diese Orte, ganz zentral gelegen zwar, aber ohne Plan, wie man sie in Neapel oft antrifft, sind voller niedriger Wohnungen und melancholischem Dreck, obwohl sie eng um karolinische Denkmäler herumgebaut sind. Und der Wohlstand wird hartnäckig von der sich ausbreitenden Armut der anderen belagert. Doch im Vico di Palazzo selbst flatterten nicht einmal die Fahnen des Elends: die fröhlichen Wäschestücke Neapels, die wenigstens reich durchsonnt werden.

Diese Gasse zieht sich hinter den massiven Gebäuden der Via Gennaro Serra hin, die allerdings von dieser Seite nur düster ausdruckslose Mauern und misstrauische, jahrhundertealte Eisengitter bieten, aus denen unaufhörlich Küchendünste strömen. Die Reihe der entrechteten Häuser, die auf diese Rückansichten voller Neid blickte, war stumm und dunkel, auch wenn man versuchte, auf den abgenutzten Türen das eine oder andere gemalte Wappen zur Schau zu stellen. Weiter hinten hängen die Häuserblocks der Gasse über der Talmulde der Chiaia, gedrängt voll bis zur halben Höhe von den Fabriken, die an dieser Straße liegen. Auch an diesem Teil sieht man nur Straßenhügel, die sich bockig zwischen Balkonen, Loggien, Luken und Gauben oder noch intimeren Schlupfwinkeln hinziehen, und die damals so von Leben erfüllt waren, wie ich es zu der Zeit nicht im Entferntesten vermuten konnte.

Dort oben also wohnten meine Verwandten, in einer großen, einzigartigen Wohnung mit gewundenen Korridoren, asymmetrischen Fenstern, Wänden mit phantasievollen alten Tapeten: mit Blumen, mit Pagoden, mit Festonstichen. Diese Wohnung war als Ergänzung zum ursprünglichen Bau entstanden und zog sich zwischen überdachten Dachterrassen und Wohnblocks hin, änderte oft das Niveau, mal um eine, mal um zwei bis drei schieferne Stufen; sie blickte so ziemlich überall auf etwas hinaus und war reich an besonderen

Gerüchen. Sie war mit glänzenden Steinplatten ausgelegt, die sich zum großen Teil gelockert hatten und unter den Füßen ruckelten; die Wohnung wurde von Winden gepeitscht, von der Sonne geschlagen und mit Leichtigkeit auch vom Regen heimgesucht. Wie kaum etwas sonst war sie geeignet, Katzen, Blumen und Kanarienvögel zu halten, an einigen Stellen dunkel, an anderen voller Luft und Licht. Und vor allem offen zur Chiaia-Seite hin, oberhalb des grenzenlosen Panoramas von Menschen und Dingen, das vom Hügel mit dem Castel Sant'Elmo gekrönt wurde, und einem Himmel, der mir in Erinnerung bleibt als der einzig wahre Himmel von Neapel: mein heimatlicher Himmel.

Die einzige Tante, Francesca, regierte diesen Haushalt mit monastischer Strenge. Manchmal, zur Dämmerstunde, traf ich die beiden Onkel an, die ihr zuhörten, während sie den Rosenkranz betete: Gedeone, der gesittet auf einer altersträchtigen Truhe saß, und Gian Michele, der in der für ihn typischen Weise im Zimmer hin und her spazierte, ohne jemals stehen zu bleiben oder sich zu setzen, und dabei auf einer gerösteten Kaffeebohne herumkaute, von denen sie eine volle Terrine mitten auf dem Tisch stehen hatten, allein für ihn.

Mein Vater war als einer der Zwillinge zwei Stunden vor dem anderen geboren worden und hatte so das Erstgeburtsrecht und den Titel erworben. Doch entsprechend der bekannten These konnte man auch der Ansicht sein, dass Gian Michele, selbst wenn er als Zweiter auf die Welt gekommen war, gleichwohl der Erstgezeugte sein konnte. Eine Meinung, die in einer Familie wie der unseren ihren ganz eigenen Wert hatte. In ihm, der auch mein Taufpate war, überlebten gewisse uralte Charaktereigenschaften eines anderen unserer Ahnen, dessen Porträt in der Wohnung der Onkel aufbewahrt wurde, und ich hätte es nicht gewagt, darüber zu lachen. Wie diese Persönlichkeit, der Heerführer von Ranuccio II. Farnese, übernahm Gian Michele an Stelle des quadratischen Barts, der Gian Luigi ein so majestätisches Aussehen verlieh, den Spitzbart von Charles I. Stuart, was seiner hohen Gestalt und seinen edlen, schlanken Gesichtszügen einen strengen Ausdruck verlieh.

»Wenn die Nachkommen den Vorfahren ähneln«, sagte mein Vater mit dem üblichen ironischen Anflug in der Stimme, »bedeutet das, dass die Damen des Hauses anständig waren!«

»Und in der Aristokratie von heute«, antwortete ihm der Marchese Lerici, dieser eingefleischte Spötter, »gibt es viel zu viele, die, statt zu fechten und sich aufs Pferd zu schwingen, lieber kochen oder Kutschen lenken. Von wem die wohl ihre Vorlieben geerbt haben?«

Schweigsam, nachdenklich und hochgebildet, verbarg Gian Michele unter höflichen Formen ein ungestümes, brennendes Gemüt. Doch konnte er auch urplötzlich und auf gefährliche Weise explodieren, und tatsächlich hatte er sich während seines Militärdienstes einmal aufgelehnt. Von dieser Stimmung glühender Melancholie, verbunden mit einer Art von ideellem Mystizismus, musste er am Ende besiegt worden sein, doch die Liebe zu einer Witwe, der er folgte und von der er später verlassen wurde, stand zu jener Zeit erst am Anfang. Schon seit vielen Jahren arbeitete Gian Michele zusammen mit meinem Vater an einem gemeinsamen Projekt, das erste Ergebnisse zeitigte. Damals rieb er sich ausschließlich in Mühsal auf und hielt sich mit seinen Kaffeebohnen auf den Beinen. Nur selten sprach er mit mir, mit einer tiefen, belegten Stimme, die, glaube ich, von einer Krankheit in seiner Jugend herrührte, was aber seinen Worten eine geheimnisvolle, durchdringende Substanz beimischte.

»Wenn der ungestüme Charakter deines Vaters«, sagte Gian Michele und unterbrach dabei keineswegs seinen Spaziergang, »und wenn der scheinbar sanfte, doch eigentlich launische Charakter deiner Mutter sich eine Beschränkung auferlegen könnten, würde es kein Hindernis für eine Wiederauferstehung unserer Familie geben, denn Gian Luigi ist ein Urtalent.«

Wenn Gian Michele, der sich eher an sich selbst zu wenden schien als an mich, der ich noch ein kleiner Junge war, sich mit einer derartigen Bemerkung hervorwagte, dann, weil er besser als jeder andere wissen musste, bis zu welchem Grad sich die Sanseveros von ihren Liebesgefühlen beherrschen lassen konnten. Diese Charaktereigentümlichkeit konnte man zwar nicht aus der Erforschung des Stammbaums ableiten, doch der Herzog Nicola, dem nach seiner Trennung von der Baronin von Egloffstein auf dem Höhepunkt des Jahrhunderts der Laffen und Beaux nichts Besseres eingefallen war, als sich nach Calvanico zurückzuziehen, um dort zu sterben, war das deutlichste Beispiel für diese Temperamentslage.

Wenn die Liebe für die einen ein Vergnügen ist, für andere etwas Sorgenvolles, ein plötzliches Fieber oder ein Strohfeuer, so stellt sie für viele der Meinen stattdessen, wie ich später begreifen musste, eine ungestüme Begeisterung im Innersten dar, auch wenn dies nicht unmittelbar zum Ausdruck kommt; eine krankhaft fixe Idee und dazu kompliziert im Halbschatten der Gefühlswelten, ein Reagens auf eine derart exzessive und chimärenhafte Phantasie, dass sie sich sogar für die Geliebte im Allgemeinen als unerträglich herausstellte und als eine Sklaverei für den Liebhaber, wenn nicht gar als sein Ruin.

Weil meine Tante Francesca eine jugendliche Gefühlsaufwallung, die erste und letzte in ihrem Leben, als Enttäuschung erfahren hatte, schwor sie, ledig zu bleiben, und blieb es auch. Onkel Gian Michele hatte sich auf denselben dornigen Weg begeben. Onkel Gedeone stürzte sich, wie ich sehr viel später erfuhr, in das gleiche unglückliche Abenteuer, mit den gleichen Resultaten, und der liebevollste, väterlichste Mann, dem man begegnen konnte, blieb sein ganzes Leben lang einer Erinnerung treu.

Die unzähligen Bernardinos und Teresas, die Mönche und Nonnen des Stammbaums, entsprachen daher nicht unbedingt einem Adelsbrauch, wonach der Zweitgeborene dem Ältestenrecht geopfert wurde, sondern eher einem Wald von unglücklichen Liebesbeziehungen, die diese Leben wie brennende, aber in einer leeren Kammer vergessene Kerzen verzehrt hatten. Und das war auch die Ursache für den jähen Sprung in der Verästelung des Stammbaums, der zahlreiche unfruchtbare Knospen hervorgetrieben hatte. Mein Vater war glücklicherweise Annina begegnet, doch Gian Michele schien zu befürchten, dass bei ihm das Familiengesetz umgekehrt wirksam würde, und zwar in dem Sinn, dass er möglicherweise der Leidenschaft für seine Gattin jedes andere Erfordernis geopfert hätte. Doch dafür war die Zeit noch fern.

Für den Augenblick verbrachten diese armen Opfer der Liebe ihre Sonntage da oben, inmitten strenger Regeln, sie waren beim Rosenkranzgebet zugegen oder spazierten in geschlossenen Räumen. Manchmal führte Onkel Gedeone mich in sein Zimmer, das am entferntesten und luftigsten Punkt lag, über einem Meer von Dächern, der wilden Erschütterung von Winden ausgesetzt oder der brüllenden Hitze. Doch auf dieses Zimmer war er ungeheuer stolz, und zwar wegen der von einem langen Korridor gehüteten Abgeschiedenheit und wegen der vielen Nelken- und Geranienpflanzen.

Gedeone war anders als seine Brüder: nicht hochgewachsen, ohne Bart, stets lächelnd und von gutmütigem Aussehen. Er ging in seiner staatlichen Karriere auf, dort war er geschätzt wegen seiner gewissenhaften Pflichterfüllung, ein Mann der Ordnung und ein beispielhafter Beamter. Es sah so aus, als hätte er außer zu seinen Geschwistern und uns Neffen und Nichten keine weiteren Gefühle der Zuneigung. Und seine Zerstreuungen bestanden darin, an Festtagen mich und Checchina mit der von Pferden gezogenen Straßenbahn zum Rondell von Capodimonte zu fahren oder zum Café Vacca im Park, um die städtische Blaskapelle zu hören, die unter dem eisernen Pavillon mit den bunten Scheiben die Mittelschicht der Belle Époque beglückte. Dieser Onkel war es auch, der uns zum ersten Mal die Augen für die Wunder des Kinos öffnete, für die Farcen von Cretinetti, für die patriotischen Filme über den Libyschen Krieg im Jahr 1911, als es unmöglich war, die Kinder auf den Sitzen zu halten, wenn auf der Leinwand die Federbüsche der Bersaglieri auftauchten.

In seinem Zimmer, alleine mit mir, ließ der Onkel sich merkwürdige Spiele einfallen, bei denen er sich selber am meisten amüsierte. Er stellte sich als Komponist von Opern vor, und nachdem mein Applaus zu Ende war, gab er ein selbstkomponiertes »Vorspiel« zu einem *Mefistofele* oder zu einem *Guglielmo Tell* zum Besten, die den bekannten weit überlegen waren, und er sang sie selbst mit verwegenen Falsetttönen. Dann trug er ein sehr breitgefächertes Repertoire patriotischer Gedichte vor, lustige Verse auf Neapolitanisch, oder gestaltete einige karikaturhafte Szenen, »Macchiette« genannt, in der Art von Nicola Maldacea, dem neapolitanischen Satiriker, alles Dinge, die ich zu seiner großen Freude nach und nach von ihm lernte und oft für ihn wiederholte, wobei er dann zum Publikum wurde und mir Beifall klatschte, so wie ich es vorher bei ihm gemacht hatte.

»Halt! wer da? Was schau'n die Leut,
Wenn sie mich seh'n, gestützt auf meinen Stock?
Halt! wer da? Ein alter Sergeant bin ich,
und kann euch sagen, wie die Kanone klingt.

Marsch! Rückt vor! Wir ziehn in die Schlacht,
als gingen wir singend zum Ball.
Einem Blütenregen gleicht der Kugelhagel.
Rampampàm! Rampampàm! Rampampàm!«

Harmlose Romantikereien, liebevoll von seiner Gutgläubigkeit an die meine gesandt. Und wenn ich jetzt an die machtvolle Intelligenz denke, die in diesen Familiengeschichten verborgen liegt, an die Hingabe und Bescheidenheit, mit der er anderen diente, fühle ich, dass er wirklich ein Heiliger war. Und er war der Einzige in unserer Familie, mich eingeschlossen, der die Sünde der Hoffart nicht beging.

Wir kehrten ins Esszimmer zurück, das von allen gemeinsam genutzt wurde. Der Tisch war schon mit dem schweren, weißleuchtenden Tischtuch gedeckt, den zu gigantischen Hörnern gestalteten Servietten, den Flaschen und den wuchtigen, geschliffenen Kelchgläsern; das Silber abgekantet und stumpf vom Gebrauch. Die Tante stopfte jetzt und zog ihr Nähzeug aus einer alten quadratischen Blechdose, die sie schon seit Jahrzehnten hatte. Ich wand mich, während ich wartete, bis schließlich ein höhlendumpfes Fauchen aus dem stimmlosen Sprachrohr aus Messing drang, das damals als telefonische Verbindung mit der Portiersloge diente und ankündigte, dass die älteste Hausangestellte von uns unten wartete, um mich zurückzubringen.

Diese Rückwege vergesse ich nicht. Von dem finstern Spalt des Vico di Palazzo konnte man schon das Leben und die Lichter auf der fröhlichen Piazza der Santa Maria degli

Angioli sehen. Plötzlich platzte die Fanfare der Bersaglieri dazwischen, die zum abendlichen Appell rief und Tausende von Tauben und Schwalben erschreckte, die auf der Kuppel dieser Kirche wohnten. Dann eilten die Soldaten im Laufschritt zu ihrer Kaserne hinauf, oben, am Monte di Dio. Scharen von kleinen Jungs liefen ihnen schreiend hinterher. Und wir gingen nach Hause, langsam, gemächlich, die Hausangestellte, ohnehin schon kurzsichtig, doch zu dieser Stunde eigentlich schon blind, hielt mich an der Hand, im Grunde, um geführt zu werden, nicht, um mich zu führen.

»Hat's dir Freude gemacht?«, fragte meine Mutter und zwickte mich in die Backe. Ich roch den betörenden Duft ihrer Hände, und wie Onkel Gian Michele sagte ich mir im Stillen: »Sie ist launisch!«

Die Neigung von Jungs, auf Bäume zu klettern und dort Hütten zu bauen und Schlupfwinkel, wird zwar von den Anhängern des Darwinismus nicht als Beweis für dessen Theorie zitiert, könnte aber einer sein.

Keine Berührung ist der Hand des Menschen so angenehm wie die eines glatten, gehärteten Baumstamms; nichts entspricht der Anpassungsfähigkeit des Greifens besser; nichts ist bequemer als eine Astgabelung, nichts beschützender als eine Laubkuppel, nichts wohltuender für das vom Licht geblendete Auge als das Spiel von Licht und Schatten im dichten Blattwerk.

Im Gegensatz zu animalischen Wesen belastet der Baum mit dem Rhythmus seines Atems die Atmosphäre nicht nur nicht, sondern er erneuert sie sogar. Indem man ihr die eigenen konzentrierten Gerüche zurückgibt, nimmt sie an Düften und Lebenskräften zu. In der Wiege der biegsamen Äste, die ohne alle Gefahr mitmachen, und solange das perfekte Gleichgewicht von Stützen und Gewicht einen der Pflanze anverwandelt hat, wird man dort schlafen und sich regenerieren können. Zuweilen habe ich dort geschlafen.

Unser friedvolles neapolitanisches Leben wechselte schon seit vielen Jahren mit unendlich langen Aufenthalten in einer Villa außerhalb des kleinen Dorfs San Sebastiano an den Hängen des Vesuvs ab. An diesen Ort knüpfen sich einige der ältesten Erinnerungen, lange bevor noch Checchina die eine oder andere Stimme in meiner ruhig sanften Einsamkeit aufweckte.

Diese Zeit steht mir vor Augen, reglos und still. Ich hatte keine Verbindung zu anderen Gruppen von Jungen und verbrachte meine Zeit fast ausschließlich mit »Geduldsspielen«, wie man sie didaktisch nannte. Noch sehr klein, erstellte und zerstörte ich mit Bauklötzchen Bauwerke, welche die Aufmerksamkeit meines Vaters erregten, der damals, selbst Ingenieur, darüber nachdachte, mich an diesen Beruf heranzuführen, wohingegen er für seinen Erstgeborenen Ferrante völlig andere Hoffnungen hegte.

Die Einzigartigkeit von Gian Luigis Verstand erlaubte es ihm, auf alte Vorstellungen neue zu pfropfen, die deren Verneinung zu sein schienen. Doch für ihn, der als Kämpfer in die reale Welt herabgestiegen war, die Krupp als Propheten und die Lokomotive als Bundeslade betrachtete, hatte die wie auch immer geartete Tätigkeit nur den Wert einer zwar notwendigen, aber befristeten Parenthese: die Sanseveros sollten, wie in der Vergangenheit, eine Struktur wiedererrichten, über der sich ein Gipfel auftürmen sollte. Zu anderen Zeiten hätte man mich ohne Zögern für die Waffen oder das Kloster bestimmt. Jetzt aber dachte man, dass es mir zufallen müsste, für den Unterhalt unseres Hauses zu sorgen, und Ferrante sollte nichts als dessen Glanz repräsentieren. Meine unschuldige Hingabe an die winzigen Paläste aus Buchenholz, an die mit Moos oder Pappe ergänzten Kirchlein oder Kastelle, bestätigten Vorstellungen, mit denen, einmal aufgekommen, meine Eltern nie mehr brachen und die sie auch nicht mehr diskutierten.

Ich, der ich von den bedrohlichen Wolken nichts ahnte, die sich über meiner gesamten Zukunft zusammenzogen, ließ die Bauten nur für die Bücher liegen. Ich erinnere mich nicht, wann ich das Lesen erlernt hatte, doch war es sehr früh, und das aus einer starken natürlichen Neigung heraus. Diese Leidenschaft war so groß, dass mir das Lesen oft verboten wurde, aus Rücksicht auf meine Gesundheit, die aber ausgezeichnet war und sich ganz sicher nicht über bedrucktem Papier verbrauchen würde. Doch die hoffnungsvollen Prognosen, die man aus dem Spiel mit den Bauklötzchen zog, übertrug man nicht auf diese andere, obwohl so ungeheuer starke Neigung, denn die Wahrheit ist, dass das Auge nur sieht, was es zu sehen wünscht.

Meine Sanftmut, meine Gelassenheit indessen waren groß. Die kurzsichtige Hausbedienstete, die meine erste Gouvernante war, führte mich bisweilen in den Stadtpark von Neapel und machte es sich zur Regel, sich neben mich auf eine Bank zu setzen. Als ich eines Tages dieser ganzen Untätigkeit überdrüssig war, ließ ich statt meiner den breiten Panamahut dort zurück – solche Hüte waren damals bei Jungen Mode –, und während der nächsten zwei Stunden schrie und rannte ich waghalsig mit anderen zufälligen Spielgefährten herum, während die Gouvernante, die den unbeweglichen Hut immer im Auge behielt, tatsächlich glaubte, dass ich mich nicht von ihrer Seite entfernt hätte. In San Sebastiano vertraute man daher meiner Gelassenheit und Ruhe und gab mir keinen Aufpasser mit, und so war meine Freiheit absolut.

An den langen Sommernachmittagen, wenn die Familie die Siesta des Südens fast bis zum Sonnenuntergang ausdehnte, hatte ich für mich unendlich lange, glückliche Stunden auf den Feldern, die inzwischen bis an die Wüste der alten erkalteten Lavaströme heranreichten. Und vor allem hatte ich mir auf einem gigantischen Mispelbaum, der vor unserem Haus wuchs, einen kleinen luftigen Raum hergerichtet, der für einen schwereren Menschen als mich unerreichbar war. Von dort aus erblickte ich eine ausgedehnte grüne Landschaft mit Häusern und dem weit in der Ferne glitzernden Meer.

Oh, dieser liebenswerte Mispelbaum! Seine Früchte pressten mir einen Saft zwischen die Lippen, der zuerst säuerlich war und dann unversehens zuckersüß wurde. Der Mund erkannte ihn, wenn er sich um die großen, glatten Kerne bewegte, bis er den ersten sauren Geschmack wiederfand und dann zwischen herb und süß von neuem anfing mit diesem Zeitvertreib nach Vogelart. Und zwischen den halb geschlossenen Augenlidern, die den unendlichen Atem des Himmels filterten, das Land und das sonnenbeschienene Meer da draußen!

Die Verschwendungslust des Mispelbaums war grenzenlos. Auf den kurzen hutzligen Zweigen, die an die Finger einer wohltätigen alten Fee erinnerten, boten sich die Mispeln mit ihrer kostbaren, tiefbraun gesprenkelten Schale zu dritt, zu viert, zu fünft, immer zahlreicher an, wie eine Einladung im üppigen Blattwerk. Es war ein Bankett, das auf nichts anderes abzielte als auf die glückselige Sattheit, das Gastmahl der dem Menschen freundlich gesonnenen Natur, die nicht verbotene Frucht vor dem Auftauchen der Schlange. Und meine Unschuld hatte es verdient. Später sollte der andere Baum, der auf der gemalten Leinwand, seinen Schatten auf diesen werfen, den ich tief innerlich als den meinen betrachtete, doch ohne in der Lage zu sein, ihn an seine Stelle zu setzen. Meine Seele konnte nicht zögern, zwischen diesen beiden Gewächsen ihre Wahl zu treffen, doch nicht einmal das wusste ich zur damaligen Zeit.

Bisweilen hinderte mich meine Beschaulichkeit daran wahrzunehmen, dass der Himmel sich von der Bergseite her verfinsterte. Der Gipfel war bereits verschwunden, eingehüllt in die bleiernen Dämpfe des Schirokkos, der die schwefeligen Schwaden des Vulkans zu uns hinunterjagte. Deren beißender Geruch drang bis zu uns. Eiliges Laufen, heftiges Zuschlagen von Fensterläden waren die Vorboten einer kleinen tiefinneren Tragikomödie, auf die ich längst vorbereitet war, als ich den Stamm des Mispelbaums hinunterglitt, auf den die ersten Regentropfen schlugen.

»Der Donner! Der Donner! Heiligejungfraumaria, steh uns bei!«

Draußen breiteten sich aus dem dunklen Schoß der Wolken die Echos des ersten Knalls von Hügel zu Hügel an den Hängen des Vesuvs aus: sie waren die gewaltigen Trommeln der wilden Götter der Antike, die auf den Kriegspfad herabstiegen! Durch die Fensterläden ging das Licht der Blitze dem markerschütternden Ausbruch um einen ganz kurzen Augenblick voraus. Und Annina, umgeben von den Dienerinnen, die im Haus, das sogleich in Dunkelheit getaucht war, um die Wette rote Kerzen vor den Bildern der Heiligen aufgestellt hatten, sprach hastig Gebete, wie Beschwörungen, während ich und später auch Checchina, die sich in eine dunkle Ecke verzogen hatte, dieses Verhalten mit besänftigendem Respekt beobachteten, als wären wir Menschen, die zufällig bei der Liturgie in einer anderen Kirche als einer der eigenen Religion zugegen waren.

Diese Szenen, die in unserem Haus so regelmäßig wiederkehrten wie die Gewitter am Himmel, führten mir ferne Erinnerungen vor, die ersten möglicherweise, den Urschrecken, vermischt, wie man sieht, mit Religiosität, mit Aberglauben und praktischem Sinn. Meine Mutter, so sagte sie mir, war als kleines Kind von einer Nervenkrise heimgesucht worden, und das wegen eines Blitzes aus heiterem Himmel, der im Garten eingeschlagen war, wo sie saß und mit ihren Puppen spielte. Seitdem stürzte die Elektrizität sie, so kurz sie sich auch in der Luft verdichtete, in eine nicht zu überwindende Fassungslosigkeit. Der Ausbruch des Gewitters war für sie ein heftiges Leid. Mit geweiteten, starren Pupillen, bebenden Lippen, Händen, die die Perlen des Rosenkranzes nur eben betasteten, schien Annina außer sich zu sein, während der Hagel wütend gegen die Fenster schlug und der gesamte Gang des Familienlebens zum Stillstand kam.

In San Sebastiano waren die plötzlichen Wirbel vom jähzornigen Vulkan und häufig auch der Alarmruf und die daraus erfolgenden Stoßgebete und Verwünschungen häufig. Doch die Ängste meiner Mutter hatten mit meiner Gefühlslage nichts zu tun. Mich stimmten die Gewitter heiter, und der ganzen Bestürztheit begegnete ich als ironischer Richter. Wenn man mich gelassen hätte, wäre ich auf meinem Mispelbaum geblieben oder ich hätte wenigstens die Fenster aufgerissen, um den lebendigen Regen zu empfangen, oder ich wäre sogar in die Wolken eingetaucht. Auf einem Blitz zu reiten erschien mir in meiner kindlichen Phantasie wie ein blendendes Abenteuer.

Ich erinnere mich nicht, Gian Luigi in solchen Umständen je gesehen zu haben. Es war die ruhmreiche Zeit, als er zusammen mit Onkel Gian Michele bei der kalabrischen Eisenbahn arbeitete, beim Aquädukt von Apulien, bei den Häfen von Brindisi und Tarent, wo er sein Vermögen wieder aufbaute. Die Zwillinge hatten sich noch vor dem Tod des Herzogs Gian Carlo allein und verlassen gesehen, mittellos in einer unbekannten Welt, mit der Bürde des abgearbeiteten, erschöpften Vaters, ihrer selbst, der Mutter und der jüngeren Geschwister.

Ohne seine Studien abgeschlossen zu haben, war Gian Luigi der Erste, der sich der Tyrannei einer Anstellung bei einer Baufirma unterwarf: etwas für ihn äußerst Schwieriges, denn zu all seinen von adeliger Erziehung herrührenden Gefühlsäußerungen und Hemmungen kam die völlige Unerfahrenheit im Umgang mit dem neuen System, mit dem er konfrontiert war.

Doch dieser Hühnerstall konnte einen Falken mit so robusten Federn nicht abhalten. Kurze Zeit später war er Chef eines eigenen Unternehmens, in das Gian Michele als Rechtsanwalt eintrat, um ihm zu helfen. Die vereinten Qualifikationen und Fähigkeiten der beiden Brüder wurden zur unangreifbaren Macht in der sonnenbeschienenen, staubigen Welt des Kalkmörtels.

Davor aber lag noch eine heroische Zeit.

»Dein Vater«, erzählte Onkel Gian Michele mit seiner gedämpften Stimme, »war noch keine zwanzig, als nach der Cholera von 1884 die gewaltigen Arbeiten der Erneuerung in Neapel begannen. Von unserem Haus in Mergellina zu den Baustellen, die sich da befanden, wo jetzt der Rettifilo verläuft, die gerade Strecke, waren es mindestens vier Kilometer, und Gian Luigi stand jede Nacht auf, um zu Fuß dahin zu gehen, so wie er auch zu Fuß wieder heimkam. Unvermeidlich, aber widerwärtig waren die Zwangsräumungen der einfachen Leute aus dem Volk aus ihren verdreckten Niedrigbehausungen. Dazu bedurfte es der Polizeimacht und der Arbeiterkommandos. Die Carabinieri legten den kampfbereiten Aufmüpfigen, die einige Male die Abrisseinheiten empfangen hatten, Handschellen an; die Arbeiter schafften die Haushaltsgegenstände auf die Straße und mauerten die Türen dieser Elendshütten zu, damit sie nicht mehr bewohnt werden konnten, was manchmal trotzdem in der darauffolgenden Nacht vorkam. Dein Vater wurde mehrmals mit dem Tod bedroht.«

»Wie der andere, der von den Lazzari[1] während Masaniellos Revolte ermordet wurde?«, fragte ich, der ich, was gesellschaftliche Verhältnisse betraf, völlig ahnungslos und gegenüber den niederen Schichten unvoreingenommen war.

Der Schatten eines Lächelns huschte durch die melancholischen Augen Gian Micheles, der weitersprach, ohne zu antworten.

»Kraft war nötig, Mut und Hartnäckigkeit. Jeden Abend, wenn Gian Luigi aufhörte, musste er sich in einem abgetrennten Raum ausziehen und die vom Dreck und von Insekten der Waren- und Materiallager verseuchte Kleidung auf einen Haufen werfen. Doch er hielt durch. Als er einen Weg fand, Arbeiten auf eigene Rechnung zu übernehmen, half ich ihm. Er war der Pionier.«

Während das Gewitter langsam wich und der Donner nur noch müde in der Ferne grollend sich zu entlegenen Himmelsgegenden verzog, und Annina jetzt mit festerer Stimme den Rosenkranz betete im schlecht abgestimmten Chor der Dienerinnen, dachte ich wieder an Gian Luigis Geschichten. Dass ein so wagemutiger Mann eine Frau geheiratet hatte, die ihre Angst vor dem Donner nicht beherrschen konnte, war für einen besessenen Salgari-Leser wie mich kaum verständlich. Ich kannte zwar Clorinda noch nicht, konnte aber die Unternehmungen des Capitan Tempesta[2] auswendig heruntersagen.

Nach dem Ebenbild der Hauptfigur dieses Romans, der Hauptmännin, und aus Bewunderung für sie hatte ich mir einen Krummsäbel gebastelt, aus Holz, in dessen Heft bunte Glasstückchen eingelegt waren, die Gemmen nachbilden sollten. Was Checchina betraf, so besaß sie einen entschlossenen Verstand, der sie bei unseren gemeinsamen Spitzbübereien manchmal noch vor mir in Gefahr trieb. Ängste kamen uns als etwas Ungehöriges vor.

»Zu der Zeit war's«, hallte Gian Micheles Stimme nach, gedämpft hinter Erinnerungen, die seine Sätze zu einem ausgesprochenen Selbstgespräch machten, »ja, damals, dass er deiner Mutter begegnete. Doch Gian Luigi ist ein Kavalier der alten Schule geblieben.«

Wenn Eltern mitunter nur wenig über ihre Kinder wissen, dann wissen diese noch weniger über sie. Wenn es einen Ort gibt, wo die Leidenschaften, die Beweggründe und die Zeit dazu dienen, die Wahrheit abzuändern, zu verwässern und zu verzerren, dann ist es die Familie. Daher ist es eine schwierige Aufgabe, ein gerechter Richter des eigenen Hauses zu sein. Ich brauchte viele Jahre, um das innere Wesen meiner Verwandten zu verstehen. Damals aber sah und verstand ich nur anhand weniger Grundansätze von einer Gutgläubigkeit, die allerdings von der Aufmerksamkeit und der Neugier erhellt wurde. Meine Fragerei war nicht arglistig, sondern forderte redliche Antworten.

»Dein Vater« (das war eine Erzählung von Tante Francesca) »sah, als ihr noch sehr klein wart, bei seiner Rückkehr nach Hause eine Rauchwolke aus einem der Fenster quellen. Er rannte schneller als ein Blitz nach oben, doch das Feuer, ausgelöst durch einen Kurzschluss, hatte sich schon zu einem hohen Plafond hinaufgearbeitet. Er sprang auf einen Schrank, packte den brennenden Vorhang und zog ihn zu sich herüber, und inmitten des erstickenden Qualms rollte er ihn auf, trat auf ihn herum, häufte ihn zusammen und löschte so, ganz allein, die Flammen. Überall an den Armen war er über einen Monat lang von Brandwunden bedeckt. Doch damals war er ein Held.«

»Ein Urtalent!«, hatte Onkel Gian Michele ein erstes Mal gesagt. Und danach, verstärkend: »Ein Kavalier der alten Schule!« Und Tante Francesca wieder: »Ein Held!«

Dass Gian Luigi Courage im Überfluss besaß, habe ich selbst herausgefunden. Denn während eines unserer Ferienaufenthalte in San Sebastiano fuhr er meine Mutter und mich einmal mit einem schönen Traberpferd in einer kleinen zweirädrigen Kalesche herum. An der Steigung nach Pugliano fand ein Fest statt, und das Pferd, erschreckt vom plötzlichen Knallen der Feuerwerkskörper, ging durch und flog wie der Blitz durch die zur Seite springenden Menschen, die die Straße verstopften.

»Halt dich fest, Annina!«, rief mein Vater mit seiner gewaltigen Stimme. Meine Mutter schloss mich eng in ihre Arme, während die Kalesche dahinwirbelte, gefolgt von Schreien. Ich hatte überhaupt keine Angst, ich sah fasziniert, wie die Hindernisse an uns vorüberflogen, von denen selbst das einfachste uns in Stücke hätte reißen können. Doch Gian Luigi stand aufrecht da, seine Arme lagen eng an, seine Hände waren von den Zügeln umwickelt, er kämpfte gegen das Pferd an, und das so furios, dass ihm herrliche Flammen aus den Augen schossen. In diesem Augenblick, mit den Haaren und dem Bart im Wind, erschien er mir wie ein antiker Gott. Am Ende blieb das Tier, das die letzten Meter fast schon aufgebäumt zurückgelegt hatte, abgekämpft stehen.

Rings um den siegreichen Gian Luigi brach Beifall aus. Und als er sich zu uns umdrehte, lächelte er mit diesem Ausdruck einer milden Entrüstung, der ihm eigen war und ihn weit über die Durchschnittsmenschen heraushob.

Annina war ungeheuer stolz auf dieses Abenteuer. Sie war der Meinung, dass man dies in einem Bild verewigen müsse. Doch nie fand sich ein Maler, der es mit dem Sujet aufnehmen wollte, das sich wegen der Komposition, des Entwurfs und der gewünschten Dramatik des Ausdrucks als über alle Maßen schwierig darstellte.

Meine Beziehungen zu Gian Luigi waren dürftig. Wie die zu Annina waren, hätte ich nicht genau zu definieren gewusst. Gewiss, sie kam nicht, um mir am Abend die Bettdecke unter die Matratzen zu schlagen, wie die liebe Mama, die in meinem ersten Lesebuch gezeichnet war. Doch dem maß ich keine Bedeutung bei, weil mir eine derartige Zuvorkommenheit nichts mit der Beziehung zwischen uns zu tun zu haben schien: kaum fühlbare Zurückhaltung oder unbewusste Enttäuschung, ich könnte es nicht sagen.

Ich weiß nicht, wie Gian Luigi Annina begegnet ist, die sechzehn war und die er zwei Jahre später heiratete. Doch außer der Liebe, die sich in einem leidenschaftlichen Sturm in seinem Herzen entfaltete, das darauf schon vorbereitet war, mussten sich gleich zu Anfang bestimmte romantische Züge in diese Hingabe mit eingemischt haben, die bei einem jungen Mann dieses Temperaments nur allzu verständlich waren. Die Verwandten meiner Mutter, die Salvatis, hatten vormals freisinnig gelebt, und wegen kleinster Indizien, die an Gegenständen, die ihnen gehörten, sichtbar wurden, stellte ich sie mir in dieser unbefleckten Unbeschwertheit vor, wie man sie in den Gouachen der Zeit wahrnimmt, wo würdevolle Gestalten sich in der freundlichen Klarheit der Landschaft und der Perspektiven ergehen.

Als loyale Diener der Administration des alten Königreichs, in welchem sie ehrenvolle Positionen innegehabt hatten, fügten sie ihrem Familiennamen ein spanisches Prädikat an: »d'Olbia«. Doch was meine Großmutter mütterlicherseits betraf, Carolina Larème, war sie provenzalischer Herkunft, und zwar aus einer Familie, die zu Zeiten Joaquin Murats eingewandert war, und der im prunkvollen Empire-Stil geschnitzte Sessel, den ich auf den Tisch hievte, um die Zweige des Stammbaums zu erreichen, kam aus ihrer Familie.

Von Großmutter Carolina, die ausnehmend schön war und eine wunderbare Altstimme besaß, bewahrte Annina in ihrem eigenen kleinen Salon ein gut gemaltes Porträt auf: ein wahrhaft bewundernswertes Gesicht wegen der dichten, zu einer Krone gestalteten Zöpfe über der reinen Stirn und wegen ihrer Augen von dunklem Blau. Oft erinnerte sich meine Mutter an die überschwängliche Zuneigung, die ihre beiden Eltern miteinander verbunden hatte:

»In vielen, vielen Jahren«, sagte sie und betonte dabei ein bisschen bestimmte Effekte, »gab es nie auch nur ein halbwegs erregtes Wort zwischen den beiden. Euer Großvater, dem Heiligen Raffaele ergeben, bat diesen um nichts anderes als um einen augenblicklichen Tod, damit ihm der Schmerz erspart bliebe, sich von seiner Carolina losreißen zu müssen. Und er wurde erhört, im Schlaf ging er hinüber, in der Nacht des Heiligen Raffaele, seines Heiligen.«

Diese Geschichte, so viele Male wiederholt, verursachte bei mir eine von außen nicht wahrnehmbare Beklommenheit, die sich mit der Zeit in etwas ausgesprochen Lästiges verwandelte. Gegen bestimmte Familienmärchen und -legenden ist nichts einzuwenden, außer man will exkommuniziert werden, aber man nimmt sie nicht gerne hin. »Das muss ein großes Leid für alle anderen gewesen sein!«, hatte meine kurzsichtige Gouvernante einmal klugerweise gesagt. Dann, als Annina die Einheit unserer Großeltern so gepriesen hatte, führte sie uns indirekt die Parallele zu der Vollkommenheit zwischen ihr selbst und Gian Luigi vor Augen. Wenn man eine Sache lobte, war es, als würde man darum bitten, die andere zu bewundern. Mein Instinkt witterte hier so etwas wie einen Befehl und zog sich zurück. In ihrer Schlichtheit verstand Annina es, penetrant zu sein.

Nach dem Ableben von Großvater Raffaele ging es mit den Vermögensverhältnissen der Seinen schnell bergab (und hier waren die entsprechenden Geschichten noch länger als notwendig). Anninas älterer Bruder, ein gewisser Federico, zerstörte mit einem in solchen Fällen nicht eben seltenen Eifer das Vermögen, indem er sein eigenes Geld, das der Mutter und die Mitgift der Schwester verschleuderte und am Ende mit einer Tänzerin oder einer Chansonnière verschwand, ich weiß es nicht genau, während der Großmutter Carolina, verschlossen in ihrem Schmerz und ihren Erinnerungen an den verlorenen Gefährten, nur ihre kleine junge Tochter blieb. Gian Luigi, der aus dem Trubel seiner einsamen Jugend auftauchte und, reich an sagenhaften Kräften, bereits die Zukunft vor sich sah, wurde der Freund, der Beschützer, der Mann dieses verlassenen Herdes. Und er musste wohl geheime Gefühle entwickelt haben. Das meinte Onkel Gian Michele, als er ihn einen »Kavalier alter Schule« nannte.

Annina hatte zwar keinerlei ausgefallene kulturelle Bildung, erahnte aber den Mann, der ihr in vielerlei Hinsicht überlegen war. Auch ohne sie zu verstehen, liebte sie dieselben Dinge, die er liebte, schwor auf seine Überzeugungen, folgte ihm in seinen Ausbrüchen, in seinen Irrungen, sogar in seinen Ressentiments. Doch König Gian Luigi, wie sie ihn scherzhaft nannte, hatte in ihr keinen besonnenen, klugen Premierminister. Seine Großzügigkeit und Hochherzigkeit wie auch seine Rauheit und Strenge fanden niemals ein Korrektiv in meiner Mutter, sondern Förderung und Anreiz. Sie war zufrieden, dass sie ihrerseits wie eine Königin leben konnte, deren jede Flause Gesetz war. Auf uns war sie stolz, weil wir von ihm kamen. Und zum Zeichen ihrer Ergebenheit betonte sie dies vor ihm immer wieder.

Da sind wir also, wir vier, aufgestellt in einer schönen Reihe auf dem Porträt-Foto, hergerichtet wie kleine Fürstenkinder. Cristina mit gelöstem, üppig herunterhängendem Haar, das über ihre leicht vom Hunger gestaltete Figur hinwegtäuscht. Sie ist tiefernst, vielleicht ein aufgeschreckter Schatten, mit einem Kleid aus weißer Spitze mit Halsband und einem recht hohen Gürtel aus Atlasseide. Dann kommt er, der kleine Duca Don Ferrante, auch er weiß gekleidet (ein stilvolles Jäckchen!) und mit einer eng geschnürten Fliege, sehr viel blonder als er es dann später wurde, mit festem, reinem, aber auch leerem Blick, dem eines Erben. Und dann Checchina, damals fast noch ein Baby, pausbäckig und ein bisschen schwankend (vielleicht, weil außerhalb des Bildrands eine Hand sie festhält). Dann schließlich der Letzte in der Reihe (immer diese Etikette!): Ich. Ich habe einen Haarschopf, der meine Stirn bedeckt, doch in der Mitte von einem unbeherrschbaren Wirbel geteilt wird. Ich sehe friedvoll aus, gehorsam und irgendwie nachdenklich. Ich habe einen Matrosenanzug an, mit Matrosenkragen. Ja, ein Foto von 1908, als ich fünf Jahre alt war. Ein feingliedriges Riedgras menschlicher Schösslinge. Doch wohl eher nicht zum Stolz dessen, der sie aufgezogen hat?

Dieser Matrosenanzug! Später dann kam er in Italien langsam aus der Mode, doch unter Vittorio Emanuele III. und schon vor dem Libyschen Krieg und noch viel mehr danach gab es keinen Jungen, der ihn nicht anzog! Mit kurzen oder langen Hosen, entsprechend dem Alter. Blau im Winter, mit schwarzem Halslatz und den weißen Streifen auf dem Kragen und den beiden Sternen Italiens, ebenfalls weiß. Weiß im Sommer, mit blauen Streifen und blauen Sternen. Es gab in diesen Zeiten des schlichten Patriotismus auch Jungen, die als Bersagliere gekleidet waren. Das war aber bürgerlicher und auch seltener. Das einfache Volk hingegen bestand von sich aus darauf, Groß und Klein unter den Schutz des Heiligen Antonius zu stellen: dieses Gelübde verpflichtete sie zum Tragen der tabakblattfarbenen Kutte. Von diesen sieht man noch einige.

Die Erneuerung des Matrosenanzugs oder die Auswahl der anderen Kleinigkeiten für meine Kleidung (oder seltener für ein Spielzeug, für Farbstifte oder Bücher oder Hefte für die Schule) verlangten gelegentlich Anninas Autorität. Und wir, die bedauernswerte Gouvernante und ich, warteten auf sie niemals weniger als eine Stunde, mitunter auch mehr als zwei, an einer Stelle, die sie uns vorgeschrieben hatte. Doch wenn sie, immer wunderschön gekleidet, am Ende erschien, schaute sie mich gutherzig an und fragte mich lächelnd:

»Ja, was denn? Du bist schon da, Giuliano?«

Und mit der gleichen Gutherzigkeit wählte sie dann alles aus, fragte mich immer wieder, ob es mir gefallen würde, und ich nickte immer, auch wenn ich eine ganz andere Meinung hatte. Im Allgemeinen beschlossen wir bei diesen Gelegenheiten, zumal wir schon in der Gegend der Straße von Medina waren, diesen Ausflug mit einem Gott sei Dank nicht häufigen Besuch bei Anninas überlebenden Onkeln und Tanten zu beschließen, Schwestern und Brüder von Großmutter Carolina, alle ebenfalls ledig oder heiratsfähig und in derselben Wohnung vereint.

Sie waren wohlhabend, so wie es auch Großmutter gewesen ist, bevor die Wirren von Onkel Federico sie ruinierten. Und weil ebendieser Onkel aus ebendiesem Grund sich bereits von ihnen als enterbt betrachten konnte und andere Neffen oder Nichten außer Annina nicht existierten, sah man in ihr die natürliche, am nächsten verwandte Erbin dieses großen kollektiven Vermögens. Doch alle diese Larèmes, die Carolina bereits um achtzehn Jahre überlebt hatten, die immerhin nicht die Älteste von ihnen war, ließen nicht erkennen, dass sie uns verlassen wollten, obwohl sie inzwischen alle bereits uralt waren.

Sie wohnten in einem Haus, das ich als geheimnisvoll und düster empfand, inmitten eines Labyrinths von Gässchen bei den Guantai Vecchi, den alten Handschuhmachern, Gässchen, die jetzt verschwunden sind, um Platz für das neue Viertel Carità zu machen. Man gelangte von einem schiefen und engen Gässchen an den Außenständen des dort befindlichen Markts voller Körbe und Gemüsereste zu ihnen. Heute verstehe ich, dass dies die Dienstboteneingänge waren. Doch das Ehrentor war dermaßen außer Gebrauch, dass ich es damals nie gesehen habe.

Nachdem wir sozusagen tastend die Treppen hinaufgestiegen waren, befanden wir uns unversehens in der Küche, einem maßlos großen Raum, halbdunkel und miefig, mit majestätischen Töpfen und Kasserollen oben in großer Höhe, allerdings grünlich angespant und seit Jahren nicht mehr benutzt; Gittertüren wie im Gefängnis; und Gerümpel vereinzelter, gigantischer Möbelstücke und Tische, auf denen eine jahrzehntealte, schwere schwärzliche Schicht lag. Doch das Größte, das Fürchterlichste war eine Art Chorempore, die, wie in einer Kirche, sich über dem Eintretenden befand, und es hatte den Anschein, als würde sie gut ein Drittel des Raums einnehmen. Auf dieser düsteren Empore verlor sich ein unentwirrbarer Haufen von altem Plunder in der Dunkelheit und im schwarzen Dunst. Spinnweben und Kordeln hingen herunter, wie in den Aussichtswarten von Zauberern oder in den Bäuchen von Korsarenschiffen. Eigentlich regierte zwischen den Töpfen und dem Zwischengeschoss ein unheilvolles Wesen: der schmutzigste, räudigste und unverschämteste Affe, den die Schöpfung je hervorgebracht hatte, der jeden Ankommenden mit Schalen und Strünken empfing, wenn nicht gar mit flegelhaftem Gekreisch und gelegentlich auch mit Bissen und Kratzern.

Voller Furcht vor diesem Affen begleitete ich meine Mutter widerwillig, ohne ihr das allerdings zu gestehen. Ich beschränkte mich darauf, mich so schnell wie irgend möglich aus der Küche zu verziehen. Wenn man diesen gefährlichen Ort eilig durchquert hatte, kam man in einen zweiten, kleinen Raum, ebenfalls völlig dunkel, der von einem altersschwachen Papagei bewohnt wurde. Dieser hockte regungslos wie festgeflochten auf seinem Ständer, dann allerdings, wenn er Geräusche hörte, schüttelte er sich und rief seinen Namen, der natürlich der übliche war, nämlich Cocò. Von da an folgten weitere Finsternisse von nicht weniger als drei bis vier Sälen, doch schließlich gelangte man dann zu den Großonkeln und Großtanten: ein höchster, letzter und wirklich surrealer Anblick.

Denn auf einer langgestreckten Veranda mit sechseckigen Scheiben, entweder milchigen oder preußischblauen, saßen vier alte Menschen ohne jede Regung in einer Reihe, in nahezu gleichen Abständen, in gigantischen Sesseln, wie Statuen in einem Museum. Auf die Veranda regnete es an einem Tag, dessen Licht im engen Hof bereits spärlich war, aus einer Höhe von vier Etagen, doch durch diese bunten Glasscheiben gesehen, reduzierte sich dieser Tag zu etwas Gespenstischem. Und die Verwandten, von denen der eine blind, der andere gelähmt, der dritte fettleibig war, lagen dort, ohne sich zu bewegen, und das über Tage, Monate und Jahre, verschlossen in einer feierlichen, furchterregenden Stille, die nur gelegentlich von Cocòs heiserem Gekreisch unterbrochen wurde.

Hier also stand ich, zitternd und stumm vor heiligem Respekt, eingewickelt in den Rock meiner Mutter. Sie ging ehrerbietig von einer Mumie zur nächsten, streichelte sie oder schrie ihnen etwas in ihre tauben Ohren, und wenn die Runde zu Ende war, wiederholte sie den Gang noch drei bis vier Mal, bis wir schließlich zu einem anderen Teil des Hauses weitergingen, dem einzigen hellen und lebendigen, in dem die jüngste von Carolinas Schwestern wohnte, die Großtante Eudosia, munter und herausgeputzt, die im Übrigen erst kürzlich sechzig geworden war. Sie sollte immerhin noch den letzten Akt einer Tragikomödie aufführen.

Von den anderen vier Alten erinnere ich mich nur an die Todesschatten zweier von ihnen. Bei der einen, Elisa, an die glatten, schneeweißen Haare, auch an die strahlenden Solitäre ihres Ohrschmucks und ihrer Ringe; bei dem Letzten an den Bauch eines Kolosses und an das ins gelbliche, leblose Gesicht gedrückte Barrett. Er hatte noch ein paar Jahre wie ein Baumstumpf gelebt, war aber am Ende aus seinem und aus meinem Leben geschieden.

Das war das letzte Jahr, in welchem wir unsere Sommerfrische in San Sebastiano verbrachten, doch bald schon sollte sich mein gesamtes Leben ändern. Mein Vater sammelte die größten Früchte seiner Mühen ein und hatte einen grundlegenden Umbau unseres Systems im Kopf. Darin wurde für mich festgelegt, dass ich auf strenge Studien vorbereitet werden sollte, damit ich ein devoter Mitläufer würde und mich auf obskure Weise der Familie verpflichtet fühlte.

Ohne dass ich es wusste, war Monsignore Bernardo beim Kardinal Giovannandrea Sansevero, dem Bruder von Großvater Gian Carlo, vorstellig geworden, und dieser hatte zum Internat vom Giglio der Patres Verginiani oberhalb von Alt-Caserta für mich geraten. Auch war zu beobachten, dass an die Stelle meiner früheren Fügsamkeit jetzt eine anmaßende Geisteshaltung trat, und das bilderstürmerische Verhalten gegenüber den Ahnenbildern und dem Stammbaum wurde von Fragen und Beobachtungen begleitet, die man als unpassend empfand. Der Augenblick sei günstig, so hieß es, um der jungen Pflanze nachzuhelfen und den Wildwuchs der Zweige harmonisch zu begradigen.

Diese Metaphern lösten in mir noch keinen Alarm aus, und ich meditierte weiterhin oben auf meinem Mispelbaum. Es war das zweite Jahr des Libyschen Kriegs. Ich hatte einen Kater, dem der patriotische Name Tripolis gegeben worden war, und dieser Kater teilte meine Vorliebe für den Baum. Das Elfte Regiment der Bersaglieri war einige Zeit zuvor in Schara-Schatt aufgerieben worden. Ausgerechnet die Bersaglieri, die viele Jahre lang ihre Kaserne zwei Schritte von uns entfernt gehabt hatten, oben, auf dem Monte di Dio – die, die im Laufschritt die Straße hinaufgelaufen waren und dabei ihre Fanfare geblasen hatten, während ich mit meiner kurzsichtigen Gouvernante vom Besuch bei den Onkeln und Tanten zurückkehrte. Innerlich wiederholte ich: »massakriert«, und war erstaunt und wurde nachdenklich. Auf meine unsicheren, dunklen Fragen gab es damals keine Antworten. Das rätselhafte Geheimnis des Bösen, das ich nie kennengelernt hatte, stellte sich mir nun aus der Ferne. Doch es warf einen Schatten auf meine innere Ruhe. Vielleicht ahnte ich ja schon, dass es auf mich zukommen würde.

Onkel Gedeone war es dann, der mich zum Internat begleitete. Er verlor damit sein Publikum, vor dem er so viele Male sein unveröffentlichtes Vorspiel zu *Mefistofele* aufgeführt und Applaus dafür erhalten hatte. Er zwang sich, seine Gefühle zu verbergen. Und die letzte Erinnerung, die ich ihm wiederum für seine Güte hinterlassen konnte, waren die beiden entwerteten Billetts für den Zug nach Caserta. Dieser wunderbare Mann sammelte alle nur möglichen Billetts, auch die von der von Pferden gezogenen Straßenbahn, und er bewahrte sie in säuberlich geordneten Päckchen auf, die seinen akribischen Ordnungssinn zufriedenstellten.

Er war auch mit einem sogenannten heraldischen Gedächtnis begabt, und er konnte zum Beispiel die gesamte Reihe der Ortschaften zwischen Palermo und Messina aufsagen, so wie sie im Zugfahrplan aufgelistet waren.

Damals nannte er mir bis zum Ende der Reise jede nächste Station im Voraus und genoss meinen letzten, meinen Schluss-Applaus. Er hielt mich an der Hand fest, bis zum letzten Augenblick, als er mich dem Laienbruder übergab, der gekommen war, um mich in Empfang zu nehmen. Die Rückkehr musste ihm ganz sicher nie enden wollend und traurig vorgekommen sein. Ich versagte es mir, irgendeine Rührung zu zeigen, wenn ich an meine Spielsachen dachte, an meinen Kater, an den Mispelbaum und an Checchina. Ich war neun Jahre alt, und meine Kindheit war zu Ende.

2. Der Giglio

Das leuchtende Gegenstück auch der drückendsten Einsamkeit ist die Freiheit. Doch in gewissen Einrichtungen ist man nur einsam, ohne frei zu sein, zum Beispiel im Gefängnis, wo man für die eigenen Vergehen büßt. Und in einem Klosterinternat, wo es zu viel wäre zu verlangen, dass sich ein kleiner Junge zur Bereitschaft aufschwingt, für die Sünden anderer zu büßen. Mit neun Jahren war ich daher unfähig, mir das Verdienst einiger übermächtiger Notwendigkeiten vorzustellen, und sah nur den grauen Gipfel, dessen Gefangener ich werden sollte, einer dunklen Gewitterwolke gleich auf mich zukommen. Und damit verglichen erschienen die, vor denen Annina sich so fürchtete, wie anmutigste Wölkchen.

Mein Großonkel, Kardinal Giovannandrea Sansevero, musste wohl tiefgreifende Gründe abgewogen haben, bevor er das Internat und den Konvent des Giglio, der Lilie, für mich auswählte, in welchem er selbst Novize und danach Mönch war. Die Geschichte der Kongregation Verginiana, die sich zwischen glorreichen Epochen und finsteren Zeiten regelmäßig auf und ab bewegte, hatte am Ende wieder ruhigere Zeiten gesehen und war mit der Rückkehr in den großen benediktinischen Schafstall abgeschlossen. Doch eine so große Vergangenheit rechtfertigte auch ein Überdauern. Das Kloster Giglio behielt viele Besonderheiten des ursprünglichen Ordens bei. Seine Mönche nannten sich Verginianer und versöhnten auf diese Weise das frühe Asketentum des Heiligen Guglielmo da Vercelli mit der machtvollen Regel des Heiligen Benedikt von Nursia. Sie trugen das weiße Gewand mit dem Skapulier und der langen Kapuze der antiken Eremiten, und ähnlich waren auch der lange Überwurfmantel und die Kappe, ebenfalls weiß, die nur schwarz gefüttert war.

Dieses Gewand mit seinem majestätischen Faltenwurf aus bildhauerisch markantem Stoff und makelloser Reinheit verlieh den Patres ein feierliches, entrücktes Aussehen. Als ich in einem der Kreuzgänge zum ersten Mal auf eine Gruppe von ihnen traf, sahen sie mich, der ich vor ihnen vollkommen unbedeutend war, schweigend an, und in mir vermischten sich Staunen und Verehrung mit einem undeutlichen Schrecken, vermehrt noch durch die ungestümen Gesten der Könige und Päpste, welche die Kongregation beschützt hatten und jetzt marmorn auf hohen Piedestalen über ihnen schwebten. Und wirkte der Stammbaum der Sanseveros schon ausladend und finster, so war der, den ich nun hinaufkletterte, wirklich unvorstellbar und unermesslich.

Das Kloster, fast genau auf dem Gipfel des Montevergine und weit oberhalb von Alt-Caserta errichtet, erhob sich mit seinen außergewöhnlichen Dimensionen aus einer kolossalen, kahlen Bastion; sein Gestein, grob und eisenhaltig, wirkte noch strenger und rauer als die Felsen, die es wie ein Amphitheater umgaben. Nachdem die gewaltige Umfassungsmauer dieser Feste unter einem niedrigen und nachhallenden Gewölbe durchschritten war, zeigten sich gleich die vielen Kreuzgänge, die sich bis zur großen Freitreppe hinaufzogen. Von dieser aus hatte man Zugang zur Kirche, die an der höchsten Stelle errichtet worden war. Von unten aus gesehen überragten auf der Kuppelspitze das Kreuz und ein gleich neben ihm befindlicher Blitzableiter den dahinterliegenden Gipfel und zeichneten sich scharf gegen den Himmel ab.

Von dort oben erblickte man eine endlose Kette menschenverlassener Berge und, zu Neu-Caserta hin, eine hoffnungslos melancholische Ebene, welche die Bourbonen nach einem für mich damals ebenfalls unerforschlichen Plan als Sitz ihres größten Schlosses erwählt hatten. Unfähig, irgendetwas analytisch zu durchdringen, erregte dieser Koloss in mir nur Schwindelgefühle, wie sie eine schroff abfallende Bergwand auslösen kann. Dass ich mich an jenem ersten Abend unter Bettdecken verborgen wiederfand, entsprach der sprichwörtlichen Flucht des Vogels, der seinen Kopf in seinem Gefieder verbirgt. Von da an wartete ich täglich auf den Augenblick, in welchem ich mich diesem Giganten entziehen könnte, und sei es nur, um mich aufzulösen, und zwar in mir selbst.

Aufgrund eines Machtworts des Kardinals kam ich am Giglio nahezu drei Wochen später als die anderen Internatsschüler an. Das nahm mir die Möglichkeit, mich in den wenigen Tagen einzugewöhnen, die dem Beginn der Unterrichtsperiode vorausgehen und an denen die Regeln weniger streng sind. Das neue Leben begann daher gleich am folgenden Tag in all seinen ausgeklügelten Abläufen mit dem Weckruf um fünf Uhr. Doch das benediktinische ORA ET LABORA hatte schon lange vorher im gesamten Kloster seine nie ermüdende Geschäftigkeit entfacht.

Die eigentlich Religiösen im Giglio zählten weniger als hundert: an die zwanzig Patres, vierzig Laienbrüder und weniger als dreißig Novizen. Doch dazu kamen ein mitgliederstarkes Seminar, das Internat und eine wechselnde Zahl von Aufsichtspriestern, von Laienlehrern, von Diener- und Wachpersonal, jeder von ihnen durch jahrzehntelangen Dienst bewährt, so dass die Gemeinschaft mehr als dreihundert Mitglieder zählte. Von den Internatsschülern, die ja auf das Leben in der Welt vorbereitet wurden, verlangte man weniger strenge Opfer. Doch weil man sie auch mit ausreichenden Kräften für den Kampf gegen die künftigen Gefahren zwischen dem verspäteten Weckruf um fünf und der Nachtruhe ab neun versehen musste, waren auch ihnen schließlich sechzehn arbeitsintensive Stunden vorgeschrieben, nur kurz unterbrochen von genau kalkulierten Ruhepausen und von den Mahlzeiten, die mit allen anderen Bewohnern des Giglio im unendlich weiträumigen Refektorium des Klosters gemeinsam eingenommen wurden.

Dieses Refektorium, das wegen der weiß getünchten Wände und der oben, wie in Kirchen angebrachten großen Fenster von blendender Helligkeit war, war ringsum mit beeindruckenden Bänken und festen, langen Tischen aus Olivenholz und in der Mitte mit zwei langen Tischreihen über die gesamte Raumtiefe ausgestattet. Die Internatsschüler besetzten den Teil in der Nähe des Eingangs, dann folgten die Seminaristen, danach die Novizen. Ganz hinten dann, dem Eingang gegenüber, saßen die Patres und der Abt, dieser wiederum auf einem wesentlich höher stehenden Sitz. So, von weitem betrachtet, ähnelte die Gruppe der Mönche in ihren weißen Überwürfen der auf den heiligen Festmählern, die den Freskenmalern so lieb waren. Gegenüber dieser erhabenen Reinheit machten die schwarzen Gewänder der Seminaristen und unsere eisengraue Kleidung kaum Eindruck.

Wenn dann jeder fest und kerzengerade an seinem Platz saß, stimmte der Abt das *Benedicite* an. Danach durfte jeder, wenn auch in größter Stille, seinen Löffel an sich nehmen, während von einer Art höher gelegenem kleinem Balkon aus Marmor ein Novize heilige Texte auf Latein vorlas. Wenn der zweite Gang aufgetragen wurde, unterbrach ein Läuten des Abts die Lesung, wodurch der Vorleser die Möglichkeit erhielt, den Nachteil gegenüber seinen Tischgenossen auszugleichen, und diese erhielten die Möglichkeit, verhalten miteinander zu plaudern, bis ein drittes Läuten nach einem lärmenden Bänkerücken wieder vollkommene Stille eintreten ließ. Jetzt dankte man dem Herrn, und das Refektorium wurde ohne allzu großes Bedauern verlassen, von uns zuerst, in geordneter Reihe.

Die Reihe war im Giglio streng vorgegeben, auch für noch so kleine Ortswechsel, und es schien völlig undenkbar, dass man auch nur einen Schritt aus ihr heraustreten konnte. Die Pausen fanden in den Kreuzgängen statt und waren eingeschränkt auf Läufe um die Steinsäulen herum, deren scharfe Kanten man besser respektierte. Die vernünftige Kost hielt uns bei guter Gesundheit. Der tägliche Spaziergang von einer Stunde und sonntags von zweien bestand in einer scheinbar endlosen Gämsekraxelei durch die Berge.

Mahlzeiten, Pausen und Spaziergänge verringerten unsere Zeit um gut sieben Stunden. Glücklicherweise blieben dann noch neun übrig, eine für das Gebet und acht für das Lernen in den Sälen und den Unterricht in den Klassen, was es, bei der jeweils sehr begrenzten Anzahl von Schülern, möglich machte, dass jeder von uns jeden Tag zu allen vorgesehenen Fächern abgefragt wurde. Auf diese Weise konnte sich ein schwacher Schüler mit einer zusätzlichen Stunde am Abend, wenn er um zehn statt um neun Uhr zu Bett ging, schnell wieder auf den geforderten Wissensstand bringen. Diesem System sollte ich an gewöhnlichen Tagen, also an nahezu allen, ohne auch nur ein Jota abzuweichen, vier Jahre folgen.

Weil keine Silbe gesprochen werden durfte, weder während des Lernens noch in der Kirche, noch auch in der Reihe und auch nicht, wie man gesehen hat, während eines Teils der Mahlzeiten, konnten sich die Stimmen mehr oder weniger nur während weniger Stunden üben. Doch Italien ist ein Land, in dem viel zu viel palavert wird, daher schien eine sehr strenge Erziehung zum Lakonischen äußerst angeraten. So war die weithin angewandte Grundstrafe im Internat schon für den geringsten Verstoß eine Zeit der Schweigsamkeit, die zwischen zwei Stunden und zwei Wochen betragen konnte. Unverbesserlichen Wiederholungstätern, bei denen sich auch acht oder zehn Wochen der »Stille« anhäuften, blieben nur die morgendlichen Gebete, um sich zu räuspern.

Das alles, außer dem ständig mahnenden Weckruf und den Waschungen unter eisigem Wasser zu nächtlicher Stunde, war und blieb eine den Regeln entsprechende Unterdrückung. Was uns aber größere Sorge machte, waren die massiven Mauern, deren lichtdurchlässige Nischen Stellungen für Feldschlangen und Drehbassen zu sein schienen. Auch das dauernde Peitschen des Windes, der über die melancholische, grenzenlose Landschaft hinwegfegte, brachte eine zusätzliche dunkle Note in das ohnehin schon abgründige Thema unserer Selbstbesinnung. Die Bücher, die mich bei uns zu Hause begeistert hatten, waren mir zwar auch jetzt Gefährten und keine Feinde; doch ich vermisste die Bauklötze und Soldaten, und hierin sah ich mich als Opfer einer verfehlten Wechselbeziehung zwischen Schule und Leben, um welche die modernen Didaktiker sich viel zu spät bemühen, als dass sie sie noch korrigieren könnten. Ein Indianerjunge erlernte in seiner Kindheit schon die Kunst des Reitens oder des Bogenschießens, Dinge, für die ihm eine natürliche Begabung eigen ist. Schwieriger war es, uns von der Nützlichkeit unseres Lernens zu überzeugen, auch wenn man es für uns einfacher und unserem Alter entsprechend gestaltet hatte.

Anders als der eine oder andere Denker der Antike, der in seiner Weisheit empfiehlt, den Knaben abstraktes Denken ausschließlich mittels der Geometrie nahezubringen, weil sie die Einzige sei, die es nachvollziehbar und vorstellbar machen könne, und den Überzeugungen des großen Niccolò Tommaseo, der seinerzeit zu Dante als »erster Lektüre für Kinder und für Frauen« riet, machten die Patres ihre Glaubensgewissheit zum Maß aller Dinge und erledigten das mit dem Katechismus. Bei den weisen Orientalen werden unter dem Haufen kleiner Kinder, die zum Wissen wie zur Weisheit herangebildet werden sollen, nur die ausgewählt, die sich durch gewisse Anzeichen dafür als geeignet erweisen. Bei uns aber wurde die Auswahl ausschließlich nach der Orthodoxie der Familien bestimmt und nicht im Geringsten nach unseren Fähigkeiten, und weil man in so grundlegend unterschiedliche Böden säte, war die glückliche Reifung der Früchte allein der göttlichen Vorsehung anvertraut.

Was den Katechismus angeht, nahmen meine Kameraden die außergewöhnlich einfachen Fragen dieses dünnen Bändchens genauso auf wie die Namen der Nebenflüsse des Tibers oder des Pos, doch die Antworten, auch die einfachsten, die von ihnen wiederholt wurden wie eben alle anderen Lektionen auch, schleuderten meinen Verstand in die unerforschlichsten und wunderbarsten spekulativen Abgründe. Gezähmt durch das schlechte Resultat meiner unbequemen Fragen über den Stammbaum, hütete ich mich allerdings, jetzt weitere zu stellen, auch weil ich gelernt hatte, dass Besonnenheit eine der vier Kardinaltugenden ist.

Die Kameraden dort waren mir durchweg unangenehm. Ich war den Umgang mit anderen Jungen nicht gewohnt und fand sie untereinander sehr verschieden und so ganz anders als ich es war. Die Übung der Stille, welche die meisten als lästig und als Strafe empfanden, half mir, sie zu meiden, und bereitete mir insgeheim Freude, denn sie war wie ein Knebel, der den Geschwätzigsten in den Mund gesteckt wurde. Ein einziger unter den anderen Neulingen und eigentlich sogar der jüngste von ihnen, Ettorino Bicci, schloss sich mir an, doch wir machten nie viel Worte, und unsere empfindsamen Seelen verstanden sich durch Blicke und Zeichen; ich nahm mit ihm all die unmerklichen Signale wieder auf, die ihn in meinem Kopf an die Stelle meiner kleinen Schwester Checchina rückten.

Ettorino war Halbwaise durch den Tod seiner Mutter, und oft, ohne dass er es sich eingestand, rührte ihn die Erinnerung an sie. Sein Vater, ein Marineoffizier, hatte sich gezwungen gesehen, ihn ins Internat zu schicken, während der Libysche Krieg ihn zum Dienst auf dem Meer verpflichtete. Doch Ettorino, den der Kommandant Bicci über alles liebte, erhielt dauernd Briefe, Geschenke und Erinnerungsstücke und ebenso auch Besuche von anderen Personen, die sein Vater dorthin schickte, um seinem Kleinen Grüße zu bestellen. Körperlich stellte Ettorino gar nichts dar, doch als feinfühliger und gutmütiger Mensch ließ er mich teilhaben an der gesamten Atmosphäre der Zuneigung, die ihn aus der Ferne beschützte. Er dagegen zeigte sich verwundert über die Stille meiner Verwandten, abgesehen von den formellen Briefchen meiner Mutter, die gelegentlich auch einige Wochen ausblieben, weil sie sich augenscheinlich keine großen Gedanken um mich machte. Ich antwortete ihr jeden Samstag, wobei ich die Schrift vergrößerte, um den Text zu verknappen. Aus dieser Welt neuer Vorstellungen schien mir keine geeignet für Annina. Und die Eltern, die den liebevollen Kontakt zu ihren Kindern verlieren, wenn diese noch klein sind, können ihn später nicht mehr wiedererlangen.

Doch mir, der ich mich ja schon in geheimem Widerstand gegen die des Stammbaums befand, erschien das aufgezwungene Leben, in dem ich mich bewegte, in gewissem

Sinn freier zu sein als das andere. Es gab keine gefühlsgeladenen Gründe, die meine Wahrnehmung eingeengt hätten. Und ich wusste instinktiv, dass die Freiheit der Vernunft, die die einzig wahre ist, da sie keine andere Begrenzung kennt als die der natürlichen Verbundenheit und Zuneigung, sich nur weit entfernt von diesen vollkommen entfaltet.

Die Einteilung der Internatsschüler nach Alter und Klassen wurde mit ziemlich sonderbaren Namen versehen, die in der gewöhnlichen Welt im Allgemeinen verwendet werden, um die Größe und den Schnitt der Makkaroni zu unterscheiden. So gab es die Einteilung nach Größten und Großen, Mittleren und Fast-Mittleren, Kleinen und Kleinsten, der untersten Stufe, in der Ettorino und ich gemeinsam angesiedelt waren. Der Neigung der italienischen Adelsfamilien entsprechend ließ man die eine oder andere kleine Übertretung der Regeln durch einen Großen eher durchgehen als durch einen Kleinen. Doch unser Schlafsaalpräfekt, ein junger Priester aus dem Avellinischen, war trotz seines stolzen Namens – er hieß Sasso, also: Stein – von sich aus nachsichtig. Mit ihm wurden die Spaziergänge zum Vergnügen. Er war ein leidenschaftlicher Sammler von Pflanzen und Insekten und weckte in uns die Einsicht, ihm zu helfen, und so brachte ihm jeder, ausgerüstet mit winzigen Schachteln, alle nur möglichen Würmer, Käfer und Falter, ganz zu schweigen von den Zweiglein, die er gekonnt trocknete und in seinem Herbarium katalogisierte.

Durch Vermittlung des freundlichen Naturliebhaberpräfekten wurde uns Kleinsten mehr als nur einmal gestattet, die naturgeschichtlichen Sammlungen des Konvents zu besuchen, die mit hunderten von ausgestopften Tieren mit nie zuvor gesehenen Formen, Flügeln, Köpfen und Fellen ausgestattet waren. Pater Simplicio, der diese Abteilung leitete, erfreute sich als Insektenkundler weltweiter Berühmtheit. Er war ein hochgewachsener, verschlossener Mann mit einem beinahe schon gemeißelten Gesicht, so farblos war es und so reglos. Er zählte uns die seltensten Exemplare mit ihrem lateinischen Namen auf, ohne dass es ihm jedoch gelang, uns von der Betrachtung des Bären und des Adlers loszureißen.

Auch die Mineralien lösten bei uns nur geringe innere Bewegung aus. Doch als wir einmal zu den Insekten kamen, wollte Pater Simplicio uns die unglaubliche Widerstandskraft einer Art von Hirschkäfer vorführen und hielt das kleine Tier ich weiß nicht wie lange unter einen giftigen Gasstrahl, und das mit einer wenig virginianischen Kälte. Nur zwanzig Jahre später sollte Pater Gemelli, ein Franziskanermönch, sich polemisch auf die Seite der Anhänger der Vivisektion von Tieren scharen, trotz Bruder Wolf und der *Rede an die Vögel*. Ohne dass wir etwas sagten noch wussten, pressten Ettorino und ich die Lippen zusammen. Zwischen uns war dies das Zeichen für schwere Zweifel. Von außen betrachtet, gingen wir ehrfurchtsvoll weg, aber der weiße Mantel des Paters blieb gespenstisch zwischen all diesen ausgestopften Tieren zurück.

Inmitten dieser Vorboten kam das Weihnachtsfest, das für ganze acht Tage den Gebeten das hinzufügte, was es den Büchern wegnahm. Doch auch die Mahlzeiten erfuhren vorübergehend einen plötzlichen Wechsel zum Besseren: die in der Fleischbrühe schwimmenden Sternchen verschwanden und überbackene Nudelaufläufe wurden aufgetragen. Das Lob darüber übertönte zuweilen unbändig die Stimme des Vorlesers im Refektorium. Doch das eigentliche Fest fand außerhalb und später statt. Die sizilianischen Internatsschüler, die zu einer weitverzweigten Verwandtschaft gehörten, erhielten eine erstaunliche Vielzahl von Schachteln mit Plätzchen, Cannoli, Cassate, Marzipan und dergleichen.

Das Ganze wurde mit der Emsigkeit von Tauben in weniger als zwei Wochen kollektiv verputzt. Doch als die Feiertage vorüber waren, fand jeder am frühen Morgen statt eines Kaffees mit Milch ein schönes Glas Rizinusöl an seinem Platz.

Und weil es an Verweigerern nicht fehlte, präsentierte sich zur zwangsweisen Durchsetzung dieses Gesundheitsdekrets der Zensor des Internats, der Priester Curtis aus Frosinone. Er lächelte mit seinem gelblichen Pferdegebiss, packte sich die Unwilligen, schloss sie zwischen seine eisernen Schenkel fest ein, kniff mit zwei Fingern der linken Hand ihre Nase zusammen und flößte ihnen mit der rechten Hand das segensreiche Öl ein. Die anschließende Rennerei war unbeschreiblich. Ettorino war durch eine wundersame Weitsicht seines großartigen Vaters von der Ölbehandlung ausgenommen. Ich dagegen nahm, nur um mich von dem Zensor Curtis nicht anfassen zu lassen, von selbst stoisch das verhängnisvolle Glas zu mir, doch von diesem ersten Mal an war ich einen halben Monat lang krank.

Diese wahllose Reinigung stellte nach Ansicht des Rektors unseres Internats, Pater Sulpizio, die Ordnung nach den Freizügigkeiten der Feiertage wieder her und bezeichnete den energischen Anfang eines neuen Arbeitsabschnitts. Der Rektor, ein Mann von sanftem Aussehen und derart rein, dass man ihn, wenn er stillstand, für gemalt halten konnte, war möglicherweise nicht besonders begabt. Er war erst kürzlich in dieses Amt berufen worden, und das erfüllte ihn mit brandneuem Eifer. In der Kapelle des Internats brachte man uns nach der täglichen Messe bei, was wir als Messdiener zu tun hätten. Beherrschend war dort die kleine Kanzel für seine Predigten; die waren langweilig und entbehrten nicht bestimmter rhetorischer Blüten.

»Heute müsst ihr das verrichten«, schloss Pater Sulpizio seine Predigt unwandelbar ab, »hier, im kleinen Bereich unseres Internats, so wie morgen in dem sehr viel größeren der Gesellschaft!«

Dass die Patres den unbedarftesten unter ihnen ausersehen hatten, uns in die Welt einzuführen, ließ erkennen, welche Achtung sie dem weltlichen Leben entgegenbrachten. Mit dem Noviziat und dem Seminar bildeten sie den Nachwuchs der Betenden und Militanten Kirche aus. Uns, die wir alle zu Familien gehörten, die dem Klerus treu ergeben waren, führten sie durch unsere Erziehung jenem laizistischen Apostolat zu, das wir als erwachsene Männer zur Vervollständigung der katholischen Führungsebenen darstellen sollten. Doch sahen sie in uns nur Ausführende, keine leitenden Köpfe, Kräfte am Rand und nicht im Zentrum. Sie wünschten sich unter uns wahrscheinlich auch keine auserwählten Geister. Sie wussten, dass diese, sofern sie sich nicht der Ordensregel unterwerfen, oftmals dazu bestimmt sind, Rebellen zu werden, wenn nicht gar Feinde. Daher züchtete man in der von Pater Sulpizio betriebenen Baumschule kein Talent, sondern Ordnung; keine Hitzigkeit, sondern Gehorsam. Und dafür taugte er dann auch.

Die Haltung der frommen Männer gegenüber der Welt wird ein für alle Mal in der Unterhaltung zwischen dem Pater Provinzial der Mailänder Kapuziner und dem Grafen-Onkel in den *Brautleuten* von Alessandro Manzoni deutlich. Die Kirche ist nur universell, sofern sie toleriert, doch sie dankt nicht ab. In ihrem radikalen Bestreben, alle Lebensbereiche nach kirchlichen Maßstäben zu gestalten, kann sie einem moralischen Zwitter wie dem Mann von Welt nicht die eigentliche Führung und damit die Macht überlassen. Der Rektor flößte uns den Gehorsam für die Zukunft ein und forderte, dass er ähnlich sein solle wie der jetzige. Die Schlusswörtlein seiner kleinen Predigt reflektierten die vom Ordenskapitel empfangenen Anweisungen. Ich habe sie damals nie verstanden, aber vielleicht verstand auch er selbst sie kaum.

Keine zwei Monate später bekamen wir gewissermaßen körperlich unsere Stellung innerhalb der göttlichen Hierarchie aufgezeigt. Um acht Uhr morgens bebte die Erde. Einige uralte Mauern öffneten sich. Die steinernen Kugeln, welche die Spitzen der Kreuzgänge zierten, stürzten aufs Pflaster und spalteten es. Eine dichte Staubwolke hüllte das Kloster ein. Das Erdbeben von Avezzano, das diese Stadt zerstörte, brachte die Widerstandskraft der jahrhundertealten Abtei an ihre Grenze, die nun an vielen Stellen einzustürzen drohte. Erschrocken strömten die Schüler in die Höfe. Ihnen folgten Dienerschaft, Lehrer und Seminaristen, nicht aber die Novizen und Mönche. Sie zeigten sich erst, als sie die Kirchentreppe in Reih und Glied singend heruntersteigen.

Später, als sie mitten unter uns saßen, und in der stürmischen Menschenmenge, die von Alt-Caserta zum Kloster hergeeilt war und um Gnade und Vergebung flehte, wirkten sie wie übernatürliche Gestalten, wie unerschütterliche Gewissheiten in der matten Woge von Verlust und Bedürfnis des Menschen; Hirten, fest inmitten der zitternden Herde, in der auch wir uns verloren fanden, und wie über uns schwebend, hochgewachsen und distanziert im Geiste, so wie sie es aufgrund der reinen Gewänder über dieses obskure Volk taten.

Ettorino und ich beobachteten abseits zusammengekauert alles im Schutz unserer Bedeutungslosigkeit, wie zwei Vögelchen in der Deckung von Zierbändern an einem berühmten Monument. Während der Zensor Curtis fahl auftauchte, funkelte in den beschränkten Gesichtszügen von Pater Sulpizio, der die Ruhe selbst war, der Glaube mit wahrer Freude. Unsere Kameraden boten alle Gefühlsschattierungen, doch man konnte sagen, dass ihre Furcht umso größer war, je bösartiger sie waren.

»Mein Vater«, sagte Ettorino, »wäre keinen Augenblick erschrocken!«

»Meiner auch nicht«, konnte ich behaupten und wandte gleichzeitig meine Gedanken von Annina und ihrer Angst vor Donnerschlägen ab.

Der Wirbel, den das Erdbeben auslöste, verlangsamte die gewohnte Abfolge des Unterrichts: Nach dem Unglück, das die Dörfer der Abruzzen mit Trauer überzogen hatte, wurden von den Patres feierliche Sühneandachten in der Kirche gehalten, die den Titel einer Kathedrale trug, weil der Abt vom Giglio auch Bischof von Caserta war. Gut eine Woche lang verließen die Internatsschüler, die bei den feierlichen Gelegenheiten zugelassen waren, die Betstühle nicht, während auf dem Presbyterium, das so groß war wie die Bühne eines Opernhauses, Mannschaften von Seminaristen im Chorhemd und Zelebranten im Pivial die heilige Handlung nach der strengsten liturgischen Regel vollzogen.

Diese Kirche war prächtig, wobei sie von jenem Zeitabschnitt des Barocks geprägt war, der die romanischen Strukturen mit augenfälligen und beinahe schon weltlichen Formen überlagerte, die aber immer auch der Entwicklung des katholischen Denkens entsprachen. Beim Giglio war die Umgestaltung mit größtem Geschmack und in vollkommenster Ausgewogenheit durch die Hand hervorragender Baumeister, Bildhauer und Maler ausgeführt worden. Klar und rein wie ein Kristall, hervorgehoben durch glorreiche Lichtquellen, ungewöhnlich reich an Echos, die den narkotisierenden Cantus firmus der gregorianischen Gesänge vervielfachten, war sie die perfekte Bühne für den Ritus, der von kanonischer Stunde zu kanonischer Stunde während des gesamten Jahresablaufs hindurch erneuert wurde, vor allem zu den beiden großen Schwerpunkten, nämlich der Geburt und dann der Passion und Auferstehung Christi.

Ich verspürte zu dieser Zeit keine Neigung und noch viel weniger irgendeine Hinführung zu mystischer Betrachtung und Hingabe, doch ich war fasziniert von den Formen. Uns wurde erklärt, dass jede Geste, jede Farbe, jeder rituelle Gegenstand ein Symbol in sich verberge. Und ich war der Auffassung, dass es ein Geheimnis in sich schloss. Ich versuchte zu verstehen, zu erraten, im stammelnden Selbstgespräch und in jedem Fall nur vor den Menschen und ihren Gedanken, ganz sicher aber nicht im Angesichte Gottes.

»Wer hat euch erschaffen?«, wiederholte in meinem Kopf die Stimme des Religionslehrers. Und unsere kollektive Antwort war: »Gott hat uns erschaffen.«

»Wo ist Gott?« Und die Stimmen, unter denen ich immer die von Ettorino heraushören konnte: »Gott ist im Himmel, auf Erden und an jedem Orte!«

Mit Blicken begann ich, die fernsten Winkel der Kirche abzusuchen, die tiefen Abschattungen, die sich unter die erhabene Höhe der Gewölbe verkrochen hatten. Doch diese wenig überzeugte Suche wurde von den auffordernden und auch mahnenden Gesten der Evangelisten abgelenkt, vom weißen Pferd des Engels im Halbgalopp und Halbflug gegen den Heliodor im Tempel. Meine Gedanken und Vorstellungen schwankten. Die ideale Schaffenskraft, die aus der Erde dieses Volk der Werke mit der Kraft eines Waldes hervorgebracht und diese alle in die Ordnung eines Gartens gezwungen hatte, blieb zwar auch weiterhin für meinen kleinen Intellekt undurchdringlich, nicht aber für meinen Instinkt.

Ich sah, wie die Paramente wechselten, die Messdiener das Missal verlagerten, die Kniebeugen wiederholt wurden, der Abt-Bischof vom Weihrauch eingehüllt wurde, der in metallschweren, mit massiven Goldarbeiten tauschierten Gefäßen verschlossen war; ich sah, wie dessen Adjuvant ihm die mit Edelsteinen übersäte Mitra abnahm oder aufsetzte. Und die Schola Cantorum ließ mit Worten der Lobpreisung, des Schmerzes, der Hoffnung die Kirche erbeben – doch alle in einer Ergebenheit in den Höchsten Willen, der über allen Dingen stand.

Der abenteuerliche Geist der Phantasie überließ mich dieser hypnotischen Vision und trug mich fort. Die Mitra des Abts erinnerte mich an die Gemmen des Krummdolchs des Capitan Tempesta. Auf große Triumphszenarien, auf Gerichtshöfe togatragender Senatoren, die allerhöchste Urteilssprüche ergehen ließen, denen mein Verstand und mein Herz, nachdem ich sie heraufbeschworen hatte, Beifall spendeten, folgte respektloses Gähnen und lebhafte Zeichenverständigung mit Ettorino, der seine Erschöpfung nicht verbarg. Der gutmütige Präfekt Sasso sah es uns Kleinsten nach, die wir verpflichtet waren, viele Stunden lang zu knien. Und weil er naiver war als wir, nahm er in unseren Kindergesichtchen das Zeichen der Ironie nicht wahr.

Später wurde ich dann selbst berufen, Teil des Knabenchors zu werden. Die Patres Placido und Mauro, Musiklehrer im Giglio, leiteten die Schola Cantorum des Klosters und brachten sie so weit, bei den Gottesdiensten der Heiligen Woche mit dem Chor der Sixtina in Rom zu rivalisieren. Pater Placido, ein Mann von wuchtiger Gestalt und so blond und blauäugig wie ein antiker Normanne, leitete uns, indem er uns geradezu physisch dominierte. Seine ausgezeichnete Baritonstimme donnerte über uns hinweg, die wir schon durch das gewaltige Brausen der Orgel von Pater Mauro niedergeschmettert waren. Doch manchmal gesellte sich zu diesen beiden auch Pater Onorato, der älteste dieser

Klosterbrüder, der vorher selbst fünfzig Jahre lang den Chor geleitet hatte. Er war außerordentlich hager und eingefallen und der Einzige, der sein weißes Haar und seinen schütteren Bart eremitischer Vernachlässigung überließ. Im Finale von Marcellos *Psalmen* war er zu Tränen gerührt.

»... *e l'alte ruote dei loro carri / furon legate*«
»... *und die hohen Räder ihrer Wagen / waren verbunden*«

Die unaufhörliche Wiederholung dieser mit einem Zauber belegten Worte elektrisierten den Chor, der die einen Wogen in die anderen übergehen ließ, sie zurückholte, dann verstärkte und sie vermischte, genau wie die des Meeres. Auf die tiefen Töne der Bässe hagelten die glockenhellen Soprane; in den jähen Aufrissen der Pausen erhob sich das Tremolo des Tenorsolos. Pater Onorato schlug ekstatisch den Taktstock nicht mehr auf das Notenpult, sondern auf die Köpfe von uns Kleinsten, die wir uns gleich unterhalb von ihm befanden. Er hatte eine große feine Nase, deren Öffnungen ständig feucht waren und aus denen borstige Haarbüschel wuchsen. Andere Büschel zierten seine großen Ohren. Diese Einzelheiten dämpften meine Emotionen, und aufgemuntert sang ich aus voller Kehle:

»... *e restò privo di forza e moto / ogni destrier*«
»... *und ohn' jede Kraft noch Bewegung / verharrt' ein*
    jeglich' Ross«

Ettorino, der wirklich keine kräftige Stimme besaß, war nicht Mitglied des Chores, und ich musste ihm alles erzählen, was in der Schola vorgefallen war. Er wiederum behauptete freundlicherweise, er könnte mich ausgezeichnet hören, wenn ich zusammen mit den anderen sechzig in der

Kathedrale sänge, obwohl ich doch so weit von ihm getrennt war. Andere gemeinsame Gespräche mit Ettorino betrafen die wöchentliche Beichte, zu der wir zu gehen gezwungen waren. Unser Religionslehrer Pater Virginio war auch unser Beichtvater und brachte mit nur einer allgemeinen Frage unsere Sünden aus uns heraus. Er war ein joviales Männlein, fast ganz kahl, sein Aussehen wirkte jugendlich und sein außerordentlich kleines Gesicht hatte eine Färbung wie bei kleinen Jungen. Das Problem, ihm irgendetwas erzählen zu müssen, war beträchtlich, denn wir hatten keine Vorräte an angehäufter Schuld. Am Ende kam man dann abstrakt auf die Lüge zu sprechen.

»Ich habe einmal gelogen.« Ich beichtete es schamvoll, ohne mir klar darüber zu sein, dass ich in diesem Augenblick wirklich eine Lüge gestand, die ich vorher nicht vorgebracht hatte.

»Zur Entschuldigung?«, fragte der Pater, der bereits auf katholische Weise die Lossprechung begann, und eine Entschuldigung für meine vermeintliche Lüge fand, die zur Entschuldigung diente.

Das Schweigen ersparte mir eine neue Sünde. Der Pater reichte mir ein Bonbon und erlegte mir drei Ave-Maria zur Buße auf. Ich kehrte zurück und betete im Geist das Ave mit dem Geschmack von Anis. Ettorino war schüchterner und beichtete gleich nach mir; als wir aneinander vorbeigingen, gab ich ihm zu verstehen, dass er beruhigt sein konnte, und so gestärkt ging er hin und legte seine Lüge vor. Die anderen Observanzen unterlagen Fehltritten der gleichen Art.

Jenes Jahr markierte ein letztes, für mich unglaublich großes Ereignis: der Großonkel, Kardinal Giovannandrea Sansevero, kam für die Monate, die er als seine letzten betrachtete, zum Giglio als seinem Rückzugs- und Ruheort. Als jemand, der dort ausgebildet und auch in seinen Rang erhoben worden war, entschloss er sich, dort zu sterben. Mir wurden besondere Aufmerksamkeiten zuteil und auch Getuschel. Dann verfügte der Kardinal, dass ich zu ihm geführt werden sollte. Feierlich wurde ich in unbekannte Bereiche des schier unermesslichen Klosters begleitet, wechselte von der Hand des Präfekten in die Hand eines Klosterbruders und von diesem wiederum zu einem Pater, auf welchen ein weiterer Klosterbruder folgte, bis ich mich auf der Schwelle des Gemachs des Kirchenfürsten befand, an welcher der majestätische Pater Abt stand und mich von der Höhe und Großartigkeit seiner Gestalt herab mit seinem samtenen und gleichzeitig funkelnden Blick ansah, während sein schweres goldenes Kreuz auf seinem weißen Gewand Glanz verstrahlte.

Der Abt legte mir seine schwere Hand auf den Kopf, den ich unter diesem Gewicht ein wenig neigte. Er manövrierte mich von oben und schob mich durch eine Reihe starrer Säle bis zum Stuhl des Kardinals, den ich kaum anzusehen wagte, und in dessen asketischem Gesicht ich zugleich die strengsten Gesichtszüge von Gian Michele und von Gian Luigi, meinem Vater, erkannte.

Er streichelte mich schwach, während er gleichzeitig mit mir sprach. Doch von diesem verehrungswürdigen Alten, der einem antiken Propheten so sehr ähnelte, strahlten auf mich unaussprechliche, ja, fast schon magische Empfindungen aus. Auf ein winziges Wesen reduziert, überließ ich mich ihnen, um im Lauf der Jahre und auch jetzt nichts mehr davon zu erinnern, außer dass ich einen Augenblick lang ins Erhabene und Ehrfurchtsvolle vorgedrungen war: eine Gestalt und eine Hoheit, die ich später immer bei Menschen und Dingen ins Verhältnis setzen würde, um sie einzuschätzen.

Das war das erste und letzte Mal, dass ich den Kardinal sah. Kurze Zeit später starb er in genau diesen Gemächern.

Von den Meinen nahm nur Onkel Gian Michele an den Trauerfeierlichkeiten teil, und ich war bei ihm in dem besonderen Bereich, der den Angehörigen des Verstorbenen vorbehalten war, mehr irritiert als stolz über eine Auszeichnung, die mich von Ettorino trennte, der zu den gewöhnlichen Rängen erniedrigt und weit von mir entfernt war.

Als ich zu dem hohen Katafalk hinaufstarrte, sah meine Phantasie dort den Patriarchen wieder, nicht weniger hoch, machtvoll und fern wie die Marmorstatuen der Päpste und Könige, die die Kreuzgänge schmückten, doch seine Hand hatte mich berührt.

Der Kardinal wurde in einer bescheidenen Kapelle in einem schlichten Sarg aus grauem Stein beigesetzt. Später musste man dafür sorgen, ihm ein Denkmal zu errichten, und ich stellte mir vor, derjenige zu sein, der das tun würde. Dreißig Jahre später, als der Zufall mich für zwei Stunden an die Orte meiner Kindheit zurückbrachte, war der Sarg immer noch so, doch auch diese Zeilen werden nicht an die Stelle jenes Denkmals treten.

Das Ende des Unterrichtsjahres kam schnell. Ich hatte keine Schwierigkeiten, meine Prüfungen zu bestehen, ja, ich gewann sogar »die Ziffer«, ein auf die Manschette gesticktes Monogramm, das den Klassenersten erkennbar machte. Doch aus Stolz verachtete ich diese offene Auszeichnung. In meinem Kopf waberte viel stärker die Vorstellung, dem Kardinal so nahe gewesen zu sein. Dunkel fühlte ich, dass er von der Hoheit seiner Jahre mir, der ich gerade an die erste Grenze meiner Jahre gelangt war, eine Botschaft hatte zukommen lassen, für die ich bereits das Aufnahmevermögen besaß, ohne sie jedoch entziffern zu können. Danach wurde ich auch reservierter und nachdenklicher. Ich lebte ja bereits fern von den Meinen, zum Internat begleitet vom Onkel, niemals besucht in dem Jahr damals, und so hatte ich bei meiner Rückkehr nach Hause das Gefühl, eine Reise in ein weit entferntes Land gemacht zu haben, das die anderen nicht kannten.

Das zweite Jahr im Giglio verlief mehr oder weniger wie das erste, doch während meiner zweiten Ferien breitete sich der Krieg über Europa aus, von Charleroi bis zu den Masurischen Seen.

Weder ich, der ich in die Betrachtung des irdischen Himmels zwischen den Ästen meines Mispelbaums eingetaucht war, noch die Patres, die aus ihrem kostbaren Chorgestühl den Erhabenen lobten, waren allerdings in der Lage vorherzusehen, dass die in Sarajevo entfachte Lohe über Generationen hinweg andauern sollte. Mit den Bastionen von Lüttich fiel auch die letzte Trennwand zwischen zwei Zeitaltern. Zusammen mit der »Belle Époque« fand das gesamte Mittelalter endgültig sein Ende, das durch den Gesang der *Marseillaise* lediglich entkräftet worden war. Über alle archaischen Grenzen hinweg begann ein Weltgeschehen von nie gesehenem Ausmaß, das während unserer kurzen Lebensspanne ganz zweifellos nicht bis ans Ende kommen konnte.

Und doch rollte die langsame Pferdedroschke weiter, die mich zum dritten Mal zum Internat zurückbrachte, begleitet von Fliegen, wie immer. Das Pferd sprang die Steigung wie gewohnt hinauf und befreite sich in unschuldiger Schamlosigkeit seines körperlichen Bedürfnisses nach dem härtesten Anstieg. Die Brennnesseln blühten üppig zwischen den verfallenen Steinen von Alt-Caserta, und der Küchenmief, der unverwechselbar unter der zweiten Zugangsrampe zum Kloster herwehte, war immer noch der alte.

Mittlerweile waren die Elemente des Ortes und seiner Landschaft ein Teil von mir geworden, ein Teil sogar meiner

Gedanken: die Ebene, eingetaucht in einen Staub aus Licht, gegen Sonnenuntergang. Das rechteckige, dunkle Gemäuer des Königsschlosses, das alleine schon größer war als der gesamte zerbröselte Krippenort. Die verlassene Stille in Alt-Caserta, das die Droschke schlingernd unter finsteren Bögen durchquerte, zwischen blinden, von Flechten eroberten Mauern. Weiter oben, nach der Macchia mit den Jungeichen, wo der Laienbruder Severino seine Schweineherde weidete, führte die Straße um den Berg zum Giglio, und man entdeckte dann das endlos ausgedehnte Tal, die Windungen des Volturno, die in der Sonne glänzten, und die bläulichen Hügel mit den dahingesprenkelten Ortschaften. Und noch weiter oben die mächtigen verlassenen Rücken des Matese-Massivs. Dunkel dagegen bei Avellino drüben die tiefen Wälder bis zur Erhebung des Partenio, des Hauptgebirges, von dem wir durch die mündliche Überlieferung der Patres vor allem die Legende und weniger die Geschichte kannten.

Über diesem Abhang mit seinem unermesslichen Raum kreisten die Bussarde, die mit ihrem heiseren Schrei die Mittagsstille zerrissen. Das Geviert des Klosters stellte die Kirche und den Friedhof der Mönche an die Gipfelwand des Virgo. Die Zellen der Patres blickten nach Mittag, zum Montevergine. Das Internat lag nach Norden, von wo aus man nur auf anonyme Gipfel und einen von ständigen Wolken durchzogenen Himmel blickte. Auf der letzten Seite, an der sich auch die Zufahrt befand, lagen die größeren Kreuzgänge und oberhalb von ihnen die sich zur Ebene der Terra di Lavoro, der Arbeitsfelder, hin öffnenden Loggien, von wo bei Nacht, fern von uns, das melancholische Geheul der Lokomotiven und das jähe Einsetzen donnernder Kolben der rangierenden Güterzüge in Neu-Caserta heraufdrangen.

Wenn ein Gewitter den Giglio heimsuchte, schlug der Blitz bei der Kirche und dem Konvent durchaus sechs bis sieben

Mal zu. Der Winter war kalt, windig und regnerisch. Das vereisende Wasser brachte die Rohrleitungen zum Platzen, und das eisige Rinnsal verschlimmerte noch die Frostbeulen, die einige von uns quälten. Ansonsten der übliche gnadenlose Weckruf, der Unterricht, die Spaziergänge zwischen den Steinen und die kleine Predigt von Pater Sulpizio, der, je weißer sein Haar wurde, zu einer asketischeren Lebensweise neigte, was nicht ohne Folgen blieb.

Für mich als Umgewandelten gab es noch mehr. In der ersten Zeit, als der Schatten des Kardinals noch hoch stand und lebendig war, hatte man mir die eine oder andere Aufmerksamkeit erwiesen. Der Rektor Sulpizio hielt es in der Folge aber für notwendig, diese Eitelkeit zu unterdrücken, von der er annahm, sie sei bei mir eine natürliche Neigung. Pater Sulpizio war als Psychologe nicht stark, und mit wenigen Worten verlangte er von Lehrern und Präfekten eine gewisse Strenge. Im Jahr zuvor hatte der gütige Aufpasser Sasso sich einen Spaß erlaubt, indem er Internat und Abtei informierte, dass ich in einer meiner ersten Lateinaufgaben »bella civilia« mit »le belle di città«, »die schönen Frauen der Stadt«, übersetzt hätte, was die Patres natürlich herzlich zum Lachen gebracht hatte. Diese Demütigung schien dem Präfekten verhältnismäßig. Und ich akzeptierte es ja auch ohne Grollen. Doch leider blieb Ettorino, der jünger war als ich, mit Sasso bei den Kleinen, während ich mich jetzt zum Sammelsurium der Halb-Mittleren versetzt sah, mit einem neuen Tutor, dem Priester Cirillo, einem schwergewichtigen Mann, der leicht zu Schweißausbrüchen neigte und von der ersten Begegnung an abstoßend auf mich wirkte.

Ganz sicher beabsichtigte Pater Sulpizio mit diesen Zurechtweisungen nur, seine Aufgaben mit dem schuldigen Eifer zu erklären, und weil er sich vorstellte, dass seine unmittelbaren Eingriffe in jedem Fall heilsam sein würden, belohnte er mich auch noch mit einer persönlichen Gardinenpredigt. Das hielt er für eine Ehre, weil er damit eine besondere Sorgfalt für die Seele zu verstehen geben wollte, an die sie gerichtet war. Daher wurde ich kurz nach meiner Ankunft zum privaten Arbeitszimmer des Rektors einbestellt.

Dieser Lokaltermin entbehrte nicht seines kleinen Zeremoniells.

»Ich bitte, eintreten zu dürfen!«, bat man an der Schwelle der bereits geöffneten Türe.

»Ave!«

Man küsste ihm die Hand, hörte sein mit sanfter Stimme vorgetragenes Privatissimum an, und während man sich von ihm verabschiedete, zeichnete er mit feinfühligem Daumen ein Kreuz auf die Stirn des Ankömmlings. Das waren kleine Marotten eines Erziehers, der von seiner Mission überzeugt und dem es damit ganz sicher auch ernst war. Doch in unserer so intimen und einsamen Welt konnte jeder noch so kleine Bewertungsfehler schmerzliche Folgen nach sich ziehen. Und so geschah es, dass ich auf die brüsken und sinnlosen Vorhaltungen des Präfekten Cirillo im Geist reagierte, auch wenn ich schwieg. Und er, der dies merkte, war seinerseits irritiert. Auf diese Weise begann das Jahr unter wenig vielversprechenden Vorzeichen.

Soweit man von den älteren Internatsschülern erfahren konnte, war vor Pater Sulpizio Pater Bernardo Rektor des Internats gewesen, der jetzt der zuständige Fachmann für das Archiv war. Dieser nahm auch jetzt noch die Präfekten und ebenso den Zensor Curtis fest an die Kandare. Jedes Mal, wenn Curtis versuchte, das Seminar zu verlassen, erhob Pater Bernardo donnernd seine Stimme und rief wie ein dantesker Geist:

»Curtis, Curtis! Das gefällt mir so gar nicht, so gar nicht! So gar nicht, so gar nicht!«

Der Schwung in diese Richtung, der in den beiden ersten Jahren unter der Führung von Pater Sulpizio andauerte und mit meinen ersten beiden Jahren zusammenfiel, schwächte sich jetzt ab. Curtis gewann an Macht und mit ihm die Präfekten-Priester, die, wie mein Cirillo, ihm besonders ähnlich waren, weil auch sie aus kleinen Dörfern stammten, die wir von unserer Bergspitze aus erkennen konnten. Curtis war wie Cirillo mit einer kraftvollen Körperlichkeit ausgestattet, die ins Gewand und in die Regel gezwängt war. Verbannt in den Sitz des Mystizismus, ohne Mystiker zu sein, vernebelte der Druck, dem sie unterzogen wurden, ihren Verstand, der im Übrigen begrenzt war. In seiner Weisheit hatte Pater Bernardo sie aus der Nähe überwacht und überließ ihnen nur die Ausführung seines Willens, doch keine Initiative, die unsere Erziehung und Bildung betraf.

Pater Sulpizio, dessen Charakter viel weniger gefestigt war, versenkte sich in seine spirituellen Exerzitien und glaubte, er könne sie von oben herab mit einem würdigen Silentium oder dem Beispiel ständigen Studiums beherrschen, dem er sich, eingeschlossen in sein Zimmer, zu widmen schien. In Wirklichkeit ließ er ihnen freie Hand, und darin suchten sie ihren Vorteil. Während das Gerücht umging, er habe sich der Büßerqual unterzogen, wurden für uns wieder die körperlichen Züchtigungen eingeführt, die unter Rektor Bernardo längst strengstens verboten waren.

Man liest oder hört so oft von misshandelten oder auch geschändeten Kindern, dass man bei einer so unmoralischen, so mitleidslosen und unbarmherzigen Tat geradezu natürliche Gründe voraussetzen muss, auch wenn sie aufgrund ihrer Verworrenheit oder ihrer Wiederholungsfälle schwierig nachzuvollziehen und zu erklären sind. In unserem Fall hatten unsere beiden Priester sich dazu verleiten lassen, die trüben Stimmungen, von denen sie sich befallen fühlten, auf uns abzuladen. Und weil eben viele von uns zu Adelsfamilien oder zu Familien mit Macht gehörten und daher für ein gehobenes Leben bestimmt waren, neigten die beiden – die ärmlichen Verhältnissen in der Ciociaria entstammten und aus Gründen zur Kutte kamen, die wir hier nicht analysieren wollen – aufgrund einer unüberwindbaren Logik der Dinge und auch weil sie uns vorläufig in der Hand hatten, dazu, uns zu hassen und in ihrem Herzen Gefühle einer allgemeinen Rache auszubrüten. Auch bei mir verabscheute der Präfekt Cirillo ganz sicher diese ihm fremde höhere Welt, die ich ihm mit seinem bärbeißigen Charakter und meinen subtilen Reaktionen jedes Mal vorführte: eine Art unbeherrschbarer Geist, der sich, je stärker auf ihn eingedroschen wird, umso heftiger wehrt und dumpf vor sich hin wütet.

Was nun die Peitsche angeht, so war sie im Grunde eine jahrtausendealte Einrichtung, und die Ansichten hinsichtlich ihrer Nützlichkeit für die Erziehung von Jungen gehen weit auseinander. Doch auch heute noch ist in den unteren Internaten Englands, eines überaus vernunftbetonten Landes, soweit es das gesellschaftliche Zusammenleben betrifft, dieses Instrument, wenn auch in gemäßigter Weise, in Gebrauch. Ich kann auch nicht sagen, dass der Rohrstock unserer Pädagogen eigentlich ein Folterinstrument war, da sie das kurze viereckige Lineal anwandten, das zur Ausstattung eines jeden Schülers gehört, und uns damit eine bestimmte Anzahl von Schlägen, von eins bis fünf, und nur selten zehn, auf die offene Handfläche verabreichten. Darüber hinaus setzten sie die Knöchel ihrer verknöcherten, aber starken Hände ein und brachten unseren Schädel zum Dröhnen, wenn es sich um eine einfache Warnung handelte.

Es gab dabei aber zwei Komplikationen: die eine stellten die Frostbeulen dar, weshalb diejenigen, die geschwollene

Hände hatten, den Stock wirklich schlimm zu spüren bekamen; die andere bestand in der Kontinuität der Bestrafungen. Durch einen gläsernen Spion, der jeden Schlafsaal bereicherte, nahm der allgegenwärtige Curtis jede noch so kleine Bewegung von uns wahr. Das Argusauge der Präfekten tat den Rest, und das Stöckchen lag bereit. Cirillo konnte vor uns nicht verborgen halten, dass sein Lineal Kanten aus Messing hatte, außerdem war es wesentlich länger als gewöhnlich. Damit arbeitete sein Hebelarm, entsprechend eines uns Besserwissern bereits bekannten Gesetzes der Physik, mit größerer Wirksamkeit.

Unter derartigen Umständen konnte man auf nichts und niemanden zählen. Die strenge Disziplin unserer Tage isolierte uns auf perfekte Weise, und das Echo dessen, was in den Nebenräumen vor sich ging, erreichte uns kaum. Der Briefwechsel mit zu Hause blieb eine reine Förmlichkeit. Gian Luigi schrieb nie, und meine Mutter Annina schickte mir ihre gewohnt dürftigen akademischen Episteln, auf die ich meinerseits antwortete, ohne etwas zu sagen, denn ich wusste, dass unsere Briefe von Cirillo gelesen wurden und, auf seinen Hinweis hin, auch vom Rektor.

Auf diese Weise lernte ich in jenen fernen Zeiten, wie die Isolation sich auch im Innersten der zahlenmäßig stärksten Organismen abbilden kann; wie der Vorwand der Regel, die keine Zügel, sondern die Fessel der Freiheit ist, die allergewöhnlichste Maske des Despotismus darstellt; wie Unverständnis mehr Schaden hervorruft als die Bösartigkeit; und schließlich, dass der Stolz, das atavistische Fundament meines Charakters, zugleich meine dauerhafte Stärke und mein dauerhafter Feind sein würde.

Natürlich war ich keineswegs das einzige Opfer Cirillos. Es gab unter uns auch »die Helden des Widerstands«, diejenigen, die aus Verachtung für die Gefahr und gewissermaßen aus Lust am Schmerz sich so weit vorwagten, ihn zu provozieren. Das Ass der Asse war ein gewisser Odorisio Ferri, ein Kleiner mit blassem, dreistem Gesicht und großen braunen, harten Augen. Dem Rektor, Pater Sulpizio, konnte es nicht entgangen sein, dass dieses Regime, das sich immer mehr zur Verfolgung auswuchs, unser Leben auf andauernde Anspannung und Traurigkeit reduzierte. Doch er erschien immer seltener und gefiel sich in pathetischen Effekten. Er kam herein und rief: »Ave!« Er machte das Kreuz auf unsere Stirn und überzog uns mit einem zusätzlichen kleinen Sermon. Absichtsvoll fragte er:

»Wer unter euch ist der Gemeinste?«

Oderisio Ferri, der seinen Mann kannte, ging eiskalt auf ihn zu und zeigte damit eine sowohl zynische als auch praktische Intelligenz. Pater Sulpizio gab ihm ein paar Bonbons, und Oderisio steckte sie ein, ohne mit der Wimper zu zucken. Danach verschwand der Rektor wochenlang. Der Zensor Curtis dagegen verteilte an uns, nachdem er an dem einen oder anderen Strafvollzug teilgenommen oder ihn auch selbst ausgeführt hatte, lustige Geschichten. Er hatte die Angewohnheit, bei turnerischen Übungen die Ellbogen zurückzuziehen und die Brust herauszustrecken. Kein Schlag mit dem Knüppel hätte ihm die Rippen gebrochen. Er lobte das eisige Wasser der Waschbecken. »Die Hauptadern, die zum Gehirn führen«, sagte er, »laufen am Hals entlang. Eine gute Frottierreibung am Morgen klärt daher ungeheuer gut die Ideen.« Zusätzlich zur Gerte waren wir auch dem Entzug von Obst und dem Hauptgericht oder auch der gesamten Mahlzeit ausgesetzt. Nicht zu reden vom »Schweigen«, zu dem inzwischen schon auf ganz normale Weise der größere Teil unseres Schlafsaals verurteilt war.

Vielleicht ist die Bösartigkeit ja eine Krankheit wie jede andere, deren schlummerndes Virus jeder von uns in sich trägt, bis es unter günstigen Kampfbedingungen wieder erwacht. Wie alle Krankheiten könnte sie also auftreten, sich verschlimmern, anstecken und auch abheilen, wohingegen der Patient, der einer solchen Entwicklung unterliegt, nur die Symptomatik zeigt und das Leiden ertragen muss. Unser Cirillo verschlimmerte sich von Tag zu Tag. Doch auch er, der einsamer war als ein Hund, erlebte dann einen Krieg aus Heimtücke und Böswilligkeit, der, wenngleich er ihm den Vorteil der Macht bescherte, uns den Vorteil der Anzahl und der kindischen Absonderlichkeiten überließ. Oderisio Ferri konnte daher einen Kampferfolg durch unvorhersehbare Strategie einheimsen.

Oderisio war es müde, sich die Fingernägel abzukauen, und um sich die Langeweile der nicht enden wollenden Stunden des Lernens mit einer neuen Ablenkung zu vertreiben, drückte er einen Daumen gegen die rechte Wange, die wiederum zur rechten Wand gekehrt war, und rieb sie mit einer kreisenden Bewegung derart intensiv, dass er nach Unterrichtsende, als er sich kurz im Spiegelbild einer Fensterscheibe betrachten konnte, sah, wie sich an dieser Stelle ein walnussdicker Bluterguss bildete. Das war nachmittags. Und entweder bemerkte der Präfekt dies nicht oder er maß ihm keine Bedeutung bei. Doch die anderen Internatsschüler machten, entsprechend der Wesensart von Jungen, allesamt während des letzten Lernens am Abend, Oderisio nach. Um von dem, der die Aufsicht führte, nicht bemerkt zu werden, rieb sich jeder die zur Wand gerichtete Wange und fügte sich einen ähnlichen blauen Fleck zu. Bei einigen war er wegen der Hartnäckigkeit, die sie dareinlegten, wirklich übertrieben, und der Fleck verfärbte sich über Nacht noch mehr und schwoll an.

Kaum hatte Cirillo am nächsten Morgen den ersten Blick auf uns geworfen, erstarrte er, denn alle erschienen gezeichnet von dieser unheimlichen Schwellung, sei es rechts, sei es links, je nach Fall. Sofort dachte er an irgendeine erschreckende Krankheit, und nachdem er ein paar unartikulierte Laute ausgestoßen hatte, stob er aus dem Schlafsaal und schloss uns darin ein. Gleich darauf erschienen an dem gläsernen Spion die entsetzten Gesichter des Zensors Curtis und einiger anderer Präfekten, denn zu seinem Glück befand sich der Rektor damals in Caserta, am Hof des Bischofs. Schließlich verschwanden sie alle, und für uns vergingen über drei Stunden fabelhafter Freiheit, die ersten seit Monaten, die gleich für ein entfesseltes Gejaul auf Kosten unserer Betten eingesetzt wurden.

Doch dann tauchten irgendwann der Abt, der Vikar und der Prior mit dem Arzt von Caserta und dem Rektor, Pater Sulpizio, gemeinsam auf. Ihnen folgten weit hinten der Zensor Curtis und der Präfekt Cirillo. Der Abt stürmte gleich auf uns zu, gefolgt von seinen Mönchen, und ohne jede Furcht packte er den Erstbesten, der ihm unterkam, bei den Schultern und drehte dessen Kopf dem Licht zu, um ihn der aufmerksamen Betrachtung des Arztes vorzuführen. Alles andere versteht sich von selbst: der tiefe Atemzug der Erleichterung, den alle taten, war der Beginn einer festlichen Demonstration gegenüber dem Abt, wobei die Mönche entspannt lachten. Doch der verschmitzte Oderisio schob die Schmerzen der Frostbeulen vor, zeigte dem Arzt seine gemarterten Hände und ließ etwas mutmaßen.

Der Abt schweifte mit einem Adlerblick über die zitternden Priester. Doch der Rektor, der sich der Euphorie des Augenblicks hingab, musste sie ja irgendwie schützen. Mit engelsgleicher Miene bedauerte er das Durcheinander, zu dem es während seiner Abwesenheit gekommen sei. Am Ende mussten der Zensor Curtis und noch mehr der Präfekt Cirillo, die sich so schwer blamiert hatten, weitere

Vorgehensweisen für eine Revanche ausbrüten. Doch unvorhergesehenerweise nahmen die Schläge mit der Gerte zahlenmäßig ab, auch wenn sie nicht völlig verschwanden. Dafür verschärfte sich der verborgene Krieg, der einige Male die einen wie die anderen Kämpfer auf unerträgliche Weise zerfraß.

Ich war indessen von Phaedrus zu Cäsar übergegangen und lernte von der leidenschaftslosen Logik dieses hohen Geistes, Kälte gegenüber meinen kleinen Leiden zu zeigen. In dem sachlich nüchternen Bericht über die Schlacht von Alesia spricht Cäsar, der in einem verzweifelten Augenblick in diesem Schlachtengetümmel mit seinem purpurnen Überwurf eingekeilt war, beiläufig über sich mit zwei Worten. Ich nahm mir eine ähnliche Standhaftigkeit vor. Mit hartnäckiger Aufmerksamkeit studierte ich Cirillo genau, bewertete das Fortschreiten seiner Krankheit, wie sich, abgegrenzt von uns, das Gesamtbild seines Verstands veränderte. Von meinem Platz in der Kapelle aus konnte ich ihn überwachen, wenn er die Morgenmesse las. Manchmal wies er das Wasserfläschchen auf der Stelle zurück und war nicht zufrieden, solange der Messdiener die Flasche mit dem Wein nicht ganz in den heiligen Kelch schüttete. Das war das Warnzeichen, das schlimme Tage für uns ankündigte. Der Präfekt erschien sonderbar aufgedreht und seine Bosheiten vervielfachten sich. In solchen Tagen hob ich den Kopf nicht vom Buch auf und vermied es sogar, ihn anzublicken.

Dieses Zwangsregime brachte im Schlafsaal ein komplexes Spiel von Maßnahmen, von Reaktionen, von Gedanken hervor: Spiegel der menschlichen Natur, nach Meinung und in den Augen des Rektors wohl geeignet, um die weitgefächerte Bandbreite zum Schwingen zu bringen, die sich zwischen Verdammnis und Paradies ausspannt. Die Furcht lehrte diese jungen Seelen die Verstellung, die Feigheit und die Denunziation: große Worte für uns Kleine, und doch gab es keine anderen, um diese Gefühle und diese Handlungen zu beschreiben. Gewiss, bei einigen pries man den Mut und die Würde, doch es war ein gefährliches Spiel, denn es ist selten, dass Menschen das Zeug zum Heiligen haben. Und auch wenn ein System dieser Art insgesamt dazu dienen konnte, die Besten, von denen es wenige gab, noch vollkommener zu machen, so zerquetschte es die Mittelmäßigen und die Schwachen, die in der Mehrzahl waren. Der Gemeinplatz, wonach der Schmerz einen besser mache, erwies sich hier offensichtlich als falsch. Die Pein kontrolliert die Kräfte und bestätigt in dem, der ihr zu widerstehen vermag, das Selbstvertrauen, doch sie zerstört die anderen auf die gleiche Weise, wie ein gewaltiger Sturm einem Dickicht von Pflanzen nicht guttut, sondern nur zeigt, welche von ihnen die Kraft zum Durchhalten haben, alle anderen aber niedermäht, die diese Kraft nicht besitzen.

Der Rektor mähte wahrscheinlich mit geschlossenen Augen zwischen uns herum, einzig um die künftigen Kreuzritter zu erkennen, deren die Kirche in der Laienwelt bedurfte. Man kann nicht sagen, dass sein Kalkül, sofern es eines war, sich als falsch herausstellte, denn Männer, die zum Dienst an der Kirche bereit waren, brachte das Internat hervor, auch unter meinen Gefährten. Doch das waren eher die, welche, statt einer geistigen Lehre, aus den Umständen eine praktische Regel zogen, auch auf Kosten der Moral. Oderisio Ferri, ein entschlossener Kopf, der ständig Pläne für eine unmögliche Flucht ausarbeitete, wurde viele Jahre später ein starker Soldat, aber ein fanatischer Antiklerikaler. Andere verloren sich, irgendeiner sogar auf unglaublich unehrenhafte Weise. Mein Vertrauen und meine Wertschätzung gegenüber den Menschen trugen schweren Schaden davon, und meine

Neigung, mich für so ganz anders als sie zu halten, nahm zu und wurde immer stärker.

Was nun den Abt anging, war er viel zu verständig, als dass er nichts erkannt hätte, doch auch viel zu politisch, um das zu zeigen. So verschob er eine genauere Untersuchung auf später, getreu der Vorstellung von Disziplin, wonach die Vorgesetzten niemals vor den Untergebenen in Frage gestellt werden durften. Und weil er aus der Ferne wirkte, wie es Pater Sulpizio niemals gekonnt hätte, dachte er sich Neuerungen aus, die Entspannung bringen sollten. Unser Schlafsaal sah sich als erster auf einem ganztägigen Ausflug nach Neu-Caserta und zum Königlichen Palast wieder, und das nicht unter der Führung Cirillos, sondern unter der von Pater Tommaso, der im Bischofssitz in der Stadt wohnte und sich um ein unter der Obhut der Verginianer stehendes Konservatorium kümmerte.

Ein erinnerungswürdiger Tag! Dieses Monument, das an sich schon melancholisch war, bot uns mit seinen unendlichen Ausdehnungen eine Freiheit, die es selbst ganz sicher nie kannte. In den grenzenlosen winddurchwehten Fluren bewachten die Wahrheit, die Gerechtigkeit, die Verdienste, allesamt gebührend versteinert und gleichermaßen der marmornen königlichen Autorität unterstellt, den ewigen Schlaf zwischen der hoheitlichen Symmetrie dieser vier Fassaden, dieser vier Höfe, dieser militärischen Ordnung der vergitterten Fenster. Doch die feierlichen Spötteleien, die von Oderisio auf den bourbonischen König in der Gestalt Apolls fielen, welcher splitternackt seinen Provinzen Befehle erteilte, lösten eine grenzenlose Heiterkeit unter den höchsten Gewölben aus, die aufgespannt über dem Nichts hingen.

Aus welchem Grund sich die Großartigkeit der Könige nicht von der Totenstimmung zu lösen vermag, ist ein Geheimnis, das die größten unter ihnen – um im Bild zu bleiben – mit ins Grab nahmen. Die prunkvolle Ehrentreppe dieses Palasts wäre als Freitreppe zum Reich der Unterwelt angemessen gewesen. Man hatte im Sinn, Versailles nachzueifern, und hatte sich zuletzt im Geist des Escorials wiedergefunden. Wir brachten den Geist der Sperlinge zurück, die nichts von Zukunft, von Gesetzen und Fatum wissen. Die geheime Neigung der Könige, die von Nemica, der Feindin, betört waren, von den Pharaonen bis zu den finsteren Monarchen Spaniens, die über alle Güter des Lebens verfügten, sie aber ausgaben, um sich ihre Grabstätten vorab errichten zu lassen, erfuhr eine endgültige Aburteilung durch das Werk vier kleiner Fliegen, die benommen zwischen den siegreichen Genien herumflogen, zwischen den Magnifizenzen, den Tugenden, den Jahreszeiten und den erkälteten, abgebröckelten, entnasten, von der Zeit in Mitleidenschaft gezogenen Cincinnaten. Doch viel mehr noch durch die unaufhaltsame, überschäumende Spottlust unseres neu entfachten Bewusstseins von Unabhängigkeit.

Und so, wie ich es gegenüber der Baronin von Egloffstein gemacht hatte, verschoss Oderisio seine letzten Epigramme in den privaten Gemächern der Könige. Dieses zusammengestoppelte und mit Geschick weit auseinandergestellte Mobiliar, das auf diese Weise die vielen Plünderungen kaschieren sollte, die finsteren Armstühle, die kahlen Betten ohne Matratzen und Betttücher wie die Betten von Toten, wurden mit unerbittlichen Kommentaren bedacht. Es war das erste Mal, dass wir die Möglichkeit hatten, frei unter uns zu reden, und jeder fand beim anderen Gedanken, von denen er glaubte, sie wären seine geheimsten. Später hockten wir oberhalb des fünften Wasserfalls, während Pater Tommaso mit den anderen bei den Tritonen des dritten verweilte. Wir betrachteten den Palast da unten wie zwei Ausbrecher, die auf das Gefängnis blicken, über das sie triumphierten.

Oderisio zog sich die Schuhe aus und nahm seine Füße beseligt in die Hände.

»Ich bin noch dabei«, sagte er, »meinen endgültigen Plan für Cirillos vollkommene Vernichtung auszuarbeiten. Noch ein paar Nachbesserungen, dann wirst du sehen!«

Oderisio, der ein Jahr älter war als ich, wiederholte die zweite Gymnasialklasse. Er schrieb Cirillo, der auch schon im vorigen Unterrichtsjahr sein Präfekt gewesen war, den unglücklichen Ausgang seiner Lernbemühungen zu, und ich glaubte ihm das voll und ganz. Ferri drückte sich gewählt aus, mit leicht näselnder Stimme, dabei spuckte er gewissermaßen die Worte aus und weitete seine Nasenflügel.

»Der Abt«, sagte er weiter, »hat die Sache endlich durchschaut. Noch so ein Schlag, und die Große Schabe ist geliefert. Aber die Idee dafür hat er mir selbst in den Kopf gesetzt: jedes Mal, wenn er zu seinem Rohrstock greift, sagte er, es wäre ein Streicheln. Es wäre also keine Lüge, wenn ich in der Vertraulichkeit der Beichte Pater Virginio ins Ohr flüstern würde, dass der Präfekt mich viele Male streichelt.«

Ich sah ihn an, ohne zu begreifen. Oderisio warf mir aus seinen verbitterten Augen einen durchdringenden Blick zu und schien meine Naivität auszuloten.

»Es wäre besser, wenn jemand anderer diese Beichte vor Pater Virginio ablegen würde«, fuhr er fort. »Ich bin verdächtig. Aber du wärst dazu nicht fähig.« Er zog die Nase hoch, denn er litt an Polypen, und sagte abschließend: »Jedenfalls auf die eine oder andere Weise wird das schon. Delenda est Carthago!«

Als wir abends ins Internat zurückkamen, kam uns das Licht im Refektorium so schwach vor, dass wir das Essen fast nicht erkennen konnten. Es hatte keinen Geschmack, und unsere Ohren klangen.

Einige Tage später kam mein Vater Gian Luigi ganz unerwartet zum Giglio. Annina hatte mir nicht geschrieben, und ich war so weit weg, dass ich kaum andere Gründe für diesen Besuch annehmen konnte, als die, die meine galoppierende Phantasie mir bot. Ich stellte mir vor, dass er auf rätselhafte Art von unserem Unglück Kenntnis erhalten hatte, gleich als Rächer herkam und uns von Cirillo befreite. Doch stattdessen traf ich meinen Vater in Begleitung des Paters Abt, dessen Umsicht groß war, und ich hatte mit ihm nur sehr wenig Zeit. Das Erdbeben vor zwei Jahren hatte die Stabilität der Gebäude beeinträchtigt, vor allem in der Kirche. Gian Luigi erbot sich, aus Gottesliebe und als Klosterspende, sich um die später auszuführenden, aber jetzt schon festzulegenden Arbeiten zu kümmern. Noch am selben Tag fuhr er wieder fort und ließ mich gedemütigt und enttäuscht zurück. Doch der Präfekt hatte seine Befürchtungen. Er wusste ja nicht, dass ich auf keinen Fall die Demütigung eingestanden hätte, misshandelt worden zu sein, auch wenn ich mit meinem Vater den gleichen vertrauten Umgang gehabt hätte, den Ettorino mit seinem Vater hatte. Jedenfalls täuschte Cirillo mir gegenüber ein gewisses Wohlwollen vor, das ihn mir nur noch widerwärtiger machte.

Kurz bevor das Unterrichtsjahr zu Ende ging, hatte der Abt seinen jüngsten Einfall, der allerdings wesentlich komplexer war und in ihm jene Fähigkeit zur höheren Koordination zum Vorschein brachte, die der Vorzug des wirklichen Talents ist.

Schon zu jener Zeit war ich so weit gebildet, um zu wissen, dass »intellego«, das sich von »inter« und »lego« ableitet, den Schlüssel für eine exakte Definition von Intelligenz liefert, die so oft ohne Zuhilfenahme der Philologie gesucht wird. Wenn man mit »intelligere« die Fähigkeit meint, die Beziehungen zwischen den Dingen zu durchdringen, entfällt jede Schwierigkeit, das offenkundige Ungleichgewicht des Verstands bei gewissen Gelehrten zu verstehen, die allerdings unfähig sind, den Rechnungsbeleg ihrer Wäscherin zu kontrollieren, noch auch werden wir vor dem Spengler in Sprachlosigkeit verfallen, der den Rauchabzug eines Ofens wieder gerichtet hat, wohingegen die Berechnung eines Universitätsdozenten dazu nicht in der Lage war. Jeder dieser Köpfe ist in der Lage, die Beziehungen einer bestimmten Art wahrzunehmen, nicht aber die einer anderen Art. Dabei handelt es sich nicht um unerklärliche Leerstellen, sondern um unterschiedliche Bereiche. Das höhere Genie ist das, das alle umfasst, in Höhe und Tiefe, wie mein Cäsar, der ebenso fähig ist, sich ungedeckte Kredite in Milliardenhöhe zu verschaffen, wie in zehn Tagen eine Brücke über den Rhein zu bauen, oder auch Hand an das Calendarium legt, um sich zum richtigen Zeitpunkt von seiner Gattin zu trennen, politisch über das abgeschlagene Haupt des Pompeius weint oder sich spaßig aus den Klauen von Piraten befreit, die er nachher dann kreuzigen lässt.

Unser Abt war, abgesehen vielleicht vom militärischen Genie, aus diesem Stoff gemacht. Er beabsichtigte, unsere niedergeschlagene Stimmung aufzuhellen, und schloss zugleich mit vielen anderen Erfordernissen praktische Kenntnisse, psychologische Wahrnehmungen und hellsichtige Blicke für künftige Endeinschätzungen auf wunderbarste Weise zusammen. Das Internat wurde mit einer Fanfare ausgestattet. Nach einer eingehenden technischen Studie über die Menge, die Eigenschaften und die Arten der Instrumente fragte der Abt in einem Rundbrief an unsere Eltern, ob sie sich mit einer Spende für eines der Instrumente beteiligen wollten, das einem von uns zum Zeitvertreib zur Verfügung gestellt werden sollte, um eine Musikkapelle ins Leben zu rufen. Die begütertsten antworteten darauf und erwarben die Instrumente, die am teuersten waren; die bescheideneren kauften die weniger teuren und viele andere keins.

Die Mitglieder der Kapelle waren daher weder wirklich musikalisch noch bekamen sie das geeignete Instrument. Die Sprösslinge der großen römischen oder sizilianischen Familien hatten, wenn überhaupt, Interesse fürs Cembalo oder für Streichinstrumente, sahen sich jedoch mit Kesselpauken und einem kleinen Bombardon beschenkt, die ihre Eltern auf der Liste für sie gekauft hatten. Oderisio bekam ein Becken, ich ein Kornett, mit dem ich nicht nur nichts anfangen konnte, sondern das mir zudem echte Übelkeit verursachte. Man musste sozusagen hineinspucken, um Töne herauszubekommen, und wenn man das Mundstück abnahm, um es zu reinigen, flossen Rinnsale von Speichel heraus, ganz zu schweigen vom Leiter der Kapelle, einem hageren rötlichen Kerl, der es mir gelegentlich aus der Hand nahm, drei oder vier schrille Töne hineinpustete, um mir zu zeigen, wie es richtig gemacht wird, es mir dann wieder in den Mund stopfte, ohne auch nur einen Gedanken an so etwas wie Zahnfleischentzündungen oder Paradontose zu verschwenden.

Mit diesem verhängnisvollen Kornett, dem sich noch drei weitere anschlossen, gelang es mir nach einem Monat beim Abschiedsfest als Untermalung den Triumphmarsch aus *Aida* durchzuhalten, bei dem am Ende ein andauernder, hämmernder hoher Ton vorkommt, auf den dann der Rest mit den Fanfaren folgt. Doch schon hatten die Klagen der Söhne die Ohren ihrer Väter gerührt; schon hatte man darauf hingewiesen, dass diesen würdevollen, strengen Mauern, die nie ein anderes Erzittern als das des Donners, der Orgel und des Erdbebens kennengelernt hatten, die schneidend schrillen Töne unserer Trompeten nicht gut anstünden; schon überlegte man, ob die Fanfare, die uns überhaupt nicht erfreut hatte, uns nicht vom Lernen ablenkte, etwa zur Zeit der Prüfungen; ob der Chor von Pater Placido nicht ausreichend wäre und zudem dem Ort und uns angemessener.

Der Pater Abt erkannte mit christlicher Demut seinen Irrtum, und weil man ihn um nichts anderes bat, beschloss er in Übereinstimmung mit allen, den Mönchen, den Internatsschülern und deren Eltern, dass die Ausstattung der Musikkapelle samt und sonders als Schenkung an sein Konservatorium in Caserta übergehen solle. Dieses hatte einen außergewöhnlichen Bedarf daran, so dass man sich vorstellen kann, wie willkommen die Schenkung dort war. Das Konservatorium hatte Söhne von Schäfern, von Halbpächtern und von Bootsruderern auf dem Tiber, die besonders für die Flöten und Trommeln geschaffen zu sein schienen, und daher konnten sie, wenn sie sich zusätzlich noch ein grünes Barrett aufsetzten, hinter den Prozessionen durch die Straßen ihrer Ortschaften mitgehen, wie es schon seit Jahren gewünscht und erwartet wurde.

Im Mai jenes Jahres trat Italien in den Großen Krieg ein. Ein schwerwiegendes Ereignis, das sich für uns in einigen vagen Andeutungen während der Predigten von Pater Sulpizio kurz darstellte, welcher daraus allerdings nur das Motiv ableitete, uns anzustacheln, noch besser zu werden, auch für das Vaterland im Allgemeinen. Ich glaube, die Patres waren viel mehr als nur neutral, sie waren deutschfreundlich, darin eins mit einem großen Teil der italienischen Hochkultur. Über den Krieg verloren sie kein Wort. Während die italienische Jugend begeistert Corridoni, D'Annunzio und eben auch Mussolini folgte, ging das Internat einschließlich der Großen, die auch das Gymnasialniveau erlangten, jeglicher Ideologie gegenüber auf Distanz, so als wäre es kein Teil dieser Jugend.

Schon verweilten in der Mitte des Schlafsaals die Fliegen mit ihrem verblüffenden ›far niente‹ in der Luft. Oderisio war übervorsichtig und nachdenklich geworden. Vielleicht hatte er seine Idee ja schon in die Tat umgesetzt und zweifelte jetzt und wartete ab. Doch nichts geschah, und das Jahr ging zu Ende.

Wenn Gian Luigi erst einmal ein Projekt entworfen hatte, duldete sein einseitiger, zielgerichteter Verstand andere Dinge und Personen lediglich als Mittel zur Umsetzung. Wenn der französische König gesagt hatte »Der Staat bin ich« (und nur das Henkersbeil stellte sich ihm entgegen), so ließ sich nichts gegen den anführen, der die ganze Welt instrumentalisierte, Hindernisse und Feinde eingeschlossen. Was aber nicht Teil seines Willens war oder es nicht wert war, ihm zu dienen, fiel aus den Erwägungen meines Vaters heraus, so als würde es gar nicht existieren. Die Umstände wollten es, dass ich von dem Unternehmen, mit dem er gerade beschäftigt war – es handelte sich dabei um das große neue Haus –, ausgeschlossen wurde, weil ich dafür nicht in Betracht gezogen worden war. An dieses Werk wurde in meiner Abwesenheit schon seit vielen Monaten Hand angelegt, und der von Gian Luigi ausgeklügelte Entwurf vertrug wegen seiner Perfektion keine weiteren Veränderungen.

In jenem Sommer traf ich Checchina nicht mehr an: auch sie, inzwischen ungefähr neun, war in eine florentinische Klosterschule gegeben worden, die streng und ziemlich abweisend war und ihren Schülerinnen keine Ferien gewährte, damit sie nur ja keine Unze ihrer überaus gewissenhaften und sorgfältigen Erziehung verlören. Das alte Haus in der Via Solitaria, jetzt vernachlässigt und schon halb geräumt, war nahezu unbewohnbar. Das andere, neue, unendlich große auf dem Monte di Dio, das von seiner Einweihung noch weit entfernt war, beherbergte nur unsere Eltern. Für die Nachkommenschaft half übergangsweise San Sebastiano aus, doch Ferrante und Cristina, mit Sonderaufgaben überfrachtet, kamen nur selten dort vorbei, meine Mutter nur einmal, Gian Luigi nie. Das war das letzte Jahr, in dem die Villa dort oben noch beibehalten wurde, und ich konnte sie fast immer alleine genießen, um es einmal so zu nennen.

Dieses riesige Haus, das an diesem weit abseits gelegenen Ort aufgrund der Phantasie wer weiß welches Misanthropen aus dem Boden geschossen war, gehörte den Tanten und Onkeln meiner Mutter, den Larèmes, und wirkte wie der schüttere Rest ihres nachlässig verwalteten alten Wohlstands. Es war, wie viele späte bourbonische Bauten, tiefrot angestrichen, hatte die für dergleichen vorgeschriebene Viereckigkeit und erinnerte irgendwie an ein Gefängnis. Es war hoch wie ein Turm und besaß großzügige Treppen aus Stein, die sich über Etagenabsätze hochzogen, die so groß waren wie Säle und sich zu lichtgeblendeten Bögen öffneten, rings um das dichte Blattwerk der Bäume, die in der Nähe emporwuchsen. Die Räume zu ebener Erde, die im Innenhof ringsum bis weit hinten hoch und kahl wie Sakristeien lagen, beherbergten großartige Relikte von Pferdegeschirren, von Pflügen, von Fässern und Karren. Das zweite Stockwerk und damit die Dächer und oberen Loggien waren unzugänglich. Die Treppe von einem letzten Klafter, lang und steil, endete abrupt vor einer flaschengrünen, zentnerschweren, von Bolzen, Ketten und Riegeln gesicherten Türe, die eines Platzes in einem Museum für mittelalterliche Eisenbeschläge würdig gewesen wäre. Die erste Etage, die von uns bewohnt wurde, enthielt das Mobiliar, das man wegen seiner Größe und der Qualität des Holzes auch Immobiliar hätte nennen können, zudem Hausrat bestehend aus Schüsseln und Glas, alles von ungeheurer Größe. Die kelchförmigen Gläser aus Kristall wogen jedes vierhundert Gramm (ich hatte sie gewogen), und die Waage mit ihrem marmornen Gehäuse, dem verzierten Balken, den Gewichten aus Bronze und Eisen, war ihrerseits ein monumentales Gerät, das einer Fischhandlung des siebzehnten Jahrhunderts würdig gewesen wäre. Im Schlafzimmer meiner Eltern verbarg ein geheimnisvoller Eichenschrank mit vielen Türen und Türchen eine Anzahl von geheimen Winkeln und Fächern, die ich alle ausfindig machen wollte, und bei einigen kamen vergilbte Briefchen und von getrockneten Blumen befleckte Heftchen zum Vorschein, die dort fünfzig Jahre geschlummert hatten. In diesen verborgenen Winkeln befanden sich möglicherweise die Träume der Großtante Elisa mit dem schneeweißen Haar und den diamantenen Ohrhängern. Dort gab es auch einen Zwischenstock, vollgestopft mit Schränken, Dokumenten und Büchern, die alle von einem Schleier schwarzen Staubs bedeckt waren wie von Asche. Und darunter der mumifizierte Wald der Gedanken. Doch sie konnten wieder aufleben, wie die Weizensamen, die in den Gräbern antiker Ägypter gefunden worden waren.

Ich war fast zwölf Jahre alt, und in diesem Alter ist es nicht gut, abgeschieden und untätig zu sein. Viele Kinder sind in dem Alter schon arglistig und boshaft, doch ich war naiv. Allerdings treibt die Einsamkeit ohne Beschäftigung zur Neugier an und fördert eine zielgerichtete Aufmerksamkeit. Sicher war der größte Anreiz für den Sündenfall bei Adam und Eva der, dass sie alleine waren und nichts zu tun hatten. Unter den Büchern, die wegen ihrer großen Zahl und ihrer Einbände »nach Kathedralenart« bezeichnet wurden, stach die *Bibliothek des Reisenden* hervor, zwölf Riesenbände, von denen ich nicht weiß, wie sie, zur Schmach ihres Namens, transportiert werden konnten. Während ich also weiterblätterte, tauchte zwischen der strengen Gesetztheit Alfieris und den honigsüßen Seufzern Metastasios der ordinäre Fortini auf, und zwar so unverschleiert, dass ich gar nicht anders konnte, als etwas zu verstehen. Meine Sinne lagen allerdings noch in einem so tiefen Schlaf, dass mir Biagios Spiel mit der Schwiegermutter überhaupt nicht bewusst wurde. Die einfachsten Wörter wurden in meiner Unerfahrenheit unverständlich, wie ein Virus, das sich im Wasser verdünnt. Ich nahm ein Wörterbuch zu Hilfe, dessen professoral keusche Einträge meine Sprach- und Ratlosigkeit nicht auflösten. Noch doppeldeutiger waren gewisse Zeitvertreibe mit Carmelina, der kleinen Tochter des Halbpächters, die fast so alt war wie ich. Die Neigung von Kindern, in alte Kleider zu schlüpfen, die aus Truhen kommen, sich so verkleidet dann unter Betten oder in dem Raum zwischen zwei Türen zu verstecken, sich gegenseitig dabei zu helfen, sich zu vermummen oder zu entkleiden, erregte uns und hielt uns in ständigem gewagtem Kontakt. Carmelina ließ sich Überraschungs- und Racheszenen einfallen. Andere Male gab sie vor, sie sei krank, und dann musste ich sie in der bekannten Rolle des Arztes untersuchen, wobei sie ziemlich intime Krankheitszustände äußerte. Ich folgte ihr zwar wenig überzeugt, war darüber aber auch unzufrieden und durcheinander. Die Verschwörung der Natur, die sich schleichend, aber beharrlich an ihren Geschöpfen vollzieht, schwebte über dem schon bebenden Paradies unserer Kindheit und brachte mich in Verwirrung. Doch meine Unreife beschützte mich noch, und meine Phantasie fand andere Wege, um sich Befriedigung zu verschaffen. Wenn ich durch Geheimschubfächer kramte, stellte ich mir vor, ein berühmter Polizist auf der Fährte mächtiger Personen zu sein, die sich eines Kapitalverbrechens schuldig gemacht hatten. Oder ich stellte mir vor, ich sei unsichtbar, beging vor mir in den leeren Räumen fintenreiche verbrecherische Gaunereien, bei denen ich als Geist zugegen war. Dann kletterte ich wieder auf meinen alten Freund, den Mispelbaum, und die ferne Himmelsbläue drang ein weiteres Mal in meine Gedanken und heiterte mich auf.

Ich könnte nicht sagen, mit welchen Gefühlen ich wieder zum Giglio zurückkehrte. Der Kontakt zu meinen Eltern war, statt sich wieder einzustellen, nahezu abgebrochen. Ich wollte mir nicht eingestehen, dass ich darüber gekränkt war, doch weil ich sie im Haus nicht antraf, erkannte ich im Internat eine Struktur, eine Regel, die ich für mich als notwendig erachtete, auch wenn sie feindselig waren. Die Freude war geschwunden, und die Zukunft schien nebelhaft. Ich hatte weder Ziele, noch setzte ich mir welche. Die Ideale meines Vaters waren mir fremd. Meine eigenen, die den viel zu großen Cäsaren nachgezeichnet waren, blieben undeutlich. Ein selbstgestaltetes Leben, das schon für einen reifen Menschen schwer genug ist, wird zu einer Absurdität für den Knaben, der Anleitung braucht. Ich befand mich in dieser Absurdität.

Ich traf den Präfekten Cirillo nicht mehr an, er war während des Sommers ohne jedes Aufsehen entfernt worden. Der Zensor Curtis ließ sich nur selten blicken. Der neue Aufpasser war jetzt ein Internatsschüler aus dem Schlafsaal der Großen, ein ganz profaner junger Herr aus Molise. Aber ich war nicht einmal bereit, ihn zu beachten. Die Gefährten, die fast ausnahmslos dieselben waren, hatten mit mir mehr oder weniger nichts gemein, oder doch nur so viel, dass wir in der Vergangenheit gemeinsam unter dem Regime der Gerte gelitten hatten. Ich dachte immer an Ettorino, doch er war zur Unterstufe der Mittleren gelangt, als ich zur Oberstufe der Mittleren kam. Für Oderisio bewahrte ich eine gewisse Wertschätzung. Die anderen waren für mich eher Schatten als wirkliche Mitschüler. Und das sind sie, nach so vielen Jahren, auch geblieben.

Über dem unsichtbaren Europa stagnierte jetzt dunkel der Krieg. Die siegreichen Deutschen hielten unter Generalfeldmarschall von Mackensen Polen und Litauen bis zur Bucht von Riga. Die Alliierten waren an den Dardanellen besiegt worden und aus Gallipoli abgezogen. Die Reste der serbischen Armee hatten sich mit Müh und Not auf die italienischen Schiffe geflüchtet. Und Kommandant Bicci hatte eine weitere Medaille in die Waagschale geworfen. Doch nichts glich die Trennung von Ettorino aus. Für uns erzeugten diese gewaltigen Ereignisse ein nur schwach vernehmbares Echo. Diese ganze Zeit hat sich in meiner Erinnerung verdunkelt und wie zu einem einzigen Tag zusammengezogen, einförmig, ohne andere Merkmale als die unablässige Kälte des Winds in der Dunkelheit des Kreuzgangs, durch den wir abends gingen, eingehüllt in unsere Überwurfmäntel aus dunklem Tuch, um zum Abendessen zu gehen oder zur Kirche. Die Zersetzung durch diese Einsamkeit bearbeitete mich auf unterschiedlichste Art: das Fehlen einer herzlichen, erfreulichen Beziehung vertiefte meine Nachdenklichkeit, doch sie entfremdete mich in einer Weise von allem Konkreten, dass das Lernen selbst, das ich einstmals so geliebt hatte, in seiner detaillierten Unmittelbarkeit unscharf und fern erschien. Sie entfremdete mich auch der unermesslichen, undeutlichen Welt des Abstrakten, in die einzudringen der Verstand sich so viel Mühe gab. Seit Beginn dieses vierten Jahres verlor ich die Stellung als Klassenbester, und überhaupt ging es nun mit dem Lernen völlig schief. Rektor Sulpizio fing an, auch mir seine anklagenden Bonbons anzubieten, doch aus anderen Gründen als denen von Oderisio wurde meine Gleichgültigkeit – wie seine – allumfassend.

Wegen der Gebäudesicherungsmaßnahmen an der Abtei kam mein Vater jetzt auch zwei bis drei Mal im Monat zum Giglio herauf. Doch aufgrund seiner vielen anderen Verpflichtungen hielt er sich im Kloster nur so lange auf wie unbedingt nötig, und auch dann konnte er sich nicht mit mir beschäftigen, denn die Baustellen waren zahlreich und einige von ihnen sogar gefährlich. Gian Luigi erledigte seine Aufgabe auf die ihm eigene glänzende Art. Mit wahren Geniestreichen sanierte er jahrhundertealte Mauern oder konsolidierte nachgebende Grundstrukturen, wobei er gelegentlich auch das Leben seiner Leute riskierte, die jedoch blindes Vertrauen in sein Talent hatten. Bei der Verarbeitung von Zement wandte er viele Techniken an, die erst sehr viel später in offiziellen Gebrauch kamen. Er stellte die Statik der Kirche wieder her, ohne dabei deren herrlichen Außenschmuck anzurühren, wobei er die Sanierung der Strukturen sozusagen Spanne um Spanne mit der Genauigkeit eines Goldschmieds durchführte. Da er durch Neuritis in den Beinen gelähmt war, die ihn schon sein ganzes Leben lang quälte und ihn nicht selten von einer Sekunde auf die andere heimsuchte, ließ er sich im Armstuhl an den Ort der Arbeit tragen, und brachte so in äußerst schwierigen Augenblicken seine eigene Materie so wie die des Steins in seine Gewalt. Bei einer Gelegenheit hatte er mich wegschicken lassen und blieb mit seinen wenigen Männern alleine zurück, reglos dasitzend, unterhalb der Mauer, die jeden Augenblick über ihm zusammenstürzen konnte. Und so entstand in meinem Inneren ein Bild von ihm: waghalsig und einsam, einer, der Anweisungen gab, versunken und verschlossen in seine hohen Gedanken. Ich konnte ihn nur bewundern. Ich fühlte nicht, wie ich ihn hätte lieben können.

Während der Besuche meines Vaters erhielt ich Sondergenehmigungen, damit ich ihm Gesellschaft leisten könnte.

Doch weil er beschäftigt war, schloss ich mich stattdessen, je nach der Stelle im Kloster, wo wir uns trafen, dem einen oder anderen Mönch an und verbrachte die Zeit mit ihm. Bei den Lehrern war ich in Misskredit geraten, das galt aber nicht für Pater Virginio, der uns immer noch als Beichtvater zur Seite stand. Und auch nicht für Pater Bernardo, den alten Rektor des Internats, der sich bereit erklärte, mich im Archiv zu empfangen. An diesem außergewöhnlichen Ort ereigneten sich noch außergewöhnlichere Dinge. Am hinteren Ende einer Art von Krypta, die mit kostbarem Zypressenholz ausgetäfelt war, saß ein fast hundertjähriger mexikanischer Abt, der die Erlaubnis erhalten hatte, seine Tage auf dem Virgo zu beschließen, wie schon mein Großonkel, der Kardinal. Nahezu blind und beinahe unfähig, sich zu bewegen, widmete sich der Abt gleichwohl mit unendlicher Begeisterung in seinem hohen Alter dem Erlernen des Sanskrit, einer Sprache, die er früher sich anzueignen weder die Zeit noch die Gelegenheit gehabt hatte, und der er sich jetzt den ganzen Tag über und einen Teil der Nacht widmete.

»Wie du siehst«, verkündete Oderisio und zog die Nase hoch, »sind die übertriebenen Ansprüche Alfieris an sein Griechisch, das er mit vierzig erlernt hat, Kinkerlitzchen. Man erzählt sich von dem großen Willen eines gewissen Astigianos, der seinem Diener befohlen hatte, ihn auf dem Stuhl festzubinden, womit er sich zwingen wollte, seine Hausaufgaben zu machen. Das ist der schlagendste Beweis für den Mangel an jeglichem Willen. Keiner muss den Mexikaner auf die Bank binden, um ihn zu fleißigem Lernen zu zwingen, und das mit hundert. Sind doch alles Gemeinplätze!«

Hätte es nicht ein paar unangenehme Seiten an ihm gegeben, hätte ich mich viel mehr auf Oderisio eingelassen, aber er schnäuzte sich die Nase in seine schmutzigen Socken; seine Hände waren ständig feucht, und er hatte schwache Nieren. Oft flatterten seine Bettlaken zum Trocknen im Wind der Tramontana, und Oderisio jammerte, dass er sein Bett abends bei Minusgraden vorfände.

Ich kehrte zum Kloster zurück, das jetzt in meinem Herzen und in meinem Kopf eine weit wichtigere Bedeutung annahm als das Internat. Zufällig kam ich in die Zelle von Pater Luca, dem für die Gäste Zuständigen; auch in die von Pater Matteo, dem Zeremonienmeister. Sie stellten mir subtile, unvorhergesehene Fragen und prüften meine Antworten mit einem nachsichtigen, aber auch sehr fernen Lächeln. Die weißen Faltenwürfe, die dunklen Lesepulte, die handgeschriebenen Kodices waren die Chiffre einer sich mit Weisheit und Wissen identifizierenden Aristokratie. Die Zerstreutheit des Wissenschaftlers, die eigene Vernachlässigung des Philosophen, die Unordnung des Künstlers waren aus dieser hehren Reinheit, der unablässigen Vorsicht, dem unermüdlichen Wirken verbannt. Souverän schien mir Don Bernardo mit seiner großen Stirn eines römischen Konsuls, seinen tiefen, festen Augen und seinem unerschöpflichen Wissen zu sein. Er, der einmal für viele Jahre der Rektor des Internats gewesen war, schien mich so genau zu erforschen wie ein Gärtner, der einen ausgewählten Garten zur Verfügung hatte, welcher dann an andere überging, und der nun die Früchte begutachtet, die der andere einsammelt, während er sich so seine Gedanken macht. Wie denn, dieser wunderbare Mensch konnte sich in die Regel der Demut und des Gehorsams gegenüber dem Abt schicken? Pater Bernardo vermied bei seinen Worten alles, was sich auf das Internat beziehen konnte, und bremste meine Vertrauensseligkeit (denn die hätte ich ihm gezeigt). Doch ich merkte, dass er beinahe väterlich wurde und menschlich, soweit es ein Mensch sein konnte, der an völlig unbekannte Gestade gelangt war, ein Gebirge von Gedanken angesichts meines winzigen Lebens.

Die Patres erwiesen Gian Luigi allergrößte Achtung, der im Hinblick auf das, was er im Kloster machte, wegen seiner feinen Manieren und wegen der intensiven, stillen Konzentration einer von ihnen zu sein schien, abgesehen von seiner Kleidung. Ich versuchte, ihn mir weiß gekleidet vorzustellen, und wenn ich gelegentlich alleine die weiten, geheimen Räume des Klosters durchstreifte, phantasierte ich mir vor, geweiht zu sein, und hörte beinahe das Rauschen meines weißen Gewands. Wenn ich dann wieder zu mir kam, empfand ich Widerwillen gegen meine eisengraue Kleidung und meine schwarzen Schnallenschuhe, die dem kärglich schlichten Modell entsprachen, das die Priester auf dem Land tragen.

Damals entdeckte ich einzigartige Besonderheiten. Pater Giuseppe, der Rektor des Noviziats, lernte die Neulinge an, in monatelanger feinster Arbeit Kopien antiker Missale oder Stundenbücher auf Pergament mit Miniaturen zu verzieren. Doch bisweilen zerriss er eine dieser außergewöhnlichen, beinahe schon fertigen Arbeiten in kleinste Schnipsel, und der Novize musste wieder von neuem beginnen. Dieser sollte die neuerliche Mühe aber nicht als Pflicht empfinden, sondern vielmehr als Hilfe verstehen, jedes Aufkommen von Ungeduld des Gemüts zu unterdrücken. In manchen Fällen fand derselbe Novize sein Pergament zwei oder auch drei Mal zerstört vor. Wenn dann am Ende oder auch von Anfang an die Miniatur fertiggestellt werden konnte, wurde sie gelobt, bewundert und für alle Zeiten aufbewahrt. Auf diese Weise wollte man lehren, dass des Menschen Werk, das allein dem Willen Gottes anheimgestellt wurde, in jedem Fall für den Menschen verpflichtend war, und wurde es von Ihm unterbrochen, sollte er sofort von neuem beginnen, ohne Niedergeschlagenheit oder Zorn, doch auch ohne Pause; und dass es in sich selbst wunderschön, vollkommen und bewunderungswürdig war, sofern Er ihm die Vollendung zugestand. Das war der gleiche Geist, der den Abt aus Mexiko antrieb, mit hundert Jahren Sanskrit zu erlernen, und Pater Tommaso von Semester zu Semester die Exegese unveröffentlichter Dokumente aus dem Archiv vorzulegen, wohl wissend, dass das Gesamtwerk nicht weniger als zwei Jahrhunderte erforderte.

»Systeme von Wahnsinnigen und Fanatikern!«, grinste Oderisio und bohrte mit dem schmutzigen kleinen Fingernagel im Ohr herum. »Und in der Schere von Pater Giuseppe den Willen Gottes zu erkennen, ist ganz schön gewagt. Aber du bist ja leicht zu beeindrucken!«

Oderisios Skepsis half mir, auf den hypnotischen Zauber zu reagieren, den das Kloster auf mich ausübte, und weckte die rebellischen Geister, die sich früher gegen den Stammbaum gewandt hatten.

»Die Große Schabe Cirillo«, sagte Oderisio weiter und bohrte in seinem anderen Ohr herum, »er war ein Schwein. Waren die Prügel, die wir von ihm bezogen haben, etwa auch der Wille Gottes?«

Ich lachte, weil ich nicht wusste, wie ich ihm antworten sollte. Die Existenz der Patres hatte möglicherweise etwas Erhabenes, doch für jeden von ihnen, der von oben herab schaltete und waltete, plagten sich drei Novizen wie Sklaven unter zahllosen schweren Mühen ab, auf welche die Abtei angewiesen war. Und zwei Schritte von ihnen entfernt war unser Leben im Grunde ein Hundeleben. Sogar noch in der Zeichenschule sahen wir uns, während die Novizen mit Blattgold herumhantierten, zum monotonen Kopieren von Nasen oder Ohren mit dem Kohlestift abgeschoben. Wenn man von unserer unglücklichen Welt aus aufgeplatzten Frostbeulen, gespitzten Federn und speckigen Kappen in die helle Kantorei der Mönche gehen wollte oder auch einfach in das warme Arbeitszimmer des Rektors Sulpizio, bedurfte es nach seinen Worten der Berufung. Er sprach auch von Anwesenheiten und von Stimmen und schloss keineswegs aus, dass sie existierten. Doch von Natur aus neigte ich hartnäckig dazu, die Wirklichkeit zu verifizieren: statt sie mir als Geister zu erschaffen, erwartete ich lieber durch eine unmittelbare Erfahrung den Beweis, der sie bestätigte. Meine Gedanken waren daher mit höchster Aufmerksamkeit für jene Offenbarungen, die sich mir eröffnen konnten, ins Innere gekehrt. Doch weil nichts geschah, durchstreifte ich weiterhin das Kloster, so als würde ich in seiner Klausur hoffen, den Schlüssel zum gesamten Problem des Seins und des Lebens zu finden.

Mir kam der Giglio wie ein wunderbares Räderwerk vor. Ich wusste nicht, dass er die berühmten Vorbilder von Sankt Gallen oder von Cluny kopierte und dass das, was ich für einmalig hielt, im Lauf der Jahrhunderte in mehr als fünfzehntausend Klöstern allein des Benediktinerordens verwirklicht worden war. Was ich sah, genügte, um mich mit Staunen und Ehrfurcht zu erfüllen. Die Gemeinschaft dieser Patres hatte das Wissen selektiert, das Notwendige herausgefiltert, das Nützliche abgestuft, indem sie alles in einen Rahmen gebracht und in viele, sehr unterschiedliche Zweige geordnet hatte, und zwar in der Weise, dass jede Abteilung die anderen unterstützte und in sich aufnahm, ohne jemals innezuhalten oder Reibungen zu erzeugen. Zu den Patres, die ich bereits kannte, kamen die anderen; jeder von ihnen stand einem eindeutigen und in jedem Fall unverzichtbaren Organismus vor, die auf praktischer oder auf geistiger Ebene vollkommen ausgeglichen waren und in gegenseitiger Abhängigkeit standen.

Sobald Pater Bernardo seine mittelalterlichen Kryptographien entziffert hatte, gab Pater Erasmo, Chef der Druckerei, sie fehlerfrei und unverzüglich heraus. Während Pater Ugo jeden Tag einen Feldstein entfernte und an seine Stelle einen Baum pflanzte, sammelten die Laienbrüder das Obst für unsere Mensa ein und zogen die Tiere groß. Sobald die Pilgerprozessionen den Berg heraufzogen und die Kirche dicht an dicht füllten, und der Atem der Menschenmenge, der sich an den Wänden kondensierte, die Marmorintarsien linierte, kamen zugleich mit ihnen auch jene düsteren, reichlichen Opfergaben; und während Pater Ugo, der die Verantwortung für den Schatz hatte, der so groß war, dass er sich mit dem des Doms von Agrigent messen konnte, viele Tage voller Mühsal brauchte, um alles zu kontrollieren und wieder an seinen Platz zu stellen, konnte Pater Raffaele, der Schatzmeister, dem Kultus die beträchtlichen Summen zur Verfügung stellen, die seine Würde erforderten. Im Kloster gab es Werkstätten jeder Art, Schulen für unterschiedliche Berufe, die von Seminaristen unter der Führung von Pater Paolo besucht wurden, auch eine Kunstschule, die von Pater Romualdo geleitet wurde, der selbst Mosaikschneider und Maler war. Und das alles in der perfektesten Ordnung und Kontinuität, ohne dass etwas gesät wurde, das nicht seinen Grund hatte und seine Resultate zur gegebenen Zeit lieferte. Dieses »Beten und Arbeiten« stand für eine lebendige Welt, erleuchtet von menschlichen Werken nach göttlichem Rat. Es war das Überleben der goldenen Zeitalter der Kirche, jene, die gesehen hatten, wie Papst Leo Karl den Großen krönte.

Doch dem stand unsere Wehmut gegenüber. Der Giglio war kalt, und wenn die Sonne schien, wurde sein Felsgestein glühend heiß. Ich dachte an die lauen Abende auf der Piazza Santa Maria degli Angioli zurück, an meine Kinderspiele, ruhig und abgeschieden mit Checchina, vor den Bauklötzchen. Diese machtvolle, unablässige kollektive Aktivität schloss die einfache Ruhe eines Lebens aus, das nur vom Verrinnen der Stunden und dem Lauf der Sonne bis zum Eintritt der Nacht bestimmt wurde, mit einer wahrscheinlich größeren Demut als der der Patres, die doch immerhin jedes Mal ihre Knie bis zum Boden beugten, wenn sie auf ihrem Weg dem Abt begegneten. Warum konnte ich nicht einfach mit Ettorino zusammen sein und ihm vereinbarte Zeichen geben, ohne zu beten oder zu arbeiten? Hätte Gott das denn missfallen?

»Und wenn du gerade keine Lust hast, etwas zu tun«, kommentierte Oderisio, »ist das der richtige Augenblick, Rektor Sulpizio davon zu überzeugen, dass dies dem Willen Gottes entspricht!«

Einige Zeit später, als ich von einem Besuch bei Gian Luigi zurückkehre, der gerade die Fundamente der Feste überprüfte, verlor ich mich in einem mir unbekannten Teil des Klosters. Ich fand mich in einem engen, dunklen und unendlich langen Korridor wieder, von dem die von den Fratres bewohnten Zellen abgingen, die zu dieser Stunde alle verschlossen waren, außer einer, der letzten, aus der ein Lichtschein drang. Als ich mich ihr voller Schrecken näherte, nahm ich ein leises Klagen wahr. Als ich mich an der Türe zeigte, sah ich auf einer äußerst bescheidenen Pritsche den mexikanischen Abt. Er röchelte und war ganz allein. Voller Sorge lief ich weg, ich suchte und fand das Archiv. Mit schüchternen, abgehackten Sätzen erzählte ich Pater Bernardo von dem, der dahinten starb, ganz ohne Beistand. Und der Mönch sah mich ganz ruhig an, sein Blick war seltsam.

»Er«, sagte Pater Bernardo, »ist im Begriff, vor Gott hinzutreten. Geh nur, mein Sohn!«

Oderisio, der für sein Alter ungewöhnlich gebildet war, hatte mich mit einigen Tatsachen über die Regeln der frühen Orden zur Zeit der Psalmodia Perpetua vertraut gemacht. Mit dem erschreckenden »vade in pace« verurteilten sich die Mönche zur ewigen Absonderung in einer gemauerten unterirdischen Zelle. Die Entsagung konnte zur Verweigerung werden, und die Liebe Gottes sich gegen seine Geschöpfe wenden.

Am nächsten Tag erfuhren wir, dass der mexikanische Abt gestorben war. Feierliche Beisetzungszeremonien fanden statt. In seinem Bischofsgewand, mit unbedecktem Gesicht wurde er auf einen Katafalk im Kapitelsaal erhoben. Große gelbe Vorhänge bedeckten die Fenster, und auf alles legte sich die gleiche Todesfärbung wie auf sein regloses Gesicht. Ich betrachtete ihn, so wie ich schon vier Jahre zuvor den Sarg betrachtet hatte, der meinen Großonkel, den Kardinal, einschloss. Doch kamen in mir, anders als damals, keine Gefühle von Überschwang und Verlorenheit auf, wohl aber Stille und verborgener Widerwille. Ich dachte an die Sanskritzeichen, die der mexikanische Abt seinem Gehirn einzuprägen begonnen hatte, und die sich darin bereits auflösten. Ich vergaß nicht, dass meine Liebe zum Lernen mich nicht vor Boshaftigkeit geschützt hatte. Aus dem ganzen Konvent stieg ein Hauch der Trauer zu mir herauf, eine Stille des Lebens. Das Gold der prachtvollen Kirche, die beschwörenden Gebärden der Evangelisten in den heiteren Fresken De Murats hatten sich verdunkelt und entleert. Der Rest des Jahres wollte nie aufhören. Doch noch bevor es zu Ende ging, sagte mir Gian Luigi in wenigen Worten und ohne weitere Erklärung, wie damals, als er mich für das Internat bestimmt hatte, dass ich künftig nicht mehr dorthin zurückkehren würde.

Ich büffelte nicht mehr und sprach auch mit kaum jemandem mehr. Von der Sonne geblendet, fuhr ich zur Ebene hinunter und sah am Horizont ein Leben aufblitzen, von dem ich glaubte, es müsste mich verbrennen. Und der Giglio, die Lilie, verschwand auf einen Schlag – wie ein Traum.

3. Der schwebende Korridor

Die Rampen der »Due Centesimi«, der »Zwei Cent«, befinden sich in einem unbelebten Winkel von Neapel und führen über feuchte Gartenerde. Damals wurden sie von einem alten Mann in Schuss gehalten, der als Wegegeld die winzige Münze einforderte, die diesem Ort den Namen gab. Die kleinsten Details dieses Übergangs erlangten für mich, wie immer, wenn man sich in einem bestimmten Augenblick seines Lebens an etwas gewöhnt hat, einen besonderen Wert. Doch daraus folgen derart subtile Empfindungen, dass sie sich nicht beschreiben lassen. Sie sind wie nicht zu erfassende Bewegungen des Gemüts und treten gelegentlich mit dem Wechsel der Jahreszeiten auf, mit der Rückkehr bestimmter Düfte, bestimmter Lichtstimmungen, und sie verlieren sich wieder, sobald man sie wahrgenommen hat. Und doch ist das unser eigentliches Wesen, darin liegt eine innerste Wahrheit, die sich nur für einen ganz kurzen Augenblick zeigt, um gleich darauf wieder unter die glanzlose, schwere Decke der allgemeinen Dinge wegzutauchen.

Die neu erstellte Ordnung sah für mich zwei Privatlehrer vor: ein Fräulein, das bei mir zu Hause vormittags, zu angenehmer Stunde, das Brot der Wissenschaften mit mir brechen sollte; und ein alter Lehrer im Ruhestand, der mich jeden Nachmittag empfing. Er bewohnte eine kümmerliche, düstere Wohnung an einem Treppenaufgang, der vordem von den Dienstboten dieses prächtigen Gebäudes benutzt wurde, das die Via di Capella Vecchia abschloss, und das, wie Geschichten behaupten, Admiral Nelson während seines neapolitanischen Aufenthalts mit Emma Liona bewohnt haben soll. Zwischen dem Monte di Dio, dem Gottesberg, und der Capella Vecchia, der Alten Kapelle, stellten die Rampen der »Due Centesimi« eine Abkürzung dar. Im Garten, dessen steile Abhänge rutschig und grün über zerbröckeltem Tuff waren, herrschte zu bestimmten Stunden eine große Stille. Und ich lief da in großen Sprüngen hinunter, während ich über meinen Unterrichtsstoff nachgrübelte, blieb dann jäh stehen, weil ich wie ein argwöhnisches Tier die herben Düfte der Mandarinen witterte, dann wieder die ekelerregenden der Chrysanthemen, und andere noch, die unbestimmten, die der Erde.

Der Verschlag des Gärtners mit der abgenutzten Marmorplatte, auf die man den Obulus legte, die schweigsame Gestalt des in Schals eingehüllten Alten mit dem Kohlebecken zwischen den Knien erweckten eine gewisse vertraute Wärme, die gleich darauf wieder von den melancholischen Wipfeln der Eukalyptusbäume verdrängt wurde. Die holprigen Treppenstufen unten hatten sich unter einem Hausdurchgang ineinander verkeilt, der bei Einbruch der Dunkelheit geschlossen wurde. Und weil ich später denselben Weg zurück nach Hause nahm, war das ein guter Grund, den Unterricht abzukürzen: dafür brauchte ich fünf Minuten am Anfang und weitere fünf Minuten am Ende, die ich dem Lehrer mit viel Höflichkeit abhandelte, wohingegen ich dem Gärtner allerdings Vorwürfe machte, der immer viel zu eilfertig mit dem Abschließen war. Und der Lehrer, der recht unkompliziert war, wie einige alte Menschen eben sind, sagte mir oft, dass ihm diese Stunde mit einem so angenehmen und gescheiten Schüler, den er in mir sah, erquicklich erscheine und viel zu schnell vergehe.

Dieser Lehrer hieß unglücklicherweise Colica, wie die Kolik. Sein kleines Arbeitszimmer, sein Schreibtisch mit dem fadenscheinigen Tischläufer darauf, die Grünpflanze am Eingang, die durchgescheuerte Hausjacke, das alles war für mich von einer entmutigenden Zweitklassigkeit. Und dann stellte sich heraus, dass er gar nicht von Gian Luigi ausgesucht worden war. Der kannte ihn nicht einmal. Obgleich mein Vater einen Beruf gewählt hatte, den er vor seinem Vater, dem Duca Gian Carlo, verschwieg – der einen Ingenieur für wenig besser hielt als einen Abflussrohrreiniger –, hatte er sich selbst eine einzigartige Verachtung für andere Freiberufler bewahrt. Rechtsanwälte, Ärzte, der Hauslehrer meines Bruders Ferrante waren für ihn mehr oder weniger nur ein Teil der Dienstbotenschaft unseres Hauses, und er beabsichtigte nicht, sich mit derartigen Details abzugeben.

Gian Luigis Unternehmen war damals außerordentlich erfolgreich und verfügte über ein paar Faktotums, und einer von ihnen, der Angestellte Attanasio, ein recht melancholischer Mensch von armem, bedauernswertem Gemüt, hatte meinen Colica ausgesucht, doch ich verglich ihn mit den Patres vom Giglio und fand sein Niveau so dürftig, dass ich ganz niedergeschlagen wurde. Ein Mensch, der es nicht fertiggebracht hatte, anders oder besser zu leben, stellte sich mir dar als ein Meister ohne alles. Und weil er mir die exakten Wissenschaften beibrachte, verloren diese, jedes noch so geringen humanistischen Sinns beraubt, an Gewicht und Hoheit, so dass ich anfing, die Mathematik zu hassen. Dieses wunderbare Räderwerk blieb, wenn es so kümmerlich betrieben wurde, bedeutungslos, ohne Schwung und Perspektive. Und so ging es auch mit Colicas Beweisen, ganz gleich, ob für Zahlen, Linien, Lehrsätze oder Wertigkeiten.

Was meinen Vater betraf, waren seine Ideale so weit oben angesiedelt, dass sie unerreichbar wurden. Er respektierte in mir ein Wesen von seinem Blut, und das in einem Maß, dass er sich in keiner Weise in den Verlauf meines Unterrichts einmischte. Er stellte mir keine diesbezüglichen Fragen, denn er hielt es einfach für nicht vorstellbar, dass ich ihm nicht bis aufs Letzte nachkäme, und für ihn war der Gedanke absurd, dass ich nicht mit Leichtigkeit jederzeit Prüfungen bestehen könnte. Nie fragte er mich nach meinen Vorstellungen, und er hatte nie einen Bericht über die vier Jahre verlangt, die ich auf dem Virgo verbracht hatte, aber dann schickte er doch seinen Attanasio, um einen Lehrer für mich zu finden. Ich sah in dieser äußersten Zurückhaltung durchaus keine Gleichgültigkeit oder gar Lieblosigkeit. Allerdings hatte ich auch damit etwas, worüber ich beim Gang hinunter zu den feuchten Rampen der »Due Centesimi« nachdenken konnte.

»Der junge Herr!«, hatte Giustino in einem Ausbruch von Herzlichkeit ausgerufen, als ich mich bei meiner Rückkehr vom Giglio zwei Stunden früher als erwartet in der riesigen, mir unbekannten Vorhalle des neuen Hauses präsentierte. Er hätte mich sicher gern beim Namen genannt und mich umarmen wollen, doch verbarg meine innere Bewegung unter einem Ausdruck von Hast, obwohl ich mich ungeheuer schämte, als ich ihm meine Schirmmütze mit der zerfransten Goldtresse gab. Giustino führte mich durch aneinandergereihte Säle und Flure, die ich nicht einmal ansah. Ich wollte mich nicht meiner Mutter zeigen, bevor ich mich nicht von Kopf bis Fuß städtisch gekleidet hatte. Meine Kleidung war mir allerdings zu kurz und zu eng und verschlimmerte das Gefühl, ein Eindringling, ein Provinzler inmitten eines solchen Glanzes zu sein.

Cristina kam mir mit freundlichen Schmeicheleien entgegengelaufen. Meine Mutter Annina freute sich unbändig, allerdings in einer Art, so kam es mir vor, wie man es bei ärmlichen Verwandten zu tun pflegt, die man ihre bescheidenen Verhältnisse nicht fühlen lassen will. Ich widerstand ihren Umarmungen, als ich die flüchtigen Düfte ihres Parfüms wiedererkannte, die mir zuwider waren, ähnlich wie bei Wildschweinen, die dem Duft von Seife misstrauen, die die richtigen Jäger ja meiden. Gian Luigi war wie gewohnt nicht da. Mein Bruder Ferrante warf einen kritischen Blick auf mich, den ich wenig großzügig fand. Über Checchina sprach man überhaupt nicht.

Dieser prunkvolle Wohnsitz, dessen Ordnung von einer großen Dienerschaft aufrechterhalten wurde, die mir, ausgenommen Giustino, insgesamt neu und fremd war, wurde von vielen Personen besucht, die über den ganzen Tag verteilt kamen, von denen ich aber niemanden kannte. Alles und jedes war anders als das Vertraute und unterschied sich von allem, was ich mir vorgestellt hatte. Ich reagierte wie eine Katze, die, wenn sie in eine neue Umgebung kommt, sich nur Stück um Stück hervorwagt. Ich verzog mich damals so weit wie möglich in das mir zugewiesene Zimmer, das zum Glück weit abgelegen war.

»Unnachahmliches Zimmer!« So hätte Gabriele D'Annunzio es genannt, der damals der Meister des hohen Wortes war. Diesmal hatte Gian Luigi, wie der Pater Abt, die Konsequenz der Tatsachen vorausgesehen, und die Prophezeiung steht gleich neben dem Göttlichen. Mich als autonom und einsam zu betrachten, nur meinen eigenen Gesetzen verpflichtet und unfähig, eine andere Entwicklung zu nehmen als meine eigene – das alles verwandelte die Isolation, in der er mich zu halten schien, in einen tiefgreifenden Beweis der Achtung und Fürsorge. Gian Luigi vertraute mein Schicksal meinen eigenen Gedanken an. Er sah voraus, dass ich in diesem klösterlichen Zimmer meinen Weg suchen und finden würde. Nachdem er dem Rat des Kardinals zugehört hatte, gab er mir die Mönche als Beispiel und Stütze in den ersten Zeiten. Doch jetzt dachte er möglicherweise, dass mir als Lernstoff reine Grundkenntnisse genügen könnten und der Rest meine Angelegenheit wäre. Dies war der vorbereitete Nährboden für die Pflanze, die nach ihren natürlichen Fähigkeiten und Vollkommenheiten von alleine ausschlagen würde.

Diese Erwägungen sollten in meinen Gedanken viele Jahre später auftauchen. Doch damals widmete ich mich meinem Zimmer mit aller ausschließlichen Liebe. Und so, wie ein unter Regentschaft stehender junger König glaubt, dass die Krone aufgrund göttlichen Rechts ihm gebühre, betrachtete ich dieses Zimmer gewissermaßen aufgrund ebendieses Rechts als das meine.

Es war verhältnismäßig dunkel, weil von den beiden Fenstern das größere in halber Höhe auf ein Gewirr von Blättern blickte, in einen Bereich von Gärten, die an den Garten der »Due Centesimi« grenzten und auf die gleiche Weise feucht und durch die Eukalyptusbäume trist waren. Die nahezu einen Meter dicken Mauern, die massiven Fensterblenden aus Kastanienholz hielten jeden Lärm von diesem Teil des Hauses fern, obwohl der Ort an sich schon still und einsam gelegen war. Das andere Fenster war eine Fenstertüre und in Wirklichkeit auch der Eingang zu diesem Zimmer, denn zu ihm führte ein langgestreckter, geradezu schwebender Korridor, auf den hinaus sich keine weiteren Türen öffneten.

Auf der Innenseite dieser Blindmauer, an welcher der Korridor außen hing, als würde er still in der Luft schweben, folgten die Säle aufeinander, in denen sich die von Gian Luigi zusammengetragenen Gemälde und Sammlungen von Kunstgegenständen befanden, und mein Zimmer verfügte dann auch über eine seitlich verlaufende Passage zum letzten dieser museumsähnlichen Räume. Doch die benutzte ich nie und hatte sie sogar hinter einem alten Gobelin französischer Herkunft verborgen, einem Ausschussstück aus dem Erbe der Großeltern Salvati mit verblassten Jagdszenen mit Damen. Nur über den schwebenden Korridor kommunizierte ich mit den anderen im Haus, doch eigentlich war ich durch ihn von ihnen getrennt. Ich betrachtete ihn als wesentlichen Teil meines Herrschaftsbereichs und der Grenze, so wie es Nationen mit den Alpenpässen tun.

Die Idee von hängenden oder schwebenden Bauwerken, deren majestätische Architektur in Babylonien entstanden war, ist im neunzehnten Jahrhundert zum Ausdruck einer ihrem Schicksal ergebenen, bescheidenen Abstellkammer oder oft auch einer Toilette verkommen. In diesem herabgewürdigten Zustand ist sie das Symbol für ein »Provisorium auf Ewigkeit«, worauf selbstverständlich die übertriebenen Ambitionen der Menschen hinauslaufen, die diese Unvollkommenheit dann romantisch verbrämen, um ihre Schwäche nicht eingestehen zu müssen. Solche Korridore fanden und finden sich oft in heruntergekommenen Innenhöfen. Sie hingen neben großen Wohnungen, aus denen dann vier gemacht werden konnten; oder dort, wo enttäuschte Architekten beziehungsweise ruinierte Bauherren Flügel und Treppen herausschnitten und diesen Taubenschlägen ein militärähnliches Hin und Her anvertrauten. Mein schwebender, für Beobachtungen ideal geeigneter Korridor konnte gleichzeitig auch bequem verteidigt werden, so wie die Wehrgänge in alten Zeiten.

Wegen seiner Lage im Freien war es schwierig, ihn anzustreichen, denn er war, wie alle seine Mitbrüder, außen mit einer alten Grauschicht bedeckt. Auf der Innenseite empfing er, breit mit einförmigen, glanzlosen Schieferplatten ausgelegt, ein diffuses, stilles, beruhigendes Licht. Niemals lüftete man ihn, das war den eisernen Einfassungen der Fenster zuzuschreiben, die vom Rost und von getrockneter Lackfarbe festzementiert waren. Und so behielt er eine immer gleiche, immer gedämpfte Atmosphäre, die mich am Ausgang des Zimmers empfing. Manchmal sprang ich hoch und hämmerte mit den Fersen auf ihn ein, dann fühlte ich, wie er erzitterte und nachhallte. Unter den wiederholten Schlägen der Handflächen verbreitete die gesamte Spundwand einen langgezogenen, dunklen Donner, bei dem ich mir, immer dank meiner Salgari-Lektüre, mit wohligem Schaudern vorstellte, das Tamtam der Kannibalen zu erkennen.

Doch das eigentliche Mysterium des schwebenden Korridors lag in seinen Abdeckblechen, die bei jedem kleinsten Regentropfen Laute von sich gaben. Im Winter sandten sie tagelang die gleichen tiefen Klänge aus, rauschend und voller Abwechslung, die sich zu einer richtigen Melodie entwickelten. Im Frühling wurde sie eigentümlich und unvorhersehbar, im Herbst wuchtig und gramerfüllt. Dieses Regenorchester in der hohen Stille des abgelegenen Zimmers war es, das ein tiefinneres, aber wohlbedachtes und ausgeformtes Gespräch in Gang setzte, das niemals mehr unterbrochen werden sollte. Zu diesem melodiösen, zurückhaltenden Hintergrund fügte sich der Rhythmus der ersten geschriebenen Äußerungen. Diese Berufung, die ich unter den Gewölben der Kirche vom Giglio vergebens gesucht hatte und mir so vorstellte, dass sie mit gebieterischer Stimme zwischen der einen und anderen Fuge auf der Orgel von Pater Mauro mir ertönen müsse, stieg wie eine Waldnymphe barfüßig aus dem Gesang des Regens über den Zinnblechabdeckungen des schwebenden Korridors herab.

In dem Zimmer wurde zuallererst eine Bibliothek eingerichtet: ein breiträumiges Verbundregal aus Nussbaumholz, das ebenfalls aus dem Arbeitszimmer meines Großvaters Salvati stammte und fast eine gesamte Wand einnahm. In der Mitte stand eine Art Diwan zum Lesen und wohl auch zum Einschlafen während des Lesens. Ich ging die Kisten suchen, in denen die Bücher des Großvaters vergraben waren, oder besser gesagt, der Teil, der als Rest nach der Dezimierung durch Onkel Federico zuletzt Annina zugefallen war, und ich stellte sie an ihren angestammten Platz zurück. Großvater Salvati war, wie viele in seiner Zeit, ein bisschen klassizistisch und ein bisschen bibliophil gewesen. Es gab Unmengen an Einzelbänden zahlloser italienischer Klassiker der Mailänder Edition; von Shakespeare in Carlo Rusconis Übersetzung und Schiller in der von Andrea Maffei; ganz zu schweigen von den gängigen Geschichten und Romanen zweier Generationen zuvor. Dieser Bibliothek fügte ich die Bücher hinzu, mit denen ich gelernt hatte: die Kinderbücher mit Märchen und ihren bunt gemalten Einbänden, aber auch die anderen, die Abenteuerbücher. Es war ein wildes Gemisch, in dem ich wahllos herumstöberte und meine Phantasie mit jeder Art von Zutat beflügelte, von Tommaseo bis Poe, von Macchiavelli bis Robinson Crusoe. Doch ich glaubte fest, im Schoß der Weisheit zu leben. Als ich zusätzlich noch ein altes Fernrohr erhielt, gab ich vor, astronomische Studien zu betreiben, in Wirklichkeit aber benutzte ich es nur, um aus dem Fenster durch das Laub zu spähen, und damit war mein Rückzugsort fertig. Ich war gewappnet.

Giustino kümmerte sich um mich. Er war fast schon ganz kahl, wies aber immer noch beachtliche Borsten auf, ganz ähnlich denen auf den Porträts von Großvater Salvati. Der alte Diener, der jetzt auch als Majordomus betrachtet wurde, hatte eine Mentalität des siebzehnten Jahrhunderts, allerdings eine der Frondisten, dazu eine reiche Erfahrung und einen ziemlich scharfen Verstand. Im Lauf der Zeit schlossen wir ein geheimes Bündnis, und in meinem Zimmer gaben wir beide unsere Kommentare über alles ab, was vorfiel. Er drückte sich mit respektvollen Wendungen zu allem und jedem aus, allerdings in völliger Freiheit. Und ich lernte begierig von ihm.

Zur selben Zeit war Onkel Federico wieder zu Hause aufgetaucht, der davongelaufene Bruder meiner Mutter, der von Gian Luigi vor über zwanzig Jahren wegen seiner Veruntreuung der Güter von Großmutter Carolina geächtet worden war. Doch viel Zeit war verflossen, und mein Onkel hatte durch ein Leben in Mühsal und Pein den Preis für seine Verfehlungen bezahlt. Im Geheimen lebte er immer noch mit einer Tänzerin zusammen, einer gewissen Milly, der Ursache so vieler misslicher Ereignisse. Er hatte ein paar eigene Kinder und ein paar andere mit ihr, und in Armut büßten sie alle gemeinsam, Sünder wie Unschuldige.

In unserem Haus jedenfalls war Onkel Federico nur so eben akzeptiert. Kinderlähmung hatte ihn befallen, und dadurch war er in der Beweglichkeit der Hüften und der Schultern eingeschränkt und hinkte leicht. Dabei war er als Person durchaus nicht unangenehm, und es fehlte ihm nicht an Geschmeidigkeit bei äußerst beweglicher Physiognomie, wie es vorkommt bei Menschen, die von bestimmten Leiden heimgesucht werden. Hager, ärmlich gekleidet, sprach er mit bescheidener, fast schon klagender Stimme. Wenn er auftauchte, waren Gian Luigi und die anderen unauffindbar, und er konnte nur kurz von meiner Mutter empfangen werden, die, so glaube ich, ihn heimlich unterstützte.

Ich dagegen mochte ihn sehr. Ich bemerkte, dass die Kragen und Manschetten seiner Hemden, obwohl durchgescheuert, einwandfrei sauber waren. Auch das abgenutzte Oberleder seines Schuhwerks war stets von höchstem Glanz, was, wie ich wusste, das Werk der »pulimmi« war, der Schuhputzer, die ihm treu zugetan waren. Manchmal, wenn er es müde wurde, die anderen Familienmitglieder vergebens zu suchen, nahm er am Ende den Weg über meinen schwebenden Korridor. Jedes Mal erkannte er die Bibliothek wieder und die Bücher seines Vaters. Das berührte ihn zutiefst, doch ich weiß nicht, ob wegen der erhaltenen Bücher oder wegen der verschwundenen. Er erzählte mir Geschichten, die sehr viel anders waren als die, die ich je gehört oder gelesen hatte.

Er hatte seine Jugend in den bescheidenen Lokalen von Chiaramonte verbracht, auf der Hinterbühne vom *Salone Margherita* oder in den Zockerhöllen der Stadtviertel. Er kannte das zwielichtige Neapel wie Ferdinando Russo, der Journalist, und seine Unterwelt wie der Schriftsteller Francesco Mastriani. Den Prozess Cuocolo, in dem es um die Verbindungen zwischen der Camorra und der Politik ging, hatte er sich als Lokalredakteur genauer angesehen. Seine Kenntnis über die Banditen des Gesundheitswesens, von Sperino bis Ciccio Cappuccio, übertraf alles. Ich schwieg beim Zuhören und war fasziniert. Er ging danach in aller Heimlichkeit hinkend wieder fort. Und er war es, dem ich in aller Heimlichkeit meine ersten Verse zu lesen gab.

Während ich noch am Virgo war, zogen im April 1916 die Vereinigten Staaten gegen Deutschland zu Feld. Der Krieg nahm gewaltige Ausmaße an. Die Völker, erstarrt in einer schrecklichen Kraftanstrengung, ächzten unter Tränen und Blut. Die Schlacht des *Kronprinzen* unterhalb von Verdun mähte eine Million Menschen innerhalb weniger Monate auf einem einzigen schmalen Streifen Land nieder. Das Heer des Generalstabschefs Luigi Cadorna, das eingekeilt auf den Bergen in einer Art »eisernen Umklammerung« lag, die seit über einem Jahr andauerte, bezahlte jeden eroberten Felsbrocken auf dem San Michele, auf den Sei Busi oder auf dem Hermada mit ungezählten Menschenleben, jedes, so dachte ich, mit seinen Garben von Wünschen und Erinnerungen, von denen ich in meinem jungen Alter schon so viele hatte. Doch in die Städte des italienischen Südens gelangten nur die Nachrichten über den Krieg, das Entsetzen, das Mitleid mit den Soldaten und das Erbarmen um die Toten. Aus unserer Familie war nach meiner Kenntnis niemand eingezogen worden, doch Onkel Federico enthüllte mir das Gegenteil.

»Modestino«, flüsterte er mir einmal zu und sah geheimnisvoll aus, »ist zwischen Ohr und Hals schwer verwundet!«

»Welcher Modestino, Onkel Federico?«

Mein Onkel schüttelte zweifelnd den Kopf, ohne mich anzusehen, doch in seinem Kopf sah er andere Dinge an. Am Ende seufzte er.

»Eigentlich darf ich es ja gar nicht sagen, Gian Luigi will das nicht, aber wenn du versprichst, es für dich zu behalten ... Annina und ich hatten, haben noch eine weitere Schwester!«

Zu meiner großen Verwunderung erfuhr ich, dass in jener weit zurückliegenden Zeit nach dem Tod von Großvater Salvati, als Federico das Geld an sich gerissen hatte, diese andere Schwester, Teresa, sich mit einem Hutmacher auf und davon gemacht hatte. Von da an galt sie, entsprechend den fabelhaften Gepflogenheiten dieser gottesfürchtigen Gesellschaft, als tot. Doch mein Onkel, der keine Veranlassung hatte, den ersten Stein zu werfen, hielt seit eh und je die Beziehung zu Teresa aufrecht. Der Hutmacher war zwar seit langem verschwunden, doch ich fand mich unversehens mit drei brandneuen Cousinen und Cousins wieder: einer Palmira (der Frucht der Schande, wie es aussah!), einer Leonia (einem anmutigen jungen Mädchen, wie der Onkel sagte), und einem Modestino, einem Helden, verwundet von einem Bajonett im Schützengraben und jetzt wohl dem Tode nah.

Über diese Angelegenheit besprach ich mich mit meiner grauen Eminenz Giustino. Diese lebenslängliche Verbannung eines Familienmitglieds, das für seinen Lebensunterhalt immerhin selbst sorgte, kam mir lächerlich vor. Doch Giustino sah mich ernst an.

»Oh, Gott!«, sagte er. »In vielen Familien finden wir mehr oder weniger eine ähnliche Situation. Sei es, weil man sich nicht liebt, sei es aus Eigennutz oder weil man sich nicht versteht oder aus allen diesen Gründen zusammen. Die Schwierigkeit besteht darin zu wissen, wie die Dinge in Wahrheit gelaufen sind. Aber Gründe wird es geben. Die Menschen sind eben empfindlich und reizbar.«

Das Wiederauftauchen Onkel Federicos hatte mit einer komplexen und vergleichbaren Familiensituation zu tun. Große Ereignisse kündigten sich drüben in den Gassen bei den Handschuhmachern an. Die alten Herrschaften der Veranda waren alle verschwunden. Die Wohnung betrat man nun nicht mehr durch die Küche, sondern durch die Wohnungstüre, wonach man gleich in die hellen Zimmer gelangte, in denen die letzte Überlebende residierte, Großtante Eudosia. Sie war jetzt das Objekt zahlreicher Aufmerksamkeiten. Ihre vier Geschwister hatten, wie das einmal in gewissen Familien üblich war, in denen der Brauch mehr zählte als der Kodex, jeder ein Testament zu Gunsten desjenigen unter ihnen verfügt, der als Letzter sterben würde. Und so sah sich Eudosia als Herrin über das gesamte Familienvermögen, das, abgesehen von vielen Häusern und Ländereien, aus einer wichtigen Papierfabrik in Isola di Liri mit beeindruckenden Gewinnen bestand. Von den Geschwistern Larème wurde allerdings auch verfügt, dass dieser letzte Erbe meine Mutter als Erbin von allem einsetzen sollte, ihre einzige Nichte ohne Fehl und Tadel. Und so sollte Annina demnächst in den Besitz dieses beträchtlichen Vermögens kommen.

Die Besuche bei Tanten und Onkeln im Vico di Palazzo waren unterdessen eingestellt worden: Gian Michele hatte sich völlig der Leidenschaft für die bewusste Dame ergeben und war ihr ich weiß nicht wohin gefolgt; Onkel Gedeone verbrachte eine Art Quarantäne in Caltanissetta, um in seiner Karriere eine Stufe höher zu steigen. Daher war der Sonntag der Großtante Eudosia vorbehalten, die uns im weißen Spitzenkleid empfing, überladen mit reichlichem Geschmeide auf der Brust und an den Handgelenken und mit herrlichen Diamanten an den Ohren, die ganz sicher vorher der anderen Großtante Elisa gehört hatten.

Eudosia, die damals auf die siebzig zuging, war eine wenig bedeutsame alte Dame mit einem anämischen, matt gepuderten Gesicht, in dem sich zwei farblose Augen öffneten. Ihr unzertrennlicher Schatten, ein gewisser Pietro Traetta aus Accettura in der tiefsten Basilicata, kümmerte sich um ihre Geschäfte. Er war ein energischer, harter Mann, in Schwarz gekleidet vom Scheitel bis zur Sohle, rot im Gesicht, mit einem kurzen, aber borstigen Bart und hielt die Verwaltung der Papierfabrik und aller Besitztümer am Laufen, und zwar mit harter Hand: er sorgte dafür, dass die Großtante auch nicht einen Cent verlor.

Angesichts dieser Voraussetzungen erhoffte sich auch Onkel Federico etwas, der geradezu chronisch immer vor dem Bankrott stand, und wenn schon nicht von Tante Eudosia, dann doch wenigstens von meiner Mutter, wenn sie geerbt haben würde. Gian Luigi, der ihm niemals seine Sünde vergeben wollte, auch wenn die Tat nicht gegen ihn gerichtet gewesen war, machte jetzt über dessen Wiederannäherung aus Stolz gute Miene zum bösen Spiel. Damit wollte er beweisen, dass ihm wohlfeile Interessen fremd waren und er auf die Willensbekundungen meiner Mutter keinerlei Druck ausüben würde, ja, ihr sogar völlig freie Hand ließe, ganz alleine die wirtschaftlichen Angelegenheiten für sich und mit ihren Verwandten zu verhandeln.

Ich musste damals auf den Beistand von Onkel Gedeone verzichten, konnte aber auf meine verborgenen Beziehungen zu Giustino und zu Onkel Federico zählen, beides äußerst umsichtige Männer, Kenner der Charaktere und der Launen von Personen und von Machtsystemen, und auch, aus ihrer persönlichen Lage und aus Notwendigkeit heraus, erfahrene Heuchler mit scharfem Blick für die Zukunft. Sie halfen meinem schwach aufgeklärten Verstand. Doch es geschah auch, dass ich zu jener Zeit, ich glaube aufgrund der Bibliothek, von meiner Schwester Cristina endlich beachtet wurde.

Sie, die ganz unschuldig herumintellektualisierte, besaß allerdings auch ein Bibliothekchen, das ihrem Wesen und ihrer Bildung entsprach – es stimmte ganz mit der Mode überein und bestand aus Bändchen mit Goldschnitt und Seiden- oder Maroquineinbänden. Cristinas Bücher – Bourget, Valéry, Tagore – residierten in einem exquisiten kleinen Möbel mit Sheratonkristallscheiben, andere standen als Kleinstausgaben in zwei zusammenklappbaren Bücherregalen, die außen mit Miniaturen von Morland verziert waren – ein Geschenk meines Vaters. All diese kleinen Bücher, auf denen man nicht einmal ein Staubkorn gefunden hätte, enthielten ein Lesebändchen in sanften Farben. Cristina führte sie in einem winzigen Katalog auf. Bei vielen Dingen zeichnete sie zahlreiche, ganz sicher atavistische Lettern nach, die nicht ihrer Gedankenwelt anzugehören schienen. Sie war indessen der festen Meinung, uns allen weit überlegen zu sein, hielt sich für die eigentliche Erstgeborene, zur Schande und zur Verdammnis des salischen Gesetzes, das im Übrigen auch vom Genius Loci widerrufen wurde, der ihr die neapolitanische Erbfolge vorenthalten hatte.

»Tante Eudosias Diamanten«, sagte sie mir im Vertrauen und sah mich dabei ernst an, »gehen allesamt auf mich über, als Aussteuer. Die Papierfabrik und die Häuser interessieren mich kein bisschen, aber die Diamanten gehören mir!«

Cristina hatte die eigentümliche Angewohnheit, ständig überall im Haus kleine Gegenstände an sich zu nehmen, die ihr gefielen, und sie dann in den vielen Schubladen zu verstecken, die ihr zur Verfügung standen. Diese Schubladen waren ihr ganzer Stolz: wohlgeordnet und auf eine unübertreffliche Weise reinlich, angefüllt mit Seidenstoffen, Spitzen, lackierten Schachteln, in denen Schnüre, Handschuhe, Fächer und Nichtigkeiten jeder Art aufbewahrt wurden. Jede von ihnen war mit einem schneeweißen Leinentuch abgedeckt, sie dufteten nach Essenzen, die überall in Fläschchen herumstanden. Sie hütete all ihre Schubladen eifersüchtig und hielt sie mit einem Schlüssel gewissenhaft verschlossen. Doch nachdem sie meine Bibliothek besucht hatte, bot sie mir an, ihre Schubladen für mich zu öffnen. Ich bewunderte das alles, und sie war glücklich, ganz erregt und errötete leicht unter der elfenbeinernen, edlen Blässe ihres Gesichts.

Vom Aussehen her war Cristina ein wenig hager, doch insgesamt ähnelte ihr Gesicht ziemlich genau dem der Baronin von Egloffstein, und es war schön: die Lippen elegant und perfekt der Bogen ihrer Augenbrauen. Unter den pechschwarzen Haaren dann ihre Augen: sie waren braun und außergewöhnlich, lichterfüllt und doch auch melancholisch und gelegentlich von jähen Schatten verhangen.

Durch irgendwelche weit zurückreichenden Erzählungen von Annina wusste ich, dass Großvater Gian Carlo in seinen späten Jahren an ein paar ungewöhnlichen Manien gelitten hatte. Nicht, dass ich in der Lage gewesen wäre, diese Erinnerung mit bestimmten Empfindungen zu verbinden, die mir kamen, wenn ich Cristina betrachtete, noch dass ich an ihr Anzeichen einer Krankheit wahrgenommen hätte; doch ich fühlte, wie unstet sie wirkte und wie flatterhaft, so, als ob sie in einem Zustand von latenter Sorge und latentem Alarm lebte. Diese Schutzhaltungen, dieses Sich-Absondern erfolgten möglicherweise aus der Furcht, dem dunklen Ahnen, dass die anderen, wer weiß warum, ihr übelwollten. Insgesamt schien mir, dass sie sich in ihrem Nest so vieler, ihr unentbehrlicher Verfeinerungen eingerichtet hatte und dennoch einsam und irgendwie auf verborgene Weise gequält und unglücklich war.

Ansonsten ging es Cristina gut, sie pflegte sich mit großer Sorgfalt und hatte niemals eingewilligt, ihr Badezimmer und ihren Toilettenbereich zu teilen. Auch im neuen Haus waren ihr diese in einem für andere unzugänglichen Teil reserviert worden. Dort verbrachte sie viele Stunden oder sie zog sich zurück und stickte, was sie hervorragend konnte, oder sie kümmerte sich um ihre Kleider wie eine chinesische Dame. Das alles bedachte ich und kam zu dem Schluss, dass sie mich brauchen könnte, und ich fasste den würdevollen Vorsatz, ihr zur Seite zu stehen.

Die Villa von San Sebastiano am Vesuv war aufgegeben worden, allerdings hatte Gian Luigi für diesen Sommer, in dem ich vom Giglio zurück nach Hause kam, keinen Ersatz für eine Sommerfrische bestimmt, sondern stattdessen eine Familienreise in die Toskana angesetzt, zuerst auf Besuch bei Checchina und danach weiter in die Marken und nach Umbrien. Sie dauerte mehr als einen Monat. Mit der Begründung, dass ich mein Zimmer und die Bibliothek einrichten und mich auf den neuen Unterricht vorbereiten wolle, bat ich meine Mutter inständig, mich in Neapel zurückzulassen, und ich versprach ihr auch, ein Auge auf den Fortgang der Renovierung im Haus zu haben, die noch nicht abgeschlossen war, und auf einige Arbeiten, die noch im Gange waren. Sie gab nach. In Wahrheit grausten mich Reisen in

Gemeinschaft, und ich wusste, dass auf mich, den Letzten in der Schlange, vielfältige Aufgaben zugekommen wären und meine Freiheit sehr eingeschränkt gewesen wäre. Als die Eltern, Cristina und mein Bruder Ferrante mit einem großen Berg von Gepäck gegangen waren, empfand ich eine unerhörte Befriedigung und nahm mir vor, endlich auch einmal aus meiner Ecke hervorzutreten, um genauestens und ganz ohne Furcht das außergewöhnliche Königreich zu erkunden, das jenseits der Grenze meines schwebenden Korridors lag.

Auch dieses Mal hatte »König Luigi« ein außergewöhnliches Werk vollbracht, das all seine Fähigkeiten zeigte und in dem seine Vorstellungen deutlich wurden. Das moderne Neapel widerte ihn an mit seinen schwerfälligen Bauten am Rettifilo oder in der Via dei Mille, die in starkem Missklang zu seinem luftigen Wesen standen. Doch neigte er auch dem leicht manierierten Bukolischen nicht zu, das den Malern von Posilippo so lieb und teuer war. Sein Geschmack traf sich mit dem grandiosen, klösterlich angehauchten Stil der ersten Hälfte des neapolitanischen Seicento, in der Architektur ebenso wie in den anderen Künsten. Und nahezu alleine unterstützte und verteidigte er den Wert der Werke und Namen, die von der offiziellen Kritik erst sehr viel später als würdig empfunden und mit Weihen versehen wurden.

Zur Verwirklichung seines Konzepts und um es im Sinn alter Stilelemente zu durchdringen, hatte er in der Nähe des Schauspielhauses Giacosa, da wo rechts der Monte di Dio aufsteigt, eine Gruppe von Wohnblocks gekauft, die im Lauf der Zeit über sehr viel früheren aristokratischen Strukturen errichtet worden waren. Gian Luigi ließ diese dreisten, respektlosen Abscheulichkeiten nahezu völlig niederreißen und stellte, soweit das möglich war, die ursprüngliche Bebauung wieder her. Er pflegte zu sagen, dass man das Talent des Architekten nicht daran erkenne, wie er neu baue, sondern wie er Anpassung und Ausgewogenheit zwischen unterschiedlichen Räumen und Zeiten herstelle. Unser neues, riesiges Haus sollte der Beweis für diese These werden.

Die Gesamtheit dieser Umstände und Einsichten führte zu einer eigenwilligen Planimetrie, die im Großen und Ganzen einem unregelmäßigen Stern glich, bei dem von einem ausgedehnten Zentralkörper mehrere ungleiche Spitzen ausstrahlten, an einigen Stellen längere, an anderen kürzere oder bisweilen sogar abrupt endende. Er lag hinter den zur Via del Monte di Dio gelegenen Wohnblocks, und am Hang, der zu den Rampen der »Due Centesimi« hinunterführte, war er gut vor dem Verkehrslärm geschützt. Aber er blickte nur auf andere Häuser oder auf Gärten. Lediglich auf der Seite von Chiaia verlief vor ihm in großer Höhe die erhabene Seitenmauer der Kirche von Santa Maria degli Angioli mit deren einmalig schöner Kuppel, die so harmonisch und klar proportioniert war, dass sie die Augen für lange Zeit und jedes Mal wieder dort hinaufzog, um ihrem Spiel mit Luft und Licht zu folgen. Auf diese Weise erhielt die Kuppel vom ersten Augenblick an, als ich sie sah, für mich den Wert einer höheren Präsenz an diesem Ort.

Da nun aber kein menschliches Werk vollkommen ist, war es auch das von Gian Luigi nicht. Die Zufahrt zum Haus, die vielleicht etwas Bühnenbildhaftes hatte, aber auch etwas Unangemessenes, wand sich auf dem ersten Abschnitt zwischen ärmlichen, schlecht gepflegten und von einfachen Menschen überquellenden Häuschen dahin. Es war unmöglich gewesen, etwas Besseres als diese enge Zufahrt zu schaffen, weil die Energie und auch das Geld meines Vaters nicht ausreichten, um das Klagegeschrei, das Gewirr der rechtlichen Vorschriften sowie das Netz von Verbundenheit zu umgehen. So stand unser Zuhause, wie im Übrigen unzählig viele andere in Neapel auch, gerade einmal zwei Schritte vom Elend entfernt. Und wiewohl die Blindmauer, an der sich mein schwebender Korridor entlangduckte, ihr den Rücken zuwandte, war diese andere Welt in gewisser Weise ständig präsent. Später, nachdem in einer geeigneten Ecke eine strategische Scharte geöffnet worden war, überließ ich mich, mit Hilfe meines Fernrohrs, ganz den interessantesten Beobachtungen in diesen Innenbereichen. Damals bewegte ich mich vergnügt darin herum und malte mir jedes Mal irgendeine Geschichte aus, mit Kalifen, die sich von einem kleinen Laden des Bazars durch Zauberkraft in einen herrlichen Palast versetzen konnten.

Lässt man die privaten Gemächer, die Wirtschaftsräume und die Sanitärbereiche auf der unteren Etage einmal außer Acht, ebenso die alten Stallungen, die jetzt als Lagerräume und Keller dienten und noch weiter unten lagen, verfügte das Haus über einen sehr weitläufigen Repräsentationsbereich, dessen Möglichkeiten noch durch die großartigen Terrassen und den Garten wesentlich erweitert wurden. Einige Säle waren maßlos, mit Gewölben von acht oder zehn Metern Deckenhöhe, und auf vielerlei Weise tauchten in ihnen emblematische Verzierungen auf, wie die Jujube und der gepanzerte Arm aus dem Wappen der Sanseveros vor einem dunkelblauen Hintergrund. An vielen Plafonds hatte Gian Luigi alte Gemälde wieder anbringen und mit passenden Dekorationen einfassen lassen. Und er hatte darauf geachtet, für jeden Bereich einen einzigartigen Stil beizubehalten. Er sagte des Öfteren, dass das Leben eines herrschaftlichen Hauses aus der langwierigen, aber beständigen Eingliederung von Möbeln und Gegenständen bestehe, und zwar nach den Abfolgen und dem Geschmack der Generationen, die über sie hinweggegangen seien, und dass der einzigartige und wahre Stil nicht in der Häufung ähnlicher Dinge liege wie in Museen, sondern in der Harmonie unterschiedlicher

Objekte, und dass man von jedem Ding, auch wenn es auf den ersten Blick geschmacklos oder übertrieben wirke, etwas lernen könne. So schätzte er Bruchstücke, Zierstücke und dergleichen selbst dann noch, wenn sie als plump oder aus der Mode gekommen galten, und warf dann dem oberflächlichen Kritiker einen Blick zu, der diesen verstummen ließ. Doch man konnte gewiss sein, den Gegenstand später an einem unvorhergesehenen Platz wiederzufinden, wo er wegen des Lichtspiels und des Zusammenwirkens mit anderen ihm verwandten Formen in seiner Nähe passend und angenehm erschien.

In einigen kleinen Salons oder abgelegenen kostbaren Durchgängen war alles aus einem Nichts erschaffen worden. Die Grundvorstellungen stammten zwar von Gian Luigi, aber die Ausführung war einem alten lombardischen Maler anvertraut worden, dem Maestro Arnerio, der noch in einigen Bereichen des Hauses arbeitete und in die frischen Farben der phantasievollen Wanddekorationen die außergewöhnliche Fülle der gesammelten Stücke eingefügt hatte. Es waren die Jahre, in denen man die Vergangenheit loswerden wollte, die neue Zeit aber noch nicht so weit war, sie auf den Punkt zu bringen. Gian Luigi war sowohl ein Überlebender als auch ein Vorreiter. Die Gemäldesammlung, die er aus den Schiffbrüchen so vieler Patrizierhäuser retten konnte, wirkte unermesslich umfangreich. Darüber hinaus sammelte er noch alles Mögliche andere: Porzellan, Majoliken, Gläser, Waffen, Marmorstatuen, Stuckarbeiten, Miniaturen, Emaillen. Die fünf Säle, die hinter der Blindmauer meines schwebenden Korridors lagen, enthielten tausende den Verstand verwirrende Stücke. Im letzten Saal, dem, der an mein Zimmer grenzte, segnete ein Sankt Nicola von Bari in Lebensgröße, aus polychromem Stuck, auf ewig all diese Dinge. Sein Abbild, die dritte höhere Präsenz im Haus, flößte mir Unruhe ein und wahrscheinlich auch einen leichten Schrecken. Und die Verblendung meiner Türe durch den abwehrenden Gobelin mit Jagdszenen mit Damen diente vor allem dazu, diese obsessive Segnerei zu exorzieren.

Während meiner Besichtigungsgänge, die ich, wie schon in San Sebastiano, gerne mit einer Aura des Geheimnisvollen umgab, indem ich auf Zehenspitzen ging oder mich plötzlich an Türen zeigte und mich gewissermaßen als hütender Geist über alles aufschwang, begegnete ich hin und wieder in einem kleinen Flur oder auch einfach auf einem seiner Schemel stehend Maestro Arnerio, der eine Bordüre vervollständigte oder die Raphaelesken einer Türe weiter ausführte. Er war ein Mann von über siebzig Jahren, doch gesund und von kräftiger Gestalt, was durch Kasacks russischer Art betont wurde, die an den Manschetten und an der Gürtellinie eng waren, unter denen hochaufgekrempelte Hosen von ungewöhnlicher Form und Farbe zum Vorschein kamen.

Das Gesicht des Maestros war ausdrucksvoll und wuchtig, seine Augen blau und klar, aber durchdringend, sein tolstoisches Haar schillernd und fest, wie das eines gescheckten Pferdes; sein Oberlippenbart schließlich von schmutzigem Gelb und so dicht und hart, dass man meinen konnte, Arnerio hätte ein Stück Hanftrosse unter seiner ziemlich platten Nase hängen. Die Geschicklichkeit des Maestros war außerordentlich, doch er gab sich überaus bescheiden. Obwohl es sich streng genommen einzig um Ausschmückung handelte, arbeitete sein feiner Pinsel mit phantasievollen Mischungen von Lacken und Lasuren so geschickt Bedeutungen, Hervorhebungen und Akzente heraus, dass seine Paneele sich in ebenso viele Miniaturen verwandelten. Es war magisch, diesem Pinsel zuzuschauen, der in der massigen Hand nahezu völlig verschwand, und den er oft wie ein kleines Schwert in der Hand hielt, während er mit kleinsten, schnellen, präzisen Tupfern glänzendes Edelsteinleuchten aus den kaum sichtbaren Abdrucken der Zeichnung hervorholte, welche er zuvor auf die Wand auftrug, indem er Kohlenstaub durch die mit Nadeln durchstochenen Löcher eines Papiers pustete.

Wenn der Maler mich kommen sah, lächelte er, zog seinen mächtigen Oberlippenbart leicht zusammen und entbot mir mit einem deutlich nasalen Ton seinen Willkommensgruß. Er sprach langsam und ließ keinen Augenblick die Spitze seines kleinen Pinsels aus den Augen. Er war in Parma geboren, gerade zwei Schritt vom Palazzo Pilotta entfernt, in seinem Blut hatte er die Grandiosität und die Sensibilität der Farneses, die in der Geschichte der Menschheit nur selten ihresgleichen fand, wie er sagte, aber nie übertroffen wurde. Er war seit vierzig Jahren ein untröstlicher Witwer und sprach immer wieder von seiner einzigen Tochter Elettra. Von ihr gab er so außergewöhnliche Beschreibungen, dass ich, als ich sie zum ersten Mal sah, verdutzt vor einer kleinwüchsigen, stumpfen Frau stand, die in einen Überwurfmantel gehüllt war, der aussah, als wäre er aus irgendeinem abgelegten Vorhang genäht worden. Und sie sprach mit dem gleichen nasalen Tonfall wie ihr Vater. Elettra wiederum hatte ein Töchterchen, doch ungewiss war die Art und Weise, wie dieses Mädchen in die Familie kam. Und zu zweit lobten sie sie mir als eine, die sich mit Glück und Geschick der Kunst der Choreographie zugewandt habe. Auch Arnerio hatte in längst vergangenen Zeiten auf der Bühne gestanden, denn er spielte die Laute in Stücken mit mittelalterlichen Sujets. Als Gesamterscheinung war er so etwas wie ein freier Mönch und gutmütig.

Nachdem ich den Maestro täglich besucht hatte, weiteten sich meine Erkundungen auf die Terrassen aus, die Gian

Luigi in Pflanzgärten und Gewächshäuser für Chrysanthemen von ungewöhnlicher Artenvielfalt verwandelt hatte. Diese Anpflanzungen wurden gut von der Sonne beschienen und vor dem Wind geschützt, und in ihrer Blütezeit zeigten sie sich in wunderbarsten Farben. Darunter befanden sich granatrote, deren innere Blütenblätter goldgelb waren; veilchenblaue mit weißen Streifen; elfenbeinfarbene und rußschwarze, bläuliche und violette. Mein Vater, der harmonische Farbspiele liebte, fand Gefallen daran, sie selbst in alten Porzellanbecken anzuordnen, die ebenfalls mit Chrysanthemenmotiven bemalt waren. Wir hatten auch gefüllte Nelken, die »Schiavoni« hießen, ebenso Hortensien, Dahlien und Begonien. In einem anderen Teil der Terrassen erhob sich allerdings ein dicht bevölkerter Taubenschlag, den meine Mutter sich gewünscht hatte. Die Blumenkulturen und die Aufzucht von Tauben vertrugen sich nicht, denn diese Vögel, die nur begrenzt domestizierbar waren, pickten erbarmungslos Saatkörner und Jungpflanzen heraus. Manchmal hörte ich Gian Luigi gegen die Tauben wüten, doch er wandte sich nie gegen Annina, die ganz unschuldig lächelte. Sie richtete mehrmals in den alten Stallungen Bereiche für Truthennen, Gänse und Kaninchen ein. Jedes Mal wurden an fernen Orten seltene und hochwertige Rassen bestellt und angeliefert, doch dann währte die intensive Phase ihrer Pflege nicht wirklich lange, und so vernichtete immer wieder ein methodisches Sterben diese vernachlässigten, vergessenen oder ganz nach Eingebung neu zusammengestellten Aufzuchten.

Nachdem ich weiter unterhalb der Embleme des Jujubes und des gepanzerten Arms durch den großen Saal gegangen war, erreichte ich den Garten. Er war nicht groß, doch nach wer weiß wie vielen Verkleinerungen und Umgestaltungen war er wahrscheinlich das einzige fast noch intakt gebliebene Stück Erdboden des alten Theatinerklosters, das im Schatten ihrer Kuppel gleich an die Kirche der Santa Maria degli Angioli angrenzte. Eingeengt zwischen mal niedrigen und dann wieder sehr hohen Gebäuden, hatte dieser Garten keinen Ausblick, wurde von meiner Familie auch nur selten besucht, weil sie ihn wenig anheimelnd, ja, eigentlich kalt fand. Er verdross Gian Luigi, weil auf ihn, wenn auch nur von weitem, die Fenster bürgerlicher Wohnungen gerichtet waren, von denen aus er bespitzelt werden konnte. In diesem Garten standen niedrige Bäume mit Zitronen von grünlicher Schale und hohe Eukalyptusbäume wie die bei den »Due Centesimi« dicht an den Mauern. Schmale Wege fanden sich dort, auf denen schwarze Wurzeln hervortrieben, die feuchtes Laub aufhäufelten. In einer von den rückseitig gelegenen Küchen aufgeheizten Ecke gelang es einem Bananenbaum, Früchte hervorzutreiben, eine botanische Rarität, wie Annina gerne bei ihren Damenkränzchen erwähnte. Nacktschneckenfamilien gediehen reichlich unter den eher verlassenen als zu irgendetwas genutzten architektonischen Bruchstücken. Ein mit Sicherheit steinaltes Schildkrötenpaar hatte sich dort seit wer weiß wie langer Zeit eingerichtet. Die geringe Größe dieser Tiere, die sich nur schwer mit der Vorstellung ihres ehrwürdigen Alters vereinbaren ließ, strömte eine Aura von Unberührbarkeit und Geheimnis aus, wie jene alten Chinesen mit ihren wie von feinsten Haarrissen durchzogenen Gesichtern, den Schlüsselfiguren in Märchen aus dem Fernen Osten. Die beiden Schildkröten verschwanden mitunter dermaßen lange, dass man sie für tot halten konnte. Doch dann tauchten sie irgendwann wieder auf, immer gleich und unverändert, als wären sie Minerale. Kein Vogel wählte sich unseren Garten aus, nicht einmal, um auch nur eine Stunde dort zu verweilen. Und dennoch mochte ich diesen Ort.

Auf dem letzten Prospekt, in der Geschlossenheit eines komplexen Pavillons mit arabischem Gitterwerk, hatte Maestro Arnerio eine Szene mit Tälern und Flüssen als Fresko gemalt, in der er seine theatralischen Erinnerungen nicht ausgespart hatte. Der Pavillon erlaubte allerdings das Erklettern der Mauer, und auf der anderen Seite tauchte ein weiterer kleiner grüner Garten auf, der zugewachsen und offensichtlich verlassen war. In seiner Mitte schimmerten makellose Büsche weißer Kamelien auf, reglos, aber lebendig, wie Menschen, die träumten. Eine Reihe von Bögen, die sicher einmal eine offene Loggia oberhalb eines verschwundenen Panoramas gebildet hatten, jetzt aber zugemauert waren, enthielt zum Ende unseres Gartens hin ebenso viele vergitterte Fenster, die Licht ins Erdgeschoss zwischen den Eukalyptusbäumen bringen sollten. Doch das Herrschaftshaus, zu dem sie gehörten und das mit Sicherheit ganz und gar klamm und düster war, hielt sie für alle Ewigkeit verschlossen. Nur dann und wann sah man dort das eine oder andere menschliche Gesicht. Etwas später konnte ich die Bewohner kennenlernen, die auch die Eigentümer des kleinen Gartens auf der anderen Seite der Mauer waren, die an unseren grenzte.

In diesem weitläufigen Haus waren wir alle auf ganz eigentümliche Weise verstreut: Cristina am äußersten Punkt eines Sternenstrahls mit ihrem eigenen Badezimmer; die Eltern im durchlauchten Bereich; ich am Ende des Außenkorridors; mein Bruder sogar in einem abgetrennten Kleinstquartier, immer mit seinem Hauslehrer, der ihn weiterhin in Sprachen und im Umgang mit der Welt unterrichtete. Über unsere Vorfahrin, die Baronin von Egloffstein, wusste man, dass sie hochgebildet und, nachdem sie den Herzog Nicolino verlassen hatte, lange durch Europa geirrt war, wie eine Madame de Staël ante litteram, und unter anderem eine

Erziehung des Fürsten auf Lateinisch geschrieben hatte. Vielleicht wurde mein Bruder Ferrante noch nach einem gleichartigen Regelwerk erzogen, und ich beneidete ihn nicht.

Ferrante war im Grunde seines Wesens ein wenig starker Charakter, was es ihm ermöglichte, sich dem Willen Gian Luigis leicht zu fügen. Vielleicht dachte mein Vater ja, dass es, um den Familiennamen zu repräsentieren, genügte, Stil zu haben, woran es meinem Bruder ganz sicher nicht fehlte, und einen guten »technischen« Drill, um einen aktuellen Begriff zu verwenden. Wenn der König »herrscht, doch nicht regiert«, ist es offensichtlich, dass er im Wesentlichen einen hervorragenden Premierminister braucht. Dachte Gian Luigi etwa, dass ich, der unbeirrbar darauf vorbereitet wurde zu verwalten, ohne zu regieren, der obskure Heizer dieses Spielzeugschiffleins sein sollte, auf dem Ferrante ausgestreckt unter dem blauen Pavillon und den Emblemen unseres Hauses liegen sollte? Wegen dessen Nachgiebigkeit und seines angeborenen Konformismus sah es so aus, als würde mein Vater ihn lieber haben als irgendjemand sonst von uns, denn es stimmte ja, dass die Geschichte von König Lear kein Märchen war. Checchina und ich, die geheimen Gegner des Stammbaums, hatten ohne Prozess noch Erklärungen seine Unerbittlichkeiten zu spüren bekommen. Und so war die kleine Schwester in der toskanischen Klosterschule verschwunden, wie vor ihr ich für vier Jahre auf dem Virgo.

Was Cristina angeht, so gestanden ihr die Eltern zwar besondere Rechte zu und stellten sich ihren kleinen Marotten nicht entgegen. Doch damit gewannen sie durchaus nicht ihr Vertrauen. In ihrem Innersten schien sie die Eltern sogar zu fürchten und viele Male hat sie sie gewiss auch gemieden. In alldem erwies sich Gian Luigi als ein Geist vom alten Schlag. Ganz sicher liebte er uns, doch wie ein römischer

Vater der ersten Republik: mit dem Recht über Leben und Tod seiner Kinder. Die Möbel, die Gemälde, die Kuppel, der Heilige aus Gips umgaben und beherrschten unser Leben und drückten ihm unnachgiebig ihren Stempel auf. Alle diese viel zu vielen Dinge mussten eher bedient werden als uns dienen. Wie im Kloster vom Giglio war die Umgebung unsere Herrin und Meisterin, und die Gedankenwelten, die sie hervorbrachte, standen uns denkbar fern.

Später, als sich oberhalb und jenseits der abenteuerlichen häuslichen Talmulde die Verständigung mit Cristina nach und nach festigen konnte, erlaubte dies mir, in bestimmten Winkeln ihrer empfindsamen und still unterdrückten Seele zu lesen. Von ihr erfuhr ich damals diverse Einzelheiten über unseren Onkel Gian Michele, die angesichts dessen, was ihm widerfahren war, ebenso schwer wogen wie die Gedanken, die Cristina mir offenbarte.

»Es stimmt gar nicht, dass Dolores an einer Krankheit gestorben ist«, sagte sie mir einmal. »Sie hat sich umgebracht!«

Wegen der unzusammenhängenden Gespräche im Haus erfuhr man nur nach und nach und Stück um Stück die aufeinander folgenden Kapitel des Liebesdramas, das mein Onkel mit der bewussten Witwe durchzustehen hatte.

»Sie hatte ihn gar nicht verdient!«, sagte Gian Luigi abschließend missfällig. »Einen Mann von solcher Haltung und mit solchen Fähigkeiten zu ruinieren und ihn dann für den erstbesten Dahergelaufenen abzuservieren!«

»Wie sehr er sie geliebt hat!«, seufzte Annina romantisch, die aufgrund der wunderschönen Stimme von Großmutter Carolina mit Tostis Romanzen groß geworden war.

Die abartige Witwe hatte Gian Michele nicht nur Knall auf Fall sitzen gelassen, sondern auch ihre eigene kleine Tochter: Dolores. Auf diese hatte der Onkel, als sie mit ihm alleine geblieben war, all seine Zuneigung gehäuft, wie es guter Brauch war. Uns hatte man dann aber erzählt, dass diese morganatische Cousine vor einiger Zeit wegen Herzstillstands leider von uns gegangen sei. Deshalb schaute ich Cristina damals verwundert und in meinem Inneren tief besorgt an. Sie hielt ihre Augen niedergeschlagen, doch das Blut war ihr ins Gesicht geschossen, und ihre Nasenflügel bebten. Sie schien außer Atem zu sein, und ihre Reglosigkeit wirkte angespannt und leidend.

»Verstehst du, Giugiù, verstehst du? Sie hat Onkel Gian Michele gründlich verärgert, als sie ihn bat, heiraten zu dürfen. Dolores hat den armen Kerl, der sie doch lieb hatte, derart schlecht behandelt, dass sie sich verloren sah und sich das Leben nahm. Wie ich sie verstehe! Nur ich kann sie so gut verstehen! Wenn man auch mir verbieten würde zu lieben und geliebt zu werden, würde ich dasselbe tun. Gift, weißt du«, fügte sie hinzu und starrte mich dabei an, »das ist ganz leicht, all diese Nagellacke taugen dafür!«

»Was redest du denn da, Cristina? Wer sollte das sein, der dich daran hindern will zu heiraten? Du bist ja noch nicht einmal verlobt!«

»Schon, aber Papà ist wie Onkel Gian Michele. Glaubst du etwa, er würde mich frei wählen lassen? Aber ich werde mich niemals beugen!«

Ich versuchte immer wieder, sie zu beruhigen, und das schien auch leicht zu sein, denn Cristina war durch die kleinste Kleinigkeit abzulenken und lachte gleich wieder oder sprach, als hätte sie alles vergessen, was sie gerade noch gesagt hatte. Doch viele Schatten hingen über unserem mit Antiquitäten vollgestopften Paradies. Der Glanz des neuen Hauses war, soweit ich das den Gesprächen im Haus und – mit aller angebrachten Umsicht – von Giustino entnehmen konnte, auch vor der Tante und den Onkeln im Vico di Palazzo nicht ohne Schatten vorbeigezogen. Gegenüber den spärlichen Beziehungen von Tante Francesca, die ihre puritanisch strengen Gewohnheiten einsam in der fünften Etage beibehielt, hatte Onkel Gedeone aus seiner Abgeschiedenheit in Caltanissetta mehr als einen Vorbehalt geäußert. Doch das führte letzten Endes zu nichts anderem als zur Unterbrechung des Briefwechsels mit Gian Luigi. Mein Vater hatte nun zwar sehr viel Geld verdient, hatte es aber auch ausgegeben, ohne es zu zählen: für uns, für seine persönliche Lebensführung und insbesondere für den Erwerb all dieser zahllosen Kunstwerke. Sein festes Vermögen bestand aus fünf einträglichen Wohnblocks und einem Stück Land, das weit von Straßen und Eisenbahnen entfernt in der ländlichen Umgebung des *Agro pontino* lag und mehr Komplikationen und Scherereien mit sich brachte als Geld. Die eigentliche Quelle seines Wohlstands bestand daher immer noch aus seinen Bauunternehmungen, doch die Richtung, die er seinem Leben in Zukunft zu geben beabsichtigte, bestand aus einer drastischen Einschränkung seiner Geschäftsaktivitäten bei gleichzeitiger Steigerung neuer Ausgaben. Damals jedoch wurde das Gleichgewicht ausgerechnet durch den Krieg sichergestellt, der den Auftakt zu dem glanzvoll mondänen Leben aufschob, für das das neue Haus die Bühne sein sollte.

Jedenfalls waren diese einsamen Wochen, während derer meine Angehörigen sich auf Reisen befanden, für mich äußerst reizvoll, und ich war gar nicht begeistert, als die Familie mit viel Tumult von ihrer Reise nach Umbrien zurückkam und es sich zeigte, dass der eigentliche Grund für so viel Regung und Bewegung Gian Luigis Leidenschaft für Antiquitäten war. Er hatte jeden Winkel des Landes auf der Jagd nach seltenen Stücken in Urbino, Faenza, Casteldurante, Pesaro und Gubbio durchsucht, und diese wurden nach und nach als riesige Ladungen angeliefert, so dass wir alle ganz allmählich zu Bewohnern von Museumsräumen wurden, die in der Nähe meines Zimmers lagen und unter dem Schutz des Heiligen Nicola von Bari standen.

Am neunten August 1916, als ich noch alleine im Haus in Neapel war, wurde Gorizia erobert. Dieses Ereignis, ein Sonnenstrahl über einer düsteren Landschaft, feierte ich damit, dass ich einen Kochtopf gegen die mächtigen Flanken des schwebenden Korridors schlug, wodurch ein so außergewöhnlich orchestrales Dröhnen entstand, dass sich die Leute aus der Nachbarschaft an den Fenstern versammelten. Doch als es Winter wurde, der für die Alliierten dunkle Winter des Jahres 1917, verschlimmerte sich der Albtraum des Krieges über Europa. Die russische Revolution, diese unvorstellbare Tragödie, erregte die Gemüter ganz nach den dramaturgischen Regeln des Schreckens, des Mitleids und der Angst. Und die Büschel von Nadeln mit Fähnchen, die auf den topographischen Karten die Frontbewegungen kennzeichneten, steckten über viele Monate hinweg immer an derselben Stelle fest, genau wie die Armeen.

Diese Karten und Fähnchen waren der ganze Stolz des Edlen Telli. Wie die Körbe mit frischem Gemüse gelangten auch Jungen leicht in die Häuser der anderen durch den Diensteneingang, und weil der des Edlen Telli sich vor der einzigen Eingangstür meines Maestro Colica öffnete, war es nach einem Gespräch mit der Köchin und einem weiteren mit dem Hausdiener nicht schwer für mich, am Ende vor jenem Telli zu stehen, weil er zufällig in der Küche aufgetaucht war, und von ihm wurde ich in das adelsnoble Wohnzimmer gebeten. Diese Besuche musste ich vor meinem Maestro Colica unbedingt verheimlichen, weil den Armen, den der Edle wie Luft behandelte, allein schon der Gedanke ziemlich quälte, dass der Eingang zu seiner Wohnung der Dienstbotentüre dieses Herrn gegenüberlag und immer wieder von dessen Abfalleimern flankiert wurde.

Der Edle Telli, ein angesehener Eigentümer von Ländereien mit Haselnusskulturen in der Provinz von Avellino, vegetierte alleine im einstigen Palazzo Nelson dahin, allerdings von drei Hausangestellten und einer armen Verwandten betreut. Er litt unter Verfolgungswahn, was für andere ungefährlich war. Dieser suchte ihn im Übrigen nur in gewissen Abständen heim. Wenn das Übel ausbrach, wurde er von leidvollen Sorgen gequält. Dann meinte er zum Beispiel, dass eine Marmorstatue ihren erhobenen Zeigefinger auf ihn richten würde, oder dass ein Werbeplakat ihn unmittelbar auffordern wollte, das eine oder andere zu tun. Diese Plakate mit Kriegspropaganda, auf denen die Bürger aufgefordert wurden, ihrer Pflicht nachzukommen und nationale Anleihen zu zeichnen oder sich vor Spitzeln in Acht zu nehmen, waren für ihn ein nie versiegender Quell großer Aufregungen. Allerdings konnte er immer ohne alle Schwierigkeiten wieder nach Hause zurückgebracht werden. Dort legte er sich beklommen und voller Angst ins Bett.

An ruhigen Tagen, die nicht selten waren, erforschte Telli mit einem Vergrößerungsglas die Karten der unterschiedlichen Fronten und unterhielt sich mit einem Nachbarn, Bucci, einem Staatsbeamten im gehobenen Dienst, der nun im Ruhestand war. Mit ihm diskutierte er über Politik und die Kunst der Strategie. Sie hatten ähnliche Standpunkte, kritisierten scharf die Durchführung der Militäraktionen, gebrauchten eine ähnliche Ausdrucksweise und versetzten sich mal in die Lage eines Ministerpräsidenten, mal in die eines hohen Generals, wobei sie sagten: »… ich, wenn ich der Ministerpräsident wäre!« oder »… ich, wenn ich Foch wäre, ich hätte das so und so gemacht!« Den König erwähnten sie nie und beschuldigten ihn auch nie, obwohl sie fanatische

Anti-Piemonteser waren. Doch manchmal ließ sich der Edle Telli hinreißen und sagte dann: »... ich, wenn ich Italien wäre! ...« Als die Revolution die gesamte russische Front überrannte und vernichtete, berieten sich Bucci und Telli ernsthaft darüber, was für Fähnchen jetzt verwendet werden sollten. Und auch ich wurde mit einbezogen. Eine Schlachtenlinie existierte nicht mehr, doch genau das ließ das politische Einfühlungsvermögen dieser beiden Herren heimtückische Entwicklungen vermuten. Am Ende beschlossen sie, die gesamte unsichere Grenze zwischen Deutschland und Russland mit lila Fähnchen abzustecken, die bedeuteten: beruhigt, Situation unter Kontrolle.

Von einem Balkon der Telli'schen Wohnung drang ich wie ein Kletterer zu den oberen Etagen vor. Von seinem Fenster aus lud mich ein junger Mann ein, ihm Gesellschaft zu leisten. Er sah abgezehrt und melancholisch aus. So befand ich mich in einer anderen Wohnung, die groß war und vernachlässigt, und wo scharfe Gerüche unbekannter Substanzen über den leichteren, aber aufdringlichen von Medikamenten schwebten. Das Zimmer des jungen Mannes war erschreckend unordentlich: auf dem ungemachten Bett, auf den Stühlen, auf dem Boden erzählten malträtierte Bücher, Farbtuben, mit Skizzen versehene Leinwände und Medikamentenschachteln sein Leben besser als jedes Buch. Doch aus dem instinktiven Drang, der mich zu dem Fenster geführt hatte, sollte Vielversprechendes entspringen. Unter mir befand sich der Balkon des Edlen Telli; jenseits der Rampen der »Due Centesimi« erkannte ich, wenn auch in weiter Ferne, eine Ecke unseres Hauses. Gunnar, so war der ungewöhnliche Name des neuen Freundes, bot mir eine Zigarette an, und ich glaube, es war die erste, die ich in meinem Leben rauchte.

War der Adelsmann der unteren Etage mit den Haselnüssen von Avellino reich geworden, so besaß Gunnars Vater eine derart große Anzahl von Ländereien und so viel Getreide im Tavoliere von Apulien, dass er eine eigene Industrie von Mühlen und Nudelfabriken betreiben konnte. Seine gelegentliche Anwesenheit in Neapel wurde nur durch den Geruch von Nitrit und Schwefel verraten, der mich gleich beim Eintreten überrascht hatte, das Resultat geheimnisvoller chemischer Forschung. Doch sah ich diesen Alchemisten niemals persönlich. Die Mutter wurde nie erwähnt, und ich erfuhr lediglich, dass sie Schwedin war oder gewesen war, was nicht nur Gunnars Namen erklärte, sondern auch seinen schlaksigen Körper. Er erzählte mir von seinem Leben als Künstler in Cremona, von der Krankheit, die ihn zur Rückkehr gezwungen hatte, welche er mir aber nicht näher beschrieb. Er zeigte mir seine Bilder, die gekünstelt und traurig waren, und er lobte mich enthusiastisch wegen des Lobs, das ich ihm spendete. Eigentlich mochte ich ihn nicht sehr, doch ich sah keinen Weg, wie ich ihn links liegen lassen konnte. Gunnar war ungefähr fünfundzwanzig und kam mir sehr alt vor, zumal uns jemand, der zehn Jahre älter ist als wir, alt erscheint. Er besaß eine große Anzahl kaum für mich geeigneter Bücher, die er mich dennoch in die Hand nehmen ließ und immer bereit war, sie mir zu schenken. Manchmal ereiferte er sich, und unter seinen vielen schrägen Ideen waren bisweilen auch einfallsreiche und richtige. Ich begann, mich an ihn zu gewöhnen, und entwickelte einen gewissen Geschmack dafür, ihm zu antworten und Fragen zu stellen. Langsam wuchs die Vertrautheit zwischen uns.

All diese Dinge, all diese Personen hatten jedoch nichts mit mir und meinem eigentlichen Ich zu tun, sie waren lediglich Ablenkungen, allerdings unverzichtbar für ein so einsames Leben wie das meine. Die andere Lehrerin, die vom Vormittag, Signorina Prassede, eine Toskanerin von blühendem, raumgreifendem Wesen, die in der ihr eigenen

Offenheit, mit ihrer hellen Stimme und ihrem markanten Tonfall eine ländliche Herkunft erkennen ließ, schien eher etwas in unserem Haus zu erlernen zu haben, als dass sie mir etwas beibringen konnte. Meine Mutter stand sehr spät auf. Gian Luigi kehrte auch erst zwei Stunden nach Mittag zurück. Daher galt es als vereinbart, dass ich alleine zu Mittag aß, und zwar in aller Eile, damit ich den Unterrichtsbeginn mit meinem Colica nicht verpasste. Wenn ich zur Dämmerung wieder nach Hause kam, waren die anderen entweder nicht da oder hielten Kränzchen im Salon. Der einzige Kontakt blieb für gewöhnlich das Abendessen, bei dem ich auf meinen letzten Platz verwiesen wurde und mich dort, weil ich Checchinas Ablenkung nicht mehr hatte, furchtbar langweilte. Der Giglio hatte mir dauerhaft einen Zug von Strenge und klösterlichen Gewohnheiten eingeprägt, für die mein Zuhause keine ideale Umgebung war. Dieses Gepränge, dieser Putz waren mir dermaßen fremd, dass ich Jahre brauchte, um mich zu den Vergnügungen der Muße, der Tischgewohnheiten, des bequemen Reisens umzuerziehen, wenn man so will, wohingegen etwas in mir nach gewissen Schwierigkeiten, Härten und Eigenwilligkeiten strebte, in denen ich mich wiederfinden und für die ich mich begeistern konnte. Die perfekten Stunden waren daher die nach der Dämmerung, wenn das Haus leer, der Außenkorridor dunkel und die Stille vollkommen war. Ich konnte mich immer wieder furiosen mentalen Orgien des Lesens, des Schreibens oder der Phantasien hingeben und mich in sie so hineinsteigern, dass mir am Ende die Ohren klangen.

Ich hatte mich mit großen Stapeln handgeschöpften Papiers versehen, Restbeständen aus Archiven, die ich mir bei Altwarenhändlern beschafft hatte. Mit ihnen hatte ich eine Reihe unterschiedlicher Ordner angelegt, die ich mit mönchischer Geduld immer wieder auf den neuesten Stand brachte. Die Methode, die mir eingetrichtert worden war, prägte nicht nur meinen Charakter, sondern auch meine Handschrift, die einem undurchdringlich dichten Buchstabenwald glich, ähnlich einem fettgedruckten Pamphlet, und ich war überzeugt, dahinein sei das kostbare Öl meiner Vorstellungen gegossen. Die vollgeschriebenen Seiten erfüllten mich mit Freude: eine wohlige Wärme breitete sich in meiner Brust aus, während der Federhalter über das Papier flog und, wie das außerordentlich feine Werkzeug eines Kunsthandwerkers, mit einem nicht wahrnehmbaren Kratzen gewissermaßen ins Papier ritzte. In dem Erasmus-Porträt von Holbein, das sich in Basel befindet, bilden die harmonische Entsprechung der Linien zwischen Stirn und Hand und der Winkel zwischen dem Auge des Gelehrten und der Schreibfeder gewissermaßen eine Nervenendigung, die nicht mehr Mittler, sondern lebendiger Gedanke ist: diese Feder ist die letzte Verästelung einer magnetischen Ausstrahlung, deren Fluidum zwischen dem Blick, den Fingern, dem Federkiel und seiner Spitze mit einem einzigartigen und gleichmäßigen Impuls strömt. Das ist es, was ich damals, ohne es erklären zu können, fühlte. Und nur die erste, noch unbefleckte Jugend konnte das so schnell verloren gegangene Geheimnis eines Fühlens und eines Sagens besitzen, die, ohne die hohe Meisterschaft der Kunst, ein Einziges waren, wie der Ausdruck der frühesten Menschen, die auf den Höhlenwänden die Tiere darstellten, von denen sie umgeben waren und von denen sie sich in völliger Unschuld ernährten.

Ich besaß also einen Ordner mit *Beobachtungen*, einen weiteren mit *Analogien* und einen dritten mit *Hypothesen*. Zahlreiche von Giustinos Sentenzen waren unter meine eigenen geraten, und Onkel Federico half mir gelegentlich, das Konzept zu vervollkommnen. Da gab es ein *Traum-*

tagebuch, in das ich jeden Morgen alles eintrug, woran ich mich erinnerte, nachts geträumt zu haben. Und weil ich seit meinen frühesten Kindertagen, vielleicht wegen übermäßig lebendiger Phantasie, vielleicht aber auch wegen irgendwelcher physiologischer Eigenheiten, immer unter Albträumen gelitten hatte, wurde ihnen eine besondere Abteilung gewidmet: *Gespenster* – zwar nicht so gegliedert wie Poes *Erzählungen*, aber doch ziemlich grauenvoll, und ich machte es mir zur Pflicht, sie rigoros geheim zu halten. Das Schreiben wurde flankiert von wilder Lektüre. Ich las gründlich, denn ich wollte das Schreiben beherrschen. Dafür lud ich mir unendlich lange und schwerfällige Werke auf, die ich pflichtbewusst von der ersten bis zur letzten Zeile in mich aufnahm. *Der Primat der Italiener* von Vincenzo Gioberti zum Beispiel. Allerdings sank ich dann wieder auf den *Rocambole* von Ponson du Terrail zurück und kannte den *Grafen von Montecristo* fast auswendig. Doch wenn der Regen mit seinen tausend feinfühligen Fingern auf meinem schwebenden Korridor modulierte ...

Dann verflüchtigten sich der Helm des Alkibiades, die Toga Macchiavellis, das Schwert d'Artagnans, sie wurden Schatten im hetzenden Atmen anderer, ganz anderer Stimmen, unsicherer, verworrener, flüchtiger, aber lebendiger, und das waren meine. Es sollten allerdings noch viele Jahre vergehen, bevor ich in einem anderen Meisterwerk das Geheimnis dieser Worte, den in der Dichtung zum Ausdruck kommenden Mythos wiedererkannte: das war Caravaggios *Narziss*, der vor einem Brunnen schwarzen Wassers sich selbst atmet.

Mitunter kam ich verspätet ins Esszimmer, und die Diener in Livree, die Gäste und auch die Familie waren für mich unerträglich. Gian Luigi warf einen tiefgründigen Blick auf mich und schien nachzudenken.

Als der Frühling kam und mit ihm die heiteren Tage, hatte ich Gelegenheit, die Beobachtungen der einfachen Häuser unterhalb meines schwebenden Korridors mit dem Fernrohr zu intensivieren. Die Stimmen drangen nicht zu mir herüber, dafür aber sah ich ein großes Hin und Her von Männern in Unterhosen und Frauen in Unterröcken auf kleinen Balkonen und Gängen, wo sie sich unbeobachtet fühlten. Sie ersetzten nur zu deutlich Geschichten und Erklärungen, und Gunnars Bücher erledigten den Rest. Eigentlich ähnelte keine dieser Venusgestalten denen in den Kunstbänden, von denen Gian Luigi eine außerordentlich reiche Sammlung besaß, die den weiblichen Akt als eine leuchtende, kostbare Gestalt erscheinen ließen. Die hier waren grobschlächtige Säugetiere und ähnelten mehr den naturalistischsten unter Rembrandts Zeichnungen, seinen behaarten Evas, diesen ihrem äffischen Vorfahren nicht fernen Enkelinnen. Meine Sinne waren verwirrt und fieberten verunsichert. Der Widerspruch zwischen Leichtigkeit und Bedürfnis eines sensiblen Fühlens und der banalen Materie des Geschlechts dämmerte bereits auf. Es war kaum zu leugnen, dass die kitschigen Heldinnen in den gefühlsduseligen Romanen meiner Schwester Cristina nicht einmal, sagen wir, meiner Lehrerin Prassede ähnelten, die mitunter die Indiskretion meiner nicht gerade schülerhaften Blicke zu bemerken schien, doch all dieses wogende Fleisch, das mir vor das Fernrohr kam, erregte in mir eher ein Angewidertsein als ein Gefühl des Überschwangs und der Begeisterung. Und mein Wesen, das zwar sachlich, aber auch empfänglich war, schwankte zwischen unterschiedlichen Möglichkeiten, die es später noch gewaltig quälen sollten.

Eines Tages, als ich noch mit diesen heimlichen Ermittlungen zugange war, vernahm ich vom Ende des Korridors her Onkel Federicos hinkenden Schritt. Schnell zog ich das

Fernrohr ein und mich in mein Zimmer zurück, doch er warf sich, ohne weiter auf mich zu achten, wie ein gebrochener Mann auf das kleine Sofa der Bibliothek.

»Giugiù!«, sagte er mit matter Stimme. »Wir sind völlig ruiniert!«

»Der Krieg?«, fragte ich alarmiert.

»Ach was, wieso denn der Krieg! Schlimmer als Krieg! Eudosia, die Tante, Eudosia, dieses Unglückswesen …«

Onkel Federico stieß mit heftiger Stimme als sonst eine Reihe typisch neapolitanischer Beleidigungen gegen die letzte Ruhe der Seele der einst verehrten Großtante aus, die mich völlig sprachlos machten. Tante Eudosia war eine Woche zuvor gestorben, und alle entsprechenden Zeremonien waren mit größter Ehrerbietung durchgeführt worden. Es hatte weder an Klageweibern noch an Tränen gefehlt. Im Angesicht der Verstorbenen hatte Annina sich öffentlich mit ihrer Schwester Teresa versöhnt, die eilig nach Neapel gekommen war, und sie nach fast einem Vierteljahrhundert wieder in ihre Arme geschlossen. Mit souveräner Könnerschaft hatte der Erste Kutscher des Beerdigungsunternehmens seine acht Pferde durch die engen Gässchen der Alten Handschuhmacher manövriert, während beim Klang der Hufschläge sich die Fenster öffneten und die Rollläden der Geschäfte zum Zeichen der Trauer heruntergelassen wurden. Damals wurde mir klar, wie umspannend die Welt der Larèmes war, wie viel Gewicht die Alten von der Veranda, deren letzte sie war, in der Stadt hatten und als die sie in dieser Eigenschaft wirkten. Die Bewohner ihrer Häuser, die Pächter ihrer Ländereien, die Arbeiter der Papierfabrik, die Lieferanten, die Korrespondenten, die Freunde waren das Volk. Es sammelten sich auch Gruppen von Findelkindern in den staatlichen Internaten, die von ihnen unterstützt wurden; kleine Scharen von Nonnen, welche die Aushängeschilder ihrer Gemeinschaften waren; Berge von Trauerkränzen. Großtante Eudosia war unter dem Gemurmel von Segenssprüchen hinübergegangen und ohne Umschweife zur Heiligen erklärt worden. Die beleidigenden Worte von Onkel Federico klangen folglich nach Häresie.

»Sie hat uns verraten, sie hat uns betrogen, sie hat uns bis auf die nackte Haut ausgezogen!«, lamentierte Onkel Federico weiter. »Sie hat den Willen der Eltern, der Brüder, von Elisa, von allen mit Füßen getreten. Sie haben ihr das Zeug nicht hinterlassen, damit sie die Familie zerstört. Die Testamente sind eindeutig: lediglich zur Aufbewahrung an sie, damit am Ende alles an Annina übergehen soll. Und stattdessen … Und dann auch noch dieser Drecksskerl von Traetta … So etwas schreit geradezu nach Messerstecherei!«

Stückweise und in Happen klärte Onkel Federico den Vorfall für mich »nach Lage der Dinge und des Rechts« auf. Die maliziöse Eudosia hatte, um allen Unannehmlichkeiten aus dem Weg zu gehen, meiner Mutter ein eigenhändig geschriebenes Testament übergeben, in dem sie, entsprechend den bekannten Absichten aller Larèmes, Annina als Universalerbin einsetzte. Doch dann hatte sie ein weiteres Testament abgefasst, und zwar zu Gunsten von Pietro Traetta, ja, schlimmer noch: Im Alter von siebzig Jahren hatte sie unter strikter Geheimhaltung diesen Geschäftsmann geheiratet, diesen Mann aus Accettura mit dem schwarzen Barte. Und mit dem zweifachen Titel brachte er sich mit einem leichten Handstreich in den Besitz des gesamten Vermögens der nun ausgestorbenen Familie.

Diese Plünderung, die ein offensichtlicher Übergriff war, schlug in der Geschichte der Sanseveros ein weiteres schmerzhaftes Kapitel erlittenen Unrechts und verlorener Vermögen auf, zusätzlich zu den letzten zwei Jahrhunderten. Doch wenn Gian Luigi auch einerseits den Stammbaum hatte restaurieren lassen, der unter Maestro Arnerio neu ergrünt und verziert worden war und nun wie ein Weihnachtsbaum strahlte, war er andererseits jedoch nicht der Meinung, dass man auch die alten Vorstellungen seiner Vorfahren vom Staub befreien müsste, und verhielt sich genau wie diese. Das heißt, er verschloss sich in eine beharrliche Ablehnung und in ein Schweigen voller Verachtung. Er hatte Annina Larème geheiratet, als sie bettelarm war, und es war sein ganzer Stolz, ihr eine fürstliche Stellung allein aus eigener Kraft verschafft zu haben. Er hatte sich nicht einmal bei den Onkeln und Tanten im Vico Vacca blicken lassen, damit man dort nur ja nicht argwöhnen sollte, er wäre käuflich. Er hatte sich ganz fraglos bereits vorgenommen, auch nicht einen Cent des vermeintlichen Vermögens meiner Mutter anzurühren und sie frei bestimmen zu lassen, es mit ihren verachteten Geschwistern zu teilen oder auch es ganz nach Gutdünken zu verprassen. Jetzt war er entschlossen, nicht einen Schritt gegen Pietro Traetta und dessen Intrige zu unternehmen.

Dieser Geschäftemacher erkannte selbst, dass er nicht unangreifbar war, denn die Unterordnung der unbesonnenen Eudosia wirkte schamlos, und so war er einem Kompromiss nicht abgeneigt. Aber Gian Luigi war niemals bereit, ihn zu empfangen. Vergebens versuchten seine Rechtsanwälte, sogar Onkel Gedeone selbst, der eigens aus Caltanisetta angereist war, ihn zu bewegen, von einer Haltung abzulassen, die dazu führte, dass ein erhebliches Vermögen verloren geht, das die endgültige Wiedergeburt der Familie bedeutet hätte. Es war verlorene Liebesmüh, ihm aufzuzeigen, dass er, wenn er so weitermachte, weder uns noch den tief enttäuschten Schatten der Onkel und Tanten Larème einen Gefallen tat, und ebenso wenig Annina, ja, nicht einmal der Gerechtigkeit als solcher, sondern nur einem seiner Ideale, das so abstrakt blieb, dass es den meisten unverständlich war. Die Dinge mussten nach seinem Willen laufen. Traetta setzte sich auf diesen großen Haufen Geld, und mit seinem kalten Talent vermehrte er es in außergewöhnlicher Weise, was ihn später zu einem der großen Exponenten der neapolitanischen Finanz machte, einem Berater von Banken und einflussreichen Mitglied der Handelskammer – Positionen, in denen er vor allem Gian Luigi gefährlich werden konnte, einem Mann, der, wie man leicht nachvollziehen kann, zu seinem heimlichen Feind geworden war.

Ich blieb von diesem Wirbelsturm über der Familie allerdings verschont. So, als würde dieser einen anderen Planeten verwüsten, war ich in meinem Zimmer verschlossen und vertiefte mich ins Lesen und Schreiben. Für Onkel Federico, der jetzt in eine ausgesprochene Erniedrigung gestürzt war, empfand ich Bedauern. Es war klar, dass meine Mutter, wenn sie geerbt haben würde, sich um ihren älteren Bruder gekümmert hätte, der sich in schlimmster Notlage befand. Jetzt kam Onkel Federico nicht mehr so oft. Er setzte sich dann in unbequemer Haltung in eine Ecke, beschäftigte sich wieder mit der Sichtung der Bücher des Großvaters und sprach dabei leise einige Wörter. Er war, wie Montaigne, zwar ein christlicher Stoiker, doch nach dem Verlust des Larème-Vermögens neigte er mehr und mehr zu einem unverhohlenen Pessimismus. Auch der Gedanke an Cristina löste in mir Bedauern aus. Mit Tränen in den Augen kam sie zu mir gelaufen und machte ihrem Herzen Luft.

»Papà sorgt dafür, dass ich Tante Eudosias Diamanten verliere«, sagte sie und zerknitterte dabei eines ihrer schön gestickten Taschentüchlein zwischen den Händen. »Wenigstens die hätte er sich doch aushändigen lassen können!«

An diese beiden dachte ich, doch die Larème-Erbschaft interessierte mich noch weniger als sie Gian Luigi interessierte. Er wenigstens betrachtete die Sache als eine Frage der

Ehre, für mich war sie dagegen nur ein flüchtiger Schatten. Die Beobachtungen mit dem Fernrohr vom Korridor aus, der Lehrer Colica, der Edle Telli, Gunnar, das alles waren Angelegenheiten, die mit der Erbschaft nichts zu tun hatten, und auch sie waren nur ein Anlass dafür, dass man dank lebhafter Phantasie die allabendliche Niederschrift vorbereiten konnte. Die Seiten wurden immer mehr, ich fühlte mich ihnen so verbunden, als hätte ich nur ihnen gegenüber eine Pflicht gehabt. Ich wagte mich an gewisse Ereignisse nur deshalb, weil ich aus ihnen Material für meinen Band der *Hypothesen* beziehen konnte.

Mit der überfeinen Sensibilität von Kranken hatte Gunnar das erahnt.

»Du bist der Einzige«, sagte er einmal, »der mich verstehen kann. Mein Vater ist viel zu weit weg, die anderen Freunde sind x-beliebige Leute. Aber du bist ein Mann!«

Ich war damals nicht einmal vierzehn Jahre alt, und da hätte mich diese Präambel eigentlich mit Stolz erfüllen sollen, doch ich wollte erst die Fortsetzung abwarten.

»Meine Krankheit«, fuhr Gunnar fort und wirkte fiebrig erregt, »verursacht mir stechende Schmerzen. Ich kann ein Schmerzmittel bekommen, aber man will es mir fast nie geben. Ich hab hier ein Rezept meines Arztes, könntest du's mir besorgen?«

Ich hatte Gunnar viele Male beobachtet. Wenn er ruhig war, erschienen seine Augen braun. Doch an manchen Tagen wirkten sie rötlich, geweitet in einer einzigartigen Starre. Das Bücherregal, das im Übrigen so heruntergekommen war wie das gesamte Zimmer, war vollgepackt mit leeren Schachteln. Eine von ihnen hatte ich Giustino gezeigt.

»Woher haben Sie dieses Zeug, junger Herr?«, fragte er mich und zog die Augenbrauen hoch. Einmal aber hatte Gian Luigi, als er von seiner Neuritis gepeinigt wurde, Morphin genommen, und damit hatte ich eine fix und fertige Lüge zur Hand. Onkel Federico, der von einigen Dingen etwas verstand, ließ sich, von mir vorsichtig auf eine bestimmte Fährte gelockt, zu einigen aufschlussreichen Geschichten verleiten. Man konnte nicht sagen, dass Gunnar meine Gutgläubigkeit ausnutzte. Der Durst nach Erfahrung, die Freude am Widerspruch und der Instinkt der Freiheit, sowohl meiner als auch der anderer, drängten mich, mich nicht zu verleugnen. Ich war nicht davon überzeugt, dass Gunnar etwas wirklich Schlimmes tat, ich wusste nur, dass er nicht gesetzeskonform handelte und eine Strafe herausforderte. Doch niemand, angefangen bei seinem Vater, kümmerte sich um ihn. Und warum sollte ich ihm widersprechen und ihn verärgern, wenn er über sein eigenes Leben entscheiden wollte und dieses für keinen sonst nützlich und für niemanden lieb und teuer war?

Bevor mir der Apotheker die Schachtel gab, in der ich eine Verwandte all der anderen leeren erkannte, die hinter dem Bücherregal verstaut waren, stellte er mir viele Fragen. Ich zog mich wieder einmal mit Gian Luigis Neuritis aus der Schlinge und fügte gleich noch so viele Einzelheiten hinzu, dass ich überzeugend wirkte. Gunnar umarmte mich, als ich zurückkam. Doch gleich verlor er jede Kontrolle über sich, entblößte seine Hüfte und injizierte sich die Droge vor meinen Augen. Mir kam es vor, als hätte ich eine qualvolle, aber notwendige Pflicht erfüllt. Allerdings kehrte ich nicht mehr zu ihm zurück. Und ich bereicherte den Band der *Beobachtungen* beträchtlich, nicht den der *Hypothesen*.

In jenem Jahr brachte Gian Luigi die Familie früh im Sommer nach Sorrent, weil die Entbehrungen durch den Krieg in der Stadt fühlbar wurden. Doch mit der Ausrede, Prüfungen zu haben (aber eigentlich konnte ich alles behaupten, was ich wollte, denn niemand wusste etwas über mein Lernprogramm), gewann ich fast einen weiteren Monat der vollkommenen Einsamkeit und der köstlichen Freiheit in dem schönen Haus in Neapel, das ab sofort vom Rest der Familie verlassen war. Und jetzt erstreckten sich die Erkundungen bis zur Gartenseite.

Es war bereits heiß. Die Fenster hinter den Gittern unter den Bögen des Herrenhauses standen jetzt offen. Von Giustino erfuhr ich, dass die beiden Herrschaften, die gekommen waren, um sich im Schatten unserer Eukalyptusbäume zu erfrischen, der Baron Orellis aus Capua und seine Gattin waren. Der Baron, ein hoher Magistrat auf dem Gebiet des Strafrechts, wirkte wesentlich älter als er war. Er trat fast unversehens aus der Dunkelheit seiner Gemächer und fragte mich kichernd, warum ich mich »hinter diesen Gittern« befände. Das war seine einzige witzige Bemerkung, danach gab er nur noch ganz allgemeine und abgedroschene Phrasen von sich. Die Baronin, eine kleine dürre Frau, eine überkandidelte Erscheinung, schien ganz und gar stumm zu sein. Sie kleidete sich nach der Mode von vor mindestens fünfzehn Jahren: mit hohen Kragen aus schwarzer oder weißer Spitze und Puffärmeln, die an den Handgelenken ganz eng waren. Wenige Augenblicke später verschwanden die Orellis, und innen sah man nur noch die Andeutungen von glänzend schwarzem Mobiliar schimmern und schemenhafte Formen von Chinoiserien in Vitrinen mit dunkler Rückwand. Während all dieser Jahre und noch danach, als in unserem Haus viele Menschen verkehrten, suchten die Orellis keine nähere Bekanntschaft zu meinen Eltern, noch gaben diese zu verstehen, dass sie von der Existenz der Orellis irgendetwas wahrnahmen. Ich war der Einzige, der auf sie zuging. Aber das wusste niemand in unserem Haus, und noch viel weniger ahnten der Baron und die Baronin, wie weit ich meine Vertrautheit mit ihren Angelegenheiten treiben würde.

In jenem Mai, als meine Familie abreiste, und die Orellis annehmen mussten, dass unser Haus unbewohnt sei, sah ich einmal ein neues, junges Gesicht hinter den Eisengittern herüberluchsen. Die Gestalt machte mir sofort ein Zeichen des Einvernehmens, als würde sie mich bereits kennen, und gab mir gleichzeitig zu verstehen, dass ich lautlos näher kommen solle.

»Ich heiße Tilde«, flüsterte sie. »Du bist Giuliano, ich weiß. Aber wir müssen vorsichtig sein!«

Sofort und ganz unmittelbar schmeckte ich wieder das komplizenhafte Verhältnis, das ich unter dem Regime des Präfekten Cirillo im Giglio gelernt hatte, zur Zeit der Zeichensprache mit Ettorino und der Andeutungen mit Oderisio. Und tatsächlich war Tilde, einzige spätgeborene Tochter der Orellis, in jenen Tagen aus der Klosterschule der Dorotheen-Nonnen gekommen. Der Geruch des Internats haftete ihr noch an, und ich konnte nicht umhin, ihn gleich wiederzuerkennen.

Sie war ein bisschen älter als ich, denn sie hatte ihr vierzehntes Lebensjahr bereits vollendet, war von ausgesprochen kränklicher Blässe und nicht eben anmutiger Gestalt. Ihre Stimme jedoch klang melodisch und reif; ihre Umgangsformen waren absolut vollendet, ihre Äußerungen lebhaft, und ihr ganzes Verhalten, schon ganz facettenreich und selbstsicher, war das einer Frau. Einsam in diesem düster trostlosen Haus, so wie ich es war in der Pracht meines Zuhauses, stellte sie in kürzester Zeit eine Beziehung zu mir her, wie ein Gefängnisinsasse, der durch ein Loch in der Wand den Kontakt zu seinem Zellennachbarn sucht. Und weil sie mir ans Herz legte, die größte Diskretion zu wahren, tauchte sie unsere Begegnung in einen Anschein von Sündhaftigkeit und Zweideutigem. Mit abgesprochenen Zeichen gab sie mir die Erlaubnis, mich, je nach Situation, dem einen oder anderen Gitter zu nähern. Dann sprachen wir lange Zeit leise miteinander, wobei ihr Gehör, das sie gewiss in ihrem Internat bei heimlichen Unternehmungen trainiert hatte, so fein und wachsam war, dass ihr Geräusche, die ich nicht wahrnehmen konnte, etwas über die Bewegungen in ihrem Haus mitteilten. Gelegentlich wurde unsere Unterhaltung durch ein Zeichen unterbrochen. Dann warf ich mich auf die Erde, presste mich eng unten an die Mauer, eine Position, in der ich unmöglich gesehen werden konnte, wenn jemand ans Fenster trat, sich aber wegen des Eisengitters nicht hinausbeugen konnte. Sie löste sich dann auf wie ein Schatten, rief mich aber mit einem Zischen von einem anderen Fenster aus gleich wieder zu sich, wohin ich wie ein Kätzchen durch Zweige und trockenes Laubwerk auf allen vieren schlich.

Tildes Konversation war unübertroffen, voller bedeutungsvoller Pausen, Andeutungen, Unterschwelligkeiten, eigentümlicher Beobachtungen. Und von einer absoluten Spontaneität, die so befremdlich war wie aufwühlend. Zum ersten Mal fühlte ich mich eingehüllt in eine Atmosphäre menschlicher Wärme, in ein anhaltend sympathisches Fluidum, in eine orchestrale Woge der Gefühle und Gedanken, die den meinen entsprachen und sich mit ihnen vermischten. Aus diesen Begegnungen ging ich immer erregt und hochgestimmt hervor. Ich vernachlässigte die Tagebücher. Die Werke in Versen, die ich bis dahin nur schamvoll auf verstreute Papiere zu schreiben gewagt hatte, drängten sich jetzt zu einem homogenen Manuskript von reduzierter, doch auch besonderer Form unter dem bedeutungsvollen Titel *Geheim* zusammen.

Kurz darauf musste ich zur Familie nach Sorrent fahren, und das tat ich so widerwillig, dass ich taub und blind blieb für die viel besungenen Naturwunder der Küste. Ja, eigentlich widersprach diese liebliche Atmosphäre der Gefühlsstrenge, zu der ich an den kahlen Bergen des Apennins erzogen worden war. Dieses Hin und Her von Kutschen und sommerfrischelnden Dienstboten, dieses immer glatte Meer, diese schlappschlaffen Ruderbootler, sofern sie nicht gar eingenickt waren, diese schneegekühlten Sorbets mit Zitronengeschmack, all diese Köstlichkeiten, die für die bestimmt waren, die nichts zu tun hatten, entsprachen so gar nicht meinem Bedürfnis nach Rückgrat und Widerstand. Außerdem brannte ich darauf, Tilde wiederzutreffen, die, auch wenn sie nicht eigentlich mein Gefühl ansprach, doch meine Gedanken erwärmte und sie zu neuen, faszinierenden Höhenflügen lenkte. Das Unausgesprochene, doch von ihr Angedeutete führte zu elektrisierenden Handlungen und Recherchen. Endlich war die Trennwand zwischen mir und der mir auf der Seele lastenden Leere aufgebrochen, jetzt vermehrten und steigerten sich meine bisher brachliegenden Kräfte. Es war dieser Spiegel, in dem man sich erkennen kann, jener Punkt im leeren Raum, an dem sich das Licht, wenn es auf ihn fällt, offenbart. Meine Schwester Cristina und auch meine Mutter brauchten eine Unmenge von Kleinigkeiten aus den Geschäften in Neapel. Ich übernahm die Aufgabe, alles haargenau so, wie es aufgelistet war, nach Sorrent zu bringen. Damit gewann ich ganze drei Extratage für eine Unternehmung, die ich als wichtig empfand.

Im Garten waren die Fenster hinter den Gittern geschlossen. Doch sobald ich mich vorsichtig heranschlich, öffnete sich ein Fensterladen. Tilde schien von meiner Rückkehr durch irgendein magnetisches Fluidum unterrichtet worden zu sein. Ihre Eltern waren fort und hatten sie gewissermaßen unter die Aufsicht einer alten Bediensteten gestellt. Am Abend erklomm ich den Gartenpavillon und anschließend die Mauer, und den Regeln solcher Unternehmungen folgend, glitt ich an einer vieljährigen Glyzinie zum verbotenen Ort hinunter. Ich war ungeheuer verlegen, als ich mich jetzt zum ersten Mal an der Seite der verbotenen Frau befand, die als ganz natürliche Person neben mir stand, nicht mehr von Gitterstäben in Einzelteile zerschnitten. Eigentlich war sie weder schön noch verführerisch, noch hatte sie auch nur einen Finger gerührt, um sich herauszuputzen. Ihre Wangen wabbelten leicht, ihre Hände waren ganz und gar nicht gepflegt, ihr Kleid war schlicht und die Schuhe gewöhnlich. Alles schien wie dafür gemacht, mich zu entmutigen und zu enttäuschen. Doch mit großer Einfachheit fing sie an, mir Fragen zu stellen und zu erzählen, und ich fühlte, wie das Empfinden von Vertrautheit, von Ruhe und Wärme wieder aufkam: darin zeigte sich ihr durch und durch wahrhaftiges Wesen, begleitet von all seinen Fehlern, mit der Hingabe und Natürlichkeit einer Pflanze. Drei Tage hintereinander erklomm ich die Mauer und blieb jedes Mal länger, kaum wahrnehmbar immer stärker in diese Verwirrung der Gedanken und Gefühle geleitet, welche die Temperatur des Lebens verändert. Ich sprach mit ihr und saß dabei neben ihr und sah sie immer weniger an. Sie war es, die den ersten Schritt tat und ihre Hand um mich legte.

Als wir im Oktober von Sorrent zurückkamen, war Tilde verschwunden. Hartnäckig fragte ich Giustino, und ohne zu verstehen zu geben, dass er hinter meine Beweggründe gekommen sei, sammelte er die notwendigen Informationen bei den Köchen an den Herden, die unsere Bananenpalme am Leben hielten. So erfuhr ich, dass Tilde, die vorher schon vom Internat der Dorotheen-Nonnen aus nicht ganz klaren Gründen verwiesen worden war, jetzt in einem anderen, weniger herrschaftlichen und sehr viel strengeren Internat eingesperrt war, in der Nähe von Capua, dem Heimatort der

Barone Orellis. Weil ich das Internat kannte, konnte ich an Tilde denken und sie dabei abwechselnd beweinen und dann wieder bedauern. Ich hatte also inzwischen zwei ziemlich abenteuerliche Reisen unternommen: die eine in Gunnars Boot und die andere sogar nach Kythera. Doch ich fand mich ein weiteres Mal alleine. Mein vierzehnter Geburtstag wurde völlig überschattet von der Niederlage von Caporetto.

Bis zu diesem Zeitpunkt hatte man unter dem Krieg in Neapel noch nicht gelitten, und noch viel weniger bei uns. Das Blut der armen Männer, die von den kalabrischen Bergen heruntergekommen waren, um ein Vaterland zu verteidigen, das sie nur undeutlich kannten, rann still durch den Schlamm der Schützengräben. Die Tränen und Klagen der Witwen verloren sich in der raffgierigen Geschäftigkeit, die schnelle Reichtümer hervorbrachte. Das Bild der Stadt hatte sich nicht viel verändert. Die Theater blieben geöffnet, im Sommer verzichteten die Familien nicht auf ein Bad im Meer. Die Katastrophe von Caporetto war ein Peitschenhieb, durch den das Land vor allem an seine Ehre und erst danach an die Gefahr erinnert wurde. Viele unserer Staatsmänner hatten zwar nicht an ein Italien geglaubt, das in der Lage war, die Prüfung eines großen Kriegs zu bestehen, doch damals, vielleicht das einzige Mal seit Jahrhunderten, das wahrscheinlich auch das einzige Mal bleiben sollte, herrschten Geschlossenheit und klares Bewusstsein. Die Unternehmung von Rizzo und von Ferrarin im Dezember desselben Jahres forderten hartnäckig den Feind heraus, der am Piave festsaß. Der gleiche Wille kam in den tausenden von Kanonen zum Ausdruck, die aus den Fabriken des Nordens geliefert wurden, und bei den jungen Rekruten, die tausendfach ihr Leben gaben. Und D'Annunzios Worte auf dem Plakat von Buccari stellten eine Entschlossenheit zur Schau, die größer und fester war als die Rhetorik des »Comandante«.

Gian Luigi, der bis zu diesem Zeitpunkt die Lebensmittelrationierungen gelassen umgehen konnte und die Familie karrenweise mit Nahrungsmitteln vom Schwarzmarkt versorgte, hörte von einem Augenblick auf den anderen damit auf. Die zweite Hilfskraft in der Küche, Marianna, die zu Hause ein so besonderes Brot buk, dass Freunde kamen und nach diesem Leckerbissen verlangten, verlor ihre Anstellung, und wir waren urplötzlich auf Stockfisch und Kartoffeln gesetzt, und das mit einer Strenge, die sogar noch das Refektorium des Giglio in den Schatten stellte.

Der Überraschungsangriff eines deutschen Luftschiffs auf Neapel im März 1918 verursachte zwar keinen besonderen Schaden, vergrößerte aber die Anspannung und Furcht. Im Haus war die Stimmung finster. Annina ertrug dieses Grau nur ungern. Sie besuchte nun öfter ihre Schwester Teresa, die in der Stadt geblieben war, und kehrte danach leidend und nervös zurück, nachdem sie wahrscheinlich gemeinsam mit der Schwester das schmerzhafte Kapitel der verlorenen Erbschaft wieder und wieder gelesen hatte. Und was Modestino anging: er hatte seine Verwundung nicht überlebt.

Ungefähr in den Tagen, in denen die Pariser Droschken die Nachschubkräfte transportierten wie in einem legendären Vaudeville und damit wesentlich zum französischen Sieg beitrugen, verlor ich meinen letzten Freund, den Edlen Telli, der von diesen ungeheuerlichen Ereignissen überwältigt worden war wie eine Mücke vom Gewitter.

Nach Caporetto hatte die erschöpfte Staatskasse einen Appell für eine gewissermaßen als obligatorisch betrachtete Kriegsanleihe an die Nation gerichtet, um die gesamten Rüstungsgüter an der Front zu ersetzen. Zahllose Plakate klebten an den Häuserwänden der Straßen, überdeckten die Theaterankündigungen, wiederholten sich auf den Zeitungsseiten und vervielfachten sich zu Millionen auf Postkarten.

Und millionenfach forderte ein Soldat mit seinem von den Kämpfen ausgemergelten Gesicht, seinem auf einem Steinhaufen gebeugten Knie, einer verkrampften Hand, mit der er das Gewehr umfasst, während die andere mit ausgestrecktem Finger gebieterisch fordert, dass »alle ihrer Pflicht nachkommen« und die nationale Anleihe zeichnen müssten. Das war zu viel für den Edlen Telli.

Er versuchte, sich dieser bedrohlichen Präsenz zu entziehen. Beim Gehen schlug er die Augen nieder, er nahm die Zeitung *Il Mattino* nicht mehr in die Hand und weigerte sich, die Post anzunehmen. Vergebens. Die Megaphone der Propaganda trugen die schreckliche Stimme zu ihm. Von den Zigarettenpäckchen blickte ihn unerbittlich dieses Gesicht an. Von einer Gemüseverpackung verlangte dieser erbarmungslose Finger voller Flecken, erschlafft, doch auch jetzt unwiderruflich, ausschließlich von ihm, dem Edlen Telli, die Erfüllung einer Anstrengung, die den Konflikt für Italien und Europa lösen sollte. Der arme Mann, dessen Zähne vor Fieber klapperten, legte sich ins Bett und stand nicht mehr auf, und er hauchte sein Leben aus, ohne miterlebt zu haben, wie die Fahnen der Habsburger an der Front von Vittorio Veneto fortgerissen wurden.

In dieser ruhelosen Zeit und noch bevor der Widerstand am Piave in den Herzen die Hoffnung auf den Sieg entflammte, erschien in Neapel Onkel Gian Michele, der jahrelang schon nicht mehr dort gewesen war.

Dieser Mann mit dem königlichen Gang, den ich als kleiner Junge immer so bewundert hatte, war natürlich noch der Alte, doch sein Blick wie auch seine Stimme hatten sich gewissermaßen verschlossen und mit einem Schleier überzogen. Der Kontakt zu ihm war immer schwierig gewesen, jetzt aber erwies er sich als völlig ausgeschlossen: er musste wohl in Erinnerungen oder Gedanken leben, die man nicht einmal für schmerzhaft halten durfte, denn sie waren schlichtweg unzugänglich.

»Stimmt es eigentlich, Onkel Federico, dass Dolores sich das Leben genommen hat?«

Ich hatte mir den anderen Onkel aus dem unteren Kreuzgewölbe der Galerie geangelt, wo er seine Zeit bei kleinen Glücksspielen verbrachte, die da unten toleriert wurden. Weil er nichts mehr von Annina erwartete, hatte er seine Besuche bei uns nahezu völlig eingestellt, auch weil seine stille Kritik an Gian Luigis Vorgehensweise von diesem natürlich nicht gutgeheißen wurde. Indem er mir nach streng sokratischer Methode unterschiedliche Fragen stellte, hatte Onkel Federico mir bewiesen, dass mein Vater durch seine starrsinnigen Ehrenvorstellungen in Wirklichkeit Anninas Willen gebeugt hatte.

Gewiss hätte meine Mutter von sich aus gegen Pietro Traetta gerichtlich vorgehen können, doch sie war derart willfährig, dass sie es nicht gewagt hätte, Gian Luigis düsteres Schweigen herauszufordern. Dass er es allerdings vorzog, uns ebenso wie auch Onkel Federico und den Kindern von Tante Teresa den Verlust eines großen Vermögens aufzuerlegen, nur um Annina in Armut zu halten und damit in Abhängigkeit von ihm, war ein mediceisches Ränkespiel, das der aufgeweckte Geist des Onkels sich nicht scheute anzunehmen, obwohl ich meine Zweifel darüber hatte.

Nun sah er mich aufmerksam an, so, als wollte er prüfen, welche Wertigkeit die Frage, die ich ihm stellte, in meinem Denken hatte. Seine abgetragene Kleidung, der verbeulte Hut, das fadenscheinige Hemd und das armselige Spielgeld aus schmutziger Pappe, das er bis dahin gewonnen hatte und wieder einzusetzen bereit war, konnten den noblen Glanz seiner Augen und die subtilen Worte seines Ausdrucks nicht herabsetzen. In diesem Augenblick schien er einem modernen Menippos zu gleichen, wie Velasquez ihn sich vorgestellt hatte.

»Ach!«, sagte er, nachdem er sich Zeit genommen hatte. »Das weißt du! Dieses Mädchen hatte die Courage eines Mannes, als es sich der Pistole Gian Micheles bediente und sich ins Herz schoss. Sicher, deine hohen Verwandten haben einen schwierigen Charakter. Doch so etwas hat Gian Michele wahrscheinlich nicht verdient.«

Onkel Federico, der von der Wesensart der Sanseveros so hart auf die Probe gestellt worden war, zeigte mit diesem Zugeständnis großen Gerechtigkeitssinn. Er überlegte, bevor er mir den Rest der Geschichte in kleinen Einheiten und mich weiterhin fest anblickend verabreichte, wie ein Chirurg, der von der Notwendigkeit eines gefährlichen Eingriffs überzeugt ist, diesen aber unter Erhaltung des Herzschlags ausführt, ganz nach dem Rhythmus des Kreislaufs des Patienten.

»Es ist nicht schwer zu verstehen«, fuhr er fort und ließ dabei die sudeligen Spielgeldpappen ständig zwischen seinen Händen hin und her wandern, »dass die Witwe es mit Gian Michele nicht aushielt. Diese Cosentinerin war eine Naturgewalt, die unmöglich zu domestizieren war. Doch dass sie ihn zwischen Abend und Morgen verlassen hat, und das für einen bedeutungslosen Mann, das war kein Bruch, sondern ein Skandal und eine Beleidigung. Und warum hatte sie ihm dann auch noch Dolores zurückgelassen? Wollte sie ihm das Kind aufbürden oder es in seiner Obhut lassen? Ein leidenschaftliches Mädchen, das seiner Mutter glich, als diese jung war? Gian Michele hat die Witwe mit all seiner moralischen Hoheit erdrückt. Doch die Kalabresin hat ihm ein ganz schönes Gewissensproblem im Haus zurückgelassen. So ist es mir vorgekommen.«

Die abgründige Problematik von Onkel Federico, der mich in schwindelerregende Sphären hinauftrug und mich an bestimmte Gedankengänge von Oderisio im Giglio erinnerte, passte einzigartig zu der grauen, armseligen Umgebung, die den Hintergrund für unser Gespräch bildete. Dort trieb der menschliche Abschaum, der jede physiologische und spirituelle Farbigkeit verloren hatte, auf den Untiefen der Elendsviertel mit beunruhigender Doppeldeutigkeit dahin.

»Und so«, sagte er abschließend, »hat Dolores das weiße Hochzeitskleid angezogen, mit Schleier und Kränzchen, hat sich aufs Bett gelegt, hielt in der einen Hand das Hochzeitssträußchen mit Orangenblüten und in der anderen …« Er presste die Lippen aufeinander, streckte nur den Zeigefinger der Hand vor, die das Päckchen mit Spielgeld hielt, und krümmte ihn dann, so, als wollte er den Abzug drücken. »Ich weiß ja nicht, wieso du bestimmte Dinge wissen willst«, sagte er am Ende und lächelte halb, das allerdings außergewöhnlich deutlich. »Aber vielleicht ist die Wahrheit für dich weniger gefährlich. Erlaubst du?« Er wandte sich dem Spieltisch zu, setzte sein Geld und gewann. »Für heute«, schloss er, »soll's gut sein. Ich hatte Glück, wenigstens dieses eine Mal. Zu Hause warten sie auf mich zum Abendessen.«

»Die Witwe hat Rache genommen«, dachte ich, als ich zum Monte di Dio Schritt für Schritt hinaufstieg, »und auch Dolores hat sich gerächt. Sie musste wissen, dass, wenn sie sich auf diese Weise das Leben nahm, sie auch Gian Micheles Leben ruinierte. Er hat sie beide geliebt. Wirklich beide? Da sieh doch einer, was Onkel Federico sich so zusammendenkt! Und die beiden haben ihn so gehasst, dass sie ihn vernichten wollten. Und was, wenn die Witwe …? Doch das ist eine schreckliche Geschichte! Was sag' ich, das ist ein nicht zu übertreffender Roman!«

Ich lief in mein Zimmer und begann unverzüglich das erste Kapitel. Doch nach drei Seiten zerriss ich alles und fügte dem Ordner der *Hypothesen* vier Absätze hinzu. Ich war aufs Heftigste erregt, aber auch niedergeschlagen. Wieder fand ich mich, wie ich nachdenklich den Stammbaum betrachtete. Durch das Werk von Maestro Arnerio schwebten die Vorfahren in Dolden wie harmlose Luftballons durch den dichtbelaubten Raum. Die Kreise waren vollkommen, die Blätter einwandfrei, die Namen klar und sibyllinisch: es waren immer die gleichen, von Jahrhundert zu Jahrhundert wiederholt. Genau! Nur die Daten änderten sich.

Gian Michele kam nur einmal, doch ohne auch nur im Geringsten sichtbar auf das zu reagieren, was er sah. Er ging mit Gian Luigi in unseren herrlichen Sälen umher, wechselte mit ihm gelegentlich leise ein paar Worte, die wir aber, regungslos abseits stehend, nicht hören konnten. Ihre Gesichter verrieten keinerlei Ausdruck, und sie waren sich in diesem Augenblick auf so ernste Weise ähnlich, dass sie uns einen leichten Schrecken einjagten. Wenn ich nach so vielen Jahren an diese vergangene Zeit und an all diese toten und verschwundenen Menschen und Dinge denke, kehrt mir das Bild dieser beiden antiken Ritter in die Erinnerung zurück, als wären sie in einen Überwurfmantel aus Schatten eingehüllt und würden gemeinsam den geheimen, kostbaren Garten des Hades durchschreiten, zwischen den erloschenen Glanzbildern der Spiegel und dem kalten Schein der Porzellanfiguren.

Mit mir sprach der Onkel wenig bis gar nicht. Die alte Verbindung zwischen uns (er hatte mich doch bei der Taufe gehalten!) war offensichtlich zerrissen, wie auch die andere mit dem gesamten Heer der Sanseveros, deren Flanken und Nachhut sich im Dunkel verloren. Doch diese Anhäufung von Jahrhunderten und von Taten, zu denen sich noch weitere fügten, alle unterschiedlich und für mich unverständlich, bildeten eine schmerzliche, weit in die Vergangenheit zurückreichende, fremde Entität, für die auch ich mich dunkel verantwortlich fühlte.

Als die jungen Männer des Jahrgangs 1899 zu zehntausenden in der Schlacht vom Juni fielen, schrieb ich eine Ode, ganz sicher die schlechteste, die möglich war. Doch Cristina brachte sie in ihren Besitz, las sie hier und da vor, und danach wurde ich gelegentlich zu ihren Freundinnen oder zu denen von Annina gerufen, um sie vorzutragen. Ein am Halfter geführter Esel hätte nicht störrischer sein können. Cristina interessierte sich für meine Manuskripte und bat mich hin und wieder um eine Reinschrift des einen oder anderen Fragments, die sie in ihren Schubladen versteckte. Und dann zeigte sie sie mir triumphierend wieder, mit anderen Dingen von ihr, wenn ich sie in ihrem Zimmer besuchte.

Im November, als ich gerade meinen fünfzehnten Geburtstag vollendet hatte, war der Krieg gewonnen. An diesem Abend wurde das berühmte Bulletin von Armando Diaz bekanntgemacht. Danach ging auch Gian Luigi mit uns allen auf die Straße, unter die jubelnde Menge, die das Stadtzentrum verstopfte. Das Gedränge in der Galerie war unvorstellbar, und wir flüchteten in ein Café, dessen Stammgäste in Trauben auf Tischen standen, lauthals sangen und auf den Sieg tranken. Da waren auch amerikanische und englische Offiziere, und einer von ihnen, ein gut aussehender junger Mann, der seine Augen auf meine Schwester Cristina geheftet hatte, schien von diesem Augenblick an jeden seiner Toasts ihr zu widmen. Das merkte Gian Luigi. Mit finsterer Miene ging er in Richtung Türe, und wir folgten ihm, zusammengedrängt in diesem Bacchanal, doch nicht, ohne Cristinas Blick zu dem schönen Ritter überrascht aufzufangen: einen flehenden, fast schon verzweifelten Blick. Und einen Moment lang brachte er mir, ich weiß nicht wie, die von mir nur imaginierte Gestalt der jungen Dolores wieder vor

Augen, ausgestreckt in ihrem Hochzeitskleid, mit ihrem von der Kugel und von der Leidenschaft zerfetzten Herz.

Als der Generalissimus nach Neapel kam, um sich dort im Triumph zu baden, lief ich auf die Piazza Plebiscito, um ihn zu sehen. Dieser unermesslich weite Platz war gestopft voll mit zahllosen Menschen, die sich in großen Wellen bis zu den entfernten Mündungen von San Carlo, von San Ferdinando bis hin zu Santa Brigida ausdehnten und unbarmherzig schwärzlich wogten. Von ihnen stieg ein gewaltiges Brausen auf, ununterbrochen und berauschend. Eingeengt bis zum Ersticken, schien keiner dieser Männer auf die anderen zu achten, die ihn so zusammendrückten. Vielmehr schienen sie alle wie hypnotisiert auf einen Punkt unterhalb der hohen Brüstung des Heereskommandos zu starren, bis schließlich da oben Diaz erschien – der selbst auf so große Entfernung zu erkennen war –, und als er sie begrüßte, erhob sich die Stimme der Menschenmenge wie ein Donner. An diesem Tag glaubte ich, mich endlich von dem Ufer abgestoßen zu haben, an dem ich so lange festgehalten worden war, und dass mein kleines Schiff der Richtung des Windes auf den hohen Wellen folgte, die weit hinausführten.

Als ich im Dunkel des Abends an den ärmlichen Häusern vorbeiging, welche an der Zufahrt zu dem unseren standen, war es mir, als würde ich in meiner Brust genügend Stärke haben, sie einstürzen zu lassen, um Fenster und Mauern zu öffnen, damit überall Luft, Freiheit und Licht hereinströmen könnten.

Mit geübtem Auge schätzte unser Hausdiener Giustino meine Lage ein. Er bereitete mir einen Kamillenaufguss zu und brachte mich ohne weitere Worte zu Bett.

4. Der Ball

Leonardo lehrte uns zwar, »wie eine Fortuna gemalt« werden müsse, sagte uns aber nicht, in welcher Weise die Erinnerung darzustellen wäre. Vielleicht ist sie eine Kugel aus transparenter Materie wie etwa Kristall, doch lebendig in jedem ihrer Moleküle und mit jedem von ihnen in der Lage, sich unter dem Antrieb einer ihr innewohnenden, geheimnisvollen Energie zu entfachen und auf etwas hinzuweisen, ähnlich der, die das Leben in uns schürt. Manchmal ist es ein schneller Blitz oder ein Aufleuchten, das sich von einem Punkt aus verbreitet und sich von diesem über andere ausgießt, oder auch ein phosphoriges Leuchten, das gleich wieder zusammenfällt und verschwindet: Leitern, Variationen, Fugen, die gewissermaßen nach musikalischen Regeln gestaltet sind. In manchen Augenblicken sieht es so aus, als würde die gesamte Kugel leuchten, in anderen ist sie dunkel oder glimmt nur eben auf, wie im Schlaf. Erinnern ist Licht. Doch wenn jedes Teilchen dieser kompakten Masse eine Empfindung oder ein Gedanke war, ist es unmöglich, den eigentlichen Ort zu bestimmen. In der Transparenz der Zeit befindet sich ihre gesamte Tiefe auf einer einzigen Ebene.

»Schau, Giuliano, wenn du nicht beichten willst, begehst du eine Sünde. Das ist nichts, worüber man sich lächelnd hinwegsetzt. Enttäuschungen und Kummer werden folgen!«

Wann hat meine Mutter Annina mir das gesagt, und stimmt es überhaupt, dass sie mir das sagte? Ist das der einzige Satz, der sich mir in der Sphäre der Erinnerung von dem ganzen langsamen Verschleiß der Gedanken, der

Situationen, der Beziehungen zwischen uns, von all dem, was seit Monaten, vielleicht auch schon seit Jahren anhielt, genau eingeprägt hat? Oder hat sich ihm nicht die Erinnerung an Erinnerungen angefügt, die deren Geschmack und deren Sinn verändert haben? Und der kurze Blick, den sie mir zuwarf, in dem ich unter dem Schleier der Nachsicht einen entschlossenen Willen las, war das ihr damaliger Blick? Oder nicht doch ein anderer? Oder viele andere, die ich später noch an ihr kennenlernte? Oder habe ich mir die alle nur eingebildet, vom ersten bis zum letzten? Oder bilde ich sie mir erst jetzt ein?

»Der Padre weiß doch!«, fuhr Annina fort, beseelt von einer Absicht, die sie, nervös wie sie war, nicht verbergen konnte. »Ich habe mit ihm gesprochen, und er hat mit mir gesprochen. Er erwartet nicht von dir, dass du dich auf Knien in den Beichtstuhl pflanzt. Ihr werdet miteinander in der Sakristei sprechen, wie ganz normale Menschen. Daher mach mir die Freude, denn schließlich vergibst du dir ja nichts!«

Dass ich mir nichts vergeben würde, stimmte in gewisser Weise. Das wusste ich von alleine, denn ich hatte die Angelegenheit bis in die kleinsten Einzelheiten erwogen, ganz nach der maliziösen Art, wie Oderisio es im Internat gemacht hatte. Was die Religion betrifft, zählt das Befolgen äußerlicher Observanz nichts, wenn man nicht daran glaubt. Ich konnte nicht einsehen, wie einer das Sakrament der Beichte erbitten sollte, wenn er nicht davon überzeugt ist und daher aus gutem Grund weiß, dass man ihn aus der Beichte entlässt, damit er sich an die Brust schlägt, das aber nur der Form halber tut.

Doch wenn die Gedanken, die Annina da vortrug, für mich auch unverständlich waren und nur die Beschränktheit einer Frau widerspiegelten, die unter dem Einfluss von irgendwem stand, oder wenn es auch nur eines der vielen

Male war, wo sie stur beharrte, konnte ich mich durchaus dazu verstehen, ihr zuzustimmen, falls ihr das so wichtig war. Für mich bedeutete das ja nicht mehr als ein bisschen Verdruss. Aber dann war es doch mehr als nur ein bisschen: vor allem, weil ich mich gedrängt gefühlt hätte. Und auch, weil sich dies aufgrund von Vermutungen statt rationaler Beweggründe abspielte, und das auf einem so besonderen, so ganz und gar persönlichen Gebiet, und schließlich, weil ich nicht wusste, welches Empfinden von Missbehagen, vermischt mit den lange zurückliegenden Erfahrungen, die mir der Giglio über vier Jahre eingeimpft hatte, mir einen Komplex von Unduldsamkeit auf diesem Gebiet verursachte. Ich ging zwar auch weiterhin in Kirchen, wobei ich mich immer wieder in unendlichen Phantastereien über das Zusammenspiel von Bögen und Gewölben verlor. Doch hätte ich bestimmten Priestern, die stark dem Präfekten Cirillo ähnelten statt den Mönchen vom Virgo, lieber nicht begegnen mögen.

»Du wirst ja selbst sehen, was für ein Mensch der Padre ist! Ein moderner Geistlicher, der die neuen Ideen versteht und die Jugend kennt. Uns erzählst du ja nichts über dich. Aber sicher wirst du den einen oder anderen Rat von ihm annehmen!«

»Die Beichte als Mittel der moralischen Säuberung und damit der politischen Inquisition«, zischte mir das nasale Stimmchen von Oderisio ins Ohr, er, der sich vorgestellt hatte, sich diesem Vorgehen in umgekehrter Weise zu bedienen, nämlich wie bei einer Operation der Spionageabwehr! Doch damit gab er mir auch den Ariadnefaden, um in Anninas Beharrlichkeit einzudringen. Das war ja nicht alles ihre eigene Erfindung. Möglicherweise hatte Tante Francesca etwas damit zu tun, die, da sie bei vielen anderen Dingen kein Gehör fand, hierin allerdings zufriedengestellt sein durfte.

Eine Rolle spielte dabei wohl auch Monsignore Bernardo Caposele, der unser Haus weiterhin besuchte und sich verpflichtet fühlte, sich in einzelnen, nicht sehr ernsthaften Angelegenheiten aufmerksam zu zeigen, zum Beispiel meinem Alleinsein. Damit zu tun hatte auch Gian Luigis Schweigen, das in diesem Fall bedeutete: »Macht ihr mal!« Und Annina, die sich mit ihrem Beichtvater beratschlagte, der ihr dann sagte: »Aber ja doch, ja doch. Schicken Sie ihn nur her. Dann seh ich mal, dann hör ich mal. Und wenn da was ist, wird man sich drum kümmern.« Ich meinte, ihn zu hören, den wunderbaren Padre, wie er von der ersten Person ins Unpersönliche glitt. Und ich? Was sollte ich vorbereiten, was ihm erzählen? Hätte ich nur Ettorino als Ratgeber gehabt, wie seinerzeit, oder sollte ich auch jetzt wieder das alte Spiel wie damals spielen und wie schon beim treuherzigen Padre Virginio eine »entschuldigende Lüge« vorbringen?

Ich dachte über Annina nach. Sie hatte sich nie um meinen Unterricht gekümmert. Sie hatte mich kein einziges Mal im Giglio besucht. Sie vertraute die Gesundheit meiner Person Giustino an und mischte sich jetzt ausgerechnet da ein, wo es nicht notwendig war, nämlich in den einzigen Bereich, in dem es jeder mit sich selbst ausmachen muss: im Gewissen. Sie trällerte oft eine alte Romanze, die ich in meinem Inneren ironisch »Liebe und Religion« betitelte: der Verliebte, aufgewühlt von einer Leidenschaft, die ihn von seinen Pflichten ablenkt, wirft der Geliebten vor, sie habe ihn sogar die Gebete vergessen lassen. Und die Romanze endete über einem schönen melodiösen Verlauf in einem Schrei mit den Worten: »*E non sapendo più l'Ave Maria come potrò salvar l'anima mia!*« [»*und ich, der nicht einmal mehr das Ave-Maria kann, wie könnt' ich da noch meine Seele retten!*«] Diese Vermischung von Romantik und vertrauter Rhetorik durch Annina störte mich.

Und da stand ich Aug in Aug dem Padre gegenüber, in einem riesigen Raum gleich neben der Pfalzkapelle des Heiligen Franziskus von Paola: einer Kirche, die es aufgrund ihrer unschlagbaren Frostigkeit niemals vermocht hat, Neapel an sich zu binden. Die vor ihr liegende ausgedehnte Piazza füllt sich ab und an mit Volk, doch alles ist dem Militärkommando zugewandt, sofern das Ereignis kriegerisch ist, wie beim Triumph von Diaz; oder auch der Präfektur, wenn es politisch ist; oder dem Königspalast, wenn es um den Empfang von Fürsten geht oder um ein Karrenrennen an Feiertagen oder um Paraden oder Truppenaufmärsche. Zur Kirche hin zeigt man die Schulter, wenn nicht gar den Rücken. Nahezu immer ist das ausgreifende Halbrund menschenleer oder Kinder spielen darauf oder Tauben trippeln über ihn und fliegen auf. Die majestätischen Kolonnaden dienen wieder und wieder als Ablageort für respektlose Hinterlassenschaften. Doch dann wäscht der Regen alles fort, und nur ein leicht beißender und keineswegs mystischer Duft bleibt übrig.

»Ich höre, mein Sohn, dass Ihr nicht zur Heiligen Messe geht, nicht einmal sonntags, dass Ihr Bücher lest, die Eurem Alter kaum entsprechen, dass nicht immer die Gesellschaft, mit der Ihr Euch umgebt, die beste ist…« (Oh, oh! Wer wird dem Padre wohl diese Nachrichten hinterbracht haben?) »Und dass Ihr, um es auf den Punkt zu bringen, sehr zurückgezogen lebt und am Leben und der Liebe Eurer Familie nicht teilnehmt. Das sind Anzeichen, welche möglicherweise auf eine vertiefte Beschäftigung mit dem Lernstoff hindeuten. Aber darüber dürfen andere Pflichten nicht vernachlässigt werden, denn die haben wir in jeder Hinsicht. Ihr gehört zu einer vornehmen und hoch geehrten Familie, die auch vor kurzem noch der Kirche einen Fürsten geschenkt hat.« Der Padre deutete eine Verbeugung in Erinnerung an den

Kardinal an. »Ihr seid im Giglio erzogen worden. Die Observanz müsste Euch etwas Natürliches sein. Man verlangt nicht viel: wenigstens einmal im Jahr die Kommunion zu empfangen. Seit wann habt Ihr sie nicht mehr empfangen?«

Ich nahm aus allernächster Nähe die gesunde Gesichtsfarbe des Padre wahr und mir fiel wieder die Unterhaltung zwischen dem Grafen-Onkel und dem Pater Superior der Kapuziner in den *Brautleuten* ein. »Zwei Podestà, zwei Ergraute, zwei verbrauchte Erfahrungswelten standen einander gegenüber.« Doch zwischen mir, der ein Junge war, und dem Padre, der die gesamte Kirche auf seiner Seite hatte, zudem gestärkt und bekräftigt durch die geschlossene Gefolgschaft der Sanseveros, ging der Vergleich eindeutig zu seinen Gunsten aus. Und so machte ich es wie einer, der der Stärke des Gegners nicht standhalten kann: ich hängte mich an ihn.

»Der Kardinal Sansevero«, wagte ich mich hervor, »liebte mich über alle Maßen.«

Der Padre, der kein Dummkopf war, warf mir einen kurzen Blick zu und tappte nicht in die Falle, mir zu antworten: »Ja und? Umso mehr müsst Ihr im Gedenken an ihn – und so weiter«, womit er sich nur in einer akademischen Gardinenpredigt verfangen hätte wie der Rektor Sulpizio, und damit nicht weitergekommen wäre. Stattdessen dachte er kurz nach und sagte dann:

»Seine Eminenz hatte ganz gewiss gute Eigenschaften und hat eine Veranlagung zu einem Leben als Denker in Euch erkannt. Doch Ihr seid in einem schwierigen Alter und könnt nicht annehmen, Eure Entscheidungen ohne Unterstützung und ohne Führung zu treffen. Und noch viel weniger solltet Ihr Euch verleiten lassen, selbstständig zu urteilen. Andere haben das für Euch getan, und sie waren wesentlich älter als Ihr. Bleibt also so bescheiden wie Ihr scharfsinnig seid. Und gebt Eurer Mutter keinen Anlass zur Betrübnis.«

Ich fand mich in der königlichen Trostlosigkeit der Kolonnaden wieder. Eigentlich war der Padre in größtmöglicher Weise vorsichtig gewesen, er hatte nichts verlangt, auch nicht durch seine wiederholte Frage nach der Kommunion. »Der Heilige Ludwig«, sagte Oderisio, »brauchte seine Woche, um sich vier Tage lang auf den Empfang des Sakraments vorzubereiten, und die anderen drei, um dem Herrn zu danken, dass er es empfangen hatte. Da siehst du, wie viel Zeit es braucht, um das Ritual würdevoll zu erfüllen. Wie könnten wir das also schaffen, wo wir doch acht Stunden täglich zum Lernen haben und nur fünf Minuten, um unsere Ohren zu waschen? Das ist auch der Grund, abgesehen vom kalten Wasser, weshalb ich dieses Ritual vermeide!«

Oderisios Frevelhaftigkeit war mutwillig. Einmal hatte eine griechische Kongregation als Gäste des Virgo in der Kathedrale um einen quadratischen Altar herum nach orthodoxem Ritus zelebriert. Die Kommunion war uns ohne Vorbereitung in Form eines leichten Brötchens dargeboten worden, was Oderisio als äußerst vorteilhaft ansah. Es war ihm nämlich gelungen, mehr als einmal in der Reihe der Kommunizierenden dort vorbeizugehen, wodurch er sein Frühstück schamlos aufbesserte.

Ich sann über diese fernen Empfindungen nach, während vier Jungen rittlings auf einem der vier verdächtig ägyptisch aussehenden glattpolierten Marmorlöwen saßen, die den Portikus bewachten, und ihn zu einer imaginären Eroberung der in der Sonne schlafenden Piazza anfeuerten. Das Mysterium des Abendmahls hatte etwas über alle Maßen Poetisches an sich, aber auch Unverständliches. Die Apostel, die so dicht bei Jesus saßen, waren möglicherweise in der Lage, ihn zu verstehen, und verdienten dieses symbolische Geschenk. Was aber war mit den anderen? Da war doch der Priester Cirillo, der noch Schlimmeres tat als Oderisio, wenn er sich schon früh am Morgen sein Viertel vom geweihten Messwein in den Rachen kippte, um uns anschließend zu misshandeln. Und wiederholte er denn nicht, mit einem Knie auf dem Boden, ganze drei Male: »Domine! Non sum dignus!« Ja, das stimmte. Und ich?

Jedes Mal habe ich mich beim Vorbeigehen niedergekniet und empfand ein Unbehagen, eine Kälte, fast schon ein Gefühl der Demütigung, ohne zu wissen weswegen, niemals aber fühlte ich mich »gestärkt im Glauben«, wie der Padre Rektor in der nachfolgenden kleinen Predigt bemerkte. Da gab es Wahres und Lebendiges, auf das sich die Seele zubewegte wie das Wasser zur Ebene: das Mitleid mit Dolores, die Sorge um Cristina, die Zuneigung für Onkel Gedeone, das Verständnis für Onkel Federico. Da gab es die Freuden der Schreibfeder, die inbrünstig kreischte, während der Regen auf dem schwebenden Korridor nachhallte. Da gab es Tildes Stimme und auch ihr sanftes Streicheln (das wohl eine schwere Sünde zu sein schien): angeborene Veranlagungen, spontane Gefühle, die gar nicht erst geweckt werden mussten und auch nicht unterdrückt werden konnten. Doch nichts riet mir, zur Beichte zu gehen. Im Gegenteil, wenn ich darüber nachdachte, gehörte das, was für mich das Intimste und Geheimste war, so sehr, so eng zu mir wie die Hände oder die Haut. Und gerade auf die Sünden, auch auf die, Gunnar geholfen zu haben, sich zu vergiften, war ich stolz. Sie schienen mir seltene, sozusagen einmalige Resultate zu sein. »Gott ist in euch selbst«, rief der Rektor Sulpizio mit inspirierter Stimme. »Hört Ihn, während ihr Gutes tut. Ihr werdet Seine Stimme erkennen!« Aber was war das Gute? Als Tilde mich bei ihrem verbotenen Streicheln an sich gedrückt hatte, kam es mir nicht vor, als würde ich hinabsteigen, sondern begeistert aufsteigen. Konnte das vielleicht Seine Stimme sein?

Die Jungen, die jetzt alle im Chor brüllten, klammerten sich fest an den Marmorlöwen, so als würde er wirklich davonfliegen. Schweren Herzens ging ich wieder zum Haus hinauf, ohne etwas Glückverheißendes aus der Begegnung mit dem ehrwürdigen Padre mitzunehmen. Und ganz nach neapolitanischer Sitte der Beschwörungen berührte ich gedankenverloren im Vorübergehen Holz und Eisen, wo immer sie mir unter die Hand kamen.

Maestro Arnerio hatte gerade die Ausschmückungen unseres Hauses abgeschlossen, da ging der Krieg zu Ende. Zuletzt malte er ein monumentales Band in Form eines falschen Mosaiks um den Holzkamin von mittelalterlichen Dimensionen und Aussehen im Esszimmer. Mit seinem magischen Pinselchen hatte Maestro Arnerio jedem falschen Glasstückchen einen derart kristallinen, glänzenden Ton verliehen, dass die Täuschung vollkommen war. Auf diesem Band befanden sich bewunderungswürdige Blumen, Gewölbe aus Laub von unvergleichlichem Schmelz, Pfauenpaare mit erstaunlichen Rädern aus Federn, leuchtende Tiere jeglicher Art. Diese Arbeit fand die Bewunderung aller, die sie sahen. Mein Vater nahm all dieses Lob mit einem Lächeln entgegen, genau so, wie es die Mönche des Virgo machten, wenn andere ihre Kirche lobpriesen. Auch nannte er niemals Arnerio: so wie sie alles dem alleinigen Ruhme Gottes unterzuordnen schienen.

Als Maestro Arnerio wieder nach Hause zurückkehren wollte, fiel mir die Aufgabe zu, ihm die Restsumme zu überbringen, die ihm noch zustand. Mir kam sie allerdings äußerst gering vor, wenn man bedachte, dass in der Summe auch das falsche Mosaik um den Kamin berücksichtigt war, das ich für unschätzbar hielt. Der außerordentliche Mann bewohnte zwei kleine Zimmer, die einer wohltätigen Einrichtung gehörten und sich irgendwo hinter dem Pfandleihhaus befanden, im dichten Gewimmel der Altstadt. Das Hoheitsvolle des Bauwerks, in dem die Pfandbeleihung vorgenommen wurde – die mir kein allzu großer Beweis für Barmherzigkeit zu sein schien –, der fürstenprächtige Eingang, die Kirche, die eher hochmütig als streng wirkte, das alles mitten hinein ins unvergleichlichste Elend gesetzt, erfüllte mich mit qualvollen Empfindungen. Aber noch mehr missfielen mir die schwarzen Treppen und das ärmliche Logis von Maestro Arnerio, in welchem er gleichwohl mit unerschütterlicher Gelassenheit wohnte, zusammen mit seiner Tochter Elettra und seiner sechs- oder siebenjährigen Enkelin Miriam, die wunderschön war. Sie hatte die Aufnahme in die Ballettschule des San Carlo bereits geschafft und wurde von den beiden vergöttert.

Maestro Arnerio empfing mich mit seinem näselnden Falsett des Wohlgefallens und blickte nicht einmal auf das Geld, das ich ihm schamvoll hinhielt. Wie die frommen Männer, die ich kannte, arbeitete und betete er ganz sicher auf die gleiche Art. Doch sein mönchisches, einsam betriebenes, unbekanntes Werk erfreute sich nicht des Rückhalts und der Macht eines Ordens, sondern war voll und ganz der Vorhersehung anheimgestellt. Außerdem versorgte er zwei weitere Menschenkinder und goss über sie die Schätze einer grenzenlosen Güte aus. Arnerio zeigte mir seine Laute. Die ganze Wohnung roch nach Terpentin und Bratöl.

Arnerios Auszahlung schien zugleich mit der Abrechnung aller Strafen für den Krieg und die gesamte Vergangenheit einherzugehen. Inzwischen war der Schatten der Selbsttötung von Dolores verdrängt worden (von dem man in Neapel im Übrigen nur im Kreis der intimsten Freunde etwas wusste), und die Erinnerung an Modestino (den im Grunde niemand von uns, abgesehen von Annina, jemals kennengelernt hatte) war verloren gegangen; außerdem war Onkel Gian Michele nach Kalabrien zurückgekehrt, jetzt wahrscheinlich für immer. Doch im Haus hatte man beschlossen, nicht mehr über diese dramatischen Ereignisse nachzudenken, um daraus die notwendigen Konsequenzen zu ziehen, sondern wollte vielmehr den feierlichen, wenn auch durch die Umstände vertagten Vorsatz verwirklichen, die Familie wieder in die Kreise des glanzvoll fulminanten gesellschaftlichen und mondänen Lebens einzugliedern.

Dieser Augenblick war dafür bestens geeignet, denn er stieß auf gerade vom Graugrün befreite Menschen, die begierig waren, wieder zu sich zu kommen und sich neu zu erfinden; allerdings war, wie es in Zeiten geschieht, die von den Auswirkungen und dem Nachhall großer Ereignisse heimgesucht werden, das Umfeld, in welchem man sich bewegen sollte, noch sehr durchmischt und barg durchaus gewisse Gefahren. Diesen hätte meine Mutter vorbeugen müssen, die, als sie ihre Salons wieder öffnete, gehalten gewesen wäre, die Personen gründlich zu prüfen und auszuwählen, die sie zur Teilnahme einladen wollte, vor allem aber, sie nach ganz bestimmten Kriterien auszusuchen, um sicherzugehen, dass sie jene Art von Osmose zwischen praktischer Politik und mondäner Eleganz mitzubestimmen in der Lage sind, welche immer schon der Vorzug der auserwählten Klassen war.

Leider aber verfügte Annina nicht über die geringste Voraussetzung für eine derartige Aufgabe. Voller Herzlichkeit und Vertrauen erschöpfte sie darin bereits alle ihre Tugenden, und sie wünschte zudem sowohl zu gefallen als auch zu beherrschen, was von der Hocharistokratie nur schlecht toleriert werden konnte, die in Neapel in zahlreichen großen Familien noch überlebt hatte und das bescheidene Prädikat »d'Olbia« der Tochter des Staatsbeamten Salvati ganz sicher nicht als hinreichende Voraussetzung betrachteten, um ihr irgendeinen Primat zuzuerkennen.

Auch wenn ich mich nicht auf Anninas Mentalität einzulassen vermochte, ja, ich ihretwegen oft sogar ein Unbehagen fühlte, fand ich für mich heraus, dass diese adelige Oberschicht, die so überheblich und hochmütig war, sich nicht einmal auf sichere Rechte berufen konnte. Unser abendliches Essen, das jetzt nicht mehr donnerstags stattfand, wie im alten Haus der Solitaria, sondern nahezu täglich hier in Monte di Dio, versammelte um einen fast doppelt so großen Tisch viele Menschen, die reichlich diskutierten und damit umfangreiches Material für meinen Ordner *Beobachtungen* lieferten. Der Marchese Lerici, dessen Scharfsinn und Esprit ich immer bewundert hatte, ließ es an Bonmots und Spitzzüngigkeit nicht fehlen, und der Respekt, den man vor seinem Namen und vor ihm hatte, gestatteten ihm sogar die unglaublichsten Häresien, auch wenn diese nichts als brennende Wahrheiten waren.

»Der Name?«, sagte Lerici, der sich zur Schande aller Etikette damit vergnügte, auf seinem Baccaratglas ein harmonisches Pizzicato hervorzuzaubern. »Natürlich gibt es noch die alten Namen! Doch wem gehören sie in Zeiten wie diesen zumeist? Ich weiß nicht, wie viele Fürsten des Heiligen Römischen Reiches und Granden von Spanien Erster Klasse die reichen Erbinnen der armen Helden des amerikanischen Unabhängigkeitskriegs geheiratet haben! Sind sie alle sicher, dass sie als Vorfahr nicht einen Pferdedieb bekommen haben? Und dann: Sind es einzig Eheschließungen? Die Aristokratie ist eine ungeteilte Einheit, ganz so wie dieses Glas: ist es auch nur ein bisschen abgeplatzt, und ich sage nicht einmal zersprungen, ist es völlig wertlos!«

Dagegen ließ sich nichts einwenden. Damit war festgelegt, dass »in Zeiten wie diesen« der Name als solcher ziemlich wenig bedeutete, und so blieben nur Erziehung und Vermögen. Doch mein Lerici fuhr unbekümmert in der sorgenvollen Stille eines Gutteils der Tafelrunde fort. Allerdings schien er sich ausschließlich an Gian Luigi zu richten, und mein Vater lächelte unmerklich, wie er es tat, mit der ihm eigenen Verachtung.

»Und was das Geld angeht, wissen doch alle, dass vier Fünftel der Aristokratie weniger als wenig besitzt. Das Geld ist in den Händen der Eisenschmiede und der *Pannazzari*, der ambulanten Stoffhändler vom Vicolo Sopramuro. Ja, die werden ganz sicher viele herrliche Brunnen und Kathedralen bauen! Jetzt dreht es sich ja eher um Warenlager, Fabriken und Transporte. Amen!«

Ich zog mich auf die andere Seite meines Korridors zurück, um nachzudenken. Da nun also auch das Geld zur machtvollen Formation der Haifische hinübergewandert war und man sich mit dem Namen nicht mehr aufplustern konnte, blieb nur die Erziehung. Doch welche?

Es war leicht, sich darüber klar zu werden, dass die beiden weitaus wählerischsten Clubs der Stadt sich nicht als Kulturvereine ausgeben konnten. Und in Fragen künstlerischer Sensibilität hatte Maestro Arnerio, der ein Mann aus dem Volk war, uns alle um Längen geschlagen. Daher also allein der »Umgang mit der Welt«? Die Vornehmheit im Hinblick auf gewisse Manieren? Die Faszination einer subtilen Konversation? Genügte das für einen Primat? Und all die Freiberufler und Intellektuellen, die, besonders in Neapel, wahre Meister der Finesse waren und doch so schön außerhalb des Goldenen Buchs standen? Waren die nichts wert?

»Die ureigentliche Bedeutung des Adels«, hatte Gian Luigi beschlossen und verkündet, »liegt immer noch in jenem Geist, und sei er auch mittelalterlich, der ihn hervorgebracht hat. Das Ideal des Rittertums, bereit zu sein für Feldzüge und für den Schutz und die Verteidigung, stolz darauf, das eigene Leben einzusetzen, auf großzügige Weise unvorsichtig, weil es ausschließlich auf Mut und auf Ehre baut!«

Hier sah mich – das ist die Wahrheit – vom anderen Ende des langen, sehr langen Tischs Gian Luigi an. Er spürte, dass ich, mit der Nase über dem Teller, mich fragte, wie viele der Epigonen sich »in Zeiten wie diesen« wohl noch zu einem derartigen Credo bekannten. Er wusste so gut wie ich, dass große Familien in aufsehenerregende Skandale verwickelt waren, dass berühmte Geschlechter ihr Wappen mit Geschäftsallianzen neu vergoldeten, die die Negation des Adels waren, weil sie den Glanz zwar behielten, die Grundlagen aber zerstörten. Wenn einige unter den letzten Herren sich in eine einsame, ganz eigene Welt verschlossen hatten, wenn sie in der Lage waren, sich auf dem Karst und auf dem Meer hervorragend zu schlagen, wie schon ihre Vorfahren, dann wirkte es so, als wären sie nur tätig geworden, um in einer letzten, epischen Lohe zu verbrennen, weil ihre Geschichten und ihre Leben längst abgeschlossen waren. Sie wussten, dass die goldenen Sporne, die Falken auf dem Arm, die Kleidung der Dame, die Weihehandlung mit den Schwertern Riten einer Religion waren, die ohne sie sich weder äußern noch überleben konnte. Doch jetzt waren die meisten Nachkommen des von Gian Luigi beschworenen Rittertums der Welt des Weitblicks und der Vorsorge zugewandt: noch unter dem Deckmantel ihres Titels verwandelten sie sich nämlich schon in Bürgerliche, nahmen die Verwaltung ihrer Güter in die eigenen Hände, was einstmals von Gehülfen erledigt wurde, deren Tätigkeiten sie übernahmen und deren Denkweisen sie am Ende teilten. Die Versicherungspolice, dieses Siegel des vorsichtigen, furchtsamen Mittelstands, eroberte die Archive, in denen die berühmten Ausschreibungen und die aufsehenerregenden Wiederaufbauarbeiten in den Staaten dokumentiert wurden, die erst verspielt, dann aber nach dem Gesetz der Treue und ohne das Mitwirken von Waffen zurückgewonnen wurden.

Vielleicht war der Edle Telli, auch wenn er abgeschieden in seinem Schattenreich lebte, noch ein Reiner gewesen. Er hätte niemals eine Handlung vollzogen, ohne sie vorher auf ihre Würde geprüft zu haben. Möglicherweise wäre er aus einer für einen gewöhnlichen Menschen unerträglichen Situation unbesiegt hervorgegangen. Und so war er, Gian Luigi, ganz sicher ein »Ritter« geblieben. Doch wenn die gesamte verbliebene Aristokratie keine wirklich politische Kraft mehr darstellte und auf gleichheitlicher Ebene mit jeder anderen Schicht der Bürger am Gesellschaftsvertrag teilhatte, konnte er alleine noch viel weniger hoffen, sich den anderen gegenüber konkret als Symbol oder Anführer vorzuschlagen. Wieder sah ich das gütige Gesicht, das geduldige Lächeln, aber auch die intensiven, weltklugen Blicke Onkel Gedeones vor mir, als er zuletzt geradezu heimlich nach Neapel gekommen war und ich ihn in seiner kleinen Loggia vor der wunderbar tiefen Bläue des Himmels besucht hatte.

»Dein Vater hat zwar das Vermögen neu zusammengetragen, aber er organisiert es nicht. Er gründet keine Partei, nichts wird gegen Gefälligkeiten eingetauscht, und Allianzen sucht er nicht. Mit seinem persönlichen Einfluss und mit unmittelbarem Handeln gelangt er dahin, wohin er will. Doch auf der Ebene des normalen, alltäglichen Lebens sorgt er nicht einmal für seinen eigenen Schutz. So wie die Sache mit Pietro Traetta ausgegangen ist, kann sie jederzeit wieder ausgehen!«

Das traf alles zu. Gian Luigi hatte in moderner Zeit das erneuert, was die Ahnen des Stammbaums in alten Zeiten ebenfalls einmal hatten tun müssen, als sie zahlreicher geworden waren, doch es schien, als ob daraus eine Art von

Hybrid hervorging, in welchem der Paladin und der Industriemagnat, obwohl in derselben Person vereint, voneinander getrennt blieben. Er wäre darauf angewiesen gewesen, das Kommando über sein Lehen durch den unwiderruflichen Erlass eines loyalen Königs zu erhalten, doch kannte er sich in den Kabalen des höfischen Lebens nicht aus, und das umso weniger, als sie nun nicht mehr bei Hofe, sondern im Hinterhof ins Werk gesetzt wurden. In seinem eigenen Haus hätte er jemandes bedurft, der sich um die Kleinigkeiten sorgte und ihm nur die höheren Entscheidungen überließ: eines Ministers, der aber nicht Annina sein konnte, und dieser fehlte ihm.

Doch unter den damaligen Verhältnissen gehörte unser Haus zu den ersten. Der Salon meiner Mutter stand jeden Tag offen, manchmal auch am Vormittag. Große Empfänge fanden statt, zwei oder auch drei im Monat; und zu jeder Jahreszeit mindestens ein erinnerungswürdiger Gala-Ball. Der große Tisch war immer gedeckt, jeden Abend, alle waren angemessen gekleidet, sowohl die Tischgäste als auch wir. Nach dem Abendessen erschienen weitere Besucher, ein paar Spieltische, kleine Konzerte. Ferrante, der ein bisschen Stimme besaß, grub für Annina die Romanzen ihrer Jugend wieder aus, die Großmutter Carolina gesungen hatte. An den schönen Abenden des Hochfrühlings stieg von den Terrassen der Duft von Jasmin herauf, und die tiefblaue Kuppel von Santa Maria degli Angioli vor dem nur wenig helleren Blau des Himmels besiegelte einige Augenblicke der Vollkommenheit, möglicherweise die, für welche Gian Luigi sein ganzes Leben lang gekämpft hatte.

So wie er mich beobachtete, beobachtete ich ihn. Die Hoheit seines Verstands musste nicht nur die Dinge erkennen, die auch ich erkannte, sondern wesentlich mehr. Gleichwohl schien er entschlossen zu sein, darüber hinwegzugehen. Verhalten in seinem streng wirkenden Äußeren, wandte er Talent, Geld und Erfindungskraft auf, ohne darauf zu achten, wo sie verausgabt wurden und wer sie empfing. So kam es zu sonderbaren Ereignissen und Zwischenfällen. Bei zwei Gelegenheiten wurden unter unseren Gästen zuerst ein vermeintlich echter Prinz und danach ein berühmter Name aus dem »Gotha« entlarvt, der eine als ein gefährlicher Betrüger und der Zweite als ein gewöhnlicher Geiger, der seinen Beruf in einer Kaschemme irgendwo am Rand der Stadt ausübte. Mehr als einmal wurde während der großen Feste mit vielen Menschen das Tafel- und Familiensilber geplündert, aber nie konnte in diesem Getümmel herausgefunden werden, ob durch die Hand der Dienerschaft oder der Gäste. Irgendwann jedoch wurde festgestellt, dass es sowohl diese als auch jene waren. Andere Male fehlten kleine Statuen aus den Salons, und so war es nötig, die seltensten Gegenstände mit Ketten und Schlössern zu sichern.

Gian Luigi begnügte sich damit zu lachen. Doch seine undurchdringliche Haltung verschwand mitunter hinter einer einzigartigen Einfachheit. Für einen ›Cotillon‹ zu Karneval leitete er unter Arnerios Mithilfe eine ganze Mannschaft von Schneiderinnen an, die eine riesige Anzahl von Papierfiguren herrichteten, die an bunten Stöcken befestigt wurden. Diese nun wurden von Arnerio mit viel Geschick und Phantasie ausgemalt. Gian Luigi erfand viele dieser Modelle und schnitt sie persönlich aus. Darunter waren Hähne, Masken, Blumen, Elefanten und dekorative Absonderlichkeiten jeder Art. Seine Begeisterung, seine Liebe zum Leben, sein Geschick bei der Umsetzung, sein Sinn für Schönheit und sein Feuer der Erfindungskraft fanden damals, frei von allen Zweifeln, eine glückliche Verbindung.

Und es war ein glänzendes Fest. Das ganze Haus erzitterte im Rhythmus der kleinen Orchester, während die Tanzfinals sich in frenetische Galopps verwandelten. Der Maestro des Balls, ein achtzigjähriger Balletttänzer, der meiner Mutter vierzig Jahre zuvor den Walzer beigebracht hatte, rabenschwarz gekleidet und lippenstiftrot beschmiert wie ein Theatermime, übertönte den Lärm, indem er seine rhythmischen Anweisungen mit einer penetranten Fistelstimme gab. Die »Abschlussfigur« verlangte schwindelnde Läufe extrem langer Reihen von Tänzern, die sich an den Händen festhielten und sich von einem Raum zum nächsten bewegten, bis zu unserem Gipsheiligen, dem letzten Ziel dieser Menschenkette, die sich um ihn herum zusammenknäulte und ihn furchtbar ins Wanken brachte, auch erzitterten Vitrinen, der Fliesenboden, ja sogar die Wände, so schien es mir. Als der Morgen dämmerte, sah das Haus aus, als wäre eine Windhose hindurchgefegt. Die Hähne, Blumen, Elefanten und Kranzgewinde lagen bataillonsweise herum, in Fetzen zerrissen: ein merkwürdig hingeopfertes Heer, auch dieses vernichtet für eine Idee.

Die Berichterstatter über das mondäne Leben widmeten derartigem Pomp ganze Kolumnen. Annina wartete gespannt auf die Zeitungsberichte, in denen ihr einige Untertöne nicht bewusst wurden, die meinem argwöhnischen Charakter gelegentlich auffielen. Das Schlimmste aber war, dass sich um Cristina herum die Mitgiftjäger zuhauf versammelten. Ein gewisser Baron, vorgestellt als ein großer Landeigner aus Apulien, erwies sich nach Auskunft als wenig mehr denn ein Pächter. Meine Mutter schien nicht zu bemerken, dass solche Vorkommnisse auch übles Gerede nach sich zogen. Um mich vor den »Reihen« der Tänzer zu schützen, hatte ich meinen schwebenden Korridor unzugänglich gemacht und ihn dunkel und trostlos aussehen lassen. Doch von seiner Schwelle aus verfolgte ich jedes Ereignis mit großer Aufmerksamkeit. Meine Besorgnis um Cristina wuchs.

»Zwei Mal zwei Könige!«

»Drei Buben!«

Auf die gleiche Weise, wie Katzen ein ganzes Haus bewohnen, von den Kellern bis zu den Schornsteinen, besitzen Jungen die gesamte Stadt, vom Fuß der Klippen bis zu den Eisenbahndämmen, von brachliegenden Geländestücken, die nur auf ihren Bauherrn warten, bis zu den verfallenen, leeren Fabriken. In einer engen Nische von der Tiefe einer Mauer wie Hühner auf der Stange dahockend, spielten wir in der Kuppel des Schilizzi-Mausoleums Poker, hatten die Schule geschwänzt und waren uns sicher, dass wir nicht gestört würden.

»Zwei Damen. Das war's dann auch schon!«

»Verflixtes Pech!«

Der Verlierer mischte wild die Karten neu auf. Der Bluff war aufgeflogen. Ein ironisch missbilligendes Schweigen strafte seinen Misserfolg. Wenn irgendetwas der Glückseligkeit nahekommen konnte, dann war das bei gewissen Empfindungen damals. Von den engen Windungen, welche um die Kuppel herumlaufen, blendeten uns Teile des Meeres in intensivem Türkis, die unter der Kraft der Sonne explodierten. Die Rebhänge, die sich damals über den gesamten Hügel von Posilippo ausdehnten, strömten ihren nur verhalten wahrnehmbaren, aber einzigartigen Duft von starker Erde, von geheimem, mächtigem Blattwerk aus. Das eigentümlich wirkende ägyptische Grabmal, das anachronistisch in dieser vergilischen Landschaft erstanden, seit vierzig Jahren unvollendet aufgegeben, von Unkraut überwuchert, von verfaulten Holzplatten schlecht geschützt war, mehr aber noch von der Verlassenheit und seiner Totenbedeutung heimgesucht, hatten wir wiederentdeckt und zu unserem bevorzugten Refugium erwählt. Ausgestreckt zwischen Bauschutt, als Gefährten der Spatzen, Fledermäuse und Eidechsen, konnten wir in dieser neubelebten Pharaonenszene zugleich die Bibel von Doré, Salgari und Kleopatra wiederfinden. Dort erkannte ich von weitem und von oben das Meer wieder, wie vom Mispelbaum aus in San Sebastiano am Vesuv.

»Du hast auch heute wieder verloren, Sansevero. Aber was macht's dir schon aus? Schließlich bist du ja schwerreich!«

Die Gefährten waren fast alle arme Teufel und steckten in den abgelegten Kleidungsstücken ihrer älteren Brüder. Sie betrachteten mich mit gutmütigem Spott. Bei so viel Werbung in den Zeitungen galt es als ausgemacht, dass ich für die Ausgaben der ganzen Bande aufkam. Doch sie wussten nicht, dass es Gian Luigi bei aller ungewöhnlichen Verschwendungssucht niemals in den Sinn gekommen wäre, mir irgendeinen Scheck auszustellen. Ich bekam ein bisschen Geld von Annina, je nachdem, wie ihre Laune war, und von Cristina, die über viele Ersparnisse verfügte und in der Lage war, diese ständig noch zu vergrößern. Am Ende wurde es notwendig, das Grundproblem mit Giustino anzugehen.

»In vielen anderen Häusern«, sagte er zu mir, »habe ich Ähnliches beobachtet. Die jungen Herren leihen sich das Geld bei uns oder wir finden jemanden, der ihre Wechsel akzeptiert. Am Ende ist es dann eine Großmutter oder eine anhängliche Tante, die sie einlösen. Nur selten tun das die eigenen Eltern, und wenn, dann kommt es zu unendlichen Streitigkeiten. Von Ihrem Herrn Vater würde ich Ihnen abraten!«

»Giustino, du kennst doch meine Tanten und Onkel! Und Großeltern gibts hier ja keine mehr. Für mich allein käme ich mit dem Geld, das ich mir beschaffe, ja hin. Aber in der Schule glauben die doch niemals, dass ich keinen Centesimo habe, auch wenn mir oft danach ist, es ihnen zu sagen.«

»Viele junge Herren verkaufen irgendwelche Gegenstände von zu Hause«, antwortete Giustino mit größter Kälte. »Hier steht doch Zeug in Hülle und Fülle herum!«

Nach langem Zögern und einigen Seufzern verständigten wir uns auf einen Mittelweg. Giustino beschaffte mir das Geld, das ich benötigte. Wenn ich dann entsprechende Schulden bei ihm angehäuft hatte, zeigte er mir mit väterlicher Güte ein bestimmtes Objekt im Haus, das er unter denen auswählte, die wenig beachtet wurden oder schon in Vergessenheit geraten waren, und erbat es sich von mir als Geschenk, das ich ihm gerne gewährte.

Der lebenskluge Majordomus besaß eine minutiös geführte Liste aller Gegenstände, die genommen werden konnten, ohne dass es auffiel. Von den anderen Dienstboten wurde er auch über die Bereiche unseres Hauses informiert, die ich gar nicht aufsuchte. Er wusste von einem Stück Seidenstoff, von dem Rest eines Vorhangs, einem bestimmten Elfenbeinstock, der seit langer Zeit irgendwo in einem Garderobenzimmer herumlag. Wenn bei unseren Empfängen der eine oder andere Gegenstand verschwand, war sein Alibi perfekt. Auf diese Weise löste er auf ehrliche Weise wieder seinen Einsatz aus, indem er dafür Geschenke bekam, wohingegen ich mich nicht bereicherte, weil ich ihm ja Geschenke machte. Es stimmt zwar, dass ich das Geld annahm, das er mir gab, um es dann beim Poker wieder zu verlieren, doch es war auch vereinbart, dass alle diese Beträge eigentlich immer von mir so lange geschuldet wären, bis ich die Möglichkeit hätte, sie zu begleichen. Diese Buchführung dauerte lange, sehr lange.

Auf den Übergang ins öffentliche Gymnasium war ganz unmittelbar meine Konfrontation mit dem hochwürdigen Padre des Heiligen Franziskus von Paola gefolgt. Mein Bruder Ferrante schien zu keinerlei Laufbahn bestimmt worden zu sein. Nach Abschluss seines Unterrichts in Sprachen und der besonderen Ausbildung bei dem franziskanischen Hauslehrer hatte er lange danach die Universität von Urbino besucht, um mit einem seichten Studium einen jener Doktoren-Titel zu ergattern, die reichen Menschen vorbehalten blieben, die keine Absicht haben, irgendetwas zu tun. Ähnliches sollte sich bei mir nicht wiederholen.

Zu meinem Bruder hatte ich weiterhin nur ein schwaches, distanziertes Verhältnis. Ich nahm kaum Anteil an seinem Leben, das aus Besuchen in Clubs und der Ausübung bequemer Sportarten bestand, wie zum Beispiel Segeln. Er war wenig diszipliniert und zeigte für kaum irgendetwas das geringste Interesse. Er las auch nicht, und seine Unaufmerksamkeit war so groß, dass er manchmal denselben Roman wieder anfangen und ein ganzes Stück weit lesen konnte, ohne sich zu erinnern, dass er ihn bereits in der Hand gehabt hatte. Er besaß ein gewisses musikalisches Gehör und spielte Klavier, ohne es je richtig gelernt zu haben, aber man hörte ihn niemals ein ganzes Stück spielen, sondern er variierte und modulierte stundenlang bestimmte Harmonien auf seine Weise, ohne sie je zu einem Ende zu bringen. Er bewohnte jetzt einen kleinen Bereich mit separatem Eingang an der Treppe und kam oft erst tief in der Nacht nach Hause, nachdem er im Club gespielt hatte, was ihn bisweilen beachtliche Summen kostete, die Gian Luigi ohne ein Wort zu verlieren bezahlte. Doch wenn er gewann, behielt er das Geld für sich. Über den einen oder anderen seiner mondänen Erfolge bekam ich Giustinos Version der Geschichte zu hören, doch der alte Diener hatte, ohne es ausdrücklich zu sagen, keine besonders hohe Meinung von Ferrante, der im Privaten beispiellos knauserig war und niemals für den, der ihn bediente, auch nur einen Zehntelcentesimo herausrückte.

Bei alldem zeigte Gian Luigi keine Neigung, die Verhaltensweisen und Eigenschaften seines Erstgeborenen beurteilen zu wollen. Doch konnte es ihm nicht entgehen, dass, wenn früher oder später Ferrantes große Geschäfte über den Familienbereich hinausgingen, dies bedeuten würde, alles zu verlieren. Er setzte voraus, dass ich die notwendigen Fähigkeiten besitzen würde, diese Aufgabe zu übernehmen und für die gesamte Familie zu sorgen, so wie er selbst es unter wesentlich schwierigeren Bedingungen getan hatte. Doch war dies das glänzende Ergebnis einer Denkungsart gewesen, die mir völlig abging, zumindest in dieser Hinsicht. Er übte keinen direkten Druck aus, denn er wünschte sich, dass ich dies spontan begreifen würde. Aber er führte sich nicht die Möglichkeit vor Augen, dass ich, der ich das alles sehr wohl begriffen hatte, mich allerdings entscheiden könnte, ganz nach meinem Gutdünken zu verfahren.

Anninas Sorgen über meine Religiosität hatten sich wieder gemeldet, als sie gesehen hatte, dass ich aus der Sonntagsmesse fortging. Gian Luigi musste wohl eher meine schleichende Isolation innerhalb der Familie im Auge gehabt haben und sah darin eine unvorhergesehene Schwierigkeit, zumal daraus nicht die von ihm erhoffte Neigung folgte, sondern vielmehr die Bestätigung für meinen widerständischen Geist. Seine Entscheidung, mich auf eine öffentliche Schule zu schicken, war daher ganz sicher das Ergebnis unterschiedlichster Gedanken und Beweggründe. Darin floss möglicherweise die Sorge des hochwürdigen Padre ein, der kein anderes Mittel mehr sah, um mich aus der Abgeschiedenheit meines Korridors herauszuholen. Annina musste mit gutem Willen zu der Einsicht gelangt sein, dass neue Freunde und ein bisschen freie Luft mir helfen könnten. Gian Luigi, der zu seiner Zeit ebenfalls die öffentliche Schule besucht hatte, wenn auch aus völlig anderen

Gründen, hoffte auf einen Neuanfang für mich, wenn es gelänge, mich von meinen Manuskripten loszureißen und mir den Sinn für ein aktives Leben unter Menschen zurückzugeben, die alle zum Arbeiten bestimmt waren.

Doch hätte mein Vater, der sich noch an die italienische Schule zu Zeiten von König Umberto I. und des Ministers De Pretis erinnerte, sich vorstellen können, in welchem Sündenbabel ich mich wiederfand, würde er möglicherweise gezögert haben, ja, mehr noch: er würde auch verstanden haben, dass der Poker in der Totengruft von Schilizzi und die daraus resultierenden Schulden bei Giustino wahrscheinlich das Beste waren, das ich tun konnte.

Über den Unterricht brauchte man kein Wort zu verlieren. Der Zwang, mich am Vormittag draußen sehen zu lassen, ließ mich kostbare Zeit für meine Vorlieben verlieren. Annina hatte ganz richtiggelegen: jetzt hing ich wenigstens einen halben Tag lang nicht mehr über Kladden und zerlesenen Büchern gebeugt, obwohl es seltsam war, dass die Schule eher Ablenkung statt Verpflichtung und Bestreben sein sollte. Doch das Schlimmste war, dass ich von der Noblesse des Hauses am Monte di Dio für ein paar schnell vergehende Stunden in die Vulgarität des öffentlichen Unterrichts ausbrach, die wirklich gar nichts mit unseren kleinen Statuen aus Sèvres und Sachsen zu tun hatte.

Um 1920 waren die Klassen lärmend, überfüllt und unorganisiert: fünfzig und mehr Schüler, die sich untereinander nicht kannten; schlechte Lehrer; Kriegsheimkehrer, aufs Praktische ausgerichtet; Aushilfskräfte, denen es nicht gelang, ihre Aufgabe auch nur halbwegs ordentlich zu meistern, selbst wenn sie es versuchten. Unendlich lange Ferien, und danach Unruhen, was dazu führte, dass sich ein weiteres gutes Drittel des Jahres in Luft auflöste. Wegen der steigenden Kosten für Lehrmittel wurden viele Buchhandlungen in

Brand gesetzt. Und ich, der ich auf die Suche nach raren Editionen des Treves Verlags ging, sah diese dann zwischen der grölenden Menge hin und her fliegen und als Altpapier zwischen den Füßen der Flüchtenden enden, unter den Stockschlägen der Polizei.

Die politischen Auseinandersetzungen in Neapel bestärkten die Schüler weiter, die beim geringsten Vorwand bereit waren, die Schule zu boykottieren, wenn nicht gar die Fenster mit Steinen zu zertrümmern. Unser Gymnasium, das einer Gruppe von neuen, gerade im Bau befindlichen Häusern gegenüberlag, wurde von den Bauarbeitern als eine Bastion der bürgerlichen Klassenfeinde betrachtet. Von den Gerüsten oben regneten wüste Beschimpfungen und Bauschutt auf uns herunter. Aus unseren Reihen gingen mutige Gruppen zum Gegenangriff über: die Schlacht begann mit Steinschleudern und endete in einem wilden Gemenge, dessen Leidtragende die Bücher waren. Die Pedelle verriegelten eilig die Fenster. Der Rektor, ein sehr scheuer Mann, der immer nur am Schreibtisch saß, floh nach Hause, und damit war der Schultag für uns zu Ende. Die Universität, welche die Faschisten für den Augenblick nicht erobern konnten, erlebte noch gewalttätigere Angriffe, doch die Gymnasien beteiligten sich in Massen an ihren Demonstrationen. In bestimmten Fächern wurde man in einem Jahr nur einmal abgefragt, und das zudem in alphabetischer Reihenfolge. Mein S garantierte mir also eine ruhige Position, obwohl es manchmal vorkam, dass ein launenhafter Lehrer auch beim Z anfing.

Der Faschismus war für die damalige Zeit die große Sache der Italiener. Das Ende des Kriegs hatte ein für ein siegreiches Land paradoxes Durcheinander aus archaischen Kräften, verschiedenartigsten Umständen und eigentümlichen Leidenschaften zu einer trüben Gemengelage vereint. Das Land hätte zur Ruhe kommen müssen, doch seine Genesung war in mancher Hinsicht schlimmer als das Übel. Gleich nach Kriegsende hatten sich tausende Deserteure dicht vor der Stadt niedergelassen. Plünderungen und Zerstörungen, viele von ihnen in schlicht räuberischer Absicht, hatten sich, wenig erbaulich, vor unseren Augen ereignet.

Die Bürger waren uneins, jähzornig und unzufrieden, sie jammerten, wurden gewalttätig und verschwenderisch. Der einst heilige Sonntag wurde jetzt ein Tag für Vergeltungsmaßnahmen und für kämpferische Auseinandersetzungen zwischen schwarzen und roten Gruppen und hieß »Blutsonntag«. Doch nach und nach gewann Mussolini an Boden. Unter seiner obersten Propagandaregie verwandelte sich »die trübe Nachkriegszeit« in den d'annunzianischen »Vorabend«. Der »Erstgeborene Faschismus«, der Faschismus der ersten Stunde, konsolidierte sich durch die Unterstützung zahlreicher jüngerer Brüder, die alle gleichermaßen herumknurrten und Krawall machten.

In Neapel, einer Stadt, in der das Bewusstsein seiner jahrtausendealten Geschichte noch stärker ist als selbst in Rom, erschöpfte sich das meiste schon an der Oberfläche. Die neapolitanischen Faschisten zählten vier mit silbernen Totenköpfen und Trauerhemden dekorierte Streuner und hatten alle Mühe, eine Atmosphäre der Angst um ihren Parteisitz herum aufrechtzuerhalten, der zwei Schritte von unserem Haus entfernt lag. Man hörte zwar von dem einen oder anderen bescheidenen Konflikt unten am Hafen oder in Ponticello, der Hochburg der Roten, aber auch das nur sozusagen. Und nach ein paar lautstarken Alalàs amüsierten sich die Mitglieder der Squadristen, der faschistischen Sturmabteilung, abends damit, vor dem ebenfalls nahegelegenen Haus des Wirtschaftsfachmanns und Politikers Francesco Saverio Nitti viel Lärm zu machen, und ließen Kupfermünzen auf seine Balkons niedergehen.

Ohne irgendetwas von dieser heiklen Lage zu verstehen, betrachtete ich alles mit staunend aufgerissenen Augen, ließ mich hier und da von flüchtigem Enthusiasmus packen, der aber gleich wieder erkaltete, wie die Wärme der Sonne auf Steinen, sobald diese sich von ihnen zurückzieht. Die Gespräche während unserer gewohnten Abendessen dienten allerdings weder der kritischen Betrachtung noch der Klärung der Ideen.

»Diesem Mussolini«, sagte Gian Luigi, »fehlt es wenigstens nicht an Schneid. Während der letzten roten Massenversammlung in Mailand, am Domplatz, nur zwei Schritte von seiner Redaktion entfernt, hat er sich nicht gerührt. ›Wenn sie hier reinkommen‹, hat er gesagt, ›bring ich zwei von ihnen um. Und unter allen, die da draußen rumbrüllen, findet man keine zwei, die wirklich bereit wären zu sterben.‹«

»Ja doch, ja!«, antwortete Monsignore Bernardo. »Aber wieso kennt er sie so genau? Weil er einer von ihnen war. Wie wir ja schon längst wissen, verliert der Wolf zwar sein Fell, doch mit dem, was dann folgt …«

»Lassen wir die Absichten mal beiseite«, mischte sich ein mit der Universität verbundener Biedermann ein. »Mussolini ist zwar ein Möglichkeitsdenker, aber es ist seine Methode, die unzulässig ist. Auch er hat, wie Sie sehen, sein Glas Milch auf dem Schreibtisch stehen, daneben aber auch die geladene Pistole. Im Norden mordet man, als wäre das nichts.«

»Aber das ist doch der Lauf aller Revolutionen.«

»Was denn für eine Revolution? Allenfalls sind es die Kommunisten, die eine wollen, und der hier hindert sie daran. Braucht es dazu also Gott oder den Teufel? D'Annunzio wenigstens spielt in Fiume seine Lieblingsrolle als Seher. Der ist klarer.«

Auf ein kaum wahrnehmbares Zeichen der Zustimmung von Gian Luigi hin erhob sich meine Mutter und alle anderen taten es ihr gleich. Die Damen gingen in eine Richtung und die Herren in einen anderen Salon oder in das Arbeitszimmer meines Vaters. Doch eine ganze Weile lang mischte er sich nicht mit dem ihm bei Tisch eigenen Schwung in das Gespräch ein. Diese Zurückhaltung brachte die meisten dazu, sich zu verabschieden. Und unter den Intimfreunden belebte sich die Unterhaltung wieder. Es waren die besten Gespräche.

»Ach, D'Annunzio!«, begann Lerici, und seine Augen funkelten vor Tücke. »Ihm gelingt es, einen aus dem Katasteramt geflohenen Gelegenheitsarbeiter in einen Statisten für sein mittelalterliches Menschheitsdrama auf der Bühne von Fiume zu verwandeln. Im Jahrhundert der Plattitüden scheint mir das schon ein Erfolg zu sein!«

»Und der König?«, fragte Gian Luigi, einfach um ein bisschen zu sticheln. Er, der kein fanatischer Gefolgsmann von Ferdinando oder Francesco war, aber der alten Dynastie im Guten wie im Schlechten zugestand, was ihr zukam, hatte eine unbeschreibliche Abneigung gegen die Savoyer in Turin. Die monarchische Idee in Neapel litt (wie mir Onkel Gedeone seinerzeit erklärt hatte) nicht an einem, sondern an zwei grundlegenden Missverständnissen: sich zu ihr bekennen, brachte entweder das Risiko mit sich, dass man als »bourbonisch« klassifiziert wurde – oder man musste das Haus Savoyen akzeptieren. Doch das stumme Zeugnis des Königspalasts von Caserta warf einen ziemlich kalten Schatten auf diese Herrscher aus den Bergen, deren kleinliche Verwaltungspolitik man kannte, ebenso wie ihre nicht vorhandene Liebe für die Künste und ihre Kleingeistigkeit, sowohl was Motive als auch was Personen anging. Sogar noch die Herzoginmutter von Aosta unterschrieb weiterhin mit

»Elena von Frankreich« und nannte die Königin von Italien, Tochter des Montenegriners Nicola, »ma cousine la bergère«, meine Cousine, das Hirtenmädchen.

»Richtig! Der König!«, erwiderte Lerici feixend. »Da sie ihn ja nun auf den neuen Namen Il Vittorioso, Der Siegreiche, getauft haben, es sich hier aber um eine ›Vittoria mutilata‹, einen verstümmelten Sieg, handelt, sollte er sich darum kümmern. Und an seiner Stelle erhebt der Sohn eines Schmieds mit seiner Bande von Vorbestraften Anspruch auf die nationale Würde. Der König tritt die Königsresidenzen ab, um deren Unterhalt einzusparen, und schickt die Einkünfte aus der Zivilliste nach London. Die Prinzen schlafen in San Rossore in Eisenbettchen wie im Krankenhaus, und das nicht aus Strenge, sondern aus Knickerigkeit. Die parlamentarische Opposition bringt einen zum Lachen, und die Faschisten stoßen nur auf butterweichen Widerstand. Lasst sie nur machen und ankommen, und wir werden das Königreich der Rüpel haben – das ist das Einzige, wozu die moderne Gesellschaft in der Lage ist, die das Ganze dann Republik nennt!«

Gian Luigi lachte gehörig hinter der Hoheit seines Barts. Eine seiner Eigenarten war die ungewöhnliche Sorgfalt, die er bei der Auswahl seiner Krawatten an den Tag legte, welche aber gerade wegen seines Barts völlig unsichtbar blieben. Cristina wandte mir vom anderen Ende des Tischs ihre schönen umschatteten Augen fragend zu. Ich zog meine Schultern leicht hoch und zwinkerte ihr zu. Ich wusste nichts, doch kam es mir vor, als wäre ich der Einzige, der sich aller Dinge zusammen bewusst war. Die Totengruft von Schilizzi, der Geruch von Gebratenem in Arnerios Wohnung, Cristinas Gefühle, die schönen Bücher im Schlamm, auf denen die Demonstranten herumtrampelten. In meiner Erinnerung tauchte immer wieder das Kloster vom Virgo auf, in dem sich von einem innigen, vertrauten Kern aus harmonisch die zahlreichen Elemente zu einer vollkommenen Struktur entwickelten. Wo war die nun um mich herum? Die Gefährten, der »Cotillon«, die Knüppelschläge der Faschisten, das finstere Schweigen Gian Micheles waren Bruchstücke ohne jede Verbindung, jedes für sich inakzeptabel und absurd in ihrer Gesamtheit.

Dieses mysteriös einheitliche Gefühl der unterschiedlichen Wahrheiten ohne äußere Bezeugungen, ja sogar ohne Worte, widersprach nicht den Anweisungen des Rektors Sulpizio, der es einigen privilegierten Seelen zusprach. Mit dem Bewusstsein sündigen Stolzes machte ich mich an ein neues Manuskript, das ich noch sorgfältiger verborgen hielt als die anderen. Ich schrieb Allegorien und konventionelle Zeichen in der Art Leonardos da hinein, und es bekam den Titel: *Eingetrichterte Wissenschaft*.

Im vorgerückten Frühjahr 1920, als ich vom D'Annunzio-Virus angesteckt war, tauchte ich gerade exaltiert und noch ganz benommen aus dem gewaltigen Wortstrom seines *Notturno* auf, als Annina außerordentlich erregt und bewegt mein Zimmer betrat.

»Giuliano!«, sagte sie mit leiser Stimme, obwohl uns niemand hören konnte, »Federico liegt im Sterben!«

Ich sah sie an, noch immer benommen von meiner Lektüre, ohne in der Lage zu sein, den vollen Sinn ihrer Worte zu erfassen oder ihr zu antworten. Sie saß auf demselben kleinen Diwan der Bibliothek, auf den sich Onkel Federico so viele Male in seine unbequemen Haltungen fallen gelassen hatte, und wirkte dort so verloren und zerbrechlich, dass ich Mitleid mit ihr hatte. Sie blickte um sich, als würde sie diesen Ort nur flüchtig kennen, und sie kam ja auch nur selten her. Mein Zimmer glich so wenig dem ganzen übrigen Haus, dunkel, voller verstreuter Papiere, auch auf dem Fußboden, dass sie sich fraglos unwohl fühlte. Ich war ein heranwachsender junger Mann von nicht einmal siebzehn Jahren, sie war meine Mutter, und dennoch kam es mir vor, als müsste ich sie verstehen und mit ihr leiden, und so, als wäre sie ein kleines Mädchen, auch die Last ihrer Unbesonnenheit und ihrer Fehler tragen.

»Nun gut«, antwortete ich mechanisch, »dann müssen wir dahin.«

»Aber dein Vater darf nichts erfahren«, legte sie mir schüchtern ans Herz. »Siehst du, wir haben davon nichts erzählt. Doch kürzlich hat Federico wieder so einen großen Schwindel durchgezogen. Dafür haben wir zahlen müssen, um einen Skandal zu vermeiden. Und mit Tante Teresa schließlich, das war noch schlimmer, aber das weißt du ja nicht!«

Ich antwortete nichts. Doch in dem Wagen, der sich an einem dieser grauen Tage, die in Neapel noch trister sind als in jeder anderen Stadt, verdrießlich fortbewegte, hörte ich wieder die Stimme des Onkels, wie ich ihn beim letzten Mal gesehen hatte. In Wahrheit wusste ich alles, auch über seinen letzten »Schwindel«. Von Not erdrückt und sich der Larème-Erbschaft sicher, hatte er eine Anzahl von Wechseln ausgestellt, auf denen er Anninas Unterschrift gefälscht hatte. Er dachte, dass meine Mutter sie bezahlen oder ihn in die Lage versetzen würde, sie einzulösen, ohne dass Gian Luigi etwas davon erführe, sobald die Gelder der Larèmes zur Verfügung gestanden hätten. Aber alles war schiefgelaufen. Ich war allerdings nicht sicher, ob Annina von jeder Mitschuld frei war. Vielleicht hatte sie ihm ja erlaubt, sich ihrer Unterschrift zu bedienen, und der Onkel hat sich dann, um sie nicht zu kompromittieren, bei Gian Luigi die soundsovielte Bezichtigung als Betrüger abgeholt.

»Was für eine bittere Angelegenheit ist doch dieses Leben!«, hatte er beim letzten Mal noch geseufzt, ohne dabei aber sein feines Lächeln aufzugeben. »Und jetzt Leonia!«

Wir hatten uns in dem bejahrten Café Uccello in der Via Duomo getroffen, dem historischen Ort, an dem die neapolitanischen Winkelpropheten zusammenkommen, und auch in diesem Augenblick raunten oder schwiegen drei oder vier von ihnen, die in einer Ecke beisammenhockten, intensiv, tief versunken in der Bewertung der »Kadenzen der Drei« oder der »Sequenzen der Neun«.

»Nach Modestinos Tod«, sagte Onkel Federico weiter, »hat Teresa sich um nichts mehr gekümmert. Doch deine Cousine Palmira ist ein bösartiges Wesen, Gott weiß, woher sie diesen Charakterzug hat. Und die arme Leonia, die schlimmer dran war als eine Dienstmagd, hat am Ende das getan, was ihre Mutter schon viele Jahre zuvor getan hatte: sie ist von zu Hause abgehauen, wer weiß, mit wem. Aber das ist ihre Schuld nicht, schuld ist Palmira. Ach ja, hätte es nur das Geld von Tante Eudosia gegeben!...«

»Dafür wird man immer Gründe nennen können«, hallte Giustinos philosophischer Kommentar in mir nach. Hier hatten Gian Luigis stolzer Geist und seine hohen Gedanken, gemeinsam mit der unerklärlichen Bosheit einer älteren Schwester und der Zerbrechlichkeit eines jungen Mädchens, ein Leben zerstört, das durch Blutsbande mit uns verbunden war. »Du hast eine Tat in die Welt geworfen, und niemand weiß, wie ihre Folgen aussehen werden!« Das stammte aus Kiplings *Kim*. Ein weiteres Mal Worte von anderen! So viel Furcht hatte ich, mich mit meinen eigenen hervorzuwagen.

Onkel Federicos Wohnung, die ich vorher nicht kennengelernt hatte, befand sich in dem Gewühl von Gebäuden, welche den Vico Polito umgeben, dort, wo das Viertel von Montecalvario in schroffem Aufbäumen an den Corso grenzt, dem es sich mit phantasievollen kleinen Brücken und Treppchen anschließt. Es ist eine wimmelnde Krippe, abgebröckelt und ziemlich schmutzig, erlöst nur von der Sonne, und wenn die nicht scheint, ist es dort dunkel und düster. Im Haus, auf den steilen, dunklen Treppen, begleitete uns ein verhaltenes Gemurmel. Ganz sicher wusste man, dass Onkel Federico ein verarmter Herr war und meine Mutter ein glänzendes Leben führte. Alles war für die dramatische Begegnungsszene vorbereitet, die bald stattfinden sollte, etwas, das die Neapolitaner im richtigen Leben noch mehr lieben als im Theater. Doch schon vom ersten Eingang an und vom Portier, der in seinem schmutzigen Zimmer einen Schuh neu besohlte, wussten wir, dass unser Besuch zu spät und mein Onkel bereits tot war. Annina hatte gezögert, bevor sie mir Bescheid gab, und in dieser kurzen Zeitspanne war das Leben meines Onkels zu Ende gegangen.

Langsam stiegen wir die Stufen hoch. Meine Mutter blieb ziemlich oft stehen, um die nervöse Atemnot in den Griff zu bekommen, die sie zum Weinen brachte. Die beiden Flügel der Türe zur Wohnung von Onkel Federico da oben waren geöffnet, ebenso alle auch der anderen Zimmer, bis hin zu seinem Bett. Viele Leute befanden sich auf dem Treppenabsatz oder drinnen, doch ohne ein Wort zu sagen, und niemand wandte sich an uns. Ich erkannte die Kinder meines Onkels an ihrer gesammelten und von tiefem Schmerz geprägten Haltung, und die Witwe fanden wir kniend und ganz ihrem Schmerz hingegeben am Ende des Totenbetts vor. Ihr Gesicht hatte sie mit den Händen bedeckt.

Onkel Federico lag da, leblos, in ganz ruhiger, nobler Haltung. Jetzt konnte ich ihn zum ersten Mal betrachten, ohne von seiner bescheidenen Kleidung abgelenkt zu sein: verschwunden waren auch seine Missbildung und sein Hinken. Er trug ein blütenweißes Hemd, über dem sich sein Gesicht mit wächsernem Ausdruck von wunderbarer Feinheit abhob, und in dem all seine subtilen Gedanken hervorzutreten schienen, die sein Verstand hervorgebracht hatte. Es fand sich auch keine Spur von Schmerz in diesem Aussehen eines Philosophen und Gläubigen.

Sobald ich meine innersten Gefühle beherrschen konnte, betrachtete ich die anderen Anwesenden und auch die Wohnung. Ich erkannte in allem die Zeichen einer besonderen Duldsamkeit und Sauberkeit. Diese Familie lebte ganz gewiss in der Liebe und in der Duldsamkeit, in ihr wurde alles von Liebe und Zuneigung in Armut geregelt.

Nachdem meine Mutter leise ihre Gebete gesprochen hatte, trat sie beiseite, und der älteste Sohn sprach ein paar Worte mit ihr, während die anderen sich fernhielten. Die Witwe hob den Kopf nie und änderte auch ihre Haltung nicht. Wir verabschiedeten uns in dieser Stille, die uns dann auch die Treppen hinunterbegleitete. Und ich unterbrach sie Annina gegenüber nicht bis nach Hause. Von meinen Verwandten war ich der Einzige, der zur Beerdigung ging, doch das sagte ich niemandem. Dort suchte ich mit meinen Augen vergebens nach der herzlosen Palmira und hätte Leonia gerne kennengelernt. Einige Zeit später stellte sich der Erstgeborene bei uns vor, doch Gian Luigi wollte ihn nicht empfangen. Und nach einem kurzen Gespräch mit meiner Mutter kehrte er nicht mehr zurück.

Dieser Tod nahm mir einen geliebten Freund und trug dazu bei, dass bestimmte Gedanken sich in schneller Folge entwickelten. Die Wohltaten meines Vaters waren nicht wenige, und nicht selten machte er Schenkungen an barmherzige Einrichtungen, ganz zu schweigen von jener Arbeit für den Giglio, die einer gewaltigen Summe entsprach. Doch Arme an der Türe ertrug er nicht und er schien auch nicht das Elend wahrzunehmen, das sich neben dem Eingang zu unserem Haus zeigte. Er hoffte immer, dass er die armseligen Hütten kaufen könnte, um sie abzureißen und an ihrer Stelle einen vornehmen Säulengang zu errichten. Ich befragte Giustino über dieses rätselhafte Verhalten, doch er schüttelte den Kopf, und in seinen Augen zeigte sich der Schatten jener fernen Weisheit, die ich bei Padre Bernardo wahrgenommen hatte, als ich ihn um Hilfe für den sterbenden mexikanischen Abt bat. Offenbar war ich so weit von jeder Wahrheit entfernt, dass sie mir nicht erklärt werden konnte, und meine *Eingetrichterte Wissenschaft* war nur eine Flause.

»Das sind natürliche Kinder oder erst spät anerkannte«, vermutete Giustino. »Deren Mutter war eine Frau vom Theater. Für viele Herrschaften, das habe ich schon andere Male gesehen, sind die Bretter einer Bühne infiziert!«

»Und was würde wohl der ›Pater‹ sagen, wenn er mich unter den Komparsen des San Carlo erkennen würde?«

»Um Himmels willen, junger Herr! Wollt Ihr, dass ich entlassen werde?« Er sagte das zwar nur im Scherz, aber es hatte ihm gefallen, mir in dieser Verrücktheit zu helfen. Giustino stand als Freimaurer mit unzähligen anderen Dienstboten und Hauslehrern neapolitanischer Familien in Beziehung, und als enger Freund des Chefs der Claqueure vom Opernhaus San Carlo hatte er mich inkognito hinter die Bühne unseres Opernhauses gebracht, das erste Mal für die *Aida*. Ich war als ägyptischer Krieger verkleidet und marschierte mit dem Heer hinter einer gutmütigen Kuh einher, welche das Unternehmen Laganà dem Publikum als machtvollen Stier vorstellte. So nahm ich meinen Posten hinten am Prospekt ein, während die Trompeten jene anhaltende Note hämmerten, die ich in das Kornett im Giglio zu blasen gelernt hatte.

Unter dem blendenden Licht der Scheinwerfer, die mit Farben und Flitter bedeckt waren, inmitten des musikalischen

Klangs, der ebenfalls jene Erinnerung an die ferne langsame Melodie des Kreuzgangs widerhallen ließ, vor mir der schwarze Riesenkrater des Theatersaals, von dem ein Geruch nach Menschen heraufstieg, der stärker und intensiver war als der, der mich umgab, fühlte ich mich ins Irreale versetzt, ins Übermenschliche, und vollkommen frei, ein beobachtender Geist und selbst ungesehen, ein verborgener Richter und künftiger Befreier.

Onkel Federico war erst vor kurzem gestorben, da kehrte ich, einfach so, ins Theater zurück. Und da waren, in ihrer Loge, auch meine Verwandten, nur Annina nicht. Von den Scheinwerfern geblendet, konnte ich sie zwar nicht sehen, stellte sie mir aber regungslos und stilisiert vor, wie Statuen, ohne Leben. Die Welt hatte sich auf den Kopf gestellt: die Komparsen, die Chorsänger, die Tänzerinnen, diese ganze vom Theaterbazillus angesteckte Masse, die sich rastlos seit Kindertagen abmühte (wie Miriam, die Enkelin von Maestro Arnerio), ihren kleinen Platz zu erobern und ihr bescheidenes Brot zu verdienen – das war die Wahrheit, das andere war die Bühne.

Obwohl ich nicht zum Chor gehörte, sang ich mit so viel Verve mit, dass der Hauptmann meiner ägyptischen Einheit darauf aufmerksam wurde. Giustino musste ihm gut zureden, dass ich nicht entlassen wurde.

Seit der Zeit der bohrenden Neugier, die nur selten durch die Beobachtungen mit dem Fernrohr vom schwebenden Korridor aus befriedigt werden konnten, habe ich mich auf dem Pfad des Begehrens nur sehr langsam fortbewegt und die üblichen Krisen der Jugend durchgemacht, die auftreten, wenn man nicht geführt wird und keine Hilfe erfährt. So, als wollte ich die Last dieser Notwendigkeit mir selbst gegenüber leugnen, die ein weiteres Hindernis in dem ohnehin schon wüsten Durcheinander meiner Lage aufbaute, hatte ich anfangs versucht, das Sinnliche herunterzuspielen und in den Bereich der anderen natürlichen Bedürfnisse abzuschieben, und das mit einem vermeintlich wissenschaftlichen Erfahrungsschatz, den ich aus diversen gerichtsmedizinischen und kriminologischen Büchern gewann, die einmal Großvater Salvati gehört hatten und in denen es an Illustrationen nicht mangelte.

Doch nach dem heimlichen Treffen mit Tilde im Kameliengarten war es mir nicht mehr möglich, mich zurückzuhalten, und noch viel weniger, so zu tun, als sei nichts geschehen. Manchmal kehrte ich in den Garten zurück, in welchem sich die geheimnisvollen Schildkröten weiter versteckt hielten und dann nach Monaten wieder auftauchten. Doch Tilde ließ sich nie wieder sehen. Ich blickte auf ihre Fenster, die im Winter vergittert und im Sommer verlassen waren. Ich luchste in die schattigen Räume, aus denen keinerlei Geräusch drang. Ich rief in meinen Gedanken nicht ihr Bild, sondern ihre harmonische Stimme wach, und auch das kurze Zischen, mit dem sie mich rief, während ich auf allen vieren im trockenen Laub auf sie wartete.

Aus diesen Erinnerungen und aus anderen, noch intensiveren, die ihr gehörten, stiegen undeutliche, wirre Empfindungen auf, gelegentlich verstörende und trübe, andere Male gewissermaßen demütigende. Aus dem Internat war ich ganz und gar unschuldig hervorgegangen. Meine nachfolgenden Erkundungen waren durch eine gewisse Scham gebremst, meine Gewohnheiten waren durch Zurückhaltung und oft auch durch Ekel gehemmt, was sie stark gemäßigt hatte. Auch dabei, mehr noch als bei anderem, litt ich an einem inneren Widerstand, an einer Scheu, die jeden physischen Kontakt mit anderen inakzeptabel machte.

Jede Körperberührung, jeder Griff um die Gliedmaßen des Gegners (das hatte ich bei den Auseinandersetzungen mit den Maurern vor unserer Schule bemerkt) verursachten mir heftigen Widerwillen.

Dieser Vorbehalt nahm Frauen nicht aus. Anninas Streicheleien mochte ich nicht, und die ungeheuer freundlichen, leichten von Cristina ertrug ich so gerade noch. Ich war der Meinung, dass ein Mann genauso vorsichtig sein muss, wenn er sich einer Frau nähert, wie sie es gegenüber dem Mann ist; dass für einen sensiblen Menschen der Kontakt eine Prüfung darstellt, die man nicht besteht, wenn vorher die Wahl nicht sorgfältig abgewogen wurde.

Tilde war die Erste, die diese Ungeduld beherrschen konnte. Sie hatte die Aufgabe übernommen, für mich bestimmte Schleier zu lüften, die ich von mir aus nur schwer zerrissen hätte. Doch nun war sie allzu früh verschwunden, und mir war dieses Problem geblieben, eine Pforte, hinter der kein Weg lag. Ich hatte meine Keuschheit in einer Erfahrung verloren, die keine Fortsetzung fand, und das beunruhigende Ferment, das sie freigesetzt hatte, glomm in der brennenden Einsamkeit der Phantasie weiter. Scham, Drang, Schüchternheit, sie alle quälten mich zugleich. Angesichts der Freundinnen meiner Schwester Cristina, welche die einzigen Mädchen waren, mit denen ich einen gewissen vertrauten Umgang haben konnte, vervielfachten sich meine Komplexe.

Ach, Cristinas Freundinnen! Sie, die so empfindsam und so vorsichtig war, hatte sie mit akribischer Sorgfalt ausgesucht, und sie hatten viel von ihr! Sie waren reinlich, feinfühlend, hatten perfekte Frisuren und trugen perfekte Kleider, auf deren farbliche Komposition sie mit Sorgfalt achteten; sie traten in Wettstreit um Handtaschen, leichte Schuhe, Schleier, Gegenstände jeder Art, für die sie lebten, wie man hätte meinen können! Das wöchentliche Treffen bei Cristina, von dem Männer ausgeschlossen waren (mit Ausnahme von mir, gelegentlich), war ganz ihren »Vertraulichkeiten« gewidmet. Doch ich konnte verstehen, dass man eher über Lappalien redete, über Mode und junge Männer, auch über Personen und Autoren des letzten Buchs, das in aller Munde war, als über richtige Leute. Vielleicht drückte Cristina diesen Zusammenkünften ja den Stempel ihrer eigenen Schüchternheit auf, die bei ihr als Stil getarnt wurde. Sie empfand Abscheu vor jedem, ich würde nicht einmal sagen plumpen Wort, sondern auch vor jedem etwas drastischeren. Ihre ständig wechselnde Stimmung, die schnell von Fröhlichkeit zur Stille übergehen konnte, und das nur wegen eines einfachen Blicks, machte es ihr unbewusst möglich, die Unterhaltung der anderen besser zu kontrollieren als durch irgendeine strenge Äußerung, denn ihre Freundinnen verfolgten in ihrem Gesicht das, was sie bewegte, sie tröstete, sie schmerzte. Und sie schonten sie.

Diese jungen Frauen, die um die zwanzig Jahre alt waren und damit alle älter als ich, mehr oder weniger hübsch (die eine oder andere wohl auch in gewisser Weise unansehnlich), waren alle, ehrlich gesagt, anmutig. In der neapolitanischen Oberschicht findet man kaum Menschen von königlicher Statur. Es gibt ganz wenige Junonen, doch sind Dianen und Venusgestalten nicht selten. Und unter den Freundinnen meiner Schwester gab es einige von ihnen. Doch keine, die mich wirklich faszinierte – nein. Wohl aber lagen viele feuchte, fragende Blicke auf mir, wenn ich schließlich einwilligte und ihnen vorlas. So viele Verhaltensweisen, die versteckt, hinter ihrem eigenen Tonfall, eine Einladung erkennen ließen. Diese Gruppe in ihrer Gesamtheit, die sich so andachtsvoll um Cristina geschart hatte und in ihrer Vollkommenheit der Linien und der Töne so schön war wie eine

Komposition der Renaissance, sandte einen undeutlichen, überaus seligen Duft aus, der mich verwirrte.

Und weil nichts und niemand ihnen allen weniger ähnelte als ich, war es nur Cristinas Vermittlung zu danken, dass wir zusammentreffen konnten. Doch wenn sie aufgrund ihrer Zuneigung für Cristina und weil sie das vielleicht als eine ihrer kleinen Manien betrachteten, sich mir gegenüber benahmen, als würden sie ihr Verhalten, wenn nicht gar ihre Gefühle übernehmen, empfand ich sie meinerseits wie vor mir abgeschirmt, eingeschlossen in dieselbe Zurückhaltung, die sie schützte.

Dass ich aufgrund eines Privilegs zugelassen war, schränkte mich mehr ein, als materielle Schwierigkeiten es getan hätten, so wie das Wort »Ehre« den Gefangenen stärker einengt als seine Fesseln. Dann das klösterliche Signum, das in mir unauslöschlich war! Es gab diesem wohlriechenden jugendlichen Konvent die Aureole der Klausur und dem Schüler des Giglio die Verpflichtungen eines Beichtvaters. Wenn sie mich ansahen, schlug ich die Augen nieder. Auf der Straße versuchte ich, ihnen auszuweichen, wie wenn ich außerhalb des Ortes, an dem wir zusammenkamen, verbergen müsste, dass ich sie kennengelernt hatte.

Zu alldem kam noch eine unangenehme Überzeugung hinzu, in die sich eine herbe Note von nicht zu erklärendem Stolz mischte. In meiner Kindheit war ich körperlich normal, doch in den Entwicklungsjahren, die bei mir sehr lange dauerten, befand ich mich über drei bis vier Jahre in einem empfindlichen Ungleichgewicht, und meine gesamte Physiognomie veränderte sich dermaßen, dass ich mich eindeutig für hässlich hielt – und diese Wahrnehmung hielt ich für etwas Endgültiges. Statt aber zu versuchen, etwas gegen diese unglückliche Situation zu unternehmen, machte ich sie durch ziemliche Vernachlässigung noch schlimmer. Doch die Ausrede, mich mit Rücksicht auf meine Schulkameraden zu tarnen, genügte, um mir eine innerliche Rechtfertigung zu liefern, auch wenn ich das Haus nicht verließ.

Cristina, die Hohepriesterin der Reinlichkeit und der Genauigkeit, war die Einzige, der es gelang, mich vor ihrem privaten Empfang in Ordnung zu bringen, der einzigen familiären Zusammenkunft, die mich nicht langweilte. Sie war so unschuldig stolz, sich neben ihrem Bruder, dem »Schriftsteller«, zu zeigen, dass ihre Treuherzigkeit auch die meine wieder weckte. Ich war nicht wirklich eitel, doch das kleine Maß an Wärme und an Beachtung, die mir von Cristinas Freundinnen zuteilwurde, entwaffnete mich völlig. Die Gedichte, die ich ihnen vorlas, stammten meist von jenen Salon-Dichtern, aus denen Cristinas kleine Bibliothek bestand: *Toi et Moi* von Paul Géraldy, zum Beispiel.

Doch gelegentlich gaben sie zu verstehen, dass ich etwas von mir vorlesen sollte. Ich tat das dann mit einer Mischung aus Zurückhaltung und Vertrauen. Sie bewunderten alles. Wenn ich glaubte, mich zu weit vorgewagt zu haben, und dabei Gefühle erkennen ließ, die geheim bleiben sollten, vernichtete ich, nach meiner Rückkehr ins Zimmer, in wilder Raserei diese inzwischen sinnlos gewordenen Schriften. Was aber die Zuhörerinnen betraf, so vertraute ich auf ihr kurzes Gedächtnis. Und tatsächlich konnte ich feststellen, dass sie schnell vergaßen oder sich so schlecht erinnerten, dass dies dem Vergessen gleichkam. Ich stellte mir nicht einmal die Frage nach ihrer intellektuellen Statur. Das war ein anderes Feld. Sie gehörten zu einem anderen Planeten, und wenigstens für den Augenblick damals war dieser mir so gut wie untersagt.

Statt also die wild schäumende Energie meiner ersten Jugend durch einen wie auch immer gearteten Ausbruch zu entladen, auch wenn dies ein Fehler gewesen wäre, hielt ich sie unter gefährlichem Druck. Wenn Schüchternheit von Stolz begleitet wird, leugnet dieser sie, und so bildet sich ein störrischer, absonderlicher und melancholischer Charakter heraus. Die Tiefe der Empfindungen verbietet es ihnen, sich zu zeigen; die Würde der Seele und des Verstands gestattet keine Vertraulichkeiten; die Gründe und innersten Gedanken ertragen es nicht, wenn sie entfaltet werden. Wer an einem derartigen Temperament leidet, lebt schlecht. So war es sicher auch meinem Onkel Gian Michele gegangen. Doch sosehr ich verstand, dass ich mich schützen und von Neigungen wie den seinen heilen musste, schienen mir viele von ihnen angeboren zu sein. Ich war zwar ein Feind des Stammbaums, gleichwohl war ich auch einer seiner Seitentriebe. Mein Kontakt zu den anderen blieb gehemmt und schwierig.

Die Feder immerhin war nicht untätig, sie schien aufgrund der unerforschlichen Wechselschritte des Lebens, welche die Welt bestimmen, das Einzige zu sein, was die große Unordnung ausgleichen konnte, in der ich meine Tage zubrachte, und das war eine Sicherheit und ein Ziel. Eingetaucht in die tiefe Finsternis meines Zimmers, spürte ich, wie das Haus in den Zeiten des Tanzes erzitterte, während die Woge eines undeutlichen Lärms sich an den Scheiben des Korridors brach, die von Zeit zu Zeit einen kurzen leisen, undefinierbaren Ton aussandten.

Ich schaltete das Licht an, das wie ein magisches Auge nicht die Form der Dinge ausleuchtete, sondern ein ideales Panorama, das sich wie durch ein Wunder in der Nacht der Gedanken aufgetan hatte. Der leidenschaftliche Federhalter bewegte sich kratzend, der beschleunigte Atem der kleinen fernen Orchester, der sich auf die Bässe stützte, verwandelte sich in ein Notenblatt, auf das sein Thema geschrieben werden sollte. Ganz physisch fühlte ich, dass die biegsame, dünne Stahlspitze eine maßlose Kraft besaß, gleich dieser ganzen Welt, die sich, vergessen tanzend, auf der anderen Seite des Korridors befand.

Dort glänzte Elvira, die Faszinierende, die Schöne unter den Schönen unserer Gesellschaft von damals. Weil ich nicht in der Lage war, mich ihr zu nähern, nicht einmal in unserem eigenen Haus, dachte ich mir geheime Briefe an sie aus, die mir, um das Absurde vollkommen zu machen, Bangigkeit und unbekannte Vergnügungen verschafften.

In Wahrheit war diese Empfindung nicht im Entferntesten ein Überschwang der Liebe, sondern eine Übersteigerung der Gedanken, eine völlige Überhitzung des Geistes, denn ich war der Meinung, dass ich der Einzige wäre, der sich in der Lage sah, den Wert und Sinn dieser Schönheit zu erfassen, die alle anderen Schönheiten in sich schloss; dass andere sich zwar im Wirbel eines verzaubernden Walzers wiegten, doch dass sie, obwohl sie sie in ihren Armen hielten, keineswegs in der Lage waren, ihre Bedeutungen zu verstehen.

Dieses Bewusstsein beanspruchte ich einzig für mich. Ich selbst überbrachte den Brief auf denkbar komplizierten Umwegen, damit man nicht erkennen sollte, woher er kam. Durch die Anonymität geschützt, überstieg meine lyrische Hingabe jedes Maß, meine verbale Raserei kannte keine Grenzen. Von Guido Guinizelli bis Alfredo Oriani, dem Autor des *Violino*, mussten sieben Jahrhunderte der Literatur die rasendsten Plünderungen erleiden, einen übersteigerten Ästhetizismus, der sich mit tausend Absonderlichkeiten vermischte, die mir meine ungebremste Phantasie eingab. Darin kamen esoterische Deutungen vor, die ganz sicher unverständlich waren, und rhetorische Einfälle abenteuerlichster Art. Mitunter stieß ich an echte Grenzen der Bravour, denn nach und nach, während das Fest weiterging, belauerte ich vom Rand meines Korridors aus jede Bewegung Elviras und weihte ihr stürmisch meine Niederschrift, die ich danach mit der Maschine abschrieb. Um sieben Uhr morgens, nach schlafloser Nacht, hatte ich meinen diabolischen Brief bereits zugestellt, welcher der ganz sicher noch schlaftrunkenen Elvira zusammen mit dem Frühstück überreicht wurde.

Diese Übung ohne Fortsetzung und ohne Zusammenhang war für mich eine Quelle beständiger Erregung und Phantasien. Elvira musste ganz sicher mich verdächtigen, ja, es schien mir sogar, als gewährte sie mir das eine oder andere Zeichen ihrer Zustimmung, damit ich mich zu erkennen gäbe. Doch das war mir unmöglich, auch wenn ich nicht erwartete, sie, wie auf einem fliegenden Teppich, vor mir diesseits des schwebenden Korridors auftauchen zu sehen, um mir zu sagen: »Ich bin dein!«

Später, sehr viel später schrieb ich ihr und gestand, der Autor dieser Tölpelei zu sein, aber sie antwortete mir nicht. Und noch einmal später hatte ich Ursache anzunehmen, dass meine Verherrlichung und Erhöhung ihrer Person in einen Himmel, der nicht ihrer war, ihr vielleicht eine gefährliche Saat ins Herz gestreut haben könnte, die ihr bittere Früchte beschert hatten. Doch ich dachte, dass dies ein Recht der Dichtung sei und daher der Zustimmung Elviras nicht bedurfte, wenn die Worte aus ihrem Licht tropfen.

Gian Luigi hatte dem Glanz und der Pracht im Haus am Monte di Dio den Vorrang vor einem Ferienaufenthalt eingeräumt. Er beschränkte sich auf nur eine jährliche Reise im Sommer mit Annina und Cristina oder Ferrante, und schien inzwischen überzeugt zu sein, dass ich davon ausgeschlossen werden könnte. Mir blieb die Sonne von Neapel, die nicht der Stadt gehört, wie es die gängige Rhetorik will, sondern ausschließlich ihren Herrschaften, ihren Rebellen und ihren Dichtern.

Neapel in seinem feierlichen, melancholischen Wesen lebt längst nicht im Müßiggang unter der Sonne. Es ist ihr für das eigene Bedürfnis lediglich tributpflichtig und würde ohne ihren hehren Beistand sterben. Die einem tausendjährigen durchlöcherten Schwamm gleichenden uralten Viertel dieser sonderbaren, von Lebenden bewohnten Nekropole kennen die Bläue des Meeres nicht. Die ganz unten Begrabenen in den Schießscharten der Gässchen spüren und riechen nur Feuchtigkeit und Schatten. Doch zu wenigen Gelegenheiten im Jahr tummelt sich das niederste Volk auf den kargen schwarzen Stränden der vesuvianischen Küste und nimmt sein Läuterungsbad, wie die Menschenmengen der Pilger in den schlammigen Gewässern des Ganges. Und die Sonne steigt dann und nur dann über sie hernieder, ätzend, desinfizierend, strahlend und gönnerhaft, wie ein König, der es hinnimmt, das Lazarett zu besuchen, in dem sein Volk leidet.

Die herrlich schönen Marinen von Edoardo Dalbono, die vielzähligen Reflexe eines Wassers, auf dem die Mythen dahinsegeln, gehören nur wenigen Auserwählten. Und den Fremden, die auch die Einzigen sind, die sich im feiertäglichen Tumult von Piedigrotta amüsieren, wo das echte Volk von Neapel, das an seinen rustikalen Tischen sitzt, beim Zuschauen schweigt. Die Sonne von Neapel ist eine stolze erhabene Göttin, die nicht zum menschlichen Erbarmen niedersteigt. Daher ist ihr kein Kult gewidmet, und die berühmteste unserer Kanzonen zog es vor, sie auf das Erscheinungsbild einer verliebten Frau zu reduzieren.

»Giuliano! Los! Wach auf! Sie kommen hoch. Das ist jetzt der richtige Augenblick!«

Der Gefährte dieses Sommers (eine Strandbekanntschaft) war Enrico, blond, hager und sehnig, aus Mailand. Er hatte ein nordisches Gesicht, rau, uneben, in dem die Muskeln stark ausgebildet und deutlich sichtbar waren, wie bei bestimmten Alten oder auch bei Mastinos. Zu zweit hatten wir für einen Monat ein altes Boot gemietet, und mit ihm besuchten wir jeden Morgen den Cenito, der damals ein beliebter Strandabschnitt war. Dort war ich in der Lage, völlig unbeschwert mit anderen Spaß zu haben, denn es war ein einziges Spiel, bei dem es ums Schwimmen, ums Hechten und um andere aquatische Bravourstücke ging, und das war etwas, was ich konnte. Unser Boot war der Schauplatz eines täglichen Überfalls von Korsaren, und so versank es jedes Mal in drei Metern Tiefe. Wenn die anderen gegangen waren und der menschenleere Strand unter der glühenden Sonne des frühen Nachmittags vor Helligkeit blendete, angelten wir uns das Boot, um es wieder ans Ufer zu bringen, es auszuleeren und mit der Kraft unserer Lungen wieder seetüchtig zu machen. Und dann warfen wir, geröstet von der Hundstagshitze, den Anker draußen, und unter einem Zeltfetzen schliefen wir auf den harten Planken wie Schlangen auf Steinen.

Nicht weit von Cenito entfernt konnte man im öffentlichen Strandbad gegen Bezahlung seine kleinen grünen Sichtblenden und seine Grasmatten ausrollen. Nach den Sitten der damaligen Zeit herrschte eine strenge Trennung zwischen dem Abschnitt der Männer und dem der Frauen. Doch der listige Enrico hatte mit einem langen Tauchgang herausgefunden, wie er hinter die Abzäunung der Frauen vordringen konnte, und von seinem sorgfältig ausgewählten Standort aus war er in der Lage, die Treppchen zu überwachen, die von diesem abgeschirmten Meeresabschnitt zu den Kabinen der Frauen führten. Die Nichtsahnenden befreiten sich schon auf der Treppe von ihrem nassen Badekostüm und standen vollkommen nackt da. Und Enrico hatte eine Stelle, von wo aus er sie vom Kinn bis zur Fußspitze ganz beobachten konnte. Aufgrund der Unveränderlichkeit optischer Gesetze hätten sie ihrerseits seine Anwesenheit wahrnehmen können, allerdings nur mit dem Körper und nicht dem Teil, der über die Sehfähigkeit verfügt, nämlich dem Kopf.

Als Enrico sicher war, dass seine Methode funktionierte, nahm er mich mit. Wie zwei Taucher der Kriegsmarine auf Erkundung in feindlicher Bucht begaben wir uns mit langem Atem auf den Weg unterhalb der schützenden Abtrennungen, tauchten im verbotenen Gelände wieder auf und lagerten uns auf unserem Wachposten hin. Die jungen Frauen stiegen herauf, sie entkleideten sich und wrangen ihre Badeanzüge aus. Wie Affenweibchen widmeten sie sich tausend unschuldigen Handlungen, in der Ruhe und Gewissheit, nicht beobachtet zu werden. Auf eine Schöne kamen zehn Hässliche, Unglückselige, Kümmerliche, Magere, Übergewichtige, Alte, Verwelkte. Ihnen allen gegenüber fühlte ich mich gedemütigt und wie ein Strolch, gegenüber den Schönen sicher und tollkühn. Daher legte ich Enrico ans Herz, nur die Anmutigen des Strandes im Auge zu behalten, damit nur sie einer Prüfung unterzogen werden sollten, wohingegen er die anderen auslassen sollte. Manchmal dauerte es einen halben Tag, bevor sich entweder ein atemberaubendes Geheimnis enthüllte oder wir eine Enttäuschung schlucken mussten.

Diese außerordentliche Entdeckung in einer Zeit und in einem Land, in dem die Frau noch weitgehend unsichtbar war, verschaffte mir eine erstaunliche Kenntnis der körperlichen Beschaffenheit der Neapolitanerinnen. Ich unterschied eine gewisse Anzahl von Typen, insbesondere dank der beiden grundlegenden weiblichen Attribute, Busen und Gesäß. Und danach war ich, wenn ich irgendeine Frau beobachtete, auch auf der Straße, fast immer in der Lage zuzuordnen, zu welcher anatomischen Abteilung sie gehörte. Doch Enrico zerstörte sein eigenes Werk, als er, hypnotisiert von einer allzu üppigen Schönheit, seine Sicherheitslinie nicht nur überschritt, um auch noch ihr Gesicht zu sehen, sondern, als sie ihn unverzüglich sah und versteinerte, auch noch versuchte, die Treppe im Überfall zu erobern. Die Schreie, die uns verfolgten, hörten wir noch, als wir den Unterwasserkorridor unterhalb der Schutzabsperrungen zurückschwammen. Wir konnten zwar nicht wirklich identifiziert werden, wurden aber doch verdächtigt. Das Strandbad richtete eine Badeaufsicht ein, überwachte jetzt alle Untiefen, und damit war alles zu Ende.

Am Strand von Cenito hatte ich auch noch ein anderes Erlebnis gehabt, weniger offen zwar, dafür aber tückischer. Eines der Mädchen aus Cristinas Kreis, wenn nicht gar die ihr Liebste, hatte mich zum Nachdenken gebracht. Sie war sehr anmutig und ziemlich aufreizend als Person und hatte mich schon im Haus gebeten, ihr ein nicht unbedingt protokollgerechtes Buch auszuleihen. Von Laclos waren wir auf Guido da Verona gekommen, der damals seinen großen Augenblick erlebte, vielleicht ungerechtfertigt, so wie später sein Vergessen auch nicht gerechtfertigt gewesen sein dürfte. *Mimì Bluette* stellte sich von der ersten Zeile an sehr entschieden gewissen existentiellen Problemen. Mein Fräulein Mariuccia schien diese Lektüre über alle Maßen zu schätzen. Bei den Schlachten rund ums Boot war sie die Besessenste, doch ich, trotz der vorhergehenden Erfahrung mit Tilde Orellis, brauchte eine Weile, bis ich verstand, dass bestimmte schnelle Berührungen zwischen ihr und mir nicht zufällig waren. Sie war flink mit der Hand, lachte viel und war entwaffnend locker.

Doch auch diesmal meldeten sich meine moralistischen Skrupel. Ich fand, sie sei zu stark an Cristina gebunden, und statt an mich zu denken, wünschte ich, dass sie sich von ihr entfernte, was vielleicht aufgrund meines Verhaltens, vielleicht aber durchaus zufällig eintrat. Auch dieses Mal überschritt ich die Schwelle nicht, ohne mir allerdings darüber klar zu werden.

Als die Familie zurückkehrte, als die dunklen Oktoberwolken den Gipfel des Vesuvs in einen melancholischen Mantel hüllten und die Sonne sich weniger um Neapel kümmerte, vielleicht wegen der glückseligen Inseln auf der anderen Seite der Welt, wo ich im Gefolge von Sandokan und dem Schwarzen Korsaren viele Male in meiner Phantasie herumgesegelt war, verstand ich, dass ich eine Entscheidung treffen musste. Nicht weil ich die Lust suchte, sondern um die unerträgliche Spannung meines Selbstgesprächs in meiner Einsamkeit zu mindern.

Der Zufall wollte es, dass ich in der Schule, wo ich die Richtung wechselte, die Gefährten des Vorjahres verlor, die vom Poker, die nicht bösartig gewesen waren. Die anderen nun, die mehr als zahlreichen neuen Klassenkameraden, weckten in mir Erinnerungen an die alten Internatsschüler am Giglio. Fast alle stammten aus bescheidenen Familien, sie waren für Bürolaufbahnen bestimmt, für das Geschäft, für niedere Tätigkeiten. Ein paar waren einfach und tüchtig, doch von so begrenztem Horizont und schon jetzt so sehr auf die Gleisspuren ihres künftigen Lebens festgelegt, dass es mir nicht gelang, auch nur eine nützliche Idee von ihnen aufzufangen. Und die Gewalttätigeren, die Anführer von Angriffen auf die Baugerüste der Maurer, die erklärten Faschisten, die sich im Schwarzhemd präsentierten und auch versuchten, den Rektor einzuschüchtern, die zwar die Revolution machen wollten, aber keine Prüfungen, mit denen hatte ich nichts gemein, so empfand ich es, und zwar wegen ihrer schäbigen Geltungssucht, die sich in Gewalt äußerte, aber keine Stärke war.

Und dann waren da noch die Schlimmsten, die Früchte, die faulen, bevor sie reif sind, wenigstens nach den Maßstäben der Lehrer und deren Benotungen: die Letzten der Klasse, die Schlusslichter, und zwar nicht wegen ihres langsamen Verstandes, sondern wegen ihrer entschlossenen Rebellion, jener Art spöttischer Verweigerung, wie ich sie von Oderisio kannte, nur plebejischer und gröber. Genau wie er missfielen sie mir nicht. Ihre Sprache war unglaublich skurril, ihre Gewohnheiten beleidigend, ihre Verachtung anarchisch, aber sie wirkten durchaus ehrlich. Sie taten nichts und sie wollten nichts, außer sich entziehen und lästern.

Die Gesellschaft von zweien von ihnen, mit den ungewöhnlichen Namen Cocle und Linares, akzeptierte ich, und sie akzeptierten meine auf der Grundlage einer gemeinsamen Aversion gegen das Lernen, was ihrer Einsicht alle Ehre machte. Sie hatten sich in der letzten Bank verschanzt, welche die höchstgelegene war. Von dort aus beherrschten ihre zotteligen Gestalten die unteren Ränge und mischten sich nur in entscheidenden Augenblicken ein, und jedes Mal liefen sie kaltblütig Gefahr, aus der Klasse geworfen zu werden. Währenddessen machten die undisziplinierten anderen Schüler mit eigentümlichen Widerworten gegen die Lehrer Krawall, von denen einer, der Chemielehrer, der im Übrigen ein Techniker der ILVA[3] war, alleine gegen den ganzen Chor ankämpfte und ihn einfach durch die Gewalt seiner Sprache und durch rabelaisschen Sarkasmus bezwang.

Cocle und Linares, die beide im Alter von neunzehn Jahren die Unterprima wiederholten, während ich sie bereits verspätet besuchte, weil ich erst mit achtzehn hineinkam, die beiden waren also die, die ich ganz bewusst ausgewählt hatte, nicht um die Sünde zu überwinden, denn als solche empfand ich es nicht, sondern meine Schwäche, am Leben der anderen teilzuhaben, besonders da, wo es verboten und unanständig war. Ich sann über *Die Versuchungen des heiligen Antonius* nach, die von Flaubert und die von Morelli. Bei dem Ersteren schließt der Heilige die gesamte Geschichte des menschlichen Denkens aus, bis schließlich nur noch Gott übrig bleibt. Bei dem Zweiten ist es allein die Frau, lasziv angerufen von der Trockenheit der Wüste, welche die Obsession des Bösen darstellt.

Ich aber fühlte, dass für mich das Böse ausschließlich diese Wüste war; dass die Versuchung darin bestand, dort zu bleiben; dass Gott nicht die Antinomie zur Welt sein konnte; dass in dieser jeder Wert betrachtet werden musste, um ihn zu verifizieren. Der Abscheu, den ich davor empfand, war so groß, dass diese Versuchungen nach dem Niederen geadelt und gewissermaßen in den Rang eines echten Opfers erhoben wurden. Beides, Anninas Schlichtheit und Gian Luigis Voraussicht, hatte mich nicht in die Schule gedrängt, sondern in die Realität gestoßen. Und von meiner einsamen Burg des schwebenden Korridors stieg ich Tag für Tag hinab, um mich in ihrer Arena dem Kampf zu stellen.

Cocle und Linares führten mich also hinter die für mich unüberwindbaren Hecken ihrer niederen Paradiese. Ihnen waren die vielen Dornen egal, von denen ich mich verwundet fühlte. Geistig keusch wurde ich von ihnen hingeopfert wie ein junges Mädchen. Und ihr großkotziges Hohngelächter, das dem sehr ähnelt, das man in den Kasernen hört, in denen man das Pferd die Peitsche schmecken lässt, zusammen mit dem Reiter, der lernen muss aufzusitzen, ersetzte für mich die süßen Chöre des Hymenaios, die ich bei Catull so glühend auskostete.

Von diesen Unternehmungen kehrte ich erschöpft und aufgewühlt zurück. Die Summe der Empfindungen, denen mich zu stellen ich jedes Mal meine Energien bündeln musste, war zu viel für mich. Das Vergnügen an sich war etwas, das meine Fähigkeiten am wenigsten in Anspruch nahm, die auf eine dunkel-mediale Beobachtung der Umgebung gerichtet waren: der Frauen, in denen ich hartnäckig unwahrscheinliche Gefühle suchte und erwartete; und meiner selbst. Ich hielt der Zügellosigkeit nicht stand, denn ich war nicht in der Lage, sie abgekoppelt von einer erklärenden Deutung zu verstehen, die meine Nerven aufrieb, noch bevor es an die Lenden ging. Tiefer Ekel folgte auf schale Euphorie. Keine Waschung war imstand, mich von dem grauenvollen Geruch des Beischlafs mit bestimmten Frauen zu reinigen. Ihn schleppte ich in aller Heimlichkeit über den Korridor mit, wie ein Verbrecher, der unter seinem Mantel die blutverschmierte Hand versteckt.

Meine Phantasie vergrößerte jedes Detail, bis aus den Geschichten richtige Chimären entstanden. Ich konnte mich nicht auf eine andere Existenz einlassen, ohne zusammenhanglose Phantasmagorien der Liebe herbeizurufen. Ich wusste keine Worte zu finden, ohne mir vorzustellen und zu wünschen, sie wären wahr. Ich sah die Augen anderer, die mich leer und erstaunt anblickten. Ich begann zu glauben, ich hätte schamlose Marotten, während ich doch nur ein naiver Mensch war. Dann entschied ich mich, jeden Verkehr mit diesen Frauen und ihren Kupplern abzubrechen. Um Cocle und Linares zu meiden, ging ich wochenlang nicht zur Schule. Ich vagabundierte durch die Stadt, überwältigt von aufwühlenden Gedanken.

Manchmal floh ich zu Arnerio, in seine Behausung, wo es nach Frittiertem roch. Der Maestro saß auf einer leeren Tomatenkiste und führte auf Bestellung von Ragozzino, der damals in der Galleria ein Geschäft hatte, das von Fremden besucht wurde, ein paar kleine Bilder aus, Ölgemalde auf Holz: Marinen, Pinienwälder, Szenen am Vesuv oder auf den Phlegräischen Feldern. Sie waren sehr hübsch, und er bekam dafür den Gegenwert dessen, was ein Polier an einem Tag verdiente. Um ihn war immer seine Enkelin Miriam, die herumhüpfte wie der Sperling der Lesbia. Ich störte die Arbeit des Maestro nicht, und er unterbrach nicht den Lauf meiner Gedanken, sondern malte weiter und lächelte dabei. Ich betrachtete Miriams sanfte Bewegungen und war verzaubert. Ich war noch keine achtzehn Jahre alt und beweinte bereits die verlorene Reinheit meiner Jugend.

Im Winter 1921 stand Gian Luigis Stern im Zenit. Obwohl er kein offizielles Amt bekleidete, wurde er in vielen die Stadt betreffenden Fragen zu Rate gezogen, sei es auf dem Gebiet der Kunst, sei es zum städtischen Bebauungsplan. Man hielt es für sicher, dass er früher oder später ein Teil dessen werden würde, was man damals als die »Schübe« von Senatoren durch königliche Ernennung bezeichnete. Doch Gian Luigi, wie wir gesehen haben, liebte das Haus Savoyen nicht. Er sympathisierte mit Mussolini (der sich zu der Zeit, wie er selbst sagte, zum republikanischen Glauben bekannte); er war mit der alten Welt der Herren verbunden, oftmals Bourbonen; sein Haus war sein Königreich, und es sah so aus, als könnte es ihm genügen.

Um die Saison zu Ostern abzuschließen und sich für den Rest des Jahres von der Gesellschaft zu verabschieden, ersann er einen Ball, dessen Höhepunkt eine Quadrille nach dem Geschmack des Zweiten Kaiserreichs werden sollte. Kenner wurden befragt. Auf die einfache Quadrille aus fünf Figuren folgte nach einem kurzen Intermezzo die Quadrille der Lanzenreiter von weiteren fünf. Allen zehn waren unterschiedliche Blumen zugeordnet, die von der ersten bis zur letzten Figur farblich und von der Menge her abgestuft waren. Das Finale sollte eine Einheit von wunderbarer Pracht und Vielfarbigkeit bilden.

Gian Luigi widmete sich diesem Werk mit einer mehr als jugendlichen Inbrunst und Freude, die ich schon ein anderes Mal bei ihm erlebt hatte, nämlich als er eigenhändig die Embleme aus Papier für den »Cotillon« ausgeschnitten hatte. Er besprach sich wochenlang mit Polsterern, Blumenbindern, dem Maître des Ballsaals, dem Choreographen. Die Räume wurden ausgemessen, die Plätze nummeriert und mögliche Zwischenfälle in Betracht gezogen; danach wurden die Komponenten für die Tanzfiguren eine nach der anderen ausgewählt, die Paare abgewechselt, die Kombinationen der Damen und der Kavaliere moduliert, und zwar nach deren Sympathien, Vorlieben und Leidenschaften. Ich glaube, er komponierte in seiner Vorstellung eine ideale Symphonie der Formen und auch der Gedanken, sowohl der der anderen als auch seiner eigenen. Wie jener Herzog Vincentio in Shakespeares *Maß für Maß* wurde er mit »nahezu göttlicher Intelligenz« der Schiedsherr des Wundertraums, des Vergnügens, der Lust ebendieser Welt. Alles, was zu diesem herrlichen Versuch beitrug und mit ihm zu tun hatte, wurde von ihm mit der größten Perfektion zusammengeführt.

Das Haus war vom Dach bis zu den Grundfesten von diesen Vorbereitungen in Anspruch genommen und belebt, als meine Mutter mich wieder in meinem Zimmer besuchte. Ich schrieb und hatte sie nicht kommen gehört, ich stand auf, doch sie blieb auf der anderen Seites des Tisches stehen und legte mit niedergeschlagenen Augen ein Päckchen mit Briefen darauf ab. Zwischen diesen hing eines jener glänzenden Bändchen offen heraus, die Cristina so lieb und teuer waren.

»Wenn dein Vater von dieser Sache erfährt«, sagte sie, »ist das sein Tod. Sieh nur, was deine Schwester getan hat!«

In ihren Worten lag etwas leicht Verbittertes. Mir war nicht gleich klar, um was es sich handelte, und sah, dass Annina einerseits zu mir gelaufen kam, wie sie es schon beim letzten Mal gemacht hatte, so als wäre ich jemand, der nicht zur Familie gehörte, auf den aber gleichwohl schwerste Lasten abgeladen werden konnten; andererseits gab sie mir gewissermaßen die Verantwortung für etwas, das Cristina betraf; Cristina aber war mir eine Freundin.

»Der, der ihr diese Briefe geschrieben hat«, fuhr sie fort, »ist ein Lumpenhund von Maler. Weiß Gott, was Cristina ihm geantwortet hat. Wenn wir uns nicht in den Besitz ihrer Antwortbriefe bringen, ist der Name unserer Familie beschmutzt. Aber du wirst in der Lage sein, sie zurückzubekommen!«

Ich versuchte nicht einmal, ihr zu sagen, dass es in unserem Haus auch noch meinen Bruder Ferrante gebe, der sieben Jahre älter sei als ich und folglich ein Mann, und dass der Auftrag, mit dem sie mich betrauen wolle, mir nicht nur schwierig vorkomme, sondern auch gallenbitter sei. Ich las eine halbe Seite dieser Texte: sie war absolut lächerlich, und ich war sofort davon überzeugt, dass es sich nur um Worte handelte. Doch darüber diskutierte ich mit Annina nicht.

»Seid versichert«, antwortete ich, »Cristinas Briefe werde ich zurückbekommen!«

Sie war auf der Stelle aufgeheitert und verließ mich. Ich machte mich an die aufmerksamere Lektüre der inkriminierten Texte. Unser Mann schrieb fürchterlich triviales Zeug, und mir schien es, als hätte er sich des *Segretario Galante* für seine Briefkompositionen bedient. Er war eher ein Meister der Zeichenkunst als einer der Malerei und hatte sich während eines Benefiz-Festes Cristina genähert. Ein paar schmachtende Blicke hatten genügt, ihre chimärische Phantasie zu erregen, und sie hatte, sicher in gutem Glauben, einer Korrespondenz zugestimmt, die ins Sintflutartige angeschwollen war. Anninas dramatische Worte, die ihren

Grund wohl eher im Ausmaß als im Inhalt hatten, kamen mir übertrieben vor. Dennoch widerte mich die anstehende Mission zutiefst an.

Ich hatte Cristina aufmerksam beobachtet, als der apulische Pseudo-Baron ihr den Hof gemacht hatte. Sie reagierte ohne jede wirkliche Kontrolle, weder über sich selbst noch über ihn. Es war fast, als würde sie ihn gar nicht sehen, als würden ihre Augen, während sie ihm antwortete, vielmehr einer inneren Vision folgen. Der Apulier war ein hochgewachsener, knochiger Mensch, mit allzu farbigem Gesicht und pechschwarzem, glänzendem Haar. Er strahlte etwas Dubioses und nicht ganz Reines aus. Er hatte ein starkes, gelbliches Gebiss, das mich an den Zensor Curtis erinnerte. Seine Manieren waren grob, von einem manierierten Anstrich übertüncht. Als man entdeckte, wer er wirklich war, wurde Cristina nachdenklich und sprachlos. Doch ich sah, dass in ihr weder etwas vorgefallen noch abgefallen war. Ihre Sicht blieb unversehrt. Und es fiel ihr leicht, sie auf eine beliebige andere Person zu übertragen. Sie hatte nicht verstanden, dass ihr Baron ein Hochstapler war. Sie hielt sich für einsam und verfolgt und bildete sich ein, eine finstere Verschwörung wäre geschmiedet worden, um ihn ihr zu nehmen. Ihre Gesundheit hatte zu dieser Zeit darunter gelitten.

Es war auch möglich, dass meine Eltern schon seit Jahren gewusst hatten, dass sie nicht völlig normal war, und ihr deshalb besondere Aufmerksamkeit zukommen ließen. Doch wie konnten sie dann nicht merken, was jetzt in ihr vorging? Hatte nicht Dolores auf so tragische Weise ihre Stimme erhoben, um auf die Empfindungen und Gedanken der neuen Seelen inmitten des feudalen Geredes der vorigen Generation hinzuweisen? Wieso hatte dieses Warnzeichen Gian Luigis Aufmerksamkeit nicht wenigstens auf Cristina gelenkt? Ganz zu schweigen von unserer Mutter, die einem bei diesen Freudenbekundungen fast wie ein von einem Fest berauschtes kleines Mädchen vorkam.

Die Vorbereitungen für das bevorstehende Fest in unserem Haus und für die »Blumenquadrille« schritten fort. Ich nahm die Suche nach den Briefen auf und zermarterte mir das Gehirn, um eine Lösung zu finden. Doch wollte das Glück, dass der Zeichenlehrer ein regelmäßiges Einkommen verdiente, ein einziges, und zwar in einer Kunstschule, in der einer der Freunde unseres Hauses Ehrenpräsident war. Ich nahm es also auf mich, die Schule zu besuchen und mich mit dem Präsidenten sehen zu lassen, der auf eine Fördersumme seitens Gian Luigis hoffte. Bei einem zweiten Besuch bot sich mir die Gelegenheit, dem Maler auf einem Treppenabsatz im Bürobereich des Rektors gegenüberzutreten. Wir waren allein.

»Sie wissen, wer ich bin«, zischte ich ihn mit konzentriertem Zorn an, denn in diesem Augenblick war mir danach, ihm an die Gurgel zu springen, weil er meine arme Schwester missbraucht hatte. »Und ich weiß, dass Sie zwei Schritt von hier entfernt wohnen. Ich gebe Ihnen eine Viertelstunde, um mir Cristinas Briefe zurückzubringen. Ich warte an der Türe auf Sie!«

Ich drohte ihm mit nichts, gleichwohl erschrak er. Ohne etwas zu erwidern, stimmte er zu und biss sich auf die Lippen. Kurz darauf kam er mit dem Päckchen Briefe zurück. Mit einem unsagbaren Gefühl der Beschämung erblickte ich sie: das wunderschöne handgeschöpfte Papier, die Siegel mit violettem Siegellack, ihre d'annunzianische Handschrift.

»Lassen Sie sich nicht mehr blicken«, sagte ich mit zusammengepressten Zähnen. Und damit floh ich und fühlte im selben Augenblick, dass mein Mut und meine Energie erschöpft waren. Die nervöse Energie, die sich in mir freigesetzt hatte, war möglicherweise so stark gewesen, dass sie den Willen des Malers gelähmt hatte. Doch wie ein Hypnotiseur, der ein ganzes Theater in seinen Bann geschlagen hatte, spürte ich, dass ich wankte. Ich händigte Annina die Briefe kommentarlos aus. Was Cristina angeht, so sah ich sie die ganze Zeit über lediglich beim Abendessen, und sie vermied es, mich anzusehen.

Bis zum Ball waren es noch zwei Tage, als Annina sich zum dritten Mal auf meiner Seite des Korridors zeigte. Schon erahnte ich andere Schwierigkeiten und wollte ungeduldig reagieren. Doch dann sah ich, dass sie dieses Mal Tränen in den Augen hatte. Cristina war verschwunden und hatte zwei Abschiedszeilen hinterlassen. Mir blieben nur die vier Stunden bis zum Abendessen, um sie zu finden.

Ich verließ das Haus und setzte mich in eine dunkle Ecke der Kirche Santa Maria degli Angioli, hinter eine der Säulen, die die Kuppel tragen. Von dort oben stiegen Sammlung und Frieden herab. Diese feierliche Stimmung umgab alle Dinge, brachte sie zurück zu sich selbst, ließ nichts außen vor, was herumirrte oder verloren war. Auch Cristina war in ihr, mit mir. Sie befand sich an einem Punkt, der von dem luftigen Kreis beherrscht wurde, mit ihm durch einen unsichtbaren Faden verbunden.

Mit geschlossenen Augen konzentrierte ich mich intensiv darauf herauszufinden, wo sich dieser Punkt befand. Ich dachte, ich könnte ihn erspüren: dass die Ahnung der richtigen Richtung, unter dem magnetischen Mantel der Kuppel, sich mir enthüllen würde wie eine Hand, die mich zu sich lockt. Es war absurd, und trotzdem war es so. Wie sonst hätte mich die Erinnerung an einen kleinen Saal so treffen können? Einen, zu dem wir nur selten gingen, um eine Tasse außergewöhnlich guter Schokolade in der Nähe von Santa Chiara a Chiaia zu trinken. Ich gelangte in wenigen Minuten dorthin. Ja, dorthin war Cristina geflohen.

Sie saß melancholisch und in Gedanken versunken in dem leeren kleinen Saal. Bei sich hatte sie nur eine Handtasche aus grauem Gamsleder, in die sie ihre kleinen Juwelen und ihr Erspartes gesteckt hatte, die sie fest zwischen ihren sorgfältig behandschuhten Händen hielt. Nur selten habe ich sie so elegant gesehen. Als sie mich sah, schien sie nicht verwundert zu sein, sagte aber nichts und verharrte lange Zeit, ohne mir zu antworten, nachdem ich sie gebeten hatte, wieder nach Hause zu kommen.

Ich wusste, dass ich ihr gegenüber Gian Luigi nicht erwähnen und sie auch nicht erschrecken durfte, doch ich gab ihr zu verstehen, dass ich alleine und sie meine einzige Freundin war. Nach und nach sah es so aus, als würden sich die eigentümlichen Schatten, die ihre Augen verschleierten, lichten, und ihr Gesicht bekam wieder eine leichte Färbung. Am Ende war sie bewegt: »Wenn ich zurückkomme«, sagte sie, »dann nur deinetwegen!«

Dann wandte sie sich zur Seite, weinte verhalten und drückte ihr besticktes Taschentüchlein in die Augenwinkel, das nach ihrem besonderen Parfüm duftete.

Die von Gian Luigi ersonnene Quadrille erforderte in ihrem ersten Teil zwölf Paare und weitere zwölf im zweiten Teil, in dem auch ich eine Rolle spielen sollte. Bei der Zuweisung meiner Dame hatte mein Vater nur den Nachnamen aufschreiben können. Für diesen Abend begleitete Marchese Lerici eine Contessa Spada in unser Haus, eine Sizilianerin, und deren junge Tochter zu deren erstem Ball. Niemand von uns kannte sie, doch als Gastgeber war ich zur Höflichkeit gegenüber dem Mädchen verpflichtet, auch wenn ich sie für unbedeutend hielt.

Wegen der Episode um Cristina war ich noch recht melancholisch gestimmt und hatte den ganzen ersten Teil des

Empfangs versäumt. Die Nacht war bereits vorgerückt, als ich von dem wirren Lärm, der aus den Sälen herüberdrang, und von den Rhythmen der Musik darauf aufmerksam gemacht wurde, dass die erste Quadrille begonnen hatte. Wie ein Schauspieler, der sich auf seine Rolle vorbereitet, während seine Kollegen schon auf der Bühne sind, begab ich mich langsam auf den Weg über den Korridor. Die Eröffnungsfiguren, der *Pantalon* und *L'été*, waren bereits vorüber. Die Paare führten *La poule* aus, deren Symbolblume das Maiglöckchen war, und dieser Duft traf mich, noch bevor ich ans Ende des Korridors gelangt war. *Convalleria majalis*, hatte ich in meinem Herbarium vom Giglio vermerkt.

An dem Ball, über den man schon im Vorfeld viel gesprochen hatte, nahmen nicht nur die vielen geladenen Gäste teil, sondern auch eine nicht bezifferbare zusätzliche Zahl anderer, die, weil sie in irgendeiner Weise mit uns in Verbindung standen, den Einlass gewissermaßen erzwangen, da es eine offene Unhöflichkeit gewesen wäre, ihnen die Teilnahme zu verwehren. Gian Luigis Pläne wurden dadurch gestört. Wegen der Überzahl der Anwesenden, die sich bis zu dem Bereich ausdehnten, der dem Tanz vorbehalten war, gab es viele unvorhergesehene Probleme. Der Eingang zur Veranda war von den vielen Personen versperrt, die den Tanzenden zuschauten. Und hinter allem, fast schon im Dunkeln, sah ich eine junge Frau, die alleine war und nicht merkte, dass ich mich ihr näherte. Als ich in ihre Nähe kam, zuckte sie zusammen.

Ihr Erschrecken übertrug sich auf mich. Ihr weißes Kleid war von großer Schlichtheit, doch überaus ansehnlich, und gewann in dem Licht, das es nur eben streifte, etwas Irreales, Geheimnisvolles. Sie trug keinen Schmuck, und doch schien es im tiefen Schatten so, als würden ihre Augen funkeln. Selbst ihr Lächeln leuchtete. Die Frisur ihrer schwarzen

Haare wurde nur durch ein Krönchen aus einem Band ganz frühlingshaft betont. Der sizilianische Tonfall war kaum wahrnehmbar, und ließ sie wärmer und fröhlicher wirken, wie ein bisschen Sonne.

Zum eindringlichen Rhythmus der vierundzwanzig Paare des Finales erzitterte das Haus erneut, und die Fensterscheiben erzeugten einen kurzen verwundeten und undefinierbaren Klang. Doch ich dachte nichts mehr. Durch die verborgene Macht, der man keinen Namen zu geben vermag, wusste ich, dass sie, und nicht nur für diesen Abend, meine Dame war, mir zugesprochen, nicht von Gian Luigi, sondern vom Schicksal. Von meinen ersten Jahren an hatte ich an Stimmen geglaubt, an Wunder. Vielleicht vollzog sich ja gerade eines, das alle anderen in sich schloss. Vielleicht war das die Gnade. (Doch wiederhole ich hier nicht ihren Namen. Ich werde sie Nerina nennen.)

Der Eingang zum schwebenden Korridor erhellte sich. Als die erste Quadrille zu Ende war und die Dienstboten den weichen Teppich der heruntergefallenen Blütenblätter auffegten, entfernten sich die Gäste während des Intermezzos in den Garten und zum Buffet. Ich nahm Nerina an die Hand, und sie zögerte nicht, mir zu folgen. In meinem Zimmer war nur eine Lampe auf dem Tisch eingeschaltet und beleuchtete den Stapel mit Blättern. Ohne sich wegen dieser Szenerie überrascht zu zeigen, setzte sie sich fügsam auf meinen üblichen Platz, und schaute mich mit ihren heiteren Augen an, während ich sie betrachtete. Sie war nicht älter als sechzehn. Ihre Vollkommenheit schien mir absolut. In dem kurzen Lichtkegel war sie meine Urvorstellung. Von ihr bewacht, würde ich nie mehr einsam sein, noch würde ich mich je wieder verlieren.

Als wir den großen Ballsaal betraten, der mich blendete, als ich bei der flüchtigen Berührung ihrer Hand das Leben auf sie zueilen fühlte, als ich meinen Blick von ihr abwandte, war es mir, wie wenn ich die Augen schließen würde; als sie, blumenbekränzt, mir zulächelte, da verstand ich Gott, inmitten einer Menschenmenge allein wie Adam im frühen Paradies, und ich fühlte mich eins mit Ihm, weil ich in mir die Vollkommenheit und alle Fähigkeiten spürte.

Bei Anbruch des Tags war alles still. In den verwüsteten Sälen verweilte ich noch, allein. Ich suchte in der leeren Luft die sanften Bewegungen, die sie dort zurückgelassen hatte.

Wäre Gian Luigi zu dieser Stunde vor mir aufgetaucht, hätte ich vor ihm meine Schuldigkeit bekannt und ihn um Vergebung gebeten.

5. Der Büßergürtel

Keine Liebe ist so dornenreich und bringt so unüberwindbare Schwierigkeiten mit sich wie die erste. Der Knabe lebt gewissermaßen auf der Oberfläche des Flusses der Dinge, der ihn fortträgt, ohne dass er sich dem entgegenstellen könnte. Doch in ebendiesem Augenblick ist für ihn alles neu, alles ungeheuer beeindruckend, er genießt es und vergisst auch schon bald seine Schmerzen. Wächst er bereits heran und verliebt sich, wird er zwischen der Stärke der Empfindung, die in ihm übermächtig ist, und der Schwachheit der Mittel, die es ihm nicht ermöglichen, seine Handlungen zu lenken, von grausamsten Angstzuständen erdrückt, und er muss letzten Endes alles alleine ertragen.

Es mag verständlich erscheinen, dass Eltern nichts über den ersten sexuellen Kontakt ihres Sprösslings wissen, denn auch sie hindert eine gewisse natürliche Scham. Doch warum ihm nicht zu Hilfe eilen, wenn es um eine Herzensangelegenheit geht? Eingebunden in den Entwurf für ein Leben, den er nicht ändern kann, in den Unterricht, in den Zeitplan, vor allem aber gefesselt von einer unüberwindbaren Schamhaftigkeit, einer Leidenschaft, deren Geheimnis er verbirgt wie eine Schuld, bleibt ihm nur die Phantasie, die ihn in schwindelerregenden Schüben in chimärische Höhen trägt.

Seine Traumvorstellung wird aufgrund ihrer Intensität zu etwas Mystischem in ihm. Der Verstand, der bis dahin im unendlichen Kreis der Dinge wie ein leichter Schmetterling herumflatterte, konzentriert sich mit einem Mal auf nur einen Punkt, in dem er seine Stütze gefunden zu haben meint, seine Wahrheit, gewissermaßen die Erklärung für alles. Nichts aus seiner gesamten Existenz wird von dieser Begeisterung ausgeschlossen, die weder Grenzen noch Gründe kennt. Nerven, Blut, Gedanken beben fiebrig im selben Rhythmus. Ein Wort lässt sie erschaudern, ein Zeichen bringt sie auf, beschämt sie, begeistert oder peinigt sie. Ein nachsichtiges Lächeln und die Neigung, eine derartige Krise zu unterschätzen, kann oft ein verhängnisvoller Irrtum sein.

Ich war in meine Nachdenklichkeit versunken und brauchte eine Weile, um wieder zu mir zu kommen und zu verstehen, dass diese Erscheinung sich in einer einzigen Stunde mit einer unbesiegbaren Kraft in meinem Herzen festgesetzt hatte. Vielleicht war die Contessa Spada schon nicht mehr in Neapel, und ich verlor Nerina bereits wieder, nachdem ich ihr gerade erst begegnet war. Ich hatte nicht daran gedacht, vorausschauend auch nur die geringste Absprache mit ihr zu treffen und sie zu fragen, wie ich später mit ihr in Verbindung treten könnte. Sie entschwand vor mir wie sie aufgetaucht war. Doch blieb ihr unauslöschlicher Schatten als Wächter über dem schwebenden Korridor zurück, wo ich sie in diesem allerersten Augenblick gesehen hatte, ja mehr noch: sie saß im Lichtkegel der Lampe in meinem Zimmer. Ich konnte nicht mehr fortgehen, ohne mich von ihr zu verabschieden, noch zurückkehren, ohne sie erneut anzutreffen. Stunde um Stunde war sie meine Zeugin und Hüterin.

Daher gestaltete sich von diesem Augenblick an mein Leben völlig neu. Das Selbstgespräch, das meinen Geist beschäftigt hatte, seit sich in ihm der erste Gedanke herausgebildet hatte, verwandelte sich in einen ununterbrochenen Dialog. Das *Solo* ging in ein *Duett* über, mit dem eine Oper sich zu ihrem Höhepunkt emporschwingt und ihr Ende findet. Mein Sinnieren steigerte sich im Ton, stieg auf und fand den Weg einer Melodie von Bellini. Die ganze Welt entfernte sich unter mir, wurde kleiner und verlor an Sinn. Gian Luigi, Annina, ja selbst Cristina lösten sich wie stille Schatten auf, und es kam mir vor, als würden sie mich mit ihren Blicken fragend betrachten, verwundert darüber, dass ich nicht antwortete.

Innerlich zweifelte ich nicht, dass ich Nerina wiederfinden würde. Doch so brennend ich es auch wünschte, fühlte ich kein Drängen in mir, diesen Augenblick beschleunigen zu sollen, denn ich wollte mich vorbereiten. Ich erinnerte mich unversehens an die Kommunion des Heiligen Ludwig, an sein Leben, das sich in die Erwartung aufteilte, sie zu empfangen, und in die Dankbarkeit, sie empfangen zu haben. Jetzt konnte ich das verstehen.

Weil die Contessa Spada von Don Francesco Lerici in unser Haus eingeführt worden war, sah ich in ihm das einzige Verbindungsglied zu der Welt, in der Nerina lebte. Ich versuchte so gut ich konnte, die Aufmerksamkeit des alten Marchese auf mich zu lenken, und er, mit der ihm eigenen Liebenswürdigkeit und seiner souveränen Ungezwungenheit, die ihn erscheinen ließ, als wäre er von allem losgelöst und würde doch an allem teilnehmen, empfing mich in seinem inneren Kreis, indem er mich unter anderem dienstags zu seinen privaten wöchentlichen Essen einlud.

Damals ging der Marchese Lerici auf die achtzig zu, doch dank seiner unverminderten körperlichen Gesundheit und seiner gesitteten Gewohnheiten war er kraftvoll geblieben und sein Kopf klar. In jungen Jahren hatte er für seinen König das letzte Bollwerk von Gaeta verteidigt, bei jener Belagerung, die so ruhmreich für die Besiegten und so armselig für die Sieger ausging, und über die das vierte Italien, das diese Geschichte nicht mit Dreck bewerfen konnte, zumindest einen sorgfältigen Schleier des Vergessens gebreitet hatte. Don Francesco hatte keinen Fuß mehr in das Opernhaus San Carlo gesetzt, seit dort das berühmte Wappen der Bourbonen durch das Kreuz des Hauses Savoyen ersetzt worden war. Er verwaltete in Neapel weiterhin im Auftrag des Conte di Caserta, des mutmaßlichen Thronerben beider Sizilien, die Pensionen, die das Königshaus auch nach sechzig Jahren einigen seiner Angestellten und Getreuen auszahlte.

»Ach, 1860!«, sagte er und kniff sich leicht in sein linkes Ohrläppchen, so als wollte er damit den eigenen Scharfsinn wecken. »Das große Klimakterium des italienischen Südens! Das Klima, das dreitausend Jahre lang hervorragend war, wird plötzlich der Einflüsterer für verweichlichte Sitten und lässt die Hauptstadt vom dritten Platz in Europa fast auf den letzten abstürzen. Dagegen tritt in den Tälern von Aosta ganz ohne Klimaveränderung an die Stelle des Rübchenanbaus die Blüte so gewaltiger Gehirne, dass man sich dort sogar den Fiat ausdenken kann! Doch wir bescheiden uns gerne mit den kleinen Gäulen vom Montevergine!«

Don Francescos Paradoxa brachten die Gäste zum Grinsen. Seine Anspielungen waren oft jedoch derart eigenwillig, dass sie mir entgingen. Der Marchese wohnte an der Riviera di Chiaia im großen Palazzo der Familie. Allerdings hatte er die Beletage aufgegeben, um sich in die nicht so große Dachgeschosswohnung zurückzuziehen. Er verfügte immer noch über ein gewisses Vermögen, um das er sich, weil er keine direkten Erben hatte, wenig kümmerte. Jedenfalls fehlte am Ende seiner Tafel neben dem Arzt niemals sein Rechtsanwalt. Die anderen Gäste waren der Conte Lerici, sein Cousin, ein Mann von außergewöhnlicher Gelehrsamkeit und *magna pars* der Gesellschaft für Vaterländische Geschichte. Ein paar entfernte Neffen, der eine oder andere Durchreisende, Herren aus anderen Städten und zwei oder drei eingefleischte

Bourbonenanhänger aus unserer eigenen. Doch niemals ein weibliches Wesen, schlimmer als auf dem Berg Athos. Und ich, immer der Jüngste.

Der üppig gedeckte Tisch präsentierte fast ausschließlich lokale Gerichte: schwelgerische Ragouts, außerordentlich feine Suppen, Hülsenfrüchte, Gemüse und Früchtekompotts jeglicher Art, sowie, je nach Jahreszeit, den berühmten Wein von Cirella, einem Weinberg in Don Francescos Besitz, und zum Schluss das echte Sorbet von Neapel, hergestellt mit dem Schnee der Berge von Avellino.

Die Konversation ging in unterschiedliche Richtungen, so wie auch die Launen und die Eigenheiten der Personen unterschiedlich waren, die daran teilnahmen. Doch im Allgemeinen herrschte der Ton einer subtilen und unterschwelligen Ironie, wenn es um Neues ging. Lerici war in mancher Hinsicht etwas voltairisch, doch andere Male übertraf er Gian Luigi bei weitem. Niemand, auch keiner seiner intimsten Freunde, war jemals in seine persönlichen Gemächer vorgedrungen, zu denen nur sein Kammerdiener Gaetanino Zugang hatte, ein offensichtlich stummer Alter, der ihn seit einem halben Jahrhundert bediente.

Dieser Mann bediente auch bei Tisch nur den Marchese, wie zu Zeiten der Paolina Bonaparte in Rom, wo der Principe Borghese den Dienst seiner beiden Mohren nur für sich reserviert hatte. Anders als es sonst üblich war, fand das Essen am Tag statt, so gegen zwei Uhr am Nachmittag, und zog sich bis vier Uhr hin. Im Winter fielen um diese Zeit die Strahlen der schon tief stehenden Sonne auf den Tisch. Alles war anheimelnd und würdevoll, und mir war, als könnte ich das Zeichen einer noblen Absicht erkennen.

Don Francesco verfügte über keine Hinweise auf das Motiv, das vermuten ließ, weshalb ich seine Nähe suchte, und ich gab mich außerordentlich vorsichtig bei meinen

Fragen, bereit, immer noch eine weitere Woche zu warten, um irgendein einfaches Indiz zu erhaschen, nur um keine direkten Fragen stellen zu müssen. Vielleicht gelang es mir auf diese Weise, seinem scharfsinnigen Verstand auszuweichen. Aber vielleicht war er wesentlich subtiler als ich und verstand, ohne dass mir dies bewusst war. Nach annähernd drei Monaten der Beharrlichkeit erfuhr ich, dass Nerina wieder in Neapel war, als Gast bei gemeinsamen Freunden in einer Villa nahe Miseno.

Als ich sie an diesem einsam gelegenen Strand wiedersehen konnte, vor welchem der blaue Streifen des Meeres sich im Licht auflöste, begriff ich in einem einzigen Augenblick alle unsere Dichter. Als Erbe dieses glorreichen Geschlechts, verwandt im Empfinden und mit der Vielzahl der Stimmen vertraut, erkannte ich Beatrice, Laura, Fiammetta, Eleonora, versammelt in einer einzigen Gestalt: Synthese und Summe all dessen, was der Mensch in der Lage ist, im Absoluten zu erfühlen, doch in mir war es wie in einer ursprünglichen Unschuld des Herzens erneuert.

Wir sprachen wenig und waren zufrieden, zusammen zu sein, auf dem Sand zu sitzen und den Saum des Lichts auf dem Meer zu betrachten. Am Strand befand sich nur eine bejahrte Gouvernante, selten der eine oder andere Badende, der mit einem Boot an dieser für die herrschaftliche Villa reservierten Stelle an Land kam. Und auch von dieser kam nur selten jemand zum Lido herunter. Auf diese Weise störte beinahe einen ganzen Sommer lang nichts die Stille einer Bewunderung, die keiner Bitten und keiner Zustimmung bedurfte. Wir gingen hinaus und schwammen im Meer, das glatt war wie ein stiller See, hin zum Licht, das uns verwundete. Wir hielten inne und blickten zum Uferrand zurück, der strahlend hell war unter der Sonne, klar und still und für mich wie verzaubert. Wir kehrten um, hingegeben an dieses magische Gewässer. Wir waren allein. Und ich fühlte, wie meine Seele in der Brust zerfloss.

Ich habe nie erfahren, ob und in welcher Weise die Contessa Spada diesen vertrauten Umgang kommentierte. Sicher war aber, dass sie ihn nicht untersagte. Und der Marchese Lerici ließ nicht erkennen, dass er ihn bemerkte, und kam auch hinterher nicht darauf zu sprechen. Es war eine eigentümliche Mauer des Schweigens, die mir mitunter ein beängstigendes Gefühl verursachte, wie ich es sehr viel später auf sehr viel härtere Weise erleben sollte. Doch diese Monate waren ganz mir geschenkt worden.

Mit keinem einzigen Wort offenbarte ich ihr mein Inneres, noch tat sie es mir gegenüber. Doch wir waren für das Leben versprochen und vereint. Bis wir eines Tages, es war der letzte, wie immer gemeinsam zum Meer gingen. Auf dem Rückweg legte sie mir ihre Hand auf die Schulter, und ich, ohne mich ihr zuzuwenden, legte meine Wange darauf. Wenn ich mich jetzt an mich selbst damals erinnere, erblicke ich ihn, den schutzlosen Jungen, mit dem Kopf so geneigt, bei einer Handlung, die mir heute, in diesem Augenblick, sehnsüchtiges Verlangen und Schmerzen hervorruft; dann, dass sich die durchsichtig schimmernde Hand, die mich damals hielt, zurückzog, so dass ich sie nicht mehr sah und hinter mir, anstelle des weltumstrahlenden Lichts, nur Schatten.

Gian Luigi hatte einen großen Teil jenes Sommers in Wien verbracht. Das von der Inflation gebeutelte Österreich war für ihn eine unerschöpfliche Goldgrube für Ankäufe, vor allem für Porzellan. Zusammen mit den Eltern war endlich auch Checchina nach Hause zurückgekehrt, die sie in Florenz abgeholt hatten, nach sieben Jahren in einem Klosterinternat, während derer sie sich in eine blühende, etwas besserwisserische junge Frau verwandelt hatte, die ich fast nicht wiedererkannte.

Über das Entzücken am toskanischen Tonfall hat Henri Beyle in den Anmerkungen über seine Reise in Italien wirklichkeitsgetreu geschrieben, und zwar da, wo er das Wort *cocomero*, Wassermelone, behandelt, wie die Florentiner es aussprechen, die *hohomero* sagen. Dieses vulgär angehauchte *H*, wie Gian Luigi das nannte, und die lächerlichen Diminutive, mit denen Checchina jeden Satz ausschmückte, hielten sie eine ganze Zeit lang von mir fern, bis sie schließlich unsere Aussprache wiedergefunden und ich mich an ihr neues Wesen gewöhnt hatte.

Der folgende Winter 1922 war für mich der letzte meiner Gymnasialzeit. Cocle und Linares hatten ein zweites Mal die Prüfungen nicht bestanden und beschlossen, die Schule zu verlassen. Sie waren im Grau der Stadt verschwunden, in der ihr Trotz, das fühlte ich, ein Sediment bildete, das Negation und Freiheit ausdistillierte. Doch ihre Welt schien mir jetzt im neunten und letzten Höllenkreis begraben zu sein.

Nerina war nach Sizilien zurückgekehrt und schrieb mir nicht, und auch ich konnte ihr nicht schreiben. Die benediktinische Arbeitsregel war das Einzige, was mich aufrecht hielt. Die Nächte vergingen, ohne dass ich die Lampe ausgemacht hätte, in deren Licht sie verweilt hatte.

Zum Glück für mich kehrte genau in diesem Augenblick, nach langer Abwesenheit von Neapel, mein Onkel Gedeone zurück.

Der politische Kampf in Italien hatte sich in diesen Monaten zwar verhärtet, behielt aber in Neapel einen Ton von Puppentheater und oft auch von Bauernspektakel bei. Zu den Squadristen von den faschistischen Sturmabteilungen in ihren Schwarzhemden gesellten sich mitunter die monarchistischen Nationalisten in ihren Blauhemden, manchmal stellten sie sich ihnen aber auch entgegen. Zwischen den beiden Lagern herrschte böses Blut, und sie ließen Dampf in Worten ab oder auch in dreisten, übermütigen Aktionen. Wenn die Abteilungen der einen oder der anderen sich bei einer patriotischen Feier begegneten, dann antwortete auf das machtvolle *Eja eja alalà* der Faschisten der dreifach wiederholte Ruf *Der König! Der König! Der König!* der anderen – allerdings in einem so dumpfen Ton, dass er die Konkurrenten zur Parodie herausforderte, die unverzüglich ein ›Der Bär!‹ zurückschallen ließen, und das mit unübersetzbarem neapolitanischem Spott. Daraufhin stellten sich die Anführer der beiden Lager einander gegenüber auf: Proteste, Drohungen, ironische Entschuldigungen. Und, entsprechend unseren bewährten Regeln, weiter nichts.

Wenn ich zu den Onkeln ging, blieb ich manchmal auf der Piazza Santa Maria degli Angioli stehen, um mir dieses kuriose Spektakel anzusehen: auf Momente bühnenwirksamer Begeisterung, auf asketische Worte eines Glaubens der alle Augenblicke mit Fahnenschwenken bekräftigt wurde, folgten ausgesprochene Harlekinaden, die jedem Mystizismus widersprachen. D'Annunzio hatte sich nicht nur die gräzisierenden Rufe ausgedacht, sondern auch die *Gespräche mit der Menge*, denen Mussolini während des gesamten *Jahrzwanzigs* folgte und die Weihen gab. Doch die römischen Posen bei den wenigen Revoluzzern brachten einen eher zum Lachen.

Gian Luigis Sympathien für den Faschismus hatten allerdings zugenommen. Über meinen Bruder Ferrante, der Beziehungen zu einigen Unterstützern der Bewegung hatte, half er ihr aus Gründen, die nur er kannte. Demgegenüber war meine Gleichgültigkeit in politischen Fragen derart tiefgreifend, dass ich gelegentlich Gewissensbisse bekam. Doch wenn mich auch jede Form des Nachdenkens dazu brachte, mich für einen so schwerwiegenden Agnostizismus zu verurteilen, so verstand ich zugleich, dass ich ihn nicht mit einem schlichten Vorsatz hätte überwinden können. Ich war an den Gesellschaftsvertrag gebunden, mit Klauseln, die andere in meinem Namen unterschrieben hatten. Im Grunde war die Zeit, von mir aus diesen Pakt zu überprüfen, noch nicht gekommen.

Mit Onkel Gedeone hatten wir wesentlich näherliegende Probleme durchzugehen. Die wirtschaftliche Katastrophe, die unweigerlich auf unsere immensen Ausgaben folgen musste, war zwar noch nicht offenkundig, sollte aber bald schon zutage treten.

»Abgesehen von diesem apulischen Abenteurer«, sagte mein Onkel, »hat keiner ernsthaft an Cristina gedacht, und niemand wird daran denken, Checchina zur Gattin zu nehmen. Zwei so wohl erzogene Mädchen wie sie müssen in das Haus eines Fürsten kommen oder selbst eine fürstliche Mitgift mitbringen. Was hat man in dieser Hinsicht vorgesehen?«

Es gefiel mir, dass Onkel Gedeone sich unserer Situation annahm und dabei nicht mit finanziellen Aspekten begann, sondern mit dem Lebensproblem, das sich für die Schwestern stellte. Der Tod von Dolores hatte ihm schweres Leid verursacht. Ich vertraute mich in keiner Weise dem Onkel an, doch verstand er viel über mich.

»Dein Vater engagiert sich in großzügigen Schlachten, aber die sind von Anfang an verloren. Seine Vorschläge für den Bebauungsplan sind genial, sie berücksichtigen aber nicht die Interessen der anderen, und er wird von keiner effizienten Camarilla unterstützt. Und Gian Luigi will die Verwaltung übergehen. Das ist doch, als würde man ein Kissen mit Boxschlägen traktieren!«

Das stimmte. Die Beamten allgemein, in welcher Eigenschaft und in welchem Rang auch immer, waren Gian Luigi gegenüber feindlich eingestellt, es wirkte fast, als würden sie in ihm ihren natürlichen Gegner erkennen. Sie mussten vor seiner Bekanntheit und vor seiner persönlichen Faszination zurückweichen. Doch sobald er einen Minister überzeugt hatte und von einem Generaldirektor bis zur Türe begleitet worden war, sah er, dass seine Pläne vergessen wurden und seine Initiativen versandeten. Er reagierte harsch, auch mittels der Presse. Die Antworten waren vorsichtig, akademisch, halb offiziell. Seine Gegner bekämpften ihn mit Verzögerungen und Rückbuchungen – Waffen, die seine Geduld zermürbten. Auf ihn passte das Wort Macchiavellis: »Ein guter Fürst soll beides sein, Löwe und Fuchs, denn der Löwe kennt keinen Schutz vor Fallen, und der Fuchs kennt keinen Schutz vor Wölfen.« Er schützte sich nicht vor Fallen, und die im Hinterhalt fingen an, ihn zu fesseln.

Onkel Gedeone dagegen hatte im Lauf seines duldsamen, bescheidenen Lebens beständig einen angemessenen und gesicherten Wohlstand aufgebaut. Sicher, er war nicht mehr als ein Beamter, doch seine Ernennung zum Chef der Staatlichen Advokatur in Neapel war nicht fern, und das eröffnete ihm den Zugang zu den hohen Rängen der Bürokratie, und das bedeutete Macht. Vielleicht waren seine persönlichen Erfahrungen mit Fakten nicht groß, doch im Lauf seiner dreißigjährigen Arbeit waren ihm die Gegebenheiten und Vermögensverhältnisse ganzer Provinzen unter die Augen gekommen. Sein Urteil über unsere Angelegenheiten war sicher und begründet, und das hatte er schon vor langer Zeit zum Ausdruck gebracht.

Für Gian Luigi dagegen war Gedeone immer der jüngere Bruder, von ihm versorgt und auch beim Studium gefördert, in schwierigen Zeiten der Familie, weshalb Gedeone ihm seiner Meinung nach zu grenzenlosem Respekt verpflichtet war. Es zählte nur wenig, dass dieser jüngere Bruder jetzt eine wichtige Stellung innehatte und im Grunde mehr Macht besaß als Gian Luigi selbst und dass er vor allem vollkommen vernünftige Dinge sagte. Gian Luigi erkannte in diesen kritischen Darlegungen nicht den Versuch, Hilfe zu leisten, sondern Unverständnis und Undankbarkeit. Doch hatte er damit Unrecht?

Er galt als jemand, der leidgeprüft und schwierig war, hatte unendliche Widerwärtigkeiten überwunden, hatte jahrelang in einer Umgebung ohne jede Schönheit gelebt. Und jetzt, da er in die Welt zurückgekehrt war, die er wirklich als die seine empfand, kam ihm der alte Schauplatz seiner Kämpfe unangenehm und schmucklos vor. Andererseits war er nicht mehr jung. Er hatte unvorstellbare Energiereserven verbraucht, und es fehlte ihm sowohl an Kraft, sich noch einmal den gleichen Mühen wie früher auszusetzen, als auch auf seinem Weg umzukehren, was bedeutet hätte, dass er seine Lebensweise wieder einschränken, dass er von der privilegierten Stellung, die er in den Augen der Stadt innehatte, wieder hinuntersteigen und zu Gewohnheiten und Enge zurückkehren musste, die er gehofft hatte, überwunden und vergessen zu haben, und zwar für immer.

Es war wirklich sonderbar, sich das fraglos bedeutende Werk dieses Mannes vor Augen zu halten, der im Begriff stand, sich selbst zu zerstören – und ebenso die unerklärliche Vorhersehbarkeit, mit der er sich zielgerade auf eine eindeutig leidvolle Zukunft zubewegte. Es war leicht zu berechnen, dass unsere festen Einnahmen nicht einmal ein Drittel der Ausgaben deckten und dass, nachdem die Einkünfte aus Arbeit wegfielen, die restlichen zwei Drittel nur aus Verkäufen oder Schulden aufgebracht werden konnten.

Gian Luigi verringerte seine Ausgaben um keinen Cent. Von den einstmals zahlreichen Bauplätzen waren inzwischen einige geschlossen, andere arbeiteten nur wenig, noch andere schlecht und einige mit Verlust. Er liquidierte einen nach dem anderen, und er war bereits Schuldner ansehnlicher Beträge, unter die er seine Unterschrift gesetzt hatte. Er stand unter dem mal unheilverheißenden, mal ruhmvollen Schatten des Stammbaums. Die Exaltiertheit der Sanseveros, die in zwei glanzvollen Jahrhunderten die Erbschaften und Vermächtnisse von achthundert Jahren aufgebraucht hatten. Das Opfer, das Gian Luigi seinen Laren bot, war dies: er wollte gewissermaßen selbst die eigene Bestattung vorwegnehmen und den Scheiterhaufen, auf dem mit ihm alles verbrennen sollte, was er geschaffen hatte und gewesen war, selbst anzünden.

Diese Dinge hatte ich zum Teil durchdrungen, doch Onkel Gedeone lehnte sich dagegen auf. Er begriff, wie sehr wir leiden würden, sobald dieses anachronistische Drama seinen Lauf nähme. In alten Zeiten konnte man dies bei der Schnelligkeit und Einfachheit der Rhythmen und der am Schluss stattfindenden Katharsis noch nachvollziehen. Heutzutage aber bedeutete es Mittelmäßigkeit, böses Gerede und Misskredit. In seinem Gefolge zog es Geldverleiher und Gerichtsdiener nach sich. Onkel Gedeone, der sich seiner Sache gewiss war und von seiner Liebe zu uns getrieben wurde, überwand seine natürliche Scheu. Seine Auseinandersetzungen mit Gian Luigi waren hart und qualvoll. Danach zog er sich von uns zurück und tauchte nicht mehr auf.

Doch ich suchte ihn nicht nur in der Advokatur auf oder im fünften Stockwerk des Palazzos vom Heiligen Geiste, sondern blieb oft abends so lange bei ihm, dass ich bei ihm in dem Zimmer schlief, das einmal Onkel Gian Michele gehört hatte. Immer öfter und entsprechend einer stillschweigenden Übereinkunft benutzte ich das Zimmer auch tagsüber, während Onkel Gedeone im Büro und Tante Francesca in der Kirche war.

Es war bereits Frühling. Seit sieben Monaten war Nerina verschwunden, und das Schweigen, das ich als beängstigend empfand, wurde unerträglich. Mitunter hatte ich nicht den Mut, die Schwelle zum Korridor zu übertreten. Ich verließ mein Zimmer durch die kleine Türe, die in den Saal mit dem Gipsheiligen führte. Ich drückte seine Hände und flehte ihn an. Am liebsten hätte ich ihn mit einem Hammer zertrümmert, nur damit er mich erhörte oder damit ich einsah, dass er nur ein Haufen Ton war, ohne Seele, unfähig mir zu helfen. Dann kehrte ich in tiefer Nacht an die Stelle zurück, wo ich sie zuerst gesehen hatte. Ich lehnte mich da an, wo sie sich angelehnt hatte. Eingetaucht ins Dunkel, hielt ich mich eng in ihren Armen. Dieser Schmerz war unerträglich. Mein Stolz verflüssigte sich darunter wie Wachs. Ich wäre über glühende Kohle gelaufen, um zu ihr zu gelangen. Der Wunsch zu sterben war ebenso groß wie der, sie wiederzusehen. Doch wusste ich nicht, dass ich überhaupt erst am Anfang dieser dornenreichen Straße stand.

Unverdrossen besuchte ich das wöchentliche Essen bei Marchese Lerici, und damit ich nur ja das Anrecht darauf nicht verlor, beteiligte ich mich an der bissigen Konversation. War der Conte, sein Cousin, ein gelehrter Philosoph, und waren seine Enkel fast alle erklärte Epikureer, so fehlte es dem Arzt und dem Geschäftsmann keineswegs an Ätzsalzen. Sie gehörten zu einer mit Literatur und menschlichen Erfahrungen gesättigten Bourgeoisie, die eine der mächtigsten Kräfte des Südens darstellt.

In Neapel kennt man gewisse Abstufungen der Wertschätzung für die Provinzler: Apulier, Kalabrier und Lukaner. Menschen aus Salerno, Avellino und Benevent, traditionsreichen Städten, erfreuen sich hohen Ansehens. Und diese beiden stammten aus Avellino. Ehrerbietig zwar, aber selbstsicher. Sie boten durchaus Paroli, ohne die Fassung gegenüber den anderen zu verlieren, denen es Freude machte, sie mit Sticheleien zu reizen. Oft fanden sie in Don Francesco einen Verbündeten, und ich bewunderte sie. Doch meine Aufmerksamkeit war immer wieder auf jedes kleinste Wort von ihm gerichtet.

Bei Tisch würzte er seine Sentenzen weiterhin mit Pfeffer. Mit der größten Unbefangenheit sprach er über jedes Thema, auch das anstößigste und gefährlichste, ohne dass er jemals im Geringsten mit seiner Meinung hinter dem Berg hielt. Doch was seine Innenwelt anging und seine ganz persönlichen Gefühle, so wurden sie alle ausgeschlossen, ähnlich wie das bei seinen Privatgemächern war. Ich wusste, dass seine Freundschaft mit der Contessa Spada alt und tief war, dass er sie während des bewussten Sommers in Miseno oftmals besucht hatte, viele Stunden lang, allein, auch dass er ganz sicher Briefe von ihr empfing. Und doch kam der Name dieser Familie niemals aus seinem Mund.

Langsam jedoch, sehr langsam erreichte der eine oder andere schwache Lichtschimmer auch mich. Lerici hatte ein besonderes Vertrauen zu meinem Vater, denn er sah in ihm einen Gleichen, und er musste ihn in ein Geheimnis eingeweiht haben, das, wegen eines Wortes von ihm, auch Annina kannte. Als ich das begriff, war es für mich nicht schwer, meine Mutter zum Reden zu bringen, wobei sie sich über die Bedeutung ihrer Äußerungen nicht im Klaren war. Wenigstens glaubte ich das damals. Doch vielleicht wussten Lerici und Gian Luigi das, und ihr Schweigen mir gegenüber hatte einen dunklen Grund.

Auch die Geschichte der Spadas, die ich angefangen hatte zu rekonstruieren, ohne jemals Nerina darüber zu befragen, war dunkel, und sie selbst schien darüber teilweise in Unkenntnis zu sein, oder sie hatte aus dem klaren Himmel ihrer Gedanken diesen Schatten weggewischt, in dem Bewusstsein, dass die kurze Zeit, die sie mit mir verbrachte, flüchtig war und nicht gestört werden sollte.

Die Contessa Spada, eine Palermitanerin, hatte sehr jung geheiratet und war schon bald Witwe mit zwei kleinen Kindern geworden: mit dem Erstgeborenen, Ascanio, Erbe des Titels und des größten Teils des immensen Vermögens; und Nerina, die einige Jahre jünger war als er. Von Anfang an, so fand ich heraus, war Ascanio krank, ich wusste aber nicht, an welcher Krankheit er litt. Doch als Annina einmal »Schwindsucht« erwähnte, blieb mein Herz einen Augenblick lang stehen. Die Spadas besaßen ausgedehnte Ländereien, teilweise in abgelegenen Gegenden Siziliens, zur Hochebene von Mazzarino hin; und sie residierten teils dort, teils in Palermo oder in einer Villa am Fuß des San Giuliano, oberhalb der Küste von Trapani. Doch Contessa Spada hielt Nerina von ihrem kranken Bruder nicht fern. Warum?

Meine Teilnahme an den Essen bei Lerici verwandelte sich von da an in eine sonderbare Form von Folterqual, denn ich musste mich der dort herrschenden bedenkenlosen Fröhlichkeit, der beißenden Ironie, der glühenden Skepsis anpassen und in mir Liebe und Schmerz verschließen. Vor dem Sommer kehrte Contessa Spada in die Villa von Miseno zurück und blieb einen Monat dort, allerdings ohne Nerina. Unaussprechliche Empfindungen erschütterten mich, nachdem Don Francesco den Nachmittag fröhlich beim Essen mit uns verbracht und sich mit einer letzten, geistreichen Bemerkung verabschiedete, und ich wusste, dass er sich nun dorthin begab, wo auch er möglicherweise Wahrheit und Schatten vorfand.

Ich betrachtete diesen alten Herrn, ein unübertreffliches Vorbild an Stil noch in der kleinsten seiner Handlungen, und fragte mich, welche unbekannte Stärke es ihm gestattete, sein äußerliches Leben auf diesem Niveau hinter einem derart undurchdringlichen Schutzwall zu führen und gleichzeitig sein geheimes Leben ganz sicher in einer unzugänglichen

Tiefe zu verbergen. Hier lag der Grund für sein Vertrauen zu Gian Luigi, dem Einzigen, den er als ihm ebenbürtig betrachtete, so wie Contessa Spada ihnen gleich war, diese unsichtbare, unnahbare Frau, die Nerinas und mein Schicksal in ihren Händen hielt.

Ich hatte sie nur einmal gesehen, an jenem bewussten Abend beim Ball. Ihr Blick hatte auf mir geruht und eine Zeit lang verweilt, so als würde sie mich in Gedanken mit einem anderen Bild vergleichen oder vielleicht mit einem anderen Gedanken. Aber es lag kein Urteil in dem förmlichen Lächeln, mit dem sie mich verabschiedet hatte. Genau wie Lerici hütete sie eine verborgene Welt. Ich wusste von Annina, dass die Contessa die Krankheit, die ihren Erstgeborenen aushöhlte, mit einer unbeugsamen Zähigkeit und Willenskraft bekämpfte und gleichzeitig Nerina in ständigem Kontakt zu ihm hielt, womit sie sie einem tödlichen Risiko aussetzte, sie, die in der Blüte ihrer Jugend stand, wo es so leicht ist, die zarte Konstitution zu beschädigen und mit der Krankheit anzustecken.

Dieses Familiendrama dauerte bereits viele Monate. Vielleicht hatte es schon begonnen, als ich Nerina kennenlernte; vielleicht wusste sie bereits in jenem heiteren Sommer, dass sie sich von mir trennen musste, und schwieg deshalb, obwohl sie mich ganz sicher nicht vergessen hatte. Und Lerici hatte mich, ohne viel Gerede, durch das Beispiel seiner ungebrochenen Stärke gestützt, während seine ganze Welt durcheinandergeraten war, und durch sein stoisches und unbesiegtes Überleben mit achtzig Jahren.

Diese Wahrheiten und jene Wirklichkeit enthüllten sich mir nach und nach, und gleichzeitig erkannte ich, dass ich machtlos war, gegen sie anzukämpfen, dass ich nicht in der Lage war, mich einzumischen, obwohl das alles unmenschlich und grausam erscheinen konnte. Unverständlich war für mich diese Mutter, unverständlich ein Mann wie Lerici, der sozusagen mit ansah, wie sich geradezu vor seinen Augen die langsame Ermordung eines Lebens vollzog, und der sich nicht rührte, um das zu verhindern. Unverständlich auch Gian Luigi, der in seinem Inneren die geheimnisvollen Gedanken und die ebenso geheimnisvollen Gründe der beiden hörte und hinnahm, die ihm alles zu erklären und ihm zu genügen schienen.

Diese drei waren, jeder auf seine Weise, die absoluten Herrscher ihres geheimen Ichs und ihres Willens und gestanden den anderen beiden das gleiche Recht zu. Sie betrachteten einander als Gipfel menschlicher Selbstkontrolle, von denen jeder Jahrhunderte der Vervollkommnung und Erfahrung in sich vereinigte. Sie urteilten auf der Höhe eines Maßstabs, der über dem der Moral, des Brauchs und der Gesetze stand. Ihre Handlungsweisen waren möglicherweise das Ergebnis einer tausendjährigen Meditation. Die Waagschalen ihrer Gerechtigkeit hielten sich zwischen unbekannten Werten und Gewichtungen. So wie ich mit neun Jahren in der kleinen Welt des Konvents ein Opfer gewesen war, war Nerina als Gefangene ungeheurer, unermesslicher Dinge die ausgestellte Hekatombe eines unbegreiflichen Opfers.

Ich saß im kurzen Lichtkegel der Lampe und dachte an die ›feindlichen Götter‹, von denen der antike Dichter gesprochen hatte. Und ich fühlte mich in ihrer Macht.

Wie allgemein bekannt ist, wurde der ›Marsch auf Rom‹ beschlossen, als Mussolini nach dem spektakulären Auflauf der Schwarzhemden in Neapel im Oktober 1922 und angesichts des dort vom Volk einhellig zum Ausdruck gebrachten Interesses der Meinung war, mittlerweile Herr der Lage zu sein. Er war nicht fähig, die wirkliche Haltung der Neapolitaner als Masse zu bewerten. Und wenn auch die Macht faktisch bereits ihm gehörte, hatte dies nichts mit dem Strom der Menschen zu schaffen, die aus den Vierteln herbeikamen, um die Squadristen zu sehen, die durch die Stadt tollten.

Neapel stand der faschistischen Bewegung weitgehend gleichgültig gegenüber, so wie die Stadt es allem gegenüber war, was keinen Bezug zum unmittelbar Praktischen oder gar dem Ewigen hatte. Das galt für die einfacheren Menschen. In den gebildeten Schichten waren die Argwöhnischen schon damals überaus zahlreich und wurden später hartnäckige Gegner der Faschisten. Der Großteil der Stadt und mit ihr der gesamte Süden wurden nur sehr lau vom Fieber des Regimes erfasst. Was damals wirklich zum Ausdruck kam, war die Neugier, eine Parade zu erleben, die wirklich ungewöhnlich war. Auch ich ging auf die Plätze, um sie anzuschauen.

Die tribunenhafte Rhetorik Mussolinis hatte auch ihre Vorzüge. Nicht, dass sie es erlaubt hätte, seine Qualität und seine Absichten zu beurteilen. Doch man spürte in ihm ein ernsthaftes Feuer und ein leidenschaftliches Temperament. Seine mangelhafte Vorbereitung auf die Macht und einige seiner Plattitüden brachten einen eher dazu, ihn zu belächeln, als sich über ihn zu empören. Nichts bahnte ihm vielleicht besser den Weg zu den Herzen der Italiener als dieser Anzug mit den lächerlich kurzen Ärmeln, in dem er im Quirinal erschien, wo er den Auftrag erhielt, die neue Regierung zu bilden. Eine solche Unschuld ließ ihn harmlos wirken.

Nach dem ›Marsch‹, den die Squadristen in Lastwagen und der Anführer im Schlafwagen durchgeführt hatten, schickte er einen seiner Männer nach Neapel, und der händigte Parteiausweise *ad honorem* an eine bestimmte Zahl von Personen aus, deren Freundschaft erwünscht war. Gian Luigi erhielt einen davon und wies ihn nicht zurück. Er verfolgte keine besonderen politischen Ziele, und vielleicht dachte er sich, was viele Jahre später Jean Cocteau über eine bestimmte kulturelle Bewegung sagte, die ein absolutes Luftgebilde war, sich ihm aber gleichwohl angedient hatte. »Ich nahm an«, schrieb Cocteau, »denn es schien mir meiner unwürdig, ihnen meine Zustimmung zu versagen!« Aber eher hatte mein Vater wohl daran gedacht, eine Basis für Ferrante zu schaffen, der, obwohl er das Haus gar nicht verlassen, sondern mit den Unterstützungen »das Ereignis begleitet« hatte, einige Zeit später eine Urkunde erhielt, die ihn als einen »der Ersten Stunde« auszeichnete. Nur die Onkel aus dem Vico di Palazzo wollten nichts von all diesen Neuigkeiten wissen. Und Gedeone bewahrte auch in seinem Büro einen Giuseppe Mazzini auf, was, ohne ins Auge zu fallen, genug über seine Einstellungen kundtat.

Obwohl er nie mit mir ausdrücklich darüber gesprochen hatte, wusste ich seit langem, dass Gian Luigi mich für den Beruf des Ingenieurs bestimmt hatte oder doch wenigstens des Architekten. Die Gründe dafür waren klar, meine kindliche Geduld beim Bau mit den Holzklötzchen hatte ihm gereicht, um in mir die notwendigen Anlagen zu erkennen. Sechs Jahre literarischer Leidenschaft und meine furiosen Schriften hatten ihn nicht dazu gebracht, seine Meinung zu ändern, und jedes Mal, wenn ich versuchte, Annina anzudeuten, dass meine Neigungen mich in eine andere Richtung drängten, regte sie sich schrecklich auf, war kurz angebunden und gab mir zu verstehen, dass mein Vater in diesem Punkt unnachgiebig sei.

Ich spürte in mir die Kraft, ihm zu widerstehen, und hatte mich in diesem letzten Gymnasialjahr darauf vorbereitet, es zu tun. Doch als der Sommer dahinging und mir klar wurde, dass ich Nerina nicht mehr wiedersehen würde, dass ich ihr weder schreiben noch irgendetwas von ihr empfangen, ja nicht einmal wissen konnte, wo sie war, und dass damit für mich die Stille wieder einsetzen würde, der ich tröpfchenweise nur ein geringstes Echo ihres Namens entreißen konnte, kam mir das Leben so unerträglich und leer vor, dass jede Anwandlung, mich gegen meinen Vater aufzulehnen, zerstob, und es schien mir, dass damit zugleich all mein Interesse an der Welt und alles, was mir kostbar war, zerstoben waren.

Der um sechs Jahre gealterte, abgezehrte Angestellte Attanasio tauchte wieder auf und konnte mich für die verhasste Fakultät immatrikulieren. Gian Luigi, der einen gewissen Widerstand erwartet hatte, musste sich fragen, warum sich kein solcher zeigte. Vor mir eröffnete sich ein Zeitraum enormer Leere. Mein melancholisches Herumirren wurde zugleich eine endlos oft wiederholte Selbstbefragung und meine Zuflucht.

Schon vor dieser Zeit hatte das alte Neapel mich mit seinen Elendsvierteln von Pendino und San Lorenzo, die seine Wurzeln sind, fasziniert. Die Neugier auf die Hütten, die man vom schwebenden Korridor aus beobachten konnte, war keineswegs unlauter. Mich unter die Menge zu mischen, die Bedürftigkeit zu berühren, die alles Oberflächliche auflöst, war auch ein Weg, der Wahrheit näher zu kommen. Und die habe ich auch in den Ausschweifungen gesucht, zu denen mich Cocle und Linares geführt hatten, wobei ich erkannte, dass das Laster fast zur Gänze ein Ableger des Elends ist.

Nach dem Aufstieg aus diesen Finsternissen zum Glanz des Hauses am Monte di Dio war ich gezwungen, einen Vergleich zwischen ihnen anzustellen. »Was haben diese Herrlichkeiten«, fragte ich mich, »mit dem ganzen Rest der Existenz zu tun? Es ist sicher, dass die Menschen in keiner Weise gleich sind, dass ich nicht Giustino ähnlich bin und dass Cristina nichts gemeinsam hat mit Tilde. Es ist vernünftig, dass sich im Ozean des Lebens jeder seine begrenzte Ordnung wählt, wie die Mönche vom Giglio, und wie jetzt Gian Luigi. Doch Gide schreibt ›wählen heißt entsagen‹. Wie werde ich wählen, wenn ich einerseits nichts vorziehen und andererseits auf nichts verzichten möchte?«

Rodolphe in *Die Geheimnisse von Paris* kam mir nicht wie ein Romantiker vor. Abgesehen von den düsteren Arien und theatralischen Verkleidungen war er ein ausgeglichener und zupackender Geist, wie ich selbst gerne einer gewesen wäre. Doch der Versuch, mich zu verstecken, indem ich mich so schlecht kleidete wie nur möglich und in die finstersten Kaschemmen des Markt- und des Hafenviertels ging, wurde auf elende Weise vom Instinkt der einfachen Neapolitaner vereitelt, die meine Herkunft auf den ersten Blick erkannten. Ich verlangte wie alle anderen auch meine Portion von gekochtem Kraken, der auf einer Scheibe mit rötlicher Soße getränkten Brotes gereicht wurde. Da hörte ich, wie mir jemand ins Ohr flüsterte: »Wie wär's mit einem richtig fabelhaften Happen?« Das waren Fehlschläge, die meine gute Absicht nicht ins Wanken brachten, mit der ich mich auf das gleiche Niveau begeben und in dem großen Ganzen aufgehen wollte.

Als Gian Luigi mich zur Fakultät der Ingenieurswissenschaften verurteilt hatte, war ich entschlossen, keinen Fuß dort hineinzusetzen, und überlegte nur, dass sich nach dem üblichen Schema in den nächsten fünf Jahren keiner mehr um mich und meine Studien kümmern würde. Obwohl meine Beziehungen zum elterlichen Haus immer mehr gegen null strebten, gab es im Zuge der stürmischen Geschäftigkeit des mondänen Lebens niemand, der Zeit gehabt hätte, das zu merken. Die einzige Gelegenheit, zu der ich mit meinen Verwandten zusammentraf, war das Abendessen – das allerdings immer in Anwesenheit von Gästen. Und obwohl mir diese Abendessen ungeheuer lästig waren, beschloss ich aufgrund einer etwas spitzfindigen Überlegung, ihnen treu zu bleiben, denn das schien der Familie zu genügen und beruhigte sie im Hinblick auf mich; außerdem überzeugte es sie davon, dass ich mich angepasst hätte.

Ich verfolgte Nerinas Schatten und floh zugleich vor ihm. Den ganzen Tag lang trieb ich mich in der Stadt umher, wo sie am finstersten war und am geheimnisvollsten. Der Wunsch, mich zu beweisen und etwas zu wagen: die Vernarrtheit in meinen eigenen Schmerz; die Anstrengung, durch andere gewaltige Gefühle den Alb zu überwinden, der mich bedrängte und umtrieb; vielleicht auch die sinnliche Lust, bis zum tiefsten Grund von Untröstlichkeit und Ablehnung vorzustoßen. Wenn Gunnar nicht schon vor langer Zeit von uns gegangen wäre, hätte ich ihn gebeten, sein toxisches Allheilmittel mit mir zu teilen. Als eifriger Besucher des Schwurgerichts im alten Kloster San Domenico, wo der heilige Thomas von Aquin gelehrt hatte, verlor ich mich in Betrachtungen über die entsetzlichen Schuldigen, die, als wären sie hinter den Gittern eingeschlafen, ihre vor allen nackt ausgebreiteten Geschichten nicht nur nicht zu erkennen, sondern auch nicht zu hören schienen; Geschichten, die von den Advokaten, von den Zeugen, vom Staatsanwalt vergewaltigt wurden wie schutzlose Frauen mitten auf einer Straße, von der Hand von Gaunern. Wenn es nicht möglich war, Nerina zu beschützen, konnte es keine Gerechtigkeit geben.

So wie ich vor den Vorlesungen und Seminaren meines Fachs floh, drängte ich mich in die der anderen Fakultäten: in die Geisteswissenschaften, bei denen ich mich so gerne eingeschrieben hätte, und wo ein Vers, ein Rhythmus, ein Name das Echo des verlorenen Paradieses wiedererweckte. Auf den Bänken des Anatomischen Amphitheaters dagegen verfinsterte sich mein Vorsatz. Auf dem bewundernswerten

Gemälde von Rembrandt, das sich in Den Haag befindet, wirkt die Leiche wie eine weiße, Licht aussendende Lampe. Und es ist das gleiche Licht der Weisheit, das auf dem Gesicht des Meisters leuchtet, dessen Hand nicht ein Instrument umfasst, sondern einen Zeigefinger mit dem Daumen berührt, eine Haltung, die ähnlich ist wie die der Feder bei Erasmus.

Doch hier, angesichts der Verrichtungen an Objekten undefinierbarer Färbung, quälten mich dunkle Gedanken. Die Leichen sahen so blutleer aus wie Marmorbrocken, steif von den Kühlkammern, gemasert vom Formalin. Die Bediensteten brachten sie herein, in unheimlichen Wannen aus emailliertem Eisen, abgeplatzt vom steten Gebrauch und unberührbar. Die Studenten trugen Gefühllosigkeit und Verachtung zur Schau und klatschten ihre offenen Handflächen auf die reglosen Leiber und aßen ihr Frühstück mitten unter ihnen.

Der Tod! Wie viele Gesichter er doch haben kann! Vom gelblichen Schein, der auf dem Gesicht des mexikanischen Abts vom Giglio geschimmert hatte, bis hin zu dem sicherlich weißen, der sich auf das Gesicht meiner Cousine Dolores gelegt hatte! Von der schrecklichen Anonymität dieser Körperteile, die einmal von einer menschlichen Seele durchzuckt worden waren, bis zum erschreckenden Geist, den ich sich gegen Nerina erheben sah. Etwas so Unbegreifliches, dass ich meinte, ich könnte es nicht überleben!

Ich ging in der melodiösen Woge der Tragödie von Romeo und Julia unter. Sie war die Geschichte der größten Liebe von allen, so unerhört und so vollkommen, dass der Dichter darin die gesamte Dichtung spiegelt. Mit ihr hat er ein Symbol geschaffen, das Jahrhunderte zu überdauern vermag. Darin hat er den Gipfelpunkt des Menschseins markiert. Doch wenn Romeo sich mit Julia vereinen und nach ihr oder beinahe mit ihr zusammen sterben konnte, wie würde ich Nerina erreichen? Und was hätte ich vorgefunden? Und welche anderen unerträglichen Schmerzen für sie wie auch für mich würde ich kennenlernen, wenn auch ich es wagen sollte?

In derartige Gedanken versunken, hatte ich mich erneut einer exaltierten Keuschheit verschrieben, und wenn ich auch gar nicht anders konnte, weil der Kontakt mit jeder anderen Frau mir abstoßend vorkam, fügte es noch neue und andersartige Qualen denen hinzu, unter denen ich bereits litt. Meine wertherähnliche Veranlagung brauchte da nur einen letzten Anstoß, um mich zum Äußersten zu treiben – und genau das geschah durch einen Zufall.

Als meine Onkel und meine Tante einmal nicht da waren, durchwühlte ich zum Zeitvertreib das Zimmer, das einmal das von Großmutter Ippolita Flavio gewesen war. Dabei fand ich einen merkwürdigen Gegenstand: eine Kordel, nicht lang, aus gedrehtem Rosshaar, rötlich, die alle Spanne lang von einem kleinen Ring unterbrochen wurde, von dem ein kleiner hölzerner Würfel herabhing. Zuerst hielt ich es für einen Rosenkranz, doch dann begriff ich plötzlich, dass es ein Büßergürtel war. Der Stammbaum mit seinen vielen finsteren Bernardinos und Teresas, Mönchen und Nonnen, stürmte machtvoll in meine Erinnerung. Jetzt erkannte ich, welcher Schmerz gewiss auch sie eingeschnürt und in die Arme Gottes geworfen hatte: das Gefühl von Einsamkeit, an dem Onkel Gedeone und Tante Francesca litten; das fortgesetzte Schweigen Onkel Gian Micheles, das ihn der Liebe und der Welt entrissen hatte. Statt nach Nerina zu suchen, floh ich vor jeder Nachricht von ihr, denn in meinem Inneren fühlte ich, dass sie verloren war. Doch die vagen Sätze, die Annina riskierte, ohne mich anzusehen, zwangen mich, der Sache auf den Grund zu gehen.

»Ascanio Spada«, seufzte sie, »hat seine Krankheit überstanden, so scheint es. Doch jetzt ist die Schwester krank. Nur Gott weiß, was in der Seele der Contessa vor sich geht!«

Schmerz erzeugt Schmerz. Die Gespenster der Phantasie treiben ihre Extravaganzen ins Grenzenlose. Die vielfältigen Gefühle, die in mir aufloderten, waren so ungestüm, dass sie nur noch Wirrwarr und Unordnung hervorbrachten. Für die Sühnung meiner Sünde der Vergeblichkeit und dazu all jener, die ich nicht begangen hatte; für die Hoffnung, durch dieses Mittel die mysteriösen und feindlich gesonnenen Gottheiten zu exorzieren; für die Pflicht, an Nerinas Leid teilzuhaben, es in mir zu materialisieren und in meine Glieder zu überführen; und für eine Art dunkler Rache an denen, die mich auf diese Welt gebracht hatten, und deren Werk ich beleidigte, indem ich mich selbst schlecht behandelte. Mit diesem Knoten aus Verworrenheit und Rebellion unterwarf ich mich, der noch keine zwanzig Jahre alt war, ebendiesem Büßergürtel, der mit dem uralten Leiden meiner Vorfahren getränkt war.

Mein Bruder Ferrante, der mein Zimmer vielleicht seit drei oder vier Jahren nicht mehr aufgesucht hatte, kam zu mir und fragte mich, ob ich ihm wohl freundlicherweise den großen, in schönem Maroquinleder gebundenen Band leihen könnte, von dem ich nur einen kleinen Teil am Giglio dazu gebraucht hatte, ein Herbarium anzulegen. Ferrante brachte darin eine Reihe von Fotografien unter, die in den Tagen des Marsches auf Rom aufgenommen worden waren. Lachende Schwarzhemden schwangen Waffen oder bildeten eine Gruppe, die ein paar unglückseligen Gegnern Rizinusöl eintrichterte. Nach einiger Zeit hatte ich das Vergnügen, das einstmalige Herbarium, das jetzt ein Erinnerungsalbum war, zurückzubekommen: auf der Anfangsseite war es nun ausstaffiert mit einem Porträtfoto von Mussolini, dessen magnetischer Blick aus dem Halbschatten funkelte, und seiner quer verlaufenden, wie ein Säbelhieb wirkenden Unterschrift.

Keine Krise jedoch, vor allem keine rasende, kann ihren Höhepunkt allzu lange durchhalten. Und das Annehmen des Leids, das die Christen mit dem Wort umschreiben »das eigene Kreuz auf sich nehmen«, liegt in der ureigenen Kraft der Dinge. Ich war im Egoismus eines Schmerzes verloren, der einer der tiefsten war, und hatte die anderen und die Schmerzen der anderen vergessen. Doch kurz vor dem Sommer geriet Cristina wieder in eine ähnliche Verwirrung wie die, aus der ich sie bei der Episode mit dem Zeichenlehrer herausgeholt hatte. Doch dieses Mal grenzte es an völligen Wahnsinn, denn ihr verliebter Briefeschreiber war ein ziemlich fettleibiger Junge, der noch keine achtzehn war. Er tauschte sich mit ihr von einem der höher gelegenen Balkone oberhalb unseres Gartens aus.

Es machte keine Schwierigkeiten, die Briefe, die sie ihm geschrieben hatte, zurückzuholen. Und während ich ihn beobachtete, wie er zitternd und kraftlos vor mir stand und mich mit seinen wässrigen Augen hinter fingerdicken Brillengläsern musterte, empfand ich Ekel und Erbarmen für uns alle zusammen. Ich versuchte, mit Annina ein vernünftiges Gespräch zu führen, doch es war unmöglich, ihr klarzumachen, dass Gian Luigi verständigt werden musste.

Cristina war in schlechter gesundheitlicher Verfassung. Sie lachte nicht mehr so fröhlich wie früher, und die Elfenbeinfarbe ihrer Haut, welche freundlich belebt wurde, wenn sie errötete, begann dunkler zu werden, gelegentlich sogar fleckig. Sie übertrieb es mit Schlafmitteln und mit Tabletten gegen Migräne, über die sie häufig klagte. Nachdem sie ohne weitere Worte auf den fettleibigen Jungen verzichtet hatte, verfiel sie in eine tiefe Melancholie, aus der sie nichts befreien konnte. Sie kam mich oft in meinem Zimmer besuchen und blieb dort lange, ausgestreckt auf dem kleinen Diwan, während ich weiter las oder schrieb. Ich versuchte nicht, sie zu trösten, denn ich wusste ja, dass dies unmöglich und auch sinnlos war.

Checchina dagegen strahlte vor Gesundheit und guter Laune, sie genoss das Leben ohne einen Gedanken an die Welt. Wenn ich zufällig in ihrer Nähe auftauchte, kam sie zu mir gelaufen, umarmte mich und betäubte mich mit ihren toskanischen Freudenausbrüchen und rief:

»Du bist mein Herzensbrüderchen!«

Sie verabscheute Komplikationen, melancholische Zustände und Bücher, und oft sah ich sie von weitem, umstanden von harmlosen Galanen, glückselig.

Zu genau dieser Zeit ließ Gian Luigi mich zu sich rufen. Ich schwieg und wartete gespannt darauf, was er sagen würde, und ich erkannte in seinem samtigen, funkelnden Auge beinahe den gleichen Blick, den viele Jahre zuvor der Abt vom Giglio auf mich geworfen hatte, als er darauf wartete, mich zum Kardinal zu begleiten.

»Dieses Jahr«, sagte er, »werden deine Mutter und ich über den Sommer länger fortbleiben als sonst. Die Direktion der Bauhütte ist in Kenntnis gesetzt. Meine Zeit ist vorbei, jetzt beginnt deine. Du musst mich ersetzen. Deine Studien werden dich nicht daran hindern. Falls nötig, kannst du mir schreiben, allerdings würde ich es vorziehen, wenn du es nicht tätest. Du bist jetzt fast zwanzig. In dem Alter habe ich, ohne jegliche Unterstützung, bereits alleine gearbeitet.«

Ich wusste, dass meine Antwort genau abgewogen sein wollte, doch die Zeit für eine endgültige Aussprache war noch nicht gekommen.

»Natürlich wird mir das schwerfallen«, sagte ich, »doch ich will es versuchen.« Gian Luigi runzelte leicht die Stirn, und seine Nasenflügel bebten. Er ging dazu über, mir ein paar Instruktionen über Einzelheiten zu geben, die ich mir in militärischer Haltung anhörte. Als ich ihn verließ, kehrte der Abt wieder in meine Erinnerung zurück, vor dem die Mönche niederknieten, wenn er vorbeiging. Doch ich nahm den Büßergürtel an, nicht die Disziplin, auch wenn beides im Hinblick auf Reue und Buße auf das Gleiche hinausläuft.

Von meinen Gedanken gemartert und meiner Studien entledigt, sah ich, wie sich vor mir der Sommer wie eine sonnenverbrannte Wüste auftat. Daher war mir die Notwendigkeit, diese neue Tätigkeit auszufüllen, eine Hilfe. Doch sobald ich einen Gesamtblick auf die Lage von Gian Luigis Unternehmen werfen konnte, das ja als Härtetest dienen sollte, erkannte ich, dass mir das schier Unmögliche abverlangt wurde – nicht nur wegen der Schwierigkeit, eine derartige Materie zu handhaben, sondern, mehr noch, wegen der fortgeschrittenen Misswirtschaft, deretwegen die ökonomische Struktur der Unternehmen bereits zu knarren anfing.

Ein weiteres Mal erschien mir Gian Luigis Gedankengang unverständlich: Er unterschätzte mich ziemlich, wenn er glaubte, über mich und meine Zukunft bestimmen zu können, so als würde ich über keinen eigenen Willen verfügen; und er überschätzte mich, wenn er der Meinung war, dass ich mit zwanzig Jahren ohne die geringste fachliche Vorbereitung in der Lage wäre, von heute auf morgen die Verantwortung für eine hochkomplexe Struktur dieser besonderen Art zu übernehmen, die er in einem ganzen Leben voller Mühen und Erfahrungen ersonnen und aufgestellt hatte. Und vor allem, dass ich die Fähigkeit besäße, sie wieder aufzurichten, obwohl ihre finanzielle Beschaffenheit bereits zu drei Vierteln gefährdet war, zum Straucheln gebracht von einer unentwirrbaren Buchführung aus Überträgen und Fälligkeiten, wofür neue und schwerwiegende Initiativen von Stützungen, Lösungen und Entschädigungen notwendig gewesen wären, die höchstens ein erfahrener und in jedem Fall außergewöhnlicher Mann sich hätte ausdenken können.

Natürlich konnte ich auf die Angestellten zählen, die aber alle dem bewussten Attanasio, dem Mentor meiner Studien, so bemerkenswert ähnlich waren. Die bescheidenen Büroleiter, die Gian Luigi auf seiner Gehaltsliste hatte, waren zwar treu ergeben, doch seit Jahren nichts anderes gewohnt, als willfährig seine Anweisungen auszuführen, ähnlich den Meuchelmördern des Namenlosen in den *Brautleuten*. Sie waren unfähig zu eigener Initiative und scheuten sich, Entscheidungen zu treffen, auch wenn sie jetzt mir folgten, wie zuvor ihm. Aber sie warteten immer nur darauf, eine Anweisung zu bekommen oder den Auftrag, Geld zu beschaffen. Die Baustellen waren staubige Wüsten, auf denen mich hundert Einzelheiten quälten und stachen, wie ein Dornengestrüpp, aus dem man sich herauswinden will. Nach zwei Wochen dieser Seiltänzerei wurde ich bei Onkel Gedeone vorstellig, um ihm den detaillierten Bericht meines Schlamassels vorzulegen.

Gerade zu dieser Zeit hatte mein Onkel endlich seinen Posten als Chef der Staatsadvokatur von Neapel bekommen, die damals ihren Sitz in dem alten Gebäude der bourbonischen Ministerien hatte, in einem Stadtteil, der später abgerissen werden sollte. In den Räumlichkeiten, die herrschaftlichen Gefängniszellen glichen, gab es sowohl Pflanzen als auch Vorhänge, auch Bilder fehlten nicht; es waren solche der neoklassischen Schule Neapels vom Beginn des neunzehnten Jahrhunderts. Der Schreibtisch meines Onkels stand weit hinten in einem Doppelsaal, und man gelangte über einen schon recht abgetretenen grünen Läufer zu ihm. Von seinem Sessel aus beobachtete er lächelnd, mit einem Ausdruck nachsichtiger, müder Geduld, wie ich auf ihn zukam.

Wenn Onkel Federico wieder unter die Lebenden zurückgekehrt wäre, hätte er nicht gezögert zu verkünden: Gian Luigi sei ganz sicher davon ausgegangen, dass ich zu seinem Bruder gehen würde, und habe in dunkler Voraussicht einen Weg gefunden, den verborgenen wie den erklärten Rebellen unter sein Joch zu beugen, denn schließlich habe er ja die Verbindung zwischen ihnen beiden gekannt. Und so habe er sie gezwungen – ohne auch nur im Geringsten zu erkennen zu geben, davon zu wissen, und noch viel weniger, Dank sagen zu müssen –, Geld zu beschaffen, das er dann, entgegen ihren Ratschlägen und Beurteilungen, zu vergeuden beabsichtige.

Für uns beide begann jedenfalls eine obskure Arbeit, die ich vielleicht nicht ganz so sinnlos gefunden hätte, wenn mir die eine oder andere Hoffnung geblieben wäre, unsere ökonomischen Verhältnisse ins Lot und dieses Opfer nicht allein für Gian Luigi zu bringen, sondern für das, was wir alle gemeinsam darstellten. Und ich hätte mich damit zufriedengegeben, diese Verpflichtung zu erfüllen, auch wenn ich in einem kleinen Zimmer unter dem Dach alleine hätte leben müssen. Doch als zu Beginn des Herbstes unser Haus wie früher die Türen wieder öffnete, sah ich, dass nach zehnstündigem Kampf, mit dem ich die finanzielle Krise des Unternehmens Schritt für Schritt und Cent für Cent abzuwenden versuchte, am selben Abend auf ein einziges Zeichen meines Vaters oder Anninas hin der Gegenwert meiner Bemühungen von einer ganzen Woche verschleudert wurde.

Im folgenden Winter, dem des Jahres 1924, ereigneten sich derart unwirkliche Dinge, dass es ans Groteske grenzte. Sie glichen der Verschwendungssucht einiger unserer Ahnen, die einem Koch einmal für ein sehr gelungenes Essen ein Haus geschenkt hatten. Bei uns hingegen war der Koch entlassen worden, den Grund dafür kannte ich nicht. Doch der andere, der den alten ersetzen sollte, fand die Räume der Küche leer vor, die Einrichtung war weg, ganz zu schweigen von der endlosen Menge von Tiegeln und Töpfen; weg waren auch die Regale und marmornen Tischaufsätze, die ganz sicher nicht in einer Tasche fortgetragen werden konnten. Offenkundig hatte seit Monaten niemand aus dem Haus mehr einen Fuß in die Küche gesetzt.

Unsere Abendessen kosteten absurde Beträge, doch Gian Luigi lachte immer nur, wenn man ihn zum Beispiel darüber informierte, dass in den Abrechnungen der Küche für ein Essen von lediglich zehn Personen sechzig Eier »für eine Béchamelsauce« aufgelistet waren, die immerhin ganz ohne Eier gemacht wird. Allenfalls regte er sich über den Koch auf, nie aber über meine Mutter, genau so, wie er es machte, als ihn die Tauben irritierten, die die Keimlinge seiner Blumensamen aufpickten, ohne dass er Annina bat, ihre geliebten, aber gefräßigen Vögelchen wegzusperren oder loszuwerden.

Ich verstand von Anfang an, dass es für mich nichts zu sagen oder zu tun gab und dass mein Vater mir meinen Part nur da zugeteilt hatte, wo ich ihn nach seinem Willen spielen sollte. Onkel Gedeone empfing mich fast täglich, führte mich in das Labyrinth unbekannter Dinge ein und teilte gemeinsam mit mir auch die Qualen des Sisyphos. Insgesamt gelang es uns, das eine oder andere Ergebnis zu erzielen, doch das war, als wollte man einen Verwundeten heilen, der sich selbst ständig die Verbände abreißt und so weiterhin das Blut verliert, das Tropfen für Tropfen für ihn zurückgewonnen wurde, um ihn vor dem Tod zu bewahren.

Seit seiner Meinungsverschiedenheit mit Onkel Gedeone – und die eben war auch der Hauptgrund – hatte

Gian Luigi zwei seiner fünf Rendite bringenden Gebäude mit einer Hypothek beliehen, um sich von seinen drückendsten Schulden zu befreien. Dadurch, dass wir den Geschäftszweig abtraten, der keinen Gewinn abzuwerfen schien, und den anderen einer gesunden Verwaltung unterstellten, konnten wir ein paar Reserven zurücklegen, die allerdings dringend gebraucht wurden, um neue Arbeiten auszuführen. Wir fürchteten jedoch, dass, wenn das Bargeld verbraucht wäre, die ihm von der Hypothek geblieben war, Gian Luigi auf diese Gelder zugreifen würde, die wir vor ihm unmöglich verbergen konnten. Immerhin gab er sich fürs Erste damit zufrieden, andere Schulden durch seine Unterschrift zu verlängern. Offensichtlich war er sich bewusst, dass er über dem Abgrund balancierte.

In meiner Gegenwart erwähnte niemand mehr den Namen Nerina. Marchese Lerici, der von den üblichen Altersbeschwerden heimgesucht wurde, hatte aufgehört, seine Essen zu geben. Ich wusste nur, dass Contessa Spada im Gefolge einer Königlichen Hoheit in Ägypten war, auch sie – so hieß es – krank, und Nerina mit ihr.

Mitten im tiefen Winter, als die Bauarbeiten zum großen Teil wegen der schlechten Jahreszeit unterbrochen werden mussten, saß ich eingeschlossen in meinem Zimmer, lauschte der Melodie des Regens auf der Zinkabdeckung des Korridors, streckte mich in meinem Schmerz aus wie in einem Bett aus Schatten und hörte, wie die Zeit unwiederbringlich verrann.

Nach dem Zweiten Weltkrieg wurde viel über die Nachkriegsjugend und den Sittenverfall geredet. Doch auch nach dem Ersten Weltkrieg verhielten sich die Dinge mehr oder weniger ähnlich, und in der zügellosen Welt der Boheme gab es aufsehenerregende Gestalten und Episoden.

Bei uns wurde das ausschweifende Leben allerdings immer von einem einzigartigen Schwung getragen, von einem Brio der Einfälle, der Verwicklungen, der Grotesken, die es aus dem Bereich des Zweideutigen in den der universellen Ausgelassenheit zu überführen vermochten, gewürzt mit Ironie und der Verherrlichung der Lebensfreude. Die Gestalten, die damals den Ton angaben, befanden sich auf halbem Weg zwischen tolstoischer Liederlichkeit, bereit, ihre Karriere und ihr Leben wegen einer lächerlichen Wette aufs Spiel zu setzen, und der Dandyhaftigkeit der Restauration, wo man mit einer an der Hundeleine geführten Languste spazieren ging. Was zählte, war maßlose Übertreibung. Doch besaß man damals ein nicht fassbares gewisses Etwas von weniger Steifheit und mehr Finesse, von weniger Form und wesentlich mehr Empfinden.

Einer von ihnen war in eine Tänzerin verliebt und sprang während einer Gala auf die Bühne, verdrängte in seiner Raserei mit Tritten und Püffen den *Primo Ballerino*, weil dieser ihn vor Eifersucht blind gemacht hatte, improvisierte dann, um ihn zu ersetzen, eine unglaubliche Tanzeinlage unter dem tobenden Applaus des Publikums. Ein anderer wiederum schickte wegen einer Frage der Ehre eine Herausforderung an alle zweiunddreißig Offiziere eines bestimmten Regiments und verursachte so einen nie zuvor erlebten Mangel an Sekundanten. Und ein Dritter hatte als Schiffsjunge nach Amerika angeheuert; während der Überfahrt hatte sich eine Milliardärin bis zum Wahnsinn in ihn verliebt; sechs Monate später war er wieder zurück, hatte sie verlassen und zur Erinnerung an sie allerdings einen gehörigen Schnitt mit dem Rasiermesser bekommen.

Vieles davon ereignete sich nicht weit von unserem Haus entfernt und zum Teil auch in ihm, sozusagen als Echo auf diese Ereignisse und auch mit denselben Personen. Auf

›nationaler Ebene‹ bereitete das Mussolini in seiner Rolle als Garant der ›Integrität des Geschlechterstammes‹ Sorge. Als er später die politische Verbannung eingeführt hatte, weitete er diese auch auf diejenigen aus, die der Unmoral für schuldig befunden wurden, was einige Lotterbuben der römischen Oberschicht zu spüren bekamen. Doch wir waren noch nicht in der Zeit der ›Daumenschrauben‹, und diese Darbietungen verwirrten mich, denn ich bewunderte den großen Freiheitswillen und die Lebenskraft, die sie offenbarten, wohingegen ich mein Leben in finsterer Stille zubrachte und mich überall von unsichtbaren Fesseln gebunden fühlte.

Von Onkel Federico hatte ich allerdings nicht nur ein Erbe an Gedanken erhalten, sondern auch einige seiner Freunde, und der, der ihm am teuersten war, war ein gewisser Cavaliere D'Emiddio, den ich mich, aus Mangel an anderen Ablenkungen, entschloss aufzusuchen. Bei ihm fand ich die gleiche Haltung skeptischer Freiheit vor, diese anpassungsfähige Verbundenheit mit den Dingen, diese transparente Weisheit, die meinem Onkel eigen war. Sein Einfühlungsvermögen war so groß wie seine Erfahrung, und obwohl er beinahe nichts über mich wusste, schien er doch alles zu wissen. So lenkte er unsere Beziehung mit außerordentlich feinfühliger Hand.

Cavaliere D'Emiddio war möglicherweise schon sehr alt, doch weil er sich einen kleinen sehnigen Körper bewahrt hatte und seine Haare zwischen Weiß, Blond und Fuchsig changierten, blieb sein Alter im Unklaren. Seine Laune war gleichbleibend freundlich und fortwährend heiter. Aus seinem vibrierenden Schweigen kamen urplötzlich komische Bemerkungen, auch ziemlich gewagte. Doch im Allgemeinen kamen sie so überraschend, dass man über sie lachen musste, statt sie übelzunehmen.

D'Emiddios Rang war unklar, so wie auch sein Lebensstandard im Unklaren blieb. Mit der Zeit konnte ich jedoch feststellen, dass er in einem gutsituierten Haushalt wohnte. Seine beiden alten Schwestern, die machtlos waren, seinen Streifzügen Einhalt zu gebieten, hatten jedoch nach einem langen Leben einen rigorosen Pakt mit ihm geschlossen: D'Emiddio sollte ein bequemes Zuhause haben, seine Kleidung wurde in Ordnung gehalten, und er konnte sein großartiges Bett so lange nutzen, wie er wollte. Doch nachdem sie ihm wie im Hotel jeden Morgen ein anständiges Frühstück gebracht und diesem noch die Finesse eines Päckchens Zigaretten mit vergoldeter Zigarettenspitze hinzugefügt hatten, waren die Beziehungen zwischen dem Cavaliere und seinen Schwestern am Ende. Nicht einen Cent mehr, nicht eine Tasse Espresso.

Den ganzen Tag lang spazierte er durch die Stadt, wo er in den verschiedenen Lokalen, in den Spielhöllen und in den zweifelhaften Häusern zahllose Freunde hatte und immer einen Weg fand, irgendein kleines Geschäft als Vermittler oder durch weniger offenkundige Beteiligung abzuschließen. Ansonsten brauchte er wenig zum Leben; er war überall beliebt, und weil er bis zum Hals in zwielichtige Angelegenheiten verstrickt und mit höchst zweifelhaften Personen bekannt war, fehlte es ihm nie an einem Tisch, an den er sich setzen konnte, noch an einem Haus, in dem er Zuflucht fand.

Neapel hat aufgrund der Vielgestaltigkeit seiner Milieus vieles gemein mit Paris, doch ist die Stadt längst noch nicht so erforscht worden wie die letztere, obwohl sie es verdient hätte. Francesco Mastriani ist einer der Sittenschilderer, die tief in sie hinabgeschaut haben; Ferdinando Russo blieb mehr an der Oberfläche, sah aber das Dumpfe und Düstere und die Dramatik der Stadt. Matilde Serao war die für die komplexe Zweideutigkeit einer bestimmten örtlichen Bourgeoisie und für die ökonomisch-sentimentalen Komplikationen Sensibelste.

Doch bei all diesen Künstlern und der zwar gebildeten, aber süßlichen, wenn auch parnassischen Dichtung eines Salvatore Di Giacomo und mehr noch zwischen diesen und der flüchtigen Zwitterhaftigkeit eines Ozeans von Kanzonen, die über Neapel alles und nichts aussagen, kommt die höchste, letzte Normalität des Landes zum Ausdruck, die in der Tat ihr wahrhaftigster, ihr unverfälschtester Charakterzug ist. Selbst ein Ausländer, Valéry Larbaud, war in seinem *Barnabooth* mit der Geschichte von Angela und dem Marquis de Putouarey in der Lage, dies zu sehen.

Er, D'Emiddio, besaß den Schlüssel für den Zugang zu bestimmten mittleren Vorhöllen der Stadt, wo alle Ereignisse, Gefühle und Gedanken wie auf der Oberfläche eines ruhigen Gewässers dahinzutreiben schienen, unbeeindruckt von jedem Problem und jeder Spannung. Man gab sich dem Laster oder dem Vergnügen nicht aus bitterer Notwendigkeit hin, man empfing keinen stechenden Schmerz, ja, nicht einmal die Bitterkeit angestauter Gewohnheiten, sofern diese Gewohnheiten das Herz nicht völlig gefühllos gemacht hatten. Aus dem, was man eher aufgrund des Laufs der Dinge oder aufgrund missbräuchlicher Impulse gestaltete oder zerstörte, ergaben sich weder moralische Erschütterungen noch Vertiefungen oder Kopfzerbrechen literarischer Art. Ja, die Literatur wurde bedingungslos ignoriert, und der Sinn des Lebens führte Gutes wie Schlechtes auf leichte Weise mit sich. Die Damen vermochten es, sich mit ruhiger Geduld im Zwielicht zu bewegen, und gelegentlich wurden sie mit der gleichen Geduld von Männern akzeptiert, so fragwürdig deren Moral auch erscheinen mochte.

Vollkommen behaglich auf einem bequemen Sofa sitzend und einen für ihn frisch zubereiteten Espresso schlürfend, versinnbildlichte der Cavaliere D'Emiddio diesen heiter unbeschwerten Genius Loci. Seine gestärkten Manschetten, die schottischen Socken, zweifarbigen Schuhe feinster Machart, hohen Hemdkragen und wohlriechenden Parfüms, die aus seinen schütteren, gleichwohl aber geschniegelten Haaren aufstiegen, weckten eine bedingungslose Bewunderung, die einem Überschwang an Zuneigung gleichkam. Die Mädchen wurden es gar nicht müde. Mehr oder weniger unerfahren, sagten sie bisweilen Ungeheuerlichkeiten, die eine gewisse Naivität verrieten. Einige, die wegen ihrer Lebensbedingungen und der Schule ihrer Mütter für ein williges Leben vorbestimmt waren, berieten sich ganz treuherzig mit dem Cavaliere. Sie erwogen mit ihm, ob sie gleich als ersten Liebhaber »eine gutsituierte Person« nehmen sollten oder ob es nicht zweckmäßiger wäre, anfangs zu arbeiten und am Ende zu heiraten.

D'Emiddio spornte sie mit den schlüpfrigsten Worten an. Taub für Proteste betrat er die Schlafzimmer und begann, Kommentare über ihre Intimwäsche abzugeben, wobei er sich aber stilvoll äußerte. Seine Ratschläge waren gewagt, aber pragmatisch. Er schlug den Schwachen ein mondänes Leben aus dem Kopf, für das, wie er sagte, höhere Qualitäten erforderlich seien. Wenn er sich auf dem Sofa ausstreckte, bei Mädchen, die ihn streichelten, behielt er die Hände nicht bei sich. Allzu angespannte Situationen löste er dann mit einer spaßhaften Bemerkung auf. Oft versuchte er, mich in das Spiel einzubeziehen, doch ich besaß nicht einmal einen Bruchteil seiner Fähigkeiten, und es genügte schon, dass er sich für ein paar Minuten entfernte, dann wurde es still.

Dem Cavaliere konnte meine absolut unnatürliche Hemmung nicht verborgen geblieben sein. Ich war gerne mit ihm zusammen, denn das lenkte mich ab, doch kehrte ich niemals allein dahin zurück, wo er mich vorgestellt und eingeführt hatte. D'Emiddio jedoch beharrte nicht darauf und drängte in keiner Weise. Er war viel zu scharfsinnig, als dass ihm meine Motive nicht klar gewesen wären, und viel zu sehr Philosoph, als dass er sie diskutiert hätte. Er gab sich der Vorstellung hin, es müsse sich mir nur eine günstige Gelegenheit bieten, um mir zu helfen, mich selbst aus dieser Krankheit – als solche beurteilte er meine Lage – herauszuführen und zu einem normalen Verhältnis mit der anderen Hälfte des Menschengeschlechts zurückzukehren, das er für so unterhaltsam hielt.

In diesem Sinn, wenngleich auf unterschiedliche Weise, wurde auch Giustino tätig, welcher der Geschichte mit dem Büßergürtel ein abruptes Ende bereitete. Als er mir einmal beim Ankleiden half, packte er mich ohne viel Federlesens und er spürte auf meiner Haut dieses Folterinstrument.

»Ha!«, rief er, während ihm vor Erregung und Wut das Blut ins Gesicht schoss, was bei ihm selten vorkam. »Ich habe also richtiggelegen! Jetzt werden Sie mir auf der Stelle dieses Ding da geben. Oh, gütiger Himmel, ich verlasse dieses Haus noch morgen!«

Ich musste zugeben, dass er mit dem gesunden Menschenverstand des Volkes das einzige unwiderstehliche Argument gefunden hatte. Daher ließ ich ihn machen, während er grummelnd die unglückselige Kordel von meiner Hüfte wickelte.

»Dieses Ding hier«, sagte er, »werfe ich in die Kloake. Buongiorno!«, und verließ mich.

Der Zufall aber spielte gegen den Cavaliere D'Emiddio, obwohl ich glaubte, dass man es nicht Zufall nennen konnte, sondern es ein neuerliches Warnsignal für mich war.

»Heute Abend«, vertraute er mir an, »werden Sie an einer überaus seltenen Zusammenkunft teilnehmen. Die Baronin Getulia, die natürlich alles andere ist als eine Baronin, eröffnet ein ganz besonderes, neuen Gesetzen folgendes Etablissement. Es ist einerseits nur Männern mit Erfahrung und Vermögen vorbehalten und andererseits der einen oder anderen Dame, die neue Erfahrungen machen will oder Zweifel an ihrer Zukunft hat. Ich muss nicht eigens sagen, wie sehr Getulia auf unsere Diskretion zählt.«

Gegen zwei Uhr in der Nacht machten wir uns auf den Weg entlang von Chiatamone, schon in ältester Zeit eine berühmte Gegend von Neapel wegen ihrer vielen Geheimnisse. Das Chiatamone-Viertel liegt hinter den großen Hotels von Santa Lucia und neben dem Monte Echia, wo das einfache Volk herumwimmelt. Dieses Viertel stand in ausgezeichneter Weise für die Beziehung zwischen Opulenz und Misere, allerdings nicht, weil dort gute Werke vollbracht worden wären.

»Hören Sie die vielen Klagen über die Verderbtheit?«, plauderte D'Emiddio mir ins Ohr und hielt sich bei mir eingehakt. »Doch wenn man das Geld zählen könnte, das von den egoistischen Reichen zu den armen Entrechteten fließt, und zwar durch den einzigen Kanal, der den Ersteren genehm ist und über den die anderen verfügen, gäbe es keinen Finanzminister, der sich wünschte, den zu blockieren. Jede verlorene Frau (und das ist die einzige Art, die man hier wirklich finden kann) versorgt sich selbst und weitere sieben bis acht Personen.«

In dieser Art redete der Cavaliere noch lange weiter, und seine Witze über die ›unsichtbaren Einkünfte‹ waren sehr vielfältig. Seine Beobachtungen enthielten ebenso viele schlüpfrige Harlekinaden wie verschlagenes Kalkül eines Wirtschaftssachverständigen.

»Ohne dieses ständige Manna, das auf den Wüstenboden des Elends fällt, würdet Ihr eine nicht zu tolerierende Unausgeglichenheit erleben, wie Ihr sie Euch nicht vorstellen könnt. Ein großer Industrieller, einer von denen, welchen die Baronin zu Recht wertschätzt, kann für eine einzige Caprice so viel dalassen, dass eine tolerante kleine Familie drei Monate lang zu essen hat. Und trotzdem verfolgt die Questura die Baronin. Das ist auch der Grund, der sie angetrieben hat, eine diskretere Art der Aktivität zu beginnen und sich ein neues Domizil zu suchen.«

Das, in welches wir schließlich nach einem übervorsichtigen Ritual eingelassen wurden, überraschte mich dann allerdings. Abgeschirmt in der sechsten Etage eines riesigen Gebäudes, einer wahren, an den Berg gelehnten Wehrfeste aus Tuff, verfügte es über viele Treppen, Fluchten, Durchgangsräume und Ausgänge, die mit höherer strategischer Umsicht angelegt waren. Seine Terrassen erreichten beinahe die Spitze des Echia, und bei einem Notfall war es mit ein bisschen turnerischem Geschick möglich, durch diesen Teil zu verschwinden. Ich hatte keinen Zweifel, dass es auch geheime Winkel gab, wie in vielen Häusern in Neapel aus dem siebzehnten Jahrhundert.

Doch das Einzigartige, was die neuen Betreiber von wer weiß welchem Vorgänger und Phantasten am Ort geerbt hatten, war ein zentral gelegener Salon von riesigen Ausmaßen, komplett ausgekleidet mit einer Art fest montiertem Bühnenbild mit Schluchten, Grotten und Gröttchen, Lichtungen und Wäldchen, alles aus Holz, Leinwand und Pappmaché, und hier und da Hängematten, Sofas, Kissen, Spiegel und Statuen aus buntem Stuck, ziemlich schamlos, jedes einzelne Stück entworfen im Geist einer erotischen Phantasie, von der nur Gott weiß, wie schmierig und aufdringlich sie war.

Viele Personen ergingen sich bereits zwischen den künstlichen Palmen, und Paare wisperten in den schwach beleuchteten Grotten. Cavaliere D'Emmidio wurde augenblicklich von der einfallsreichen Getulia requiriert, einem Dragoner von Frau mit schwerem, glanzlosem Blick. Und während ich in dem Labyrinth aus Pappe weiterging, fühlte ich mich ganz alleine auf der Welt.

»Du sollst keine unkeuschen Handlungen begehen«, sirrte das Stimmchen unseres Katechismuslehrers Padre Virginio in meiner Erinnerung. Und eine Abfolge von Worten und Vorschriften ohne Regel oder Zusammenhang wanderte mir durch den Kopf. Das passierte mir öfter. »Ici, Chimère, arrête-toi. Non, jamais« (Flaubert). »Sie scherzen, Cavaliere!« – »Und du solltest mich doch zum Scherzen bringen! …« (Das war D'Emiddio, der mit den Mädchen herumalberte.) »Sieh doch einer, unser Jungfrauenbübchen!« (Das hatte Linares einmal gesagt.) »Morgen, auf dem großen Feld der Gesellschaft.« (Verdammt! Der Rektor Sulpizio!) Und Nerina?

Ich saß im Halbdunkel eines abgelegenen Winkels und befand mich zwischen Schlafen und Wachen, als mich die aufgeregten Worte des Cavaliere zurückholten, der, in irgendeinem anderen Winkel, von dem aus er mich nicht sehen konnte, leise redete.

»Und ich sage dir, du wirst noch zerfleischt, das ist nichts für eine Frau wie dich. Das hab' ich Getulia bereits gesagt, und ob's dir gefällt oder nicht, du verschwindest von hier, und zwar sofort!«

Die andere Person antwortete etwas, aber ich konnte die Worte nicht verstehen, und auch D'Emiddio redete noch leiser. Doch von einer augenblicklichen Erregung übermannt, schnappte ich in seiner Antwort gleichwohl einen Namen auf, der genügte, um mich zu erleuchten. Er sagte: »Onkel Federico«, und ich war mir sicher, dass die andere Person Leonia war, die einsame, verlassene Leonia.

»Eine nicht eben seltene literarische Szene und dazu viel zu oft verwendet«, dachte ich, als ich wieder zum Monte di Dio hinaufstieg. »Und im Grunde ändert das ja auch nichts. Wenn diese bösartige Viper von Palmira Leonia auf die Straße geworfen hat, und ich seit einem Jahr schon alles weiß, macht meine plötzliche Begegnung mit ihr keinen Unterschied mehr, und D'Emiddio hat gut daran getan zu verhindern, dass wir uns trafen. Ernsthaft: Würde ich mich jetzt bei ihr vorstellen, um ihr zu helfen, würde ich sie tödlich demütigen. Ich habe es ja auch vorher nicht getan. Und keiner sonst von uns hat es getan. Das Problem ist erledigt.« Mein Herz wurde mir schrecklich schwer. »Mit diesen Mädchen haben wir kein Glück!« Ich blieb stehen und betrachtete aufmerksam die Fassade von Santa Maria degli Angioli, die bei Nacht viel größer wirkte. Ich tat mein Möglichstes, um mich zu zwingen, keinerlei Entscheidung zu treffen.

Ich durchquerte im Dunkeln unsere ausgedehnten Räume und setzte mich schließlich auf die Terrasse. Die Kuppel der Kirche, herrlich in ihrem dunklen Umriss, zeichnete sich mit einem einzigen Schwung vor der ersten Dämmerung des Himmels ab, der bereits die Durchsichtigkeit des Tages erahnen ließ.

Die Tauben, die vor allen anderen Vögeln erwachen, kamen herbei und suchten Futter zwischen Gian Luigis Chrysanthemen und Dahlien. Der Stammbaum! Das Erbe Larème! Gian Michele, die Contessa Spada! Und auf der anderen Seite die Opfer, die dargebracht werden mussten: Nerina, Onkel Federico, Dolores und jetzt Leonia. Vielleicht noch Cristina, vielleicht ich selbst sogar!

Völlig übermüdet schlief ich auf dem Eisensessel ein. Im Traum sah ich wieder eine jener gespenstischen Illustrationen zu Dante von Gustave Doré, geweitet und höhlenartig. Rötliche Flammen züngelten zwischen den Steinplatten empor, mit denen die Hölle gepflastert ist.

Schon im Winter 1924 war ich, während mein Vater seine Geschäfte mit Feuereifer betrieb, zum ersten Mal zu einer Aussprache mit ihm gezwungen. Dazu kam es, weil das Geld der Hypotheken aufgebraucht war und es nicht länger angeraten schien, die derzeitigen Schulden zu vermehren. Zudem hatte Gian Luigi, ganz so, wie Onkel Gedeone es vorausgesehen hatte, mich aufgefordert, ihm die Geldbestände auszuhändigen, die als Unternehmensreserven zur Seite gelegt worden waren. Auf diese Weise konnten wir, die das Unternehmen mit größter Mühe wieder konsolidiert hatten, seine Liquidation in einem oder in zwei Jahren vorhersehen. Es war mir nicht möglich, mich seiner Forderung entgegenzustellen, doch ich konnte ihm die Rechnungsabschlüsse vorlegen, und das tat ich. Gian Luigi sah mich mit einer gewissen Neugier an.

»Das alles«, sagte er, »ist aus dem Nichts geschaffen worden. Und es muss zu etwas dienen, sonst hätte es keinen Sinn. Wenn du glaubst, du kannst unsere Einkünfte nicht steigern, oder solange du dazu nicht in der Lage bist, müssen wir uns an das Kapital halten. In unseren Familien kann man nicht immerzu anhäufen, und manchmal sind Opfer vonnöten, um das Niveau zu halten, das bereits erreicht wurde. Daher müssen neue zusätzliche Mühen, die sich an die alten anschließen, das Gleichgewicht wiederherstellen. Ich setze dir keine Grenzen«, schloss er gutmütig lächelnd und selbstbewusst ab, »und auch du, glaube ich, wirst mir keine setzen wollen!«

Unausgesprochen warf er mir vor, dass ich es nicht verstanden hätte, ein bestehendes Unternehmen fortzuführen, dessen Chef und Besitzer ich sei – etwas, das er in meinem Alter ohne einen Cent in der Tasche gemacht habe. Es war sinnlos zu argumentieren und Vergleiche zu ziehen. Ich schlug ihm vor, zwei Gebäude zu verkaufen, die mit einer

Hypothekenlaufzeit von über fünfundzwanzig Jahre belastet waren und deren Renditen insgesamt für die Zinszahlungen aufgewandt würden. Daraus würden wir eine beachtliche Summe erhalten und das Unternehmen, das gewinnbringend war, nicht anrühren.

»Wenn du das glaubst«, sagte er ganz schlicht, »dann kannst du das tun.«

Ich argwöhnte immer mehr, dass seine Willfährigkeit mir gegenüber mit der Gewissheit zusammenhing, dass Onkel Gedeone mich an der Hand führte. Gemeinsam mit meinem Onkel machte ich mich also daran, diese Operation vorzubereiten, die nicht einfach war, wenn wir nicht ein Gutteil des Immobilienwertes verlieren wollten. Doch andere Wolken zogen bereits am Horizont auf, und besorgniserregende Gerüchte über bestimmte Aktivitäten meines Bruders Ferrante waren Onkel Gedeone zu Ohren gekommen.

Der Erstgeborene oder, wie man ihn in der damaligen Gesellschaft scherzhaft nannte, der *Razziere*, der »Rassenfortpflanzer«, hatte sich in nicht unerheblicher Weise mit einigen faschistischen Hierarchen eingelassen, die ihm jene Verdienst-Urkunde mit der Unterschrift Mussolinis in meinem Ex-Herbarium besorgt hatten. Diese Herren, die im Eifer ihres politischen Glaubens gewisse Geschäfte nicht aus den Augen verloren, hatten Ferrante vorgeschlagen, den Vorsitz einer ganz bestimmten Immobiliengesellschaft zu übernehmen, und er hatte angenommen. Nun kannte Onkel Gedeone diesen Sektor viel zu gut, um nicht große Bedenken zu hegen. Doch ihm waren die Hände gebunden, denn er konnte Ferrantes Einlassung nicht unmittelbar mit Gian Luigi untersuchen, und ich konnte es ebenso wenig. Ferrante wurde von Gedeone einbestellt, doch er wusste nur wenig über die Gesellschaft, der er vorstand und von welcher er lediglich ein paar Bezüge erhielt.

Mein Onkel blieb alarmiert, und ich nicht weniger als er. Im Juni, nachdem der Mord an dem antifaschistischen Abgeordneten Matteotti verübt worden war, und angesichts der krisenhaften Unordnung und Ungewissheit, die auf dem Land lastete, zog das für uns ganz besondere Folgen nach sich.

Gian Luigis anfängliche Sympathie für die örtlichen Hierarchen war inzwischen merklich abgekühlt. Er musste ihre Schäbigkeit wohl erkannt haben und schloss sich in seiner späten Empörung über diese Verbrecher der Bewegung der Intellektuellen an, die das gefeierte *Manifesto* gegen das Regime unterzeichnet hatten. Und als Mussolini im Januar 1925 die Diktatur ausrief, sah er jede Hoffnung, in den Senat zu kommen, endgültig zunichtegemacht. Er hatte ganz sicher Recht, aber gleichermaßen war es absurd, dass Ferrante weiter mit denen verbunden und damit auch gefährdet blieb, die Gian Luigi zuerst unterstützt hatte, jetzt aber bekämpfte, und dass er, der allen gegeben hatte, von niemandem etwas zurückerhielt. Was war das in ihm, das ihn erhöhte und sich gleichzeitig gegen ihn wandte? Hatte Onkel Gedeone nicht Recht, wenn er ihn, mit einer fernen klassischen Anspielung auf Terenz, »den Zerstörer seiner selbst« als Spitznamen nannte?

Ich meinerseits störte mich besonders an der undankbaren Mühsal bei den Bauarbeiten, am Gestrüpp der Dokumente, Verkäufe, Hypotheken, Gian Luigis Wechsel und die des Unternehmens; das alles wühlte die Stille über der tiefen Leere auf, die ich in mir fühlte, ohne jedoch die Schatten zu vertreiben. Unter den Gewaltakten, die gegen meine Natur begangen wurden, vermochte ich diese vielleicht am wenigsten zu ertragen. Und ich fragte mich, warum mir, der ich einfach und heiter geboren worden war, mit dem Willen und der Neigung zu einer Kontemplation ohne Bitterkeit und zu einer emsigen Geduld, warum also ausgerechnet mir ein solcher Weg zugewiesen wurde. Wo mein Wille am schwächsten war, da wurde ich am härtesten geprüft. Allein dafür, dass ich in vollkommener Reinheit lieben wollte, traf mich die erbarmungslose Bestrafung. Gewiss war mein Schicksal eines der besonderen Art. Ich fürchtete seine Zeichen, und zugleich kultivierte ich einen unseligen Stolz darauf.

Eines dieser Zeichen kam ein weiteres Mal durch den Zufall, ähnlich wie bei D'Emiddio und Leonia. Doch dieses Mal schien mir die Verbindung zwischen Personen, von denen ich vermutete, sie wären weit entfernt voneinander und ohne Belang, und die Zeit und die Art der Enthüllung von grundlegender Bedeutung für mich, von einer höheren Intelligenz geleitet oder Hexenwerk.

Viele Monate lang hatte ich versucht, dem Marchese Lerici irgendeine noch so geringe Andeutung über das Geheimnis zu entlocken, in das Nerina gehüllt war. Aber als ich Maestro Anerio einmal beiläufig über seine vergangenen Werke befragte, kam die Rede sogleich auf die Spadas.

»Oh, ja! Wie lange habe ich in Palermo im Palazzo des Conte gearbeitet! Über drei Jahre. Ich habe in einundzwanzig Sälen die Fresken von Andrea Carreca und Pietro Novelli gereinigt. Ach, was für eine Arbeit und was für eine Zeit!«

Mitten im Hochsommer, an einem der Nachmittage voll Langeweile und Leere, war ich den Maestro besuchen gegangen, der alleine war und seiner Gewohnheit folgend auf einer Kiste sitzend ein kleines Bild nach seiner Phantasie malte, außerordentlich fein, mit einem Pinselchen, dessen Borsten so dünn waren wie Haare.

»Die Contessa, Signor Giulio! Eine Hofdame der Königin, beneidet von allen. Aber ich habe gesehen, was ich gesehen habe! Der Conte kam fast nie nach Hause, er war immer auf der Jagd auf den Inseln vor Trapani oder aber in Theatern, in Clubs und noch schlimmer. Um seine Gesundheit stand es nicht gut, und als der Erstgeborene, Ascanio, auf die Welt kam, sah man sofort, dass er die Frucht eines kranken Blutes war!«

Ich schwieg, denn ich befürchtete, ich könnte seine Erzählung unterbrechen. Doch statt mit mir zu reden, folgte Arnerio dem Faden seiner Erinnerungen und seiner Gedanken.

»Damals war die Contessa außergewöhnlich schön«, fuhr er fort, kniff die Augen zusammen und machte sich daran, ein Element seines Bilds mit feinsten Schatten zu umgeben. »Und sie war ihm rein wie ein Engel gegeben worden. Nein, niemand hat gewusst, was sie von ihm ertragen musste und was in ihr vorging. Doch als das Mädchen geboren wurde, ein Juwel, und es hatte nichts von dem Brüderchen und noch viel weniger vom Conte, da schüttete sie ihre ganze Liebe über dieses Geschöpf aus, über ihr kleines Geschöpf!«

Arnerio sprach, als würde er singen, so viele Modulationen und so viel Flattern lagen in seiner Stimme. Er seufzte.

»Was kann sich im Palast eines Fürsten nicht alles zutragen! Ich segne mein Zimmerchen, meine Elettra und Miriam! Wir haben nur Freuden erlebt!« Er legte das Pinselchen auf die Seite, drehte sich um und sah mich mit seinen gütigen Augen an. »Und Sie wollen wissen, wie das alles endete?«

»Endete, wieso?«, fragte ich und fühlte mein Blut gefrieren. Doch Maestro Arnerio dachte nur, dass mich seine Geschichte berührt hätte.

»Als der Conte, bevor er zuletzt die Augen schloss, noch zwanzig Monate fortlebte, in denen allein er lebendig war, musste die Contessa ihr Kreuz auf sich nehmen. Als er starb, bat sie Gott um Vergebung für die Sünde und verließ den Palazzo nicht mehr. Als Ascanio erkrankte, glaubte sie, dies sei die Prüfung, die der Himmel ihr schickte, und dass sie zum

Gedächtnis ihres Gatten ihn als den Erben seines Namens retten müsse! Und dann – wer kann schon in die Gedanken dieser Mutter dringen! – hat sie ihre beiden Kinder auf die Waagschalen gelegt, die der *Pflicht* und die der *Liebe*! Sie dachte, Gott würde wählen, entweder würde er ihr verzeihen oder er würde sie bestrafen! Nun ist Ascanio gerettet, und die arme Schwester ist verloren. Das Gute und das Böse sind hoffnungslos durcheinandergewirbelt. Zu begreifen ist das nicht, doch so ist es!«

So würde sie also sterben. Sie war mir schon seit drei Jahren genommen, die sie damit verbracht hatte, von Hotel zu Hotel zu fliehen, von Klinik zu Klinik, mit ihrer von Gewissensbissen und blinder Pflicht zerrissenen Mutter, Urheberin und Opfer einer Tragödie, in welcher sie die Hand des Herrn erkannte, unfähig zu retten und gerettet zu werden. Über Nerina sollte sich das nicht Wiedergutzumachende erfüllen und die Sühne vollziehen. Und ich?

Lange, düstere, eintönige Monate. Ich hatte das Göttliche berührt, und angesichts seiner Auflösung hatte ich keinen Ton, keine Geste, kein Eingeständnis gewagt. Meine Mühen waren mir wie etwas sinnlos Künstliches vorgekommen, meine Pflichten leere Worte, die sich nur in der absoluten Trägheit des Verstandes behaupten konnten. Gian Luigis Leben eine Wolke, und er selbst nicht mehr als ein Träumer. Und ich fing an zu begreifen, dass man ihn nicht wecken durfte. Doch wenn ich nicht den Tod wählen wollte, musste ich aufwachen.

Die Entscheidung fortzugehen war seit langem gereift. Ich schob es wegen des kaum wahrnehmbaren Hoffnungsschimmers immer wieder auf, denn Nerina lebte ja noch. Ich widmete die letzten, trauerschweren Tage meinem Abschied von ihr in meinen Gedanken. Bevor ich sie verließ, gab ich meinen Verwandten das, was mir noch möglich war.

Ich hatte mich von ihnen unterdrückt gefühlt: missverstanden und gezwungen von meinem Vater; jetzt kam es mir vor, als stünde ich über ihm. Ich brachte ihm Zuneigung entgegen, ich schuldete ihm Barmherzigkeit und Mitleid. Doch bleiben, das war mir unerträglich. Mit Nerina starb meine ganze Jugend und zugleich der Mann, der ich war. Der einzige Weg zu überleben bestand in einem Neuanfang.

Rebell gegen den Stammbaum? Ich hatte sein uraltes Rauschen doch in meinen Ruhelosigkeiten wiederholt! Jeder meiner Ahnen hatte sich von seiner ihm eigenen Leidenschaft fortreißen lassen, und geschah das Gleiche nicht auch mit mir? Niemandem hatten sie sich anvertraut noch Erklärungen über ihr Leben gegeben. Unmöglich war es mir gewesen, sie nicht nachzuahmen. Und nachdem ich sie verlacht hatte, hatte ich ihren Büßergürtel angelegt, damit er in meinen Fasern den gleichen Angstschweiß wiederfände, der ihre Nächte so viele Jahre zuvor gemartert hatte.

Mein Zimmer war nun fast völlig verlassen, und ich verbrachte die meiste Zeit in der Wohnung der Tante und Onkel im Vico di Palazzo.

Ohne dass sich zwischen uns Zuneigung entwickelte, sondern nur eine Hingabe an dieselbe Disziplin, kümmerte sich Tante Francesca um meine kleinen Bedürfnisse in völliger Stille, wie eine Ordensschwester.

Gian Luigi war sich seiner Bilanz sicher, wenigstens für das kommende Jahr. In der Erwartung, dass der Verkauf der beiden bereits mit Hypotheken belasteten Gebäude zum Abschluss kommen würde, verfügte er einerseits über die Barmittel des Unternehmens und machte andererseits neue bedeutende private Schulden. Nach unserem Gespräch seinerzeit wirkte er aufgeheitert. Er hatte meine Erklärung akzeptiert und sie im Geist schon vorausgesehen. Er hatte mir eine genaue Verpflichtung auferlegt und fühlte sich jetzt selbst nicht mehr an sie gebunden. Er war ungewöhnlich ruhig. Doch da traf ihn der Blitz gleich zweimal auf brutale Weise.

Während des Sommers zeigte meine Schwester Cristina besorgniserregende Symptome der Unausgeglichenheit. Verdüstert und still antwortete sie nicht auf unsere Fragen oder reagierte eigentümlich und kindisch. Nach der unvermeidlichen Prozedur medizinischer Untersuchungen, Konsultationen und Beratungen wurde beschlossen, sie in eine Schweizer Heilanstalt zu bringen. Vor der Welt wurde ihre Krankheit heruntergespielt, und man sprach bloß von einem Nervenzusammenbruch. Doch sowohl Gian Luigi als auch Annina waren schwer erschüttert.

Drei Monate später, als der Großteil von Gian Luigis Wechseln über eine gigantische Summe fällig wurden, verfertigte ich, fortwährend assistiert von Onkel Gedeone, den Vertrag über den Verkauf der beiden dafür bestimmten Immobilien, und nachdem die Hypothek abgelöst war, brachte ich meinem Vater die gesamte Restsumme in Form von Wertpapieren und Schecks. Gian Luigi legte das Geld in seinen Sondersafe. Vier Tage später, als ich das Geld holen wollte, um die von ihm unterschriebenen Wechsel zu begleichen, die bereits am Bankschalter lagen, war der Safe leer.

Gian Luigi empfing mich in seinem Arbeitszimmer. Das Fenster stand offen, obwohl es schon feucht war und kalt. Er war blass und wirkte müde. Offenbar wünschte er keine Diskussion.

»Ferrante hat seinen Namen für ein schlecht bedachtes Geschäft hergegeben«, sagte er. »Das hätte auch schwere Folgen nach sich ziehen können. Es war nötig, Vorsorge zu treffen. Wir müssen von den Banken eine Erneuerung der Wechsel erwirken. Bitte, kümmere dich darum!«

Ich eilte zu Onkel Gedeone. Er wusste bereits über den

Bankrott der Immobiliengesellschaft Bescheid, von der mein Bruder gemeint hatte, lediglich ihr Honorarpräsident zu sein, doch es zeigte sich, dass er für sie garantiert hatte. Sie war ein Fass ohne Boden, das ein noch dreimal größeres Vermögen als das unsere verschlingen konnte. Onkel Gedeone riet mir, nichts zu zahlen und es auf einen Prozess ankommen zu lassen. Die Gläubiger der Immobiliengesellschaft sollten gewahr werden, dass mein Bruder kein eigenes Vermögen besaß. Die ganze Angelegenheit roch schon auf den ersten Blick nach Betrug.

»Wir haben bereits heute Morgen mit den Zahlungen begonnen«, sagte ich ihm.

Er kniff die Augen zusammen und biss sich auf die Lippen, so als wäre er hart getroffen worden. Wir ackerten eine Woche lang, um die Erneuerung der Wechsel zu erreichen. Doch es war unmöglich und alles, was wir herausholen konnten, war eine Stundung um zwei Monate. Dabei erfuhren wir auch, dass bei alldem Pietro Saetta seine Hand im Spiel hatte, der Mann mit dem schwarzen Bärtchen aus Accettura, der meine Großtante Eudosia geheiratet und damit meine Mutter um das Erbe der Larèmes gebracht hatte. Er war jetzt ein mächtiger Mann in der Geschäftswelt und Mitglied des Aufsichtsrats der Bank.

Es blieb uns nichts anderes, als zur Pfandbriefanstalt zurückzukehren und auf das dritte und vierte Gebäude Hypotheken aufzunehmen, die gerade erst von dem ersten und zweiten abgelöst worden waren. Nach Begleichung der Wechsel verblieb ein Betrag, den ich für ausreichend hielt, um über die nächsten Jahre zu kommen, allerdings nur unter der Voraussetzung, dass Gian Luigi versprach, keine weiteren Ausgaben für Ferrante zu leisten. Dann konnten die beiden Gebäude verkauft und das fünfte und letzte mit einer Hypothek belastet und später zum Verkauf angeboten werden. Danach verblieben noch das Unternehmen und die Kunstsammlungen meines Vaters, die ein Vermögen wert waren. Mit diesem Vermögen konnte er noch zehn Jahre weitermachen. Ich nicht.

Am 2. März 1925 verschied Nerina in einer Villa in Kairo. Wir erfuhren es von Lerici zwei Tage später. Sie schloss ihre Augen zur Abenddämmerung, und ich erinnerte mich, dass ich zu dieser Stunde vom hohen Fenster Onkel Gedeones aus den Himmel betrachtet hatte, der sich über dem Hügel von Sant'Elmo langsam eindunkelte. In diesem Augenblick war eine tiefe Stille in mir. Vielleicht hatte ich gefühlt, dass sie starb.

Sechs Wochen später schloss ich die Neuordnung all dessen ab, was ich in Gian Luigis Unternehmen zu tun vermochte, und auch die meiner eigenen Dinge, die ich an ihrem Platz in meinem Zimmer beließ, ausgenommen meine Schriften, die zum größten Teil im Kamin mit dem von Maestro Arnerio ausgeführten falschen Mosaik verbrannt wurden. Die Blumen, die Gewölbe, die Schweife der Pfauen leuchteten in der hellen Lohe des Feuers auf.

Mit einer kleinen Summe versehen, die mir der alte Giustino dieses Mal ganz ordnungsgemäß lieh, verließ ich das Haus in Neapel und die Stadt. Gian Luigi hatte ich nur gesagt, ich würde auf eine Reise gehen. Er wusste, dass ich in drei Jahren auch nicht eine einzige Prüfung in meiner Fakultät abgelegt hatte. Daher verstand er, hielt mich aber nicht zurück.

Mussolini hatte mit der Bombardierung von Korfu bereits zu verstehen gegeben, dass er eine herausgehobene Stellung auf der internationalen Bühne für sich forderte; mit der Rede vom 3. Januar 1925 schaffte er alle inneren Kontrollinstanzen ab und nahm die Herrschaft über die Nation in die eigenen Hände. Er war auf dem Weg, sich in den

»Duce« zu verwandeln. Seine verschwundenen oder verfolgten politischen Gegner lagen entweder in den Gefängnissen oder lebten verstreut außerhalb des Vaterlandes.

Beruhigt und dem ›Regime‹ untergeordnet, stand Italien unter aufmerksamer Beobachtung der amerikanischen und europäischen Staaten. Man erwartete und befürchtete von ihm große Dinge.

Ende des ersten Buchs

Anmerkungen

[1] Lazzari (oder auch Lazzaroni), ein von den Spaniern gebrauchter verächtlicher Name, mit dem sie die einfachen Leute des Markt-Viertels bezeichneten, die an der von Scipione Gianettasio, genannt Pione, angeführten Erhebung Masaniellos (1647) teilnahmen. Dieser Name, der sich in Neapel verbreitete, bezeichnete dann ganz allgemein die unteren Volksschichten, die sich in der Folge auch in anderen Städten und zu anderen Gelegenheiten gegen die Herrschenden erhoben.

[2] Ein Abenteuerroman von Emilio Salgari (1862–1911)

[3] Der ILVA ist ein italienischer Stahlkonzern

Nachwort zum ersten Band der *Autobiographie des Giuliano di Sansevero* von Andrea Giovene

Andrea Giovenes *Autobiographie des Giuliano di Sansevero* ist ein großer literarischer Lebensentwurf in fünf Bänden. Giuliano ist ein Romanheld, auch wenn seine Geschichte der des Autors manchmal zum Verwechseln ähnlich ist. Es ist eine Odyssee, eine Lebensreise, ein Coming of Age eines jungen Herrn aus Neapel, der sein aristokratisches Elternhaus verlässt und sich Buch für Buch auf neue Erfahrungen und Abenteuer einlässt, mit großer Leichtigkeit in jede fremde Umgebung eintauchend, immer auf der Suche nach Wahrheit und dem unkorrumpierbaren Eigenen. Und nach Liebe.

Die *Autobiographie* umfasst ein halbes Jahrhundert, von 1903 bis 1957, in der die politischen Entwicklungen in Europa immer im Hintergrund sichtbar sind und Einfluss auf das Leben des Ich-Erzählers Giuliano nehmen – wie der Beginn des Faschismus, die Militärzeit in Griechenland, die Deportierung nach Polen und Deutschland und der letzte Kampf um Berlin. Aber die Wärme des Erzählten und des Erzählers, auch seine Empathie, verdankt sich seiner existentiellen Verbundenheit mit Süditalien, das hier reale Umgebung und sinnliche Fülle, Schönheit und Kargheit ist: Seelenlandschaft für Giuliano und seinen Autor.

Andrea Giovene wurde 1904 in Neapel geboren. Die *Autobiographie des Giuliano di Sansevero* erschien 1966–1970 in fünf Bänden, von denen jeder fünf Kapitel hat.

Wenn man den ersten Band der *Autobiographie* durchgelesen hat, hat man schon eine weite Strecke zurückgelegt vom Beginn der Ahnentafel der Herzöge von Sansevero im 11. Jahrhundert bis zum Anfang des 20. Jahrhunderts, in dem der junge Giuliano geboren wurde und seine ersten Lebensjahre im herrschaftlichen Palazzo seines Vaters Gian Luigi in Neapel erlebt hat. Seine kindliche Erforschung des Familienstammbaums, in dem in allen Generationen dieselben Namen auftauchen – Gedeone, Gian Michele, Bernardino, Cristina –, führt ihn zu verschiedenen Erkenntnissen, die sich im Laufe seines Lebens bewahrheiten und die ihn durch sein ganzes Leben begleiten werden. Im ersten Band *(Ein junger Herr aus Neapel)* sind alle Themen angelegt: die hocharistokratische Familie, von der er sich lossagen wird, die strenge Erziehung unter den Augen des Kardinals, seines Großonkels, in den kalten Mauern des Benediktinerklosters, die trotz allem sein ethisches und moralisches Fundament bleibt, eine Art Basso continuo; seine Neugier auf ganz andere soziale Umstände, auf andere Erfahrungen jenseits seiner Privilegien – und die Einsamkeit, sowohl die durch die Unnahbarkeit seiner Eltern erlittene wie auch die gesuchte in seinem Rückzugsort, dem *schwebenden Korridor*, der ihn zum ersten Schreiben anregt.

Die Familiengeheimnisse, die ihm nach und nach anvertraut werden, betreffen Mesalliancen, betrügerische Finanzmanipulationen zuungunsten seines Vaters, verheimlichte Verwandte und die plötzliche Erkenntnis, dass die Familie des Herzogs von Sansevero bei allem Glanz und bei aller verschwenderischen Prachtentfaltung kurz vor dem Ruin steht. Schon bei der Erkundung des Stammbaums war es Giuliano aufgefallen, dass *sich im Lauf von zwei Jahrhunderten ein Vermögen aufgelöst hatte, das in den sieben voraufgegangenen Jahrhunderten angehäuft worden war. Es schien, dass zwei*

Jahrhunderte lang niemand dieser Sanseveros sich jemals um die zahllosen Güter in Kalabrien, in der Basilikata, auf Sizilien oder in Apulien gekümmert hatte.

Der junge Giuliano wird mehr und mehr zum Außenseiter in seiner Familie. Introvertiert und innerlich brennend vor Wissensdurst durchschaut er die verstaubten Traditionen und Konventionen seiner aristokratischen Umgebung und distanziert sich von ihnen. Die Geheimnisse der Sexualität und der Liebe werden im Verborgenen erforscht, bis ihn eines Tages die Erscheinung eines jungen Mädchens im Innersten trifft: *Ihre Vollkommenheit schien mir absolut zu sein. In dem kurzen Lichtkegel war sie meine Uridee. Von ihr bewacht, würde ich nie mehr einsam sein, noch würde ich mich je wieder verlieren.*

Diese erste große Liebe entwickelt sich zu einem Drama, das nicht in den Personen der Liebenden begründet ist, sondern das in lange vorher geschehenen familiären und religiösen Machenschaften seinen Anfang genommen hatte. Nerina, so heißt das junge Mädchen, wird nach glücklichen Sommertagen ohne jede Begründung von ihrer noblen Familie weit weggebracht; sie verschwindet aus seinem Leben, und als er schließlich wieder etwas über sie erfährt, liegt sie im Sterben. Die schlagartige Erkenntnis, dass ihre Mutter sie aus scheinheiligen Gründen einem Gottesurteil überlassen hat, bringt ihn fast um und ist der letzte Beweis, dass er mit dieser Gesellschaft nichts mehr zu tun haben will.

Am Ende des ersten Bandes ist Giulianos Welt aus den Fugen geraten. Sein Vater Gian Luigi, der hochrenommierte Baumeister und Architekt, hat sein großes Bauunternehmen durch Misswirtschaft und private Verschwendungslust ruiniert, der Palazzo Sansevero wird verpfändet. Sein ältester Sohn Ferrante erweist sich als Aufschneider, der sich den aufkommenden Faschisten andient. Der Vater hat Giuliano ganz gegen seinen Willen für ein Ingenieursstudium angemeldet, das er nicht antritt. Das Verhältnis zu seinem Vater ist endgültig zerrüttet. *Ich brachte ihm Zuneigung entgegen, ich schuldete ihm Barmherzigkeit und Mitleid. Doch bleiben, das war mir unerträglich. Mit Nerina starben auch meine ganze Jugend und zugleich der Mann, der ich gewesen bin. Der einzige Weg zu überleben, bestand in einem Neuanfang. Rebell gegen den Stammbaum? Aber ich habe sein uraltes Rauschen doch in meinen Ruhelosigkeiten wiederholt! Wenn jeder der Ahnen sich von seiner ihm eigenen Leidenschaft hatte fortreißen lassen, geschah dann das Gleiche nicht auch mit mir?*

Mit der radikalen Abkehr Giulianos von seiner Familie und der jahrhundertealten Tradition der Herzöge von Sansevero endet der erste Band der Autobiographie.

Er stürzt sich nun in ein neues Leben, auf das er nicht vorbereitet ist *(Die Jahre zwischen Gut und Böse)*, und seine ersten Abenteuer bestehen darin, ohne Geld, Freunde und familiäre Beziehungen in einer fremden Stadt, in Mailand, überhaupt zu überleben. Giuliano hat nie erfahren, wie man für Geld arbeitet, und sein Stolz verbietet es ihm, um etwas zu bitten.

In den folgenden vier Bänden erzählt er sein Leben, das von den historischen und politischen Ereignissen der ersten Hälfte des 20. Jahrhunderts geprägt sein wird; auf der persönlichen Ebene ist es der Wechsel zwischen Einsamkeit und mondäner Gesellschaft, zwischen der Sehnsucht nach Philosophie, Poesie, Kontemplation und dem tätigen Zugreifen und Handeln, der seine Biographie durchzieht. Und die Liebe in ihren verschiedenen Erscheinungsformen ist ein Thema, das den Helden auf der Suche nach dem Absoluten beherrscht, umtreibt, zerreißt und zum Schreiben veranlasst.

Schreiben wird auch das Erste sein, was ihn aus der Geldmisere erlöst. Aber vorher lernt er eine ihm unbekannte Welt von abenteuernden Jungen in prekären Verhältnissen kennen. Er findet Unterkunft in einer zweifelhaften Pension, in der er in einen Skandal verwickelt wird, in dem Zuhälter und naive käufliche Mädchen, eine ältere Schauspielerin, echte oder unechte Diamanten und eine Erpressung eine Rolle spielen. Nicht ohne ein gewisses Vergnügen lässt er sich auf das ganze Theater ein und erreicht schließlich durch Intelligenz und Empathie eine Lösung der Intrige – und das ist ein Muster, das in seinem ganzen Leben wiederkehren wird: die vorurteilslose Zuwendung zu Menschen und ihren Schicksalen.

Ein erster Artikel für eine kleine Zeitung eröffnet ihm den Weg in die Zeitungswelt, deren faschistische Verquickungen allerdings immer deutlicher werden und ihn in ein Netz von undurchsichtigen Manipulationen verwickeln. Es gelingt ihm, sich daraus zu befreien und Mailand zu verlassen. Aber dem Zeitungs- und Verlagswesen wird er auch später immer wieder sein Interesse zuwenden.

Die nächste totale Lebensveränderung ist Giulianos Eintritt in die Kavallerie, finanziert von seinem einzigen ihm liebevoll zugewandten Onkel Gedeone, der ihn dazu drängt, seinen Militärdienst abzuleisten. Das Militär interessiert Giuliano nicht, aber die Disziplin, an die er seit frühester Jugend im Kloster gewöhnt war, macht ihm kein Problem. Die ganz neue Erfahrung von physischer Anstrengung, der Arbeit mit den jungen Pferden, der weiten Geländeritte in schönster Landschaft um Ferrara herum verschaffen ihm ein neues Selbstbewusstsein und einen Ausweg aus der Einsamkeit.

Als Giuliano in die adeligen Offizierskreise eingeladen wird, beginnt er eine verhängnisvolle Liebesaffäre mit Mavi, einer verheirateten Frau. Nichts bleibt geheim in der Garnison, und bald knüpft sich ein Intrigennetz um die Liaison, aus dem Giuliano schließlich nicht anders entkommen kann als durch ein vollkommen absurdes Duell. Seine Liebe, ein sinnlicher Rausch, ist bald abgekühlt, aber Mavi ist schwanger. Giuliano bezweifelt seine Vaterschaft, und auch Mavi ist sich nicht sicher; der unehrenhaften Zurückstufung im Regiment entgeht Giuliano durch die Versetzung an einen anderen Ort, wo ihm eine Offizierslaufbahn angeboten wird; die schlägt er aus und lässt das ganze Militär mit Mavi und ihrem Unglück hinter sich. Über viele Jahre verdrängt er diese unselige Liebe aus seinem Kopf, bis sie ihn wieder einholt. Das ist eine ganz eigene Geschichte im fünften Buch.

In Giulianos Leben werden die abrupten Wechsel der Szenerien immer sichtbarer. Zu Anfang der 1930er Jahre ist er in Rom, umgetrieben von existentiellen Gedanken und philosophischen Überlegungen, in denen es um seinen Platz in der Welt geht. Im heruntergewirtschafteten Palazzo Grilli mit seinen exzentrischen Bewohnern geht es um das Gute und Böse in der Welt, um den Teufel und nicht um Gott, aber um das Göttliche. Sarkastische Spekulationen und dichterische Höhenflüge wechseln sich ab; der politische Hintergrund ist immer Mussolini, von dem sich alle Hausbewohner distanzieren. Der Untergang des Palazzo Grilli gibt das Zeichen für einen neuen Aufbruch, und in den nächsten Monaten sehen wir Giuliano in der Boheme von Paris.

Paris beginnt als das reine Glück. Als Begleiter und Sekretär von fünf schwerreichen jungen südamerikanischen Studenten verfügt er zum ersten Mal über viel Geld und genug Zeit, um die Stadt für sich zu erobern. Er *spürte jetzt wieder in sich diese Haltung des Jungen, dieses nicht mehr fatalistische, sondern warmherzige Vertrauen zu den Dingen, dieses Fliegen über dem Faden der noch nicht geborenen Melodie. Die alten und neuen Narben hatten sich geschlossen. Ich war bereit, wenn nicht gerade zu lieben, so doch glücklich zu sein und es tief in meinem Inneren zu bleiben.*

Mit einer ganz neuen Leichtigkeit öffnet sich Giuliano dem luxuriösen Leben seiner Anvertrauten; gleichzeitig berauscht er sich an der Kunst und vertieft sich in die Malerei von Rubens wie später in die von Goya im Prado von Madrid. Und er verliebt sich in die schöne Schauspielerin Catherine. Ein neues Kapitel über das Wesen der Liebe, in dem Giuliano zum ersten Mal die Eifersucht des betrogenen Liebhabers erlebt. Diese stürmische Geschichte zwischen Leiden und Selbstironie endet spektakulär in einer Theaterloge: mit einer schallenden Ohrfeige für die untreue Geliebte – coram publico.

Und gleichzeitig erinnerte ich mich, dass zweihundert Jahre zuvor mein Vorfahr, der Herzog Nicola Sansevero, der Baronin von Egloffstein in der Hofkarosse die gleiche Ohrfeige verpasst hatte, die ich mich hatte hinreißen lassen, Catherine zu verpassen. Plötzlich verlangsamte sich mein Blutkreislauf. Diese unerklärliche Eifersucht wurde also »durch die Zweige« weitergegeben.

Da ist also in seinem Kopf das Erbteil der Sanseveros wiederaufgetaucht, so weit er sich auch von der Familie und allem, was dazu gehörte, entfernt hatte.

Diese Ohrfeige spielte tatsächlich in der Geschichte der historischen Familie von Andrea Giovene eine Rolle. Es gab einen Vorfahren im 18. Jahrhundert, Nicola Giovene di Girasole, der mit einer Juliane Reichsfreiin von Mudersbach-Redwitz verheiratet war. (Der Name Egloffstein ist fiktiv im Roman.) Sie war bekannt als Schriftstellerin und Hofdame von Königin Carolina. Goethe erzählt in der *Italienischen Reise* am 2. Juni 1787 von einem Besuch bei der Herzogin

Giuliana Giovene di Girasole, geb. Mudersbach-Redwitz, in Neapel, die während eines längeren Gesprächs in ihrem Palazzo im Abenddämmern plötzlich einen Fensterladen ihres Salons öffnet und damit den Blick auf den tobenden Vesuv und die glühende Lava freigibt: ein Schauspiel, von dem Goethe annahm, man bekomme es wohl nur einmal im Leben zu sehen. »*Dies alles mit einem Blick zu übersehen und den hinter dem Bergrücken hervortretenden Vollmond als die Erfüllung des wunderbarsten Bildes zu schauen, mußte wohl Erstaunen erregen.*«

Die Herzogin Giuliana trennte sich von ihrem Ehemann Nicola Giovene, von dem überliefert ist, dass er *grob und gewalttätig* gewesen sei; in der Familie hielt sich das Gerücht der ›Ohrfeige‹.

Das dritte Buch der *Autobiographie (Das Haus der Häuser)* ist ein in sich abgeschlossener Roman, in dem Giuliano sich erneut in die Einsamkeit zurückzieht, um dort, in einem geerbten großen Olivengrund am Meer in Kalabrien, das »Haus der Häuser« zu bauen – nicht voraussehend, dass er in der archaischen Landschaft in der Nähe eines Dreihundert-Seelen-Dorfes so sehr ein Teil der Gemeinschaft und verantwortlich für die Geschicke jedes Einzelnen wird, dass jede Vorstellung von asketischem anonymem Leben ad absurdum geführt wird.

Licudi könnte jedes Dorf zwischen uralten Oliven und felsigen Buchten im vergessenen Mezzogiorno jener Zeit sein, und seine Geschichte ist in gleicher Weise real und symbolisch, ein Paradigma für die Entwicklung zahlloser Orte nicht nur in Italien im Laufe des 20. Jahrhunderts. Es ist eine verschwundene Welt, eine zu Beginn des Romans noch archaische der Bauern und Fischer. Und die Welt, die Giuliano di Sansevero trotz allem mitbringt, ist die der neapolitanischen Aristokratie, machtlos schon seit Jahrzehnten, von der Giuliano sich losgesagt hat.

Wenn er nach Licudi geht, alle Brücken hinter sich abbricht und ein neues Leben beginnt, das sich mehr und mehr als eine komplexe Erfahrung von existentiellem Ausgesetztsein erweist, entzieht er sich zunächst auch den politischen Entscheidungen und lässt sich auf eine bäuerliche Realität ein, die seit Jahrhunderten den gleichen Rhythmen und Überlebensstrategien folgt. Das Staunen, mit dem Giuliano in dieses Leben eintaucht und Teil von ihm wird, das Glück auch, das er unvermutet angesichts der überwältigenden Schönheit der Landschaft empfindet, verändert ihn selbst und nährt eine Utopie in ihm, von der er doch weiß, dass sie vollkommen anachronistisch ist.

Wie ein endloser Fächer entfaltete sich auf vollkommenste Weise die mediterrane Nacht.

Nach ein paar Jahren gibt er den dringlichen Bitten der Dorfbewohner nach, sich um eine Zufahrtsstraße zu ihrem kleinen Ort zu bemühen, und wohl wissend, dass sein paradiesisches Leben damit ein Ende finden wird, macht er die faschistischen Lokalpolitiker auf eine Nekropole und bedeutende Funde aufmerksam, die in kürzester Zeit einen ganzen Einbruch von Archäologen, Plünderern, Grundstücksspekulanten, Touristen und sogar deutschen Geschäftemachern nach sich ziehen. Es ist 1939, der »Stahlpakt« zwischen dem Duce und Hitler ist geschlossen. Giuliano wird Licudi verlassen und in den Krieg ziehen.

Das ganze vierte Buch *(Fremde Mächte)* beschreibt den Zweiten Weltkrieg aus der Sicht eines intellektuellen italienischen Offiziers, der sich seinem Land verpflichtet fühlt und gleichzeitig immer wieder mit seinem Gewissen in Konflikt gerät, weil der Krieg ihn mit Abscheu erfüllt. Zu Beginn des

Krieges wird Giuliano zunächst nach Südfrankreich versetzt, wo er eine Kopf- und Augenverletzung erleidet. Nach kurzer Erholungszeit in Reggio Emilia, wo ausgerechnet er Kriegspropaganda machen soll, ist das Heer schon in einem chaotischen Zustand der Verwahrlosung; er wird zum Vizekommandanten ernannt. Seine nächste Etappe ist auf der Peloponnes in Griechenland, die ihn an Kalabrien erinnert und mit großer Zuneigung zur Bevölkerung erfüllt. Nach dem Waffenstillstand zwischen Italien und den Alliierten – ein Frontwechsel, von dem die italienischen Soldaten zunächst nichts erfahren – wird er zusammen mit 500 000 italienischen Soldaten von den Deutschen entwaffnet und unter Vorspiegelung falscher Versprechen nach Polen deportiert. Hier folgt die Romanhandlung sehr dicht den realen Erlebnissen von Andrea Giovene, der schon 1953 in einer Broschüre über die Tatsachen, so wie er sie miterlebt hatte, Auskunft gegeben hat. *Fatti di Grecia, di Polonia e di Germania 1943–1945*, heute nur noch antiquarisch zu bekommen, ist gewissermaßen eine Vorform des vierten Buches der *Autobiographie* und ein Zeugnis für die Authentizität des Erzählten. Die Kriegswirren dieser Zeit, in der Badoglio auf Mussolini folgte, sind seit ein paar Jahren in Italien Gegenstand großer Debatten, und auch in Deutschland ist erst in der letzten Zeit über die grauenhaften Zustände, in denen die italienischen deportierten Soldaten und Zwangsarbeiter leben mussten, berichtet worden. Andrea Giovene wurde zunächst in der Festung Lemberg gefangen gehalten und im Januar 1944 zusammen mit 3000 anderen italienischen Offizieren in das berüchtigte Lager Wietzendorf (Lüneburger Heide) verschleppt, in dem kurz zuvor mehr als zehntausend russische Kriegsgefangene verhungert und erfroren waren. Als er die entsetzlichen Zustände nicht mehr aushält, meldet er sich zur Zwangsarbeit und wird einer Sägemühle in Norddeutschland zugeteilt. Bei einem Bombenangriff wird er wieder schwer am Kopf verletzt, flieht schließlich mit den Dorfbewohnern, die sich seiner Führung anvertrauen, und erlebt das Inferno des Kriegsendes vor Berlin. Diese Fakten liegen dem vierten Band zugrunde, der sich direkt an »Das Haus der Häuser« anschließt, antithetisch zum erträumten und zeitweilig erreichten Glück in südlicher Stille. Die Perspektive eines italienischen Offiziers auf die katastrophalen Verhältnisse am Ende des Krieges in Deutschland ist ein seltenes Dokument; Giovenes/Giulianos luzide Menschlichkeit, die sich Schuldzuweisungen angesichts der Leiden aller verbietet, ist imponierend und sehr anrührend. Es ist, nach den Lektionen im Zusammenleben in archaischer ländlicher Form, die größte Herausforderung für den Erzähler, sein humanistisches Credo in erniedrigenden und lebensbedrohlichen Situationen zu erhalten. Wenn es ihm gelingt, dann auch dadurch, dass er unter den widrigsten Umständen die Konzentration auf sein Schreiben und seine Gedanken richten kann, so wie er es als Kind in seiner Zelle im Kloster schmerzhaft gelernt hatte.

Das fünfte und letzte Buch *(Der letzte Sansevero)* schließt an das Ende des Krieges und Giuliano di Sanseveros langsame beschwerliche Heimkehr nach Italien an. Die fünf Kapitel des Buches sind jeweils in einer anderen Umgebung und Szenerie angesiedelt; sie könnten auch, wie die im zweiten Band, jedes für sich allein gelesen werden.

Giuliano ist 42 Jahre alt. Erschöpft und gequält von seiner Kopfverwundung, begibt er sich nach Rom und betrachtet *mit Staunen das euphorische Schauspiel einer mit Rosen bekränzten Niederlage, die reich war an allen nur möglichen Gütern, lebendig vor jeder nur vorstellbaren Hoffnung und bar jeglicher, noch so geringer Reue.* In Rom versucht er, sich wieder im

Leben zurechtzufinden angesichts der *Tabula rasa einer voll und ganz wiederherzustellenden Zukunft.*

Er wird in ein Ministerium an einen undefinierbaren Posten berufen und beschreibt mit Lust und viel Ironie die politischen und bürokratischen Bemühungen, in dieser ersten Nachkriegszeit den Staat wieder aufzubauen.

Nach Neapel zurückgekehrt, erlebt Giuliano das totale Chaos aller Institutionen und beobachtet die Kämpfe zwischen Royalisten und Kommunisten als Zeitungsredakteur; in einem langen Gespräch mit seinem sehr alten Onkel Gedeone beschwören beide noch ein letztes Mal die vergangene Pracht und historische Bedeutung von Neapel.

Im nächsten Kapitel sehen wir Giuliano in der weiten Flusslandschaft des Po in der Emilia. Das langsame Strömen des Flusses verbindet sich mit den Überlegungen zu seinem Schreiben. *Ein einheitliches Werk aus den zahllosen Fragmenten zu erstellen, die ich hinter mir ausgesät hatte, war ein uralter Gedanke.* Der Entschluss, seine Geschichte durch eine Autobiographie wiederzugewinnen, impliziert viele ästhetische und poetologische Gesichtspunkte, die auch verwandte Unternehmungen wie die von Proust und Joyce reflektieren und dann doch auf Distanz zu ihnen gehen, zugunsten der Erzählung. Dass Andrea Giovene seine Autobiographie sozusagen an Giuliano di Sansevero delegiert, ermöglicht ihm eine maximale Nähe zu seinem eigenen Leben und gleichzeitig die Freiheit zur fiktionalen Phantasie.

An dieser Stelle des Romans kommen sein Ego und sein Alter Ego zur Deckung. Die Erzählung des Schreibvorgangs bis hin zur ersten Veröffentlichung, die Kritik am käuflichen Verlagswesen und am Kulturbetrieb, die Entscheidung, 999 Exemplare des zweiten Bandes selber drucken zu lassen, sind ganz und gar autobiographisch – nur der Zeitpunkt ist vorverlegt.

London ist der Schauplatz des nächsten Kapitels, des vierten im fünften Band, das wieder eine ganz eigene dramatische Geschichte erzählt. Mit gefälschter Identität durchwandert Giuliano nacheinander sämtliche Viertel von London auf der Suche nach einer jungen Frau, die er auf magische Weise zu finden hofft. Die Erinnerung an Mavi, die er während seiner Kavallerieausbildung geliebt und wieder verlassen hat (2. Buch), erfüllt ihn mit der Sehnsucht, ihre Tochter zu finden, die möglicherweise sein Kind ist. Mit Hilfe von Privatdetektiven, Hafenarbeitern und zwielichtigen Figuren verdichtet sich seine Obsession zu einem kriminalistischen Handlungsnetz. Als Giuliano sie tatsächlich entdeckt hat, stürzt er in ein unlösbares Liebesdilemma. London mit seinen Kriegsschäden und Bombenkratern ist eine düstere und spannende Szenerie für ein sehr dichtes, emotionsgeladenes und virtuoses Stück Literatur.

Das letzte Kapitel des fünften Bandes ist ein langer Abschied. Giuliano ist wieder nach Italien in die Einsamkeit eines verlassenen Ortes in steiniger, sonnenverbrannter Gegend auf Sizilien zurückgekehrt. Er ist krank und erschöpft. *Ich weiß, dass ich von dieser Welt bin, und weiß zugleich, dass ich nicht länger mehr lebendig bin. Die Leute würden sagen, dass ich erlöst sei oder keusch, aber ich bin nur am Ende.* Der alte finstere Priester der Abtei fordert ihn zu Disputen heraus, die Giuliano schon damals im Palazzo Grilli geführt hatte – über den Teufel und das Göttliche, über das Böse, über Beichte und Buße und das höchste Gut: die Freiheit.

Es ist ein kleines mutiges Mädchen, das die Verbindung zwischen Giuliano und den Dorfbewohnern herstellt und ihm deren Bitten um Hilfe in bestimmten Fällen übermittelt, und auch hier wendet er sich den Menschen in Not ein letztes Mal zu, wie er es überall getan hat. Während er immer schwächer wird und von Fieberschüben bedrängt, tauchen Szenen aus seinem Leben wieder auf, Erinnerungen an die verlorenen Lieben, Visionen von vergangener Glückseligkeit und der Suche nach Wahrheit. *Gewaltige Bewegungen des Herzens, vorgegaukelt als Materie. In Wahrheit nur Liebe und Dichtung, ein heimlicher Rhythmus, der mein Leben oder das anderer fortträgt. Einziger, alleiniger Motor der gesamten Geschichte.*

Das ganze Kapitel ist in Tagebuchform geschrieben, datiert 1955 bis 1957 Kalonerò di Sicilia. Über Giulianos Tod werden wir durch eine offizielle Bekanntgabe unterrichtet. In seinen letzten Eintragungen fühlt er das Ende schon sehr nah:

Vom Absoluten ins Exil verbannt, werde ich mich ihm erneut überantworten durch den Tod.

*

Vita activa und Vita contemplativa, das tätige geistesgegenwärtige Handeln und die Reflexion, die Erinnerung, das Philosophieren wechseln sich in Andrea Giovenes Erzählen in einem wiederkehrenden Rhythmus ab. Es ist ein Rhythmus, der sein ganzes Werk durchzieht – wie lange Wellen, aus der Distanz betrachtet, und plötzliche Windstöße, die in die Ereignisse fahren und alles Nahe in seinen minutiösen Formen und Faltungen sichtbar machen. Dieser Wechsel von Distanz und Nähe bestimmt von Band zu Band, von Kapitel zu Kapitel die Sprache und den Stil der *Autobiographie*, manchmal geschieht er wie beiläufig, manchmal in dramatischem Flug, und manchmal scheint es, als würde der Erzähler die Zeit hypnotisieren: eine bestimmte Landschaft von Licudi, ein Lichteinfall, der Anblick eines Menschen dehnt sich zu Momenten der Zeitlosigkeit, die Sprache errichtet poetische Bildtafeln gegen ihr eigenes Verfließen, um bald darauf wieder in den ruhigen, langen Atem des Erzählens überzugehen. Die Wellen des Meers sind gleichsam selber das Bild dieser emphatischen Bewegung, die durch das Buch geht, und in ihr wirkt immer etwas Doppeltes, ein doppelter Wunsch: gleichzeitig souverän und vermischt mit den anderen zu sein.

Andrea Giovene aus der herzoglichen Familie di Girasole wurde am 10. Oktober 1904 in Neapel geboren. Seine Vorfahren lassen sich bis zu Baldassarre Giovene im 11. Jahrhundert zurückverfolgen. Sein Vater Carlo Giovene, Herzog von Girasole, war ein berühmter Architekt und Kunstsammler; er gründete zwei Museen in Neapel und war bekannt für seine umfangreiche Keramik- und Majolikasammlung. Im ersten Band der *Autobiographie* bekommt man einen Eindruck davon, mit welchen Kunstschätzen der aristokratische Palazzo ausgestattet war.

Sein ältester Sohn Andrea hatte vier Schwestern und zwei Brüder. Nach seiner Schulausbildung im strengen Klosterinternat der Benediktiner in der Nähe von Caserta absolvierte er ein Jurastudium und hörte auch Vorlesungen in Medizin, Mathematik und Literatur, der er sich in den folgenden Jahren hauptsächlich zuwandte. Er arbeitete für verschiedene Zeitungen, gründete 1928 die Literaturzeitschrift *Vesuvio*, schrieb zahllose Artikel und Essays und immer wieder Gedichte. Viel später wurde er Chefredakteur der neapolitanischen Ausgabe von *Il Tempo*.

Wie sein Held Giuliano verließ er seine Familie sehr früh und lernte ein anderes Leben als zu Hause kennen: als Reiseführer, als Tanzmeister, als Anstreicher, als Antiquar, als Übersetzer unter anderem, und er war immer unterwegs, neugierig auf Menschen und fremde Lebensumstände. Als

Kavallerieoffizier zog er in den Zweiten Weltkrieg und wurde in Griechenland stationiert; nach dem Waffenstillstand zwischen den Italienern und den Alliierten wurde er nach Polen und Deutschland deportiert, so wie es Giuliano im 4. Buch beschreibt.

Andrea Giovene heiratete mit 32 Jahren Adeline Schuberth, Tochter eines Handschuhfabrikanten aus Manchester. Sein Elternhaus in Neapel fiel während des Krieges den Bomben zum Opfer. Andrea Giovene kaufte später einen Palazzo aus dem 17. Jahrhundert in Sant'Agata dei Goti in der Provinz Benevent, wo er in seinen letzten Jahren gelebt hat. Seinen archäologischen Interessen folgend finanzierte er die Ausgrabung eine Nekropole in Palinuro, die auch für die archäologischen Funde in Licudi Pate gestanden hat.

Es gibt verschiedene Bücher von Andrea Giovene, die vor dem *Sansevero* entstanden sind, Erzählungen wie *Viaggi, Incanto, Fatti di Grecia di Polonia e di Germania 1943–45*, und Gedichtbände. Aber das, woran er immer gedacht und vorformuliert hat, war die *Autobiographie*. Er begann mit dem Schreiben 1957 – dem Jahr, in dem er seinen Helden Giuliano in Sizilien sterben lässt, und übrigens auch dem Todesjahr von Giuseppe Tomasi di Lampedusa – und war 1966 zumindest mit dem zweiten Band fertig. Nachdem er keinen Verlag dafür fand, druckte er 999 Exemplare des zweiten Bandes auf eigene Rechnung und verschickte sie an alle möglichen Kritiker und Institutionen, von denen er sich eine Antwort versprach. Zumeist vergebens, wie im fünften Buch ausführlich sozusagen vorweggenommen. Die Wende brachte eine begeisterte Rezension des hochqualifizierten Literaturkenners und Übersetzers Edvard Gummerus, eines Finnen, der in Neapel Literatur lehrte, das Buch sofort übersetzte und dann für den Nobelpreis vorschlug. Daraufhin übernahm der Verlag Rizzoli die Herausgabe, und bis 1970 erschienen alle fünf Bände der *Autobiografia di Giuliano di Sansevero*, die sehr schnell mehrere Auflagen erlebte. Sie wurde ins Schwedische, Englische, Französische übersetzt; ein deutscher Kontrakt wurde geschlossen, aber nicht realisiert. Deswegen ist diese Veröffentlichung die erste vollständige Ausgabe in deutscher Sprache, nachdem der Osburg Verlag 2010 den dritten Band separat veröffentlicht hat.

Der frappante Erfolg des Buches erzeugte eine Flut von Kritiken und Essays, zumeist sehr positiven; sehr viele setzten sich mit der Nähe und den Unterschieden zu Tomasi di Lampedusas *Il Gattopardo* auseinander. Der *Gattopardo* war ungefähr zehn Jahre früher erschienen, hatte anfänglich ähnliche Schwierigkeiten mit seiner Veröffentlichung gehabt und forderte zu Vergleichen heraus – die weiten kargen Landschaften des Südens, die unbarmherzige Hitze des Sommers, die Vegetation, Palermo und Neapel. Aber der gesellschaftliche Vordergrund des aristokratischen Lebens, der Niedergang der Fürstenfamilie, der den Fürsten von Salina im *Gattopardo* mit Melancholie und Resignation erfüllt, tritt in der *Autobiographie* in den Hintergrund; Don Giuliano ist kein stolzer Prinz, der seinen Machtverlust beklagt, er ist kein müder Décadent, dem jedes Handeln schon zu viel ist, er ist ein Außenseiter seiner Klasse und letztendlich auch seiner Zeit, die ihn dazu zwingt, zum Faschismus Stellung zu beziehen.

Der *Gattopardo* spielt in einer kurzen, präzisen Epoche (1860, die Einigung Italiens) in Sizilien, die Geschichte von Giuliano umfasst ein halbes Jahrhundert (1903–1957) und viele Schauplätze in ganz Europa.

1970 erhielt Andrea Giovene den Preis L'Aigle d'Or für den besten europäischen Roman von der Académie de la Littérature Française in Nizza für die *Autobiografia di Giuliano di Sansevero*. Den Nobelpreis bekam ein anderer, und plötzlich wendete sich das Schicksal zu seinen Ungunsten: Zu

Anfang der 1970er Jahre passte die Geschichte eines noblen Neapolitaners nicht in die politische Landschaft Italiens – und auch nicht in die literarische, in der die Avantgarde und vorher schon die Neorealisten die klassische Sprache und Erzählweise aus der Moderne verbannt hatten. *Die letzten Papierpfeile schossen von der Avantgarde gegen mich. Mein uralter Name und mein Respekt vor der Grammatik verursachten mehr als einem in dieser Phalanx Herzeleid. Als adelig Geborener, sagten sie, bringt er nur uralte Bücher seiner Kaste hervor.* So geriet das Werk in Italien langsam in Vergessenheit, während es gerade in Amerika (1970 und 1987) und zum zweiten Mal in einer Taschenbuchausgabe in England (1977) mit großem publizistischen Widerhall erschien.

Andrea Giovene lebte in den letzten Jahren abwechselnd in London und in Sant'Agata dei Goti. Er hatte angefangen zu malen, und zahllose seiner Bilder sind auch heute noch im Palazzo del Cervo zu sehen neben den Deckenfresken und Wanddekorationen aus der Goethezeit. Dort werden auch sein ganzer Nachlass und ein Teil seiner umfangreichen wertvollen Bibliothek von seinem Sohn Lorenzo verwahrt.

Andrea Giovene starb dort am 8. Juli 1995.

Ulrike Voswinckel

Inhalt

1. Der Stammbaum   5
2. Der Giglio 46
3. Der schwebende Korridor . . . 101
4. Der Ball 159
5. Der Büßergürtel 221

Anmerkungen 275

Nachwort zum ersten Band
der *Autobiographie des
Giuliano di Sansevero*
von Andrea Giovene 277

Aus Verantwortung für die Umwelt hat sich der
Verlag Galiani Berlin zu einer nachhaltigen Buchproduktion
verpflichtet. Der bewusste Umgang mit unseren Ressourcen,
der Schutz unseres Klimas und der Natur gehören
zu unseren obersten Unternehmenszielen.

Gemeinsam mit unseren Partnern und Lieferanten setzen
wir uns für eine klimaneutrale Buchproduktion ein, die den
Erwerb von Klimazertifikaten zur Kompensation des CO_2-
Ausstoßes einschließt.

Weitere Informationen finden Sie unter:
www.klimaneutralerverlag.de

Die Übersetzung dieses Buches ist dank einer Förderung des
italienischen Ministeriums für auswärtige Angelegenheiten
und internationale Kooperation entstanden.
Questo libro è stato tradotto grazie ad un contributo
del Ministero degli Affari Esteri e della Cooperazione
Internazionale Italiano.

1. Auflage 2022

Titel der Originalausgabe: *L'autobiografia di
Giuliano di Sansevero Volume Primo*
All rights reserved
Aus dem Italienischen von Moshe Kahn
Verlag Galiani Berlin
© für die deutschen Rechte 2022,
Verlag Kiepenheuer & Witsch, Köln
Alle Rechte vorbehalten
Covergestaltung: Umschlaggestaltung: Manja Hellpap
und Lisa Neuhalfen, Berlin
Covermotiv: Felice Casorati, Portrait of the Engineer Gino Beria,
© VG Bild-Kunst, Bonn; bereitgestellt von
© Bridgemann Images Berlin
Lektorat: Wolfgang Hörner/Angelika Winnen
Gesetzt aus der ITC Giovanni
Satz: Buch-Werkstatt GmbH, Bad Aibling
Druck und Bindung: CPI books GmbH, Leck
ISBN 978-3-86971-265-9

Weitere Informationen zu unserem Programm
finden Sie unter *www.galiani.de*

Armut in Mailand, Dekadenz in Rom, Boheme in Paris

Band 2 der Serie erscheint am erscheint am 6. 10. 2022

»Giovene ist ein Autor, Allegoriker und Visionär mit außergewöhnlichen Fähigkeiten (...), wie es seit Proust kaum einen gegeben hat.«
Sunday Telegraph

Ein literarischer Schatz wird gehoben:

Andrea Giovenes Romanserie
Die Autobiographie des Giuliano di Sansevero –
entdeckt und übersetzt von
Moshe Kahn

Die Bände 3–5 erscheinen 2023

Band 3, 26 € Band 4, 26 € Band 5, 26 €

Irrungen und Wirrungen des Sprößlings eines im Niedergang begriffenen süditalienischen Adelsgeschlechts - von der Kindheit im morbiden Vorkriegs-Neapel über ein Boheme-Leben in Mailand und Paris, den asketischen Rückzug in ein kalabrisches Fischerdorf bis in den Zweiten Weltkrieg, Kriegsjahre und Verschleppung als Kriegsgefangener nach Deutschland und den Ausklang im Neapel der Fünfziger.

www.galiani.de **Galiani Berlin**

Das Buch der Bücher über Literatur, Gedankenwelt, Alltag und Geschichte der italienischen Renaissance

640 Seiten, 89 €

»Noch nie gab es einen so vollständigen Überblick über die Geburtsstunde des modernen Europas.« *Deutschlandfunk Kultur*

»Ein Gesamtkunstwerk. (...) Das schönste und lehrreichste Buch des Jahres.« *Die Zeit*

www.galiani.de